君 生 我 未 生 · 我 生 君 已 老

THE MIRROR

镜 破军

沧月 著

北京联合出版公司
Beijing United Publishing Co.,Ltd.

目录 Contents

目录 Contents

目录 Contents

破军，北斗第七星，有汹涌澎湃、善战披靡之意。传说每隔三百年，这颗星都会有一次猛烈的爆发，亮度甚至会超过皓月。此曜入命者，杀戮无数，一生漂泊动荡，孤立无援。

第一章

旅人

星辰散布在漆黑的天宇上，宛如一双双冷锐的眼睛俯视着沉睡中的云荒大地。

沧流历九十一年五月十四的夜，浓如泼墨。然浓墨底下却隐隐流动着云荒特有的暗彩：苍黄砾白，间或夹杂着星星点点的惨绿，是北方尽头的颜色；青翠斑斓，是南方的大泽水田、交织的河流水网；而四围山峦簇拥，西方的空寂之山、东方的天阙和慕士塔格，以及北方云雾缭绕的九嶷，簇拥着大陆正中的湖泊，在月下发出璀璨夺目的光芒——宛如大地上陡然睁开了一只眼睛，冷冷地和苍穹之眼对视。

湖的中心一座城池巍然耸立，白色巨塔高耸入云。

伽蓝白塔都无法到达的九天之上，神鸟的双翅如同云般铺开，云上三位女仙守望着这片沉睡中的大地，用三双静谧的眼睛，默默看着这片土地上有多少旅人风雨兼程。

荒漠的夜风是冷酷的，宛如带着倒刺的鞭子抽打在身上。即使落地的时候已经换上了本地牧民穿的从头遮到脚的长袍，依然能感觉到夜风裂体。但冒着风沙寒气赶路的人依旧把身体挺得笔直，大步往前走去——毕竟是演武堂最优秀的战士，深陷到小腿的沙子似乎不能对他造成丝毫影响，烈日下长时间的行走也没有耗尽他的体力。

可他身后跟着的那人显然已经筋疲力尽，脚步踉跄。然而尽管劳累不堪，面纱后的碧色眼睛仍是毫无表情的，没有疲倦也没有不满，只是漠然地用尽全力跟在先前那个人后头。

沙砾和带刺灌木在月下发出金属般的冷光，连绵无尽。随着狂风的吹拂，那些沙丘宛如长了脚一般，以人眼看不出的速度缓缓移动，俄顷周围的地形便完全变化——不知道走了多久，当先那人停住了脚步，默默注视着那些沙丘移动的速度，抬头看着星斗判断着目前的方位，仿佛终于确认了什么，长长吐了口气，回过身来吩咐："湘，就在这里生火吃饭吧！"

这里，就是迦楼罗试飞失败后坠地的所在。

来到这片博古尔沙漠已经三天了，他按照巫彭元帅出发前给他的资料判断方位，毫不停歇地连日跋涉，穿过了几百里的黄沙，终于来到了当日迦楼罗试飞失败后坠毁的区域。

然而，从眼前这样的情形来看，要找到那架坠落的机械并不容易——那样大的风沙和不停移动的沙丘，大约早就将迦楼罗埋入了茫茫大漠。如果不找一个当地的牧民当向导，他这个帝都过来的人要从瀚海中将迦楼罗找回，几乎是不可能的。

一路默不作声跟着他的少女听到了命令，立刻默默解下背上的行囊，拿出一张薄毯子铺开，将干粮和水壶放在上面。然后转身，去割取地上丛生着的红棘——这是北方砂之国里最多见的一种旱地植物，深达三丈的根系汲取着水分，光秃秃的没有一片叶子，只长着红棕色的长刺，零星散布在沙砾中。

少女抱着一捆红棘回来，将那些干燥的植物搭成一个堆堞，然后用火石点起了火。一切做得非常麻利——这个叫作"湘"的鲛人是征天军团中最优秀的傀儡之一，接受过很严格的训练，在不同的环境下都能很好地服务于主人。

薄铁罐里煮着干硬的饼，湘小心地慢慢倾斜水壶，一边用筷子将那一角饼戳软，以求不浪费一滴水。一遇到水，那片薄饼迅速地松散开来，在火的热力下居然腾腾翻涌，很快变成满满一罐的白色泡沫。那是沧流帝国为远征战士配备的干粮，由巫咸长老配制，据称薄薄一片便能抵上一整天的饥饿。

"吃吧。"云焕在毯子上盘膝坐下，扯下面罩，招呼湘过来用餐。然而看到对方双手上已经布满了开裂的血痕，沧流帝国的少将眉头微微一皱——果然，出身海上的鲛人是不适合在这样干燥的沙漠里久待的吧。跋涉了三日，湘的身体恐怕已经吃不消了。

“把这个涂上。”湘正在进食，忽然有个东西落到了她的衣襟上，耳边听到了云焕的吩咐。他扔过来的是一个闭合的海贝，内部填满了油脂——那是军团里专门对付肌肤开裂的药物。

傀儡极度服从地拿起了海贝，用手指挖了一片膏，涂在自己双手和双足上。行走了三日，身上很多地方都已经开裂，涂完了双臂，没有神志的鲛人傀儡也不管身边有别人，面无表情地将身上的袍子褪下，继续往身上一处处抹上油膏。

夜色下，荒漠的风呼啸而过。蓝色的长发随风扬起，蓝发下的身体却是白皙如玉，婀娜曼妙，在苍莽空旷的瀚海里散发出妖异的魅力——就如同一尾被抛入沙地的美人鱼。

云焕正在吃着一天唯一的一顿饭，瞳孔却是收缩了一下，也有些微诧异的表情。

虽然在演武堂里接受训练时，也和不同的鲛人傀儡搭档过，但毕竟都是短时间的接触，对这个族群并未有深入的了解——而正式加入征天军团后，他又选择了潇作为搭档。由于巫彭大人的破例宽容，他拥有军团中唯一有自主意识的鲛人。所以，他从不曾了解真正的傀儡是什么样子。

眼前这个傀儡面无表情地在主人面前脱下衣衫，按照他的吩咐将药膏涂上每一寸肌肤，毫不犹豫、毫无羞耻——被傀儡虫控制的鲛人，被抑制住了喜怒哀乐、七情六欲，眼里除了主人便没有其他，来自主人的任何命令都将被毫不犹豫地服从：不会有反抗，不会有犹豫，甚至不会有自我意识。

那样的鲛人傀儡是战斗中珍贵的武器，能够操纵庞大的机械、配合军团战士作战。而在战斗之外，这些被夺去了生育功能的美丽鲛人，则是将士享乐的工具。

虽然帝国军中有严厉戒律约束将士各项操行，但却默认了这种行为——毕竟在出征时，军队里不可能有女人随行，而鲛人傀儡的存在正好能弥补这个空缺。即使一向治军严厉的巫彭元帅也对此事睁一只眼闭一只眼，“毕竟都是年轻小伙子嘛，”在其他长老提出异议的时候，巫彭元帅只是满不在乎地回答，

“而且那些傀儡也不会生孩子。”

飞廉那家伙是湘的前任主人吧？是不是和这个傀儡也上过床，所以才这般紧张——在他带着湘前往砂之国执行任务时，飞廉还巴巴儿地跑上来叮嘱，要他照顾好这个鲛人傀儡，还送上了这个防止肌肤开裂的油膏。

少将嘴角忽然流露出一丝冷笑，看着月光下遍体如玉的鲛人傀儡，摇了摇头，却只是俯过身，挖了一片药膏，涂抹在湘无法触摸到的后背上。鲛人的体温是很低的，摸上去也如同一块玉石。

那样冰冷没有温度的躯体……抱在怀里，会让人觉得舒服吗？一个美丽的空壳，没有意识、苍白漠然的表情——和这样的傀儡上床？飞廉那家伙，什么时候变得和那群军官一样令人恶心了……难为在演武堂的时候，自己还曾和他齐名，并称双璧。

云焕眼里陡然有种嫌恶的神色，将袍子扔到湘身上：“穿上，吃饭。”

鲛人傀儡欠了欠身，同样毫无表情地捡起袍子穿了上去，服从地移到火堆边开始吃饭。在套上面罩的一刹那，深碧色的眼睛里陡然有一掠而过的神色变化。然而等衣衫穿好，便重新恢复到了一贯的面如死水。

临睡前，云焕按惯例开始检视随身携带的武器，然后将箭囊垫在头下，开始休息——半空的箭囊能放大地面传来的声音，如果半夜有人马接近，他便能迅速觉察。

这里以前是霍图部的地方，也算是水草丰美……可惜五十年前巫彭大人平叛后就空无人烟了。明日该去附近找找有没有游民，或者找个绿洲——不然带着的干粮和饮水很快就要耗尽。可是，在这三日的行走中，根本没看到有人影出现。如果要再往西走，到达镇野军团驻扎的地方，即使有赤驼，大约还需要两日一夜的行程。

是不是应该先去空寂之山，找到师父再说呢？或许师父能给自己一些指点和意见——她是自己在此处唯一可以信赖的人了吧……而且空寂之山下，还有帝国军队驻守，他持有巫彭大人的令符，可以调动一些人手协助——只是，寻找迦楼罗的行动是极保密的，只怕也不能让当地驻军知晓。

云焕和夜空默默对视，剑眉微微蹙起，心神忽然间变得一片空旷。

这样荒漠中的天人合一，在童年和少年时期曾有过无数次吧？那时候他也曾居住在这片荒漠之上……那样遥远的过去。

云家虽然是冰族，却一直不能居住在帝都，被放逐在外。究其原因，据说在开国初期，祖上曾有人和空桑遗民通婚——这违反了帝国不许和外族联姻的禁令，从此云家被族人视为异类，逐出帝都伽蓝，流放属国，几十年来颠沛流离。

童年时期，他曾随着家里人迁徙过大半个云荒，总是生活在不停的变动中，刚刚熟悉、习惯的东西经常一夕间就会离他远去。那样动荡不安的生活，养成了他从小就对一切漠然的习惯——从童年时开始，他就再也不对周身任何事物投入感情，因为他知道那些东西终究不能长久。

十三岁那年他在砂之国遇上师父，身为空桑遗民的师父却居然收了这个冰族的少年为弟子。拜师、学剑，只有短短的三年时间。然后，他就随着家人迁回了帝都伽蓝城——可那一段岁月，却已经是他少年时最平静温暖的记忆。

“记住，剑圣之剑，只为天下人而拔。如非必要，不要回来见我。”

离开的时候，师父将那把光剑递给他，冷冷吩咐，语声一反往日的温柔。他沉默地领命，接过剑，头也不回地离开——师父的一切吩咐，他从不曾违反过一句。

他随着家人离开了砂之国，回到帝都伽蓝——那是冰族聚居的城市。虽然被安排在最下等冰族居住的外城里，可是家人都欢天喜地，有种流放遇赦、终于归家的喜悦。毕竟，在属地上，冰族虽然有诸多特权，可那些被征服的领地上的贱民们的眼光却让人如芒在背。

只有他郁郁不乐。感觉多年来时刻都在变化的环境忽然间凝固了，那种一成不变的生活仿佛一个牢笼，将少年困住，动弹不能。这个门第森严、充满了秩序和力量等级划分的帝都，令他觉得窒息。

然而，自幼孤僻的他，即便有一些情绪上的变化，也不曾被任何人注意。

他在窒息中学会了挣扎，然后，逐步长大。这么多年来，他在不断地战斗，往上攀登，获取更大的力量和地位，以求……以求什么呢？

他不知道。

他不屑于和那些征天军团的战士们混在一起，他觉得那些只会相互比哪个的傀儡更美丽、哪个又在战斗中斩杀了多少头颅的同僚们毫无主见，就如同地上凭着本性蠕动的爬虫，令疾步前进的人恨不得一脚踩死。

在帝都，能力出众的少将是如此冷漠桀骜、眼高于顶，让军中所有人都看他不顺眼。当然，作为云家唯一的男子，他那炙手可热的家世也让别人不敢轻易靠近。在整个征天军团里，虽然每日都被无数下属包围着，其实他从未觉得自己有同伴。

沧流帝国少将枕着箭囊，脑子里却是翻腾着各种筹划，辗转难眠，想着想着，脱口道："潇，你说我们是该直接去空寂之山，还是先在这附近继续找？"

然而，只有呼啸的风声回答他。

这句下意识的问话一出口，云焕也是不自禁地愣了一下，尴尬的神色浮现在他脸上——居然忘了吗？潇是他原先的傀儡，可在一个月前的遭遇战里，已经被他当作挡箭牌，遗弃在了桃源郡……她，她现在，又怎么样了？那个傀儡师应该已经杀了她吧？

眼前湘的脸苍白而麻木，仿佛没有听到一般自顾自地往火堆里添加红棘，想让睡在毯子上的主人更加暖和一些——他知道傀儡是不能做出这样建设性的回答的，她们不能自己思考，只能听从主人已有的指令。

他如今，是没有任何同伴了。

嘴角浮起一丝苦笑，再也不去想，他转过头，睡去。

半夜里，云焕被一阵断断续续的悲泣声惊醒，宛如无数人围绕在他身侧掩面哭泣，悲痛异常。什么声音？他闪电般侧身，由卧姿站起，下意识地握紧了腰侧的光剑，肩臂蓄力，眼神亮如鹰隼。

然而，没有人——猎猎风沙吹着，月光下银白色的沙丘缓缓移动，没有一个人影。

篝火的另一边，湘已经睡着了。娇小的身子裹着斗篷，靠着火堆侧卧，深蓝色的长发在沙漠上流淌出水一般的光泽。

云焕却不敢有一丝大意，侧耳细细听着时远时近的哭泣声，感觉心头有异样的震动。

"扑啦啦"，忽然间，极远极远处，仿佛传来什么巨大东西扑扇翅膀的声音，极轻极轻，夹杂在呼啸的风沙里，若不是云焕得到剑圣门下真传，修习五蕴六识，根本无法辨出。就在听到那些声音的同时，他脸色大变，想也不想立刻扑过去，一手扯起地上毯子一角，用力掀了过来！

沉睡的湘一下子骨碌碌滚到了沙地上，茫然惊醒。

然而不等鲛人傀儡惊觉发生了什么，云焕已经将毯子一掀一卷，兜头蒙到了燃烧的火堆上——杂着鲛丝的织物水火不入，立刻将那堆火熄灭。与此同时，沧流帝国少将点足扑过来，一把摁下傀儡的头，拉着她扑倒在沙丘背后！

那一系列动作快得宛如闪电，只是一个眨眼工夫，头顶上就响起了巨大的扑簌声。

沙风更加猛烈，隐隐仿佛有气流旋转，带起龙卷风般的沙暴——而那些由远而近的扑扇声已经近在头顶，那些哭泣般的声音也分外响亮起来，有老有少，哭腔迥异，带着说不出的诡异气氛。

傀儡不知道恐惧，主人不让她动，她便怔怔扑倒在地，看着那些黑夜中云集的大片乌云移动着通过头顶上空，湛碧色的瞳孔空洞无神。

“那么多的鸟灵……怎么忽然都云集到这里了？”云焕的手按着湘的背，直到那些哭泣的声音远去才松开手，目视着乌云远去的北方，忽然抬头看了看月色，喃喃自语，“是了，明晚又是月圆之夜——五月十五。那些鸟灵，是要前往空寂之山哭拜吧？”

他虽没有亲历百年前那一场旷世之战，却也隐约听说了当年战争的惨烈。

前朝空桑被征服的时候，除了十万帝都民众沉入无色城逃过一劫，其余千万空桑人都被屠戮一空，血流漂杵，伏尸千里。而那些生前信仰神力的空桑人死后也不肯好好安分，居然化身为鸟灵为祸云荒大地，试图动摇新帝国的统治。

沧流帝国建国之后，帝国出动军团围剿多年，终于迫使鸟灵安分了一些，达成了不袭击治下百姓的协议。而十巫也在西方空寂之山设立了祭坛，将所有战争中死去的空桑人的魂魄镇在那里，用无上的力量封印了那些恶鬼，不让他们逃逸入阳世，在山下更派驻了大量的帝国战士看守。

然而百年来，那些空寂之山上被封印的恶鬼们依旧不肯安息，夜夜在山头望着帝都伽蓝城痛哭，哭声响彻整个云荒，也引来他们的同类——每年五月十五，那些游荡在云荒大地的鸟灵就会从各个方向飞向空寂之山，云集在遍布尸体的绝顶上哭泣，表达亡国百年也不曾熄灭的悲痛和仇恨。

云焕听着那些哭声远去，吐出了一口气，从沙丘后站起，将出鞘的光剑收起。

虽然帝国和这些魔物有互不侵扰的协议，然而身负这样重要的机密任务，他可不想节外生枝地和这些鸟灵起冲突，能避开就避开。

湘面无表情地坐了起来，看着主人，等待他的命令。

“你睡吧，不要再生火了。”云焕小憩后已经恢复了体力，淡淡吩咐鲛人傀儡。湘听到了吩咐，立刻安安静静地躺了下来，毯子已经不在原处，她就和衣睡倒在沙地上。

“傀儡就是麻烦……少吩咐一句都不行。”云焕蹙眉，俯下身去拉起了熄灭的火堆上尚存温热的毯子，微微扬手，准确地将毯子扔到了湘身上，“盖上这个。”

湘纤细的手抓住毯子，听话地紧紧裹在了身上，按照主人的吩咐转身睡去。

星光下的大漠犹如银白色的海洋，点点沙砾泛着柔光。风呼啸而来，呼啸而去，充满粗粝狂放的气息——那样熟悉的空气，在十六岁离开砂之国的天极风城，回到伽蓝帝都之后，他已经有将近十年没有呼吸到。

那曾经纵鹰骑射、击剑跃马的少年意气……已经被埋葬在黄沙里了吗？

沧流帝国的少将眼里陡然有了一抹少有的激越亮色，忽然间长长吐出一口气，铮然拔剑！

月下一片冷光流出，纵横在万里瀚海之上。在空茫无边的荒漠里，只有冷月和天风相伴的夜幕下，沧流帝国新一代最优秀的青年军官击剑月下，纵横凌厉，一反在帝都时的沉默克制——只有在一如昔日的月光和荒漠下，他才能重新回到十五六岁的少年时，将所有的轻狂不羁、锋芒和自负淋漓尽致地展现。

剑圣门下的“九问”在他手中一一施展开来，剑光如闪电纵横，身形更如游龙飞翼，骖翔不定，静止万端。一口气将“九问”连绵回环练了三遍，额头沁出微微的汗，云焕才放缓了速度，剑势渐渐停滞。

问天何寿？问地何极？人生几何？生何欢，死何苦？情为何物……苍生何辜？

剑芒从光剑里吞吐而出，剑尖在空气中划出凌厉的弧度，最后唰地停下，熄灭。然而云焕微微喘息，眼神有了明暗变化：是的，有杂念——这一次，在他竭尽全力练习剑法的时候，居然压抑不住心头翻涌的杂念！

短短的瞬间，他居然想起了那么多乱七八糟的东西……姐姐云烛，妹妹云焰，巫彭大人，这次的重任，闪念间，居然还想起了潇……甚至方才湘曼妙雪白的胴体。

那样多的杂念在瞬间不受控制地涌出，牵制住了他的剑势，光剑仿佛被看不见的力量禁锢，缓缓停滞。云焕额头的冷汗涔涔而下，忽然深吸一口气，勉力加快了剑势，控制着心中莫名的燥热杂念——

“唰！”光剑忽然被脱手掷入沙地，直至没柄，云焕筋疲力尽地跪倒在荒漠中，手指深深插入沙土中，痉挛着握紧，让粗粝的砂石磨着手心的肌肤。

不行……还是不行！最近心里有越来越多的杂念，这都是以往没有的。

慕湮师父曾说他资质惊人，剑术方面的天分甚至要超过她以前的两个弟子，所以才动了爱才之念，打破部族的界限收他入门。空桑剑圣一门，传承千年，还是第一次收了一个外族的弟子吧？而且，还是百年前将空桑灭亡的冰族弟子！

最初授业的三年，他的确进境一日千里，极短的时间内就掌握了“九问”中最高深的剑法，于是师父让他出师，然后离开了砂之国回到帝都。然而在伽蓝城里，虽然剑术上傲视同僚、冠绝三军，可无论此后下多少苦功，八年多的时间里却从未有长足进步。

他不知道自己是怎么了……决心、精力、时间，都比少年时更投入，却再也没有进步！难道，他这一生，就只能止步于此了吗？！

被光剑掷出的声音惊醒，湘有些茫然地睁开眼睛，询问地看着自己的主人。然而那样清澈懵懂的眼睛，陡然便让他回想起月下那样光洁白皙的美人鱼，心中的烦躁和阴暗进一步加深，他迅速转过头，忽然间厉斥：“闭眼！”

那样充满杀气的语调没有吓住鲛人傀儡，湘只是面无表情地乖乖闭上了眼睛。

云焕拔起光剑，横过剑，一寸寸从掌心拖过。剑芒缓缓划破他的手心，血如同红色珊瑚珠子沁了出来。剧烈的刺痛让他的气息慢慢平复，恢复了冷静。

然而，就在暗夜的静默中，他忽然听到了遥远处传来的惊叫和呼救声——夹杂在风里，除了轻得几乎听不见的翅膀扑簌声，隐约还有人畜的悲鸣和嘶喊。

有人？这附近有人？那些人，是遇到了什么袭击？

云焕的眼睛陡然雪亮，向着远方声音传来之处陡然掠出，生怕自己来不及赶到那边——湘看到主人起身，下意识地便迅速收拾东西，想要跟上去。

“你在原地别动。”云焕停了一下，回头看了一眼疲惫不堪的鲛人，“你跟不上我的，等我去看得明白了再回头找你——你别乱走，在原地点起火当标记。”

“是。”鲛人傀儡低下头，从命。

声音传来的地方大约在十里开外，云焕一边迎着沙风奔驰，一边不停看着星斗判断着方位。虽然一刻都没有耽搁，但赶到那里时一场厮杀已经接近尾声。

当他赶到声音传出之处时，头顶的星光忽然间全消失了，只有漆黑的云在翻涌，发出刺耳的声音——那是大群的鸟灵在此聚集，发出哭泣般的呼啸，扑簌着掠低，狠狠撕裂地上奔逃着的牧民模样的人群。

云焕愣了一下，迅速权衡是否该出手，然而就在这一刹那，其中一头巨大的鸟灵已经用长长的利爪抓起了一个少年，十指交扣，便是要把手中血肉撕裂。

“阿都！”人群中忽然有个女声叫了起来，一支金色的小箭呼啸而出，猛地钉在了鸟灵的利爪关节上，准而劲，一下子对穿而过。受伤的鸟灵发出惊天动地的嘶叫，黑色的血淅沥而下，爪子一松，那个少年从半空滚落在沙地上。周围巨大的黑影一下子向着人群中那个发箭的红衫女郎围了过去。

阿都？短短两个音节风般呼啸而过，然而远处观望的云焕却陡然一震，抬起头来，依稀看见了乌云簇拥中那一袭猎猎如火的红衫。

无数利爪如长矛般抓过来，在冷月下闪着金属的冷光。黑翼的鸟灵双翅之间有着人类的脸，随着情绪不同，变幻出各种不同的面貌，然而个个眼里带着嗜血的神色，发出类似哭泣的笑声，将那个伤了它们同类的女郎围到中间。

红衫女郎逆着族人奔逃的方向冲出，似乎是想引开这些魔物。跑了几步，发现鸟灵的大部队没有追来，女郎一挥手，三箭连珠射向追来的魔物。然而这一次鸟灵们有了准备，三箭只是阻了阻它们的脚步，却没有一箭命中。

鸟灵被激怒了，利爪再度伸来，迅疾如雷电。红衣女子忽然收起了弓，从靴中抽出一把短剑来，手腕一转一刺，招数居然极为巧妙，短剑也是削铁如泥，转瞬便在身周划出一道光幕。那些鸟灵再度猝不及防，当先伸到的几只爪子便被削断，纷纷惊嘶着后退。引开了这群嗜血魔物，看到族人都奔逃得差不多远了，女郎得了这会儿空当，大口喘息。束发红巾被抓破了，一头金色的长发如瀑布般泻下。然而不等她喘过气来，那些鸟灵再度振翅呼啸而来！

“姐姐！姐姐！”那个逃生的少年眼见情况危急，大叫着扑过来。

“快给我滚开！带好神物，和大家快逃！”红衣女子一边极力用短剑阻挡着那些如林刺到的魔爪，一边厉声大骂，然而方一分心，肩头便被洞穿。“噗”的一声，一只鸟灵顺利地抓住了她，利爪刺穿她肩头将她身子提上了半空！

无数双利爪对着她戳了过去，瞬间便要将那个极力扭动挣扎的女子撕成碎片。

“姐姐！”地上的少年不舍，哭叫着爬过来，然而魔物们蜂拥而上，将红衣女子在半空撕扯着，半空中滴下的血已经洒落在弟弟的脸上。

“姐姐！”少年不顾一切地奔入包围圈里，嘶声大哭，“姐姐！”

“叶赛尔！”那边已经逃离的人群中也陡然响起了一声大喊，有个人回头冲了过来，双手挥动着一把巨剑，杀入魔物的包围圈，几乎是不顾生死地想去夺回这个女子。

然而，哪里还来得及。

“嚓！”忽然间，荒漠里闪过一道雪亮的电光，撕裂黑暗——那道闪电居然是自下而上地贯穿了抓着红衣女子的那只魔物，只是一击便已毙命。庞然大物轰然坠落地面，翅膀扫得那个哭叫的少年跌倒在地。

“呼啦啦！”所有鸟灵都被惊起，四散，凶狠的目光齐刷刷凝聚在一处。

那只死去的鸟灵颈部横插着一把银色的剑，奇怪的是剑身却发着微微的白光，无形无质，照亮了掠到战圈中的青年男子冷厉的侧脸。云焕也不顾受伤倒地的女子，只是反手从魔物颈中拔出光剑，冷冷扬头看着半空中云集的鸟灵：“滚开！”

“你们和沧流帝国曾有协定，不得侵扰帝国治下百姓！”按着剑，时刻防备这群魔物的反扑，云焕实在也是不愿和对方硬拼，只好抬出了这样冠冕堂皇的理由，厉斥，“难道你们以为这里天高皇帝远便可以为所欲为吗？问问我手中的光剑答不答应吧！”

“是军人！”“沧流帝国的军人！”“哎呀，被看到了呢……”

看着拔剑四顾的男子，魔物们相顾片刻，窃窃私语，忽然间仿佛达成了什么共识，一齐振翅呼啦啦往西方尽头飞去，抛下了这顿血肉的盛宴。

荒漠里陡然又陷入了令人恐惧的寂静，血的腥味弥漫在夜里。

“光剑……咳咳，剑圣门下？”血泊中，红衣女子挣扎着站起，目睹了方才惊动天地的一剑，眼睛里是惊喜交加的光，脱口道，“难道你是……是……”

“叶赛尔，阿都。”同样的血泊中，青年收剑归鞘，嘴角忽然浮起少见的笑意，回头看着地上挣扎着爬起的姐弟，“真是想不到会遇见你们。”

是的，谁会想到呢？这次来到砂之国荒无人烟的博古尔沙漠执行任务，居然遇到了幼年时熟识的朋友——那些游荡在沙漠上的民族，逐水草而居，也是居无定所。十六岁他随着家人回归伽蓝城后，就没有想过还能遇到叶赛尔姐弟。

“阿都，你快过来，你看这是谁！”叫叶赛尔的红衣女子在月光下看清楚了对方的脸，惊喜交集地叫了起来，拉过了尚自惊魂未定的弟弟，“你快看，这是谁？”

满脸血泪的少年被一把推到了前面，讷讷抬起头看着比自己高一个头的青年男子，忽然间怔住了。然后用力用手背擦了擦眼睛，再看。等看清楚那把银白色的光剑时，终于惊喜地跳了起来，一下子抱住了对方的脖子：“云焕！云焕！云焕回来了呀！”

周围那些奔逃散了的牧民陆陆续续回来了，听得姐弟俩这样的欢呼，不少人立时聚了过来，将年轻剑客围在中间。然而表情却是各异的，年长一些的族人都是木着脸，用疑虑的眼光打量着来客，淡淡地寒暄几句；只有年轻的牧民热情地围了过来，拍着肩膀大声招呼——这些都是他早年居住砂之国时认识的同伴，如今都已经长大成英武剽悍的大漠勇士了。

云焕的表情却是颇为尴尬的。长年的军团生涯让他一切反应都变得淡漠，几乎都不知道如何回应忽然间涌来的热情——那些伸过来拍着他肩膀的手在下意识中就被他不露痕迹地侧身躲过，脸上只是保持着礼节性的淡淡笑意。

“云焕！你还记不记得我是谁？”然而有一双手的动作却是快过其他人，他一侧身，居然躲不过去，那双有力的大手立刻落到了他双肩上，耳边有人朗朗地笑，“我是奥普啊！那时候打群架经常把你压在地上揍的大个子奥普，不记得了吗？”

奥普？微微愣了一下，抬起头看到的却是一张古铜色的脸，健壮的躯体和爽朗的笑容——便是方才那个拿着把巨剑冲入魔物群中营救叶赛尔的高大汉子，族中的第一勇士。

是他吗？云焕嘴角忽然忍不住地浮现出一个笑容，却是不说话，只微微侧了侧肩，也不见他如何使力，就从对方手中脱身出来，退了一步站定。

热情地伸过来的手落了空，奥普忍不住愣了一下。篝火已经再度燃起，照亮了众人。叶赛尔定定地看着来客，几乎要脱口惊呼出来，然而用雪白的牙齿咬住了下唇，硬生生忍住：“云焕！你难道现在成了……”

看着对方身上的戎装，霍然明白了云焕如今的身份，大家的神色迅疾僵冷下去。

“云焕！你们全家这些年搬去哪里了呀，都不回这片大漠了吗？”只有少年阿都感觉不到大家情绪的变化，带着死里逃生的惊喜，一味拉着对方往帐子里走去，“快来喝喝姐姐新酿的马奶酒……比你以前喝的都好喝呢！哦，你知不知道姐姐现在当了族长了？好厉害的——这些年来她带着大家在沙漠上逃啊逃，被那些天杀的军队追，半刻没歇下来，你快进来……”

话刚说到一半，刚撩开帐门口的垂帘，少年的手臂却被猛地拉住了，一个趔趄往外退开。阿都惊讶地抬起头来，看到拦着他的居然是作为族长的姐姐。

“帐子里放着族里的神物，外人不能进去。”叶赛尔重新束好了头发，红衣染血，却是冷冷地挡在了门口，眼光落在方才的救命恩人身上，一字一顿，“特别是，沧流帝国征天军团的少将阁下！”

“云焕！”吓了一跳，少年阿都陡然低呼，震惊地回头。

篝火已经燃起来了，明灭的红色火焰映照着来客身上银黑两色的戎装，袖口和衣襟处都用银丝绣着双头金翅鸟的标记，六翼——那是沧流帝国征天军团中将领的身份标志。

阿都不敢相信地打量着他这一身打扮，清澈明亮的眸子陡然暗淡了下去。云焕站在帐篷门外，感觉少年抓着他手臂的手指在一分分松开，嘴角忽然浮起一丝冷笑，不等对方的手彻底松开，只是微微一震手臂，便将少年震开，对着拦在门口的红衣女子点点头：“不过是偶遇，我也有急事，就不多留了，我的鲛人傀儡还在等着我。”

顿了顿，青年军人沉吟着加了一句：“只是想向你们买两头赤驼和一只沙舟，如何？”

叶赛尔面色一凝，似乎颇为难，抬头看了周围的老者和族人一眼，不知如何回答。自从五十年前忍无可忍地举起反旗，他们霍图部便长年被沧流帝国追杀，就算费尽力气找到偏僻的沙洲躲起来，也不出一年半载便要被逼得再次亡命天涯——他们这一族是无法落地的鸟儿，被凶猛的猎鹰追逐着，必须用尽全力在这片荒无人烟的沙漠上奔逃。几十年的亡命途中，又有多少族人死在沧流帝国的军队手里？

那样深刻的仇恨几乎是刻入骨髓的，如果换了别的沧流军人，在踏入营帐的时候便会被全族合力击杀——然而，这次来的人却是云焕。

“不要逼我，叶赛尔，”看到长者们脸上浮起的愤恨，知道立刻得到的将会是什么回答，帝国少将眼色转瞬冰冷，语气也变得锋利，“不要逼我自己动手，我还不想把事情搞得那么糟……我不过是想去空寂之山看师父，需要沙舟和赤驼。”

那样冷厉镇定的威胁和恳求，陡然间就把方才重逢的喜悦冲得一干二净。

“云焕？”少年阿都被那种冰冷的杀气刺了一下，不自禁地倒退一步，看着童年时曾和自己一起嬉闹的人，难以置信地喃喃，“你……你是威胁……要杀了我们吗？”

“这不是威胁，我只是说律令。帝国规定：凡是属地上每个居民的任何财物，在必要时军队都可以无偿征用。”少将的眼睛是没有任何温度的，把手搭在剑柄上，注视着女族长，重复一遍，“我需要两头赤驼和一只沙舟。”

“去他妈的帝国律令！”那样冰冷的语气，却是激起了族中年轻人的愤怒，无数人怒骂着上前，拔出了腰刀，却被大个子奥普拦下，厉声低斥：“对方是剑圣门下！不要送死！”

“剑圣门下？”霍图部的人齐齐一怔，有个头发花白的老妇人扶着杖子喃喃，眼神刻毒激奋，“空寂古墓里的女剑圣慕湮？空桑剑圣一脉，如何收了冰夷当弟子？慕湮剑圣沉睡百年，难道是真的神志不清了……”

“嚓！”那个老妇人低语未毕，忽然她头巾便片片碎裂，花白头发飞蓬般扬起，惊得她脸色苍白，倒退了三大步，旁边有个小女孩惊叫着扑上来扶住了她：“外婆！外婆！”

“再对我师父有丝毫不敬，我便要你的人头。”一直态度克制的沧流少将眼里杀气毕现，握剑的手上青筋突兀，恶狠狠地恐吓古稀高龄的老人。那样的威吓一方面暂时镇住了霍图部的人，另一方面却也点燃了牧民们的激烈反抗情绪。

“给他！”僵持中，作为族长的红衣叶赛尔忽然开口了，“把他要的给他！”

“叶赛尔……”周围族人中发出低低的抗议。

“不是给沧流军队，只算是他方才从鸟灵中救了我们一族的回报。”叶赛尔的眼睛冷锐如冰，一字一字下令，“沙漠上的儿女恩怨分明，对于救命恩人的要求无人可以拒绝。”

牧民们相顾，知道族长说得没错。抗议声渐渐消失。老妇人嘀咕了几句，便扶着帐子转身去牲畜圈里打点。帐篷门口，等着族人下去准备东西，叶赛尔侧过身将发呆的阿都拉过来，揽到怀里：“别再靠近他，说不定很快他就会带着那些魔鬼来追杀我们了！”

“叶赛尔姐姐！”少年忍不住回头看了一眼军人毫无表情的脸，仿佛觉得恐惧，钻入了姐姐的臂弯，身子微微发抖。

“我不是来追杀你们的。”显然是对昔日在荒僻大漠相处过的部族知根知底，云焕将手从剑柄上放下，低下了眼睛，“我有另外的任务，所以你们尽管放心。”

“呵……你是沧流帝国的军人，回去难道不会把我们霍图部的消息通报上去领功？”叶赛尔冷笑起来，看着以前曾经青梅竹马的男子，眼神又是悲哀又是倔强，“你们沧流帝国追杀了我们五十年，依旧无法将我们一网打尽。如果得知了我们确切的藏身地，那是好大的功劳啊……”

云焕神色依旧不动，垂目看着自己的佩剑，淡淡回答：“如果元帅不问起，我就不说。”

这样的回答倒是让叶赛尔愣了一下，失笑：“不问就不说？如果问了呢？”

“那当然是照实回答——作为帝国军人，绝不允许对上级将官说谎。”云焕面无表情地回答，“不过，自从我加入军团到现在为止，巫彭元帅尚未问过我比较私人的事情，我想不出意外的话，这次他也不会问起。”

“云焕，你的脾气怎么还是那样又僵又硬？”那样斩钉截铁的答复让叶赛尔忍不住笑了起来，却不知该愤怒还是安慰。笑着笑着，明朗的眼神就暗淡下去，拉紧了怀里的弟弟。

“姐姐，你……你为什么发抖？”十二三岁的少年不懂掩饰，惊慌地抬头。

“没什么。”叶赛尔一扬头，黄金般的长发飞扬起来，干脆地回头，“赤驼和沙舟都备好了。云焕，从此我们各不相欠。”

声音未落，沧流帝国的少将已经走到了牲畜和机械旁边，显然是不放心对方准备好的东西，极其熟练地迅速检视一遍，确认没有任何埋藏的机关后才对着女族长点了点头，面无表情地牵起了赤驼，转过身去：“打扰了。”

所有霍图部的遗民聚集在帐前，眼睁睁看着这个年轻少将牵着族里的牲畜和座驾扬长而去，有几个年轻人气不过，张开了弓箭，对准了那个掠夺者的后背：“强盗！”

“住手！”奥普想要阻拦已经来不及，几支箭无声无息地穿透了空气激射而出！

“云焕！”那个瞬间，阿都听到姐姐失声尖叫起来。

然而沧流帝国少将的脚步停都不停，只是反手一挥，就将射到的箭尽数收入手中，手指微微顿了顿，似乎在考虑是否要反手甩出。族中那几个莽撞的年轻人惊慌地往后退，转瞬却见那些箭以三倍的速度呼啸着返回，在他们来得及避开前击中心窝！

“哎呀！”族中响起了一阵惊呼，那些年轻人的亲友们围了上去，七手八脚地扶起倒地的人，惊惧地痛骂——然而地上那些人只是睁着眼睛发呆，半晌吐出了一口气，自己坐了起来，心口的箭啪地掉了下来。

每一支箭都是光秃秃的，锋锐的箭头已经被折断。

“忒没志气——居然在背后袭击别人？我以为霍图部个个都该是好男儿。”顿了顿脚步，戎装的帝国战士回过头看着那些受到惊吓的年轻人，嘴角有锋锐的冷笑，“叶赛尔，把你当年的泼辣劲拿点出来管教族人吧，或许以后我真的奉命来追杀的时候，你们还能多撑一会儿。”

那样冷锐的话，却是带着深不见底的微微苦笑。转身走开之时，仿佛又想起了什么，云焕补充："对了，你的剑法还是我师父那时候教了你三日的那套吗？练习得一点都不得法啊……剑法不是一味地越快越好，骖翔不定、静止万端，那才是正道——你回去多想想，免得将来在我剑下走不过十招。"

听得那样的嘱咐，叶赛尔陡然间再也撑不住，忽地一跺脚，失声哭了出来，痛骂："该死的，你……你为什么要去当那个鬼帝国的将军？！好好的，我们要当你死我活的仇人了！"

红衣女子跺着脚，忽然就是一箭射过来。

云焕微微仰首，箭贴着他鼻尖掠过，他舒手扣住那支金色小箭，仿佛也有些微的感慨，回头看着童年时一干好友，目光最后停在红衣女子明丽的脸上："叶赛尔，你又为什么要当霍图部的族长呢——那都是我们各自的选择。"

随手将那支小箭甩入赤驼背上的大褡裢，沧流帝国少将翻身而上，离去。

"呵，看那个冰夷能嚣张多久……"月光下，赤驼和人的影子都渐渐看不见了，叶赛尔尚在怔怔出神，耳边忽然听到一个苍老嘶哑的声音，带着刻毒的仇恨，"别以为是剑圣的门下，就能为所欲为了！"

她惊讶地回过头，看到的是族中兼任巫师和医生的罗谛大娘。老妇人曾有过五个儿子和三个女儿，却在长达五十年的流离中一一死去，现在只有一个小外孙女陪着这个半瞎的老妇人。说起对沧流帝国的仇恨，族中恐怕无人能出其右。

老妇人琥珀般昏黄的眼在月下发出刻毒的光，看着来人远去的方向。

"罗谛大娘……你……你难道……"陡然觉得不对，叶赛尔脱口而出。

"哦呵呵……是啊，叶赛尔侄女，你猜对了！"老女巫眼里有狂热的复仇光芒，抬起枯瘦的手给族长看——无名指上割破的痕迹还在渗血，女巫桀桀笑了起来，挥舞着手，近乎咆哮地宣布："我下咒啦！一共下了三重燃血咒，在那两头赤驼身上！"

"罗谛大娘！"叶赛尔脸色唰地雪白，作为霍图部的人，她也知道燃血咒的作用是什么——那是散发血腥味道，吸引方圆百里内魔物疯狂攻击的符咒！

"呵呵呵……那些冰夷！只知道摆弄木头铁块，造那些机械怪物——对于术法可是一窍不通！哈哈哈，看他检查半天，就是没看出赤驼上下的咒！"老女巫挥舞着流血的手，干枯的脸上有怨毒的表情，"去空寂之山？简直太好了……我让他去空寂之山喂魔物！不到山下一百里，那里云集的魔物一定会扑过去将他吃得骨头都不剩！哈哈哈哈……”

“天啊……”恍然明白了女巫这个计划的用心，叶赛尔打了个寒战，“云焕。”

下意识地，红衣女子便想追出去警告那个沧流帝国的少将，然而奥普及时拉住了她的胳膊，对着她微微摇头，示意她去看周围族人同仇敌忾的眼神，让她明白此时此地绝对不可以再袒护那个敌方的少将。

正在迟疑之间，忽然听到方才跑进帐子的阿都发出了一声惊呼，啪的一声，是什么东西落地的声音。

“怎么了？”听得重物落地，所有人都大惊失色，叶赛尔脸色一白，脱口厉喝，“阿都？你是不是摔了神物？”

一边喝问，女族长一边已经揭帘进入，看到了站在那里发呆的弟弟。

“不！不是我动的！”少年本来惊得发呆，此刻终于回过神来，直跳起来，指着地上的一个石匣，“是它，是它自己忽然动了！它自己忽然动了起来！”

地上躺着一个白石的匣子，上面雕刻着繁复的花纹——正是五十年前霍图部揭竿而起、反抗沧流帝国统治时，冲入空寂之山上冰族祭坛夺来的神物。除了族中最老的巫师，从来没有人知道匣子里封印的是什么，又有什么样的巨大价值——以至于几十年来沧流帝国如影随形地追杀不休，为了保住这件神物更是牺牲了无数的族人。

“天神啊！难道是……难道是命运的转轮开始转动了？”老女巫一下子跪了下去，小心翼翼地捧起那个石匣，干枯的手指抚摩着上面雕刻的繁复咒语，细细检视。

一道细微的裂痕，顺着原先覆盖住石匣盖子的封印延展开来。裂缝下，隐约可见一只苍白的断臂躺在石匣中，手指微微开始颤动。

老女巫琥珀般的眼珠忽然发出了骇人的亮光，她一下子匍匐在地上，将石匣高高举过头顶，用苍老喑哑的声音颤声宣布：“感谢天神，感谢天神！六合封印已经开始被打破了啊……帝王之血开始流动了！命运转轮重新转动，我们霍图部重见天日有期了！”

虽然不明白女巫前面那些话的意思，可最后一句话如同风一样传播在族人中，预言着自由光明的到来，于是所有人都立刻匍匐着拜倒在地，歌颂着天神，眼里有狂喜的光。

“天神曾托梦给我，告诉我：当石匣上封印出现第一道裂痕的时候，我们必须带着神物赶往东南方最繁华的城市——在那里，会有宿命中指定的少女来解开这个封印，让帝王之血的力量重新展现在这个世上，冰夷的统治将如同冰雪消融。”老女巫喃喃地复述着多年来一直对同族说起的话，“我们苦苦熬了五十年，如今，终于到时候了……终于到时候了！”

“东南方最繁华的城市？是说叶城吗？”女族长抬起了头，盯着那个神秘的石匣，低声自语了一句，“要我们霍图部，去那个充满铜臭味的地方？”

“必须去，族长。”老女巫的眼睛里有狂热的光，不容置疑地看着叶赛尔，鸡爪般的手指痉挛地握紧了法杖，“那是你命里注定的责任……也是我们霍图部所有人必须要面对的命运！我们五十年前付出了几乎灭族的代价，夺来了神之左手，受尽折磨——如今，终于到了命运转折的时候了！你怎能犹豫不决？”

“命运？”叶赛尔怔了怔，金色长发从红巾中簌簌垂落，然而女族长叹了口气，眼神却是坚决的，“好，那么我们就穿过博古尔沙漠去叶城！我倒要看看，所谓的命运，究竟是什么样的东西！”

第二章

古墓

夜幕下，微弱的火光在沙漠中闪烁，青烟袅袅升起。

篝火旁，蓝发鲛人少女静静地等待着主人的归来，任凭狂沙呼啸也一动不动。不多时，果然听到脚步从西北方过来，两头赤驼拖着一只沙舟从夜色中走出，一名戎装青年男子跳下地来，只是简短吩咐了一句："收拾东西，上路。"

大半夜不得安睡，湘仍只是答应了一声，毫无怨言地开始收拾包袱。

"扔上来。"等东西收拾好，云焕坐在沙舟上对着湘伸出手来，鲛人少女费力地用双手托起那个包袱，递给少将，云焕一手拎过包裹，另一手同时探下，便将湘轻轻提了上来，安顿在身侧的座位上。

"会驾驭赤驼吧？"云焕将缰绳递到鲛人的手上，淡淡吩咐了一句，"看着天上的北斗星判断方位，向西方一直走。"

"是。"湘回答了一句，面无表情地接过了缰绳开始驾着赤驼上路。

赤驼厚而软的足踩踏着沙子，轻松而行，整株胡杨木雕成的沙舟在沙地上拖过，留下两道深深的痕迹。荒漠风呼啸着迎面卷来，虽然是初夏的天气，这片博古尔沙漠的半夜依旧冷得令人发抖，嘴里呼出的热气转瞬变成了白雾。

云焕的眼睛却是定定地看着天上的星辰——那里，在漫天冷而碎的小星中，北斗发出璀璨的光。他的目光停在第七颗破军星上，忽然想起了他在军中的封号：破军少将。他的唇角往上扬了一下，沧流冰族从来不信宿命之类的东西，他自然也不认为和自己对应的便是那颗星辰，然而巫彭大人却说可以取其善战披靡之意，用在勇冠三军的爱将身上。

赤驼拉着沙舟，在夜幕下奔向西方尽头，然而一路上少将的眼神却是反常地恍惚。

这样的暗夜独行，像极了他迄今为止的人生。他终归是没有同伴的……母亲早逝，父亲战死，姐姐和妹妹先后舍身成为圣女。在他身边的所有人，都不会长久停留。陪着他最长久的居然是一个鲛人，潇——不过不久之前也已经被他在战斗中牺牲掉了。

如今，连往日仅有的朋友都和他割袍断义。

然而回忆起这些的时候，沧流帝国少将的脸色依然无一丝表情。

默默的跋涉中，不知过了多久，天色微微透亮，大漠依然无边无际地延展着，然而在微黄的沙尘中，已经依稀能看见极远处青黛色的山峦影子。那是矗立在西方尽头的空寂之山。

黎明前的风里还依稀有哭声传来，那样的悲痛和仇恨，居然百年不灭。

前朝空桑人相信，人死后是有魂魄的，北方尽头的九嶷山便是阴界的入口，人死去后便从那里去往彼岸转生。而那些无法归于彼岸转生的魂魄，便会聚集到西方尽头这座冷峭巍峨的高峰上，一起寂灭。百年前沧流帝国统治了云荒大地，为了镇压那些死后尚自不肯安分的空桑人，便在空寂之山上设立了祭坛，结下了强大的封印。

没有人再上过那座常年积雪的峻岭，传说中，那些空桑人被钉死在空寂之山后，尸体按照生前归属的部族，分成了六个堆堞——每个堆堞下面都是弯弯曲曲的似乎永远没有尽头的地宫。那个死亡的地宫分为九重，四壁居然是用千万的白骨筑成。每一重宫门都有智者大人手书上去的禁锢之咒，越是高贵的尸体——比如各族的王，便封印在越深处的地宫里。

然而那些鬼魂依然不肯安分，虽然被禁锢在那里无法离开，却极力将怨念透出地宫，生根发芽，化成了一株株红色的树，向着东方的故都哭泣不休。那些人形的“树”密密麻麻布满了整座空寂之山，远处看去满山皑皑白雪上宛如长出了红珊瑚的树林，分外美丽。然而那些树枝却是极其阴毒的，能将任何触及到的生灵都拉入死亡的区域——百年来，无人敢上空寂之山一步，甚至飞鸟都不曾越过山头。

除了沧流帝国远驻砂之国的镇野军团西北军所在的空寂城之外，这片沙漠平日极少有牧民出现，就连纵横沙漠、肆无忌惮的盗宝者们，都不敢轻易靠近这片死亡区域。

云焕在黎明的光线里看着远处渐渐清晰起来的巨峰，神色有些恍惚。

他少时就随着家人被帝国放逐到这里居住——在这里，桀骜孤僻的少年被当地所有牧民欺负和孤立，不但大人们不肯和他们一家来往，甚至那些沙漠上凶悍的孩子们都经常和这个脸色苍白的瘦弱冰族孩子过不去。每一日只要他落了单，挑衅和斗殴是免不了的。

那些大漠少年也有自己的骄傲，虽然结伴而来，却始终不曾群殴这个孤单的冰夷孩子，只是一对一地挑战。那些牧民的孩子牛高马大，摔跤射箭更是比他精上十倍，然而他却是胜在打架凶狠，那样不要命的打法往往能吓住那些高大的牧民孩子——不管是不是冰夷，烈日大漠下长大的一族从来都尊敬这样狠气强硬的性格。到后来，每日的打架不再是种族间相互的挑衅，反而成了同龄人一种角力的游戏。

压着他打的大个子奥普、老喜欢拿鞭子抽他的野丫头叶赛尔、当时还是个小不点儿的阿都……正是那些人，让他动荡飘零的童年不再空洞。那时候，他不过是一个被放逐的普通的冰族孩子，还不知道那群牧民居然是帝国追杀多年的霍图部的遗民。

然而……那并不重要。在那个时候，他不是军人，不是征天军团的少将，他并不需要关心身边的人是否企图颠覆他们的国家。他只是个十二三岁的孩子，和另一群年龄相当的孩子混在一起——因为空寂城里没有其他同龄的冰族孩子肯和他做伴。

还记得那一日叶赛尔那丫头提议，说城外南方的石头旷野里，空寂之山的山脚，有一座石砌的古墓，传说那里住着一个仙女，拥有很强大的力量。很多牧民都会在月圆的前一夜前往墓前跪拜祷告，请求墓里仙女的保佑，这样，当那些鸟灵和邪魔在月圆之夜呼啸而来时，那个仙女就会从墓里出现，驾着闪亮的电光在空中驱逐那些魔物，保护牧民和牲畜的安全。

“我们去看看吧！”所有孩子心里都有着对于冒险的渴望，听完叶赛尔的转述，大家都叫了起来，蜂拥往城外奔去——当然，他也被拉着一起走。

然后，在空寂城外的旷野里，孩子们很快被各种奇怪的陷阱困住，发出惊叫。古墓的石门缓缓打开，那个坐在轮椅上微笑着的女子优雅而美丽，仿佛在抬头看着外面大漠上落下去的夕阳，又仿佛在出神，只有怀里的一只幼小的蓝色狐狸，机警地盯着来客。

冰族少年和所有同伴一样看得呆了——眼前这个女子已然不年轻，大约年纪过三旬，脸色有种病态的苍白。坐在轮椅上，一袭白衣，长长的黑发如瀑布般落下，微笑的时候眼波温柔如梦，说不尽的柔美中却又隐隐透出沧桑。

许久，直到太阳从地平线上消失，那个坐着轮椅的女子才回过头来，对一群惊慌的孩子微微一笑："欢迎。"

那是前朝空桑的女剑圣——云荒大地上和尊渊并称的剑术最高者，名字叫作慕湮。自从空桑开国以来，剑圣一脉代代相传，出过无数名留青史的英雄侠客。然而所谓的"剑圣"并不是一个人，每一世都有男女两位剑圣存在，分庭抗礼，各自传承和融会不同风格的剑术，就如昼与夜、天与地一样相互依存。

由于种种原因，慕湮早年出师后并不曾行走于云荒大地，后遭遇变故，更是绝了踏足红尘的念头，所以尽管是空桑的女剑圣，她却远远没有师兄尊渊那样名震天下，她的存在甚至不被常人得知。

这些，都是当他正式拜师入门后，在三年的时间里慢慢得知的——那之前，他只觉得那样的女子并非这个尘世中真实存在的人，仿佛只是久远光阴投下的一个淡然出尘的影子，令人心生冷意，肃然起敬。

折去了所有锋芒和棱角，冰族少年拜倒在异族女子脚下，任轮椅上的人将手轻轻按上他的顶心，传授剑诀——他居然拜了一个空桑女子为师。

……

一路行来，一路沉思，手指下意识地抚摩着腰间的佩剑，忽然震了一下。

"焕"。那个刻在银色剑柄上的小字清晰地压入他手心，闭上眼睛都能想出那个清丽遒劲的字迹——然而师父的脸却已经在记忆中模糊了，只余下一个高洁温柔的影子，宛如每夜抬头就能望见的月轮。

他长大后常常回想，到底为什么师父要破例收了他这个冰族弟子？

同一个时代里，只允许有男女两名剑圣——而前朝的白璎郡主尚在无色城中，空桑的大将西京这些年虽不经常行走于云荒，却也陆陆续续从那些游侠儿的口中听说他的存在。传承已经完成，按照剑圣一门的规矩，师父并不该再收第三名弟子。何况，他还是个敌国的孩子——虽然并非伽蓝帝都的门阀贵族，身上却依然流着冰族的血。

那个灭亡了她的故国、至今尚在镇压着空桑残余力量的敌国！

师父……的确是因为他天资绝顶，才将空桑剑圣一脉的所有倾囊相授吗？莫非，师父是得知了他们云家祖上的秘密？还是……还是因为师父病重多年，自知行将不起，所以急着找一个弟子继承衣钵？

那时候，还是个孩子的他心里有了疑问，却不敢出口询问，他只是经常惊疑不定地望着师父，猜测着空桑女剑圣这一行为背后的用心和深意——是的，从小，他就不是个心怀坦荡的孩子，心里有着太多的猜忌和阴影。

"呵，焕儿，你看你看，"然而坐在轮椅上，看着墓外空地上那一群牧民孩子打闹不休，女子苍白的脸上却泛起明丽的笑容，抬起纤秀的手指给弟子看，"你看奥普——像不像一只雄赳赳地冲人磨牙的小獒犬？"

那样的温柔笑容，仿佛沙漠上最轻柔的明庶风，无声卷来，明朗中微微透出沧桑。

拿剑站在背后的少年微微一愣，忽然间有些羞愧地低下头去，不敢再看。

门外叶赛尔和奥普闹得起劲，大个子奥普显然是让着比自己矮一个半头的红衣女孩，然而叶赛尔不知哪里被惹火了，一边大骂，一边拿着赶赤驼的鞭子啪啪抽去。奥普毕竟不敢对族长的女儿动手，只是抬起双臂护着头，一鞭就在粗壮的古铜色皮肤上留下一道红痕。

"叶赛尔长大了一定是沙漠上一朵会走路的鲜花呢。"看到生气勃勃的英武女孩，女剑圣苍白疲惫的脸上有微微的笑容，眸子深处却是隐隐的渴慕，"一朵开得最盛的红棘花——带刺的、烈艳的……多么漂亮啊。女人一生里最好的年华，会绽放出最美的颜色。"

"师父。"仿佛听出了师父语气里的衰弱，他吃了一惊，立刻递上药碗，"该吃药了。"

"哦……差点忘了。"女剑圣回头接过药，脸色苍白得近乎透明，然而她看着徒儿忽然笑了，"焕儿，你知道你像什么吗？"

“啊？”少年愣了一下，还不等他回过神，慕湮的眼神已经穿过墓门，投向了外面的苍天瀚海，看着荒漠中追逐着风的巨大白鸟，叹了口气：“你就像这只大漠上的白鹰啊……冷锐的、骄傲的，一朝振翅便能风云耸动、俯瞰九天。”

那样的评语，他从未在师父那里得到过——那以后也没有再听到。

然而女剑圣喝下药去，神色依旧委顿，苍白的手指抓着那个空碗，居然都觉得有几分吃力。她低下头，淡淡一笑，摇首：“我把剑圣之剑给你……都不知道将来会如何。”

“师父放心，”似乎被师父脸上那样憔悴的容色惊动，他立刻低下头去，单膝跪倒在轮椅前，“徒儿一定谨记您的教导，为天下人拔剑，诛灭邪魔、平定四方，让云荒不再有变乱动荡，让百姓好好休养生息。”

那样坚定堂皇的话里，隐隐透出的却是另一层意思，同样坚决如铁。

慕湮低下眼睛，却看不到少年弟子的表情。然而她是明白这个孩子所坚持的东西的，终归只是微微叹了口气，便不再说话。

“如非必要，不要再回来找我。”

出师那一日，将特意为他新铸的光剑交到他手上，轮椅上的女剑圣却是这样对十六岁的他吩咐，语声坚决冷淡，完全不同于平日的和颜悦色。他本已决心远行，和家人一起离开这片大漠回归伽蓝圣城——那一刻，他本来也是没有动过会再次回到这里的念头。然而听到那样冷淡的最后嘱咐，少年心里却猛然一痛，等抬起头来古墓已经轰然关闭。

沉重的封墓石落下来，力量万钧地隔断了所有。一切情形仿佛回到了三年前。

他终于知道，在自己颠沛流离的少年岁月里，终究又有一件东西离他而去了。

那样茫然散漫的神思里，他的眼睛也没有焦点，只是随着赤驼的前进，从茫茫一片的沙丘上扫过。红棘尚未到一年一度开花的季节，在沙风中抖着满身尖利的刺，湛蓝色的天宇下有几点黑影以惊人的速度掠过——

那是砂之国的萨朗鹰，宛如白色闪电穿梭在黄尘中，如风般自由遒劲。

师父……还活着吗？如果活着，她也是衰老得如同刚才霍图部的女巫了吧？

努力去回忆最后见到师父时的情形，云焕的眉头微微蹙起——他只模糊记得，师父的伤很重，一直都要不间断地喝药，三年来每日见她，都觉得她宛如夕阳下即将凋落的红棘花，发出淡淡而脆弱的光芒。

这样的她，只怕不能撑过他离开后的八年的漫长时光。

夜色已经重新降临，他们已经朝西前进了整整一天一夜，空寂之山的影子从淡如水墨变得巍峨高大，仿佛占据整个天空般压到他视线里。

山脚下黑沉沉一座孤城如铁，就着空寂之山险峻的山势砌就，远远看去只看到高大的城墙和马面，壁立千仞，城上有零星灯光从角楼透出——那是帝国驻扎地面的镇野军团在西方空寂之山的据点。

这座城池建立于五十年前，这之前则一直是当地霍图部的本旗所在。

五十年前霍图部举起反旗，冲入空寂之山的死亡地宫之后，受到了帝国的全力追杀，由巫彭元帅亲自带领征天军团征剿，加上地面上镇野军团的配合，不出两年，霍图部在沙漠上陷入了绝境，成千上万的尸体堆叠在大漠上，被萨朗鹰啄食、沙狼撕咬。很快，砂之国四大部落里最强大的霍图部就被消灭得干干净净，从此再也没有声息。霍图部的领地也由帝都直接派出的镇野军团接管，牵制着沙漠上另外三个部落，令其不敢再有异心。

一切似乎都已经尘埃落定，帝都的冰族人已经有数十年不曾听说过“霍图部”三个字，一个那样强大的民族，就这样被铁腕漠然从历史中抹去——宛如百年前的空桑一样。但百年后，只有沧流帝国高层的将官嘴里，还时不时会冒出“霍图部”三个字：因为只有那些能接触到帝国机密军政的人才知道，对霍图部的追杀，其实五十年来从未停止过。

那样顽强的一族，就如无法扑灭的星星野火，始终悄无声息地燃烧着。

从演武堂出科后，他直接留在了征天军团的钧天部里，镇守帝都伽蓝，这本是在军队中青云直上最快的途径，凭着出众的能力和炙手可热的家世背景，加上巫彭元帅的提拔，他以二十三岁的年纪成为帝国历史上最年轻的将军——然而也正因为如此，号称勇冠三军的少将实际上很少离开伽蓝城去执行任务，而是把更多精力用在应付帝都各方说不清的势力纠葛上。

和西京的交手中，自己就是吃亏在实战经验上吧……看着渐近的孤城，云焕握紧手中光剑，回忆着一个月前在泽之国桃源郡和同门师兄的那一战，剑眉慢慢蹙起。

不过，相对的，西京师兄却是吃亏在体力和速度上？不，不对——想起了最后自己拿起汀的尸体挡掉西京那一剑后，对方一刹那的失神，云焕蹙眉摇了摇头：西京师兄是吃亏在“心”里牵绊太多，才无法将“技”发挥到最大限度。

西京师兄……还有未曾谋面的师姐白璎，剑圣门下的两位弟子。

剑圣一门，历代以来虽然游离于空桑王朝统治之外，但是依然是空桑那一族的人吧？虽然游离于外，但变乱来临的时候他们还是会为本族而拔剑吧？像西京和白璎……不知道师父到底是怀着什么样的心态，才将自己收入门下。

那样反复的疑虑中，沧流帝国的少将望着铁城上的灯火沉吟，又看了看城下那一座白石砌成的古墓，将手探入怀中，取出一面令符，低头看着，仿佛出现了些微的犹豫。

到底要不要先去师父那里看看？自己身负如此重大的机密任务，时时刻刻得小心行事才好，今晚空寂之山上又云集着四方前来的魔物，自己是不是应该先拿着巫彭大人的令符去空寂城，和驻扎在里面的镇野军团联系上？等明日再去见师父，这样万一自己只身进入古墓出现什么意外，也好……

想到这里，云焕手猛然一震，感觉全身一冷。

出现什么意外？也好什么？

那样的问题他只是猛然触及就觉得心中一乱，根本无法继续如平日那样推理下去。

“湘，掉头，先去空寂城。”用力握着腰侧的光剑，直到上面刻着的那个“焕”字印入掌心肉里，云焕终于下了决心，冷冷吩咐身侧鲛人傀儡。

“是。”湘却是丝毫不懂身侧的主人在刹那间转过多少念头，只是简单地答应了一声，就拉动缰绳，将赤驼拉转了方向，从通往城外石头旷野的路上重新拉回官道。

“等明天，去城里买一篮桃子再去看师父。”将视线从远处古墓上移开，心里忽然跳出了一个念头，云焕唇角浮现出若有若无的笑意——记忆中师父应该练过辟谷之术，几乎仙人般不饮不食，唯一喜好的便是春季鲜美的桃子，那时候他们一群孩子来看师父的时候，几乎每次都不忘带上荒漠绿洲里结出的蜜桃。

这样的小事，这么多年后自己居然还记起来了……云焕只是莫名叹息了一声，转过头去。只盼这样前去，也可以让师父顺利答应帮忙吧。

这个茫茫大漠上，只怕除了师父也没有人能够助他一臂之力了。

在湘抖动手腕挥舞缰绳将赤驼掉头的一刹那，忽然发现那两头温驯的牲畜如同定住一样站在原地，全身瑟瑟发抖。

鲛人傀儡不明所以，只是继续叱喝着催动赤驼。

“住手！”云焕忽然觉得不对，只觉身侧陡然有无穷无尽的杀机涌现，层层将他们包围——天上地下，无所不在的煞气！是什么……是什么东西过来了？空寂之山上黑云翻涌，是那些鸟灵呼啸着扑过来，距离尚在十几里开外，可迫近的杀气却是如此强烈！

“小心！”在看到赤驼身上沁出来的居然是一滴滴的血时，云焕一声断喝，将湘从驾车的位置上一手拉起，右手按上腰间暗簧，光剑已然铮然出鞘。

两头赤驼站在原地，仿佛被什么无形的东西禁锢，动弹不得，大口大口地喘着气、抽搐着，然而不知什么诡异的力量控制着它们庞大的身躯，居然连发出一声悲鸣的力量都丧失了——赤色的毛皮下，仿佛被无数利齿咬着，每个毛孔都渗出鲜血来，染红了沙地。而那些血滴入沙地，转瞬被吸收得了无痕迹，奇怪的是，那些血一渗入地下，黄沙居然沸腾起来！

暗夜里的沙漠本来是静谧而无边无际的，此刻忽然仿佛一块巨石投入水面，泛起轩然大波——赤驼的血一滴滴落入沙中，地面居然翻腾起来。原先不过是沙舟附近的沙地起了波动，然而仿佛水波一圈圈荡漾，范围迅速扩大开来，到最后，居然整片沙漠都如同沸腾的水一样翻涌起来！

那样诡异的景象让云焕屏住了呼吸，握紧手中光剑，全身蓄满了力量，一触即发。

他见过最强的对手，却从未遇见眼前这样诡异的情形！

地底下有什么东西在哀嚎，沙漠翻涌得越来越厉害，似乎某种可怕的东西就要破土而出。而空寂之山上鸟灵的哭声在远处呼应，仿佛也感觉到了这边的召唤，呼啦一声，那些原本云集在山头的魔物陡然折返，向着云焕一行扑过来。那些黑压压的巨大翅膀遮蔽了满月，在沸腾的沙漠上投下一片阴影，仿佛一片乌云在暗夜里疾行。

天上地下的哀叫哭泣声交织在一起，诡异如噩梦。

“啊。”湘叫了一声，然而声音里没有惊恐也没有失措——傀儡就是这点最好，没有恐惧，也不会贪生怕死，就在如今这样的危急下也不会如同普通人那样哭哭啼啼、惊惶失措。

“鲛绡战衣穿上了？”云焕按剑，拉着湘慢慢后退，离开那只被固定的沙舟，眼睛紧紧盯着地下越来越起伏不安的沙，一面急速对身侧的傀儡下令，“跟着我！一定要用尽全力跟上我！知道吗？如果跟丢了，你就自己向着古墓那边……”

话没有说完，脚下忽然便是一空。

流沙在瞬间塌陷了下去，如同旋涡一样流动着朝最深处的黑暗里流下，就如同地面上忽然张开了一张巨口，将所有吞噬！赤驼终于发出了一声悲鸣，唰的一声没入沙中，瞬间灭顶。沙下仿佛有巨大的魔物咀嚼着，发出可怖的声响。片刻，沙地剧烈翻涌，立时就将没入的赤驼吐了出来——转瞬间就变成了白森森的骨架。

沙的波浪继续蔓延。

“小心！”云焕早已全力警戒，脚下微有异动便迅速跃起，厉斥。然而湘反应却不如他迅速，尚未来得及跟着掠起，身子陡然就陷落了下去。云焕人在半空，一眼瞥见，手臂立刻伸出，一把抓住鲛人的肩头将她从沙中拔出，抛向巨坑之外。

然而只是那么一缓，一口真气便滞了一下，云焕身形一顿，一脚踏入了流沙。

不等他再度拔起，那些沙子陡然活了一样，纠缠着爬上他的双腿，裹住，居然有着惊人的吸力，将他向着旋涡的最深处拉下去！云焕处变不惊，一剑刺入沙漠，光剑的剑芒本是虚无之物，可由剑客随心所欲控制长度——他扭转手腕，一剑在周身划了半个圆，将真气全力注入，剑上吞吐的白光暴涨，几乎可以刺穿万尺下的泉脉！

地底下陡然传来了怪异的嘶喊，沙子更加剧烈地沸腾着，在月光下翻涌，地面上掀起了巨大的沙浪，一下子将巨坑覆盖，连着陷入坑中的帝国少将一起，活活埋入地下！

“主人！主人！”湘被云焕拉起，凌空翻身落到了沙地上，刚抬起头却看到那张诡异巨口轰然闭合，她不禁脱口大呼。一下子失去了主人，鲛人傀儡居然忘了要逃跑，只是怔怔站在那边，看着那片吞噬了云焕的沙地。

头顶已经完全黑了，诡异的哭泣声满耳都是，她知道是鸟灵汹涌扑来。

巨大的黑色翅膀在不足三尺的头顶掠过，湘拔出剑来，却有些茫然——不可能的……怎么可能从这么多魔物手里逃脱呢？然而主人的吩咐是超过一切的指令，她立刻按照云焕最后的吩咐，向着远处古墓方向掠出。

鲛人的身手远比一般人迅捷，作为整个征天军团里训练出来的最优秀的傀儡，湘的反应能力和对于各种危机情况的应变也是一流的。此刻她立刻看出了半空云集的鸟灵仿佛对地底下那只魔物有所顾忌，而不敢立刻掠夺猎物。她用剑护着头和肩，借着起伏不定的地形迅速向着西方逃遁。

地底下传来断断续续的声响，魔物低沉地嘶吼，湘脚不沾地地急奔，身子却在听到地底下不停传来的恐怖声响时微微发抖——方才那两头赤驼被埋入沙中，转瞬吐出时已经变成了一堆骨架……湘眼里闪过微弱的光。

脚下的沙漠翻涌得越来越厉害，地面上奔逃的鲛人女子好几次几乎跌倒。

“呀，是沙魔！那个埋在博古尔沙漠底下的沙魔今天也出来了吗？”半空中那些鸟灵云集着，似乎也感到了地下魔物的力量，有些畏惧地相互私语，然而终究抵不过被符咒煽起的诱惑，试探着下扑，想抓住奔逃的湘，却被鲛人灵敏地躲了过去。

片刻，翻涌的沙漠慢慢平息，似乎是地底下那个魔物满足地安静下去了。

“主人！”陡然间，奔逃着的鲛人傀儡再度怔怔站住，仿佛失去了主意一样脱口惊呼，眉目间神色复杂——就在那个瞬间，云集在沙漠上空的大群鸟灵再也没有了任何顾忌，呼啸着压顶而来，转瞬就将孤身的鲛人傀儡湮没。

“轰——”就在这个瞬间，刚沉静下去的地底陡然发出了巨大的轰鸣，沙漠再度裂开，有什么庞大得可怕的东西从地底下蓦然冲出，腾上九天，发出痛苦绝望的嘶喊，带动呼啸的旋风，黄沙四散开来，如同千万支利剑刺向天空！

刚扑近地面的鸟灵惊呼着闪避，惊惧交加地看着旋风飞沙中冒出来的男子——在漫天漫地的风沙中，沧流帝国少将一剑劈开沙漠，从地底炼狱中浑身是血地杀出！

落地时，他一个踉跄，单膝跪地剧烈地喘息，手中已经没有了光剑。

同一瞬间，那个庞大的魔物从沙底下负痛蹿出，如同蛟龙一样直蹿上半空，扭动着身子发出可怖的嘶喊，吓得鸟灵纷纷退让——就在扭动之间，“啪”的一声，宛如惊雷般一声响，魔物身体片片碎裂，白光从内脏中四射而出。

云焕闭目凝神，用心神操控没入沙魔内脏的光剑，用尽全力一绞，将魔物粉碎。

落下的滂沱血雨，将大片沙漠染成诡异的红色。

“主人！”看到从地底冒出的浑身是血的军人，湘唤了一声，奔过去。

“别过来，”然而云焕却立刻抬起手阻止了傀儡的奔近，眼睛紧紧盯着半空里乌云般密集的鸟灵，声音冷定急促，“快去古墓！我先挡着这些鸟灵，你去古墓找我师父！要快！”

“是！”湘恢复了一贯的服从和淡漠，短促地应了一声，便折返向北。

然而，那些鸟灵哪里容许到手的猎物这样逃脱，立刻嘶叫着云集过来，然而忽然之间沙漠上裂出了一道闪电，将黑压压翻涌的滔天乌云阻拦在电光之外！

“又见面了。”抬头看着那些长着人脸的魔物，沧流帝国少将剑眉微扬，冷笑中忽然拔剑——看那些鸟灵此刻的眼神，他已经迅速判定对方彻底地沉入了杀戮的欲望中，绝对不可能再像几天前那样被他一语惊退——这群云集在空寂之山的魔物，到底被什么东西忽然召唤了过来？

云焕下手再也不留情，连续将“九问”剑法尽力施展，光剑在他手中流出或长或短的凌厉光芒，远处看去，宛如滚滚乌云中不时有闪电裂云而出。

然而鸟灵实在太多了，脚下的沙地开始微微颤动，他脸色一变，瞬间拔地而起——就在他站立过的地方，黄沙再度塌陷下去！

暗夜里荒漠无边无际，底下不知道埋藏着多少可怖的沙魔。

感觉到四方的沙地都在微微震动，向这边传来，抬头看着满空乌云般压顶的鸟灵，云焕深深吸了口气，将嘴里沁出的血丝吐出来，缓缓束紧了发带，将末端咬在嘴里——这样等会儿就算负伤也不会脱口痛呼出来，泄了体内流转的一口真气。

天上地下的风瞬间猛烈起来，血战在即。

湘拔剑冲杀在黑压压的一片魔物中，用尽全力向着远处的古墓奔去——作为征天军团中训练出来的最优秀的鲛人傀儡，她在剑术上也有相当造诣，超越了鲛人本身的体质弱点，甚至可与一般演武堂出科的帝国战士媲美。

然而此刻，面对着天上地下无穷无尽的危机，她还没有冲到古墓，便陷入了苦战，拼出命来才能抵挡那些鸟灵的爪牙，想要再前进一步更是难如登天。

“剑圣！剑圣！”再度被一只鸟灵抓伤，湘跌倒在地。眼看根本无法杀到古墓前，鲛人傀儡不顾一切地向着西方尽头那座山开口，呼唤，“云焕有难！慕湮剑圣，云焕有难！”

那样用尽全力地呼喊，声音却毫不响亮，甚至有奇异的喑哑——那是鲛人一族特有的发声方式，那样的“潜音”可以在水下和风中将声音传出百里以上，然而，同样也只有同族的人或者一些懂得潜音之术的人才能听见。既然已经无法按照主人的命令杀出重围去求救，傀儡唯一能做的便是这些。

可挥剑回首之间，湘看到自己主人已经陷入了滚滚的乌云中——那些厉叫着的魔物已经团团包围了云焕，扑扇的黑色羽翼甚至将满月的月光都遮蔽了，风声越来越凄厉，带来一阵阵血的腥味，连原本穿行在乌云里的闪电般的剑光也已经看不见了。

忠心的傀儡不顾一切地挥剑，想杀出一条生路，然而如陷泥潭般寸步难行。

鸟灵得意的叫嚣越来越响亮，而古墓依然在遥不可及的地方，湘浑身是血，已经慢慢支持不住，手里的剑也越来越滞重。一只鸟灵见了空当，迅捷地下击，长长利爪洞穿鲛人的手臂，湘再也握不住剑，长剑铮然落地。

无数利爪片刻不停地向她抓来，如林的长矛，想要将她纤细的身体洞穿。在最后的刹那间，鲛人傀儡徒然抬起流着血的手臂挡在面前，身子微微颤抖，不顾一切地发出最后的呼喊：“慕湮剑圣！慕湮剑圣！云焕有难！”

就在这一刹那，风里忽然传来一声极轻极轻的响声，悠然低沉——似乎是远方某处一扇门悄然打开。然而距离虽远，满空的鸟灵陡然齐齐一怔，仿佛被不知名的力量所震慑，居然不约而同地停止了攻击，转头看着暗夜里的西方，面面相觑，眼里带着畏惧。

有什么东西……有什么震慑这些魔物的东西来了吗？

湘全身痛得似乎失去知觉，只是下意识地转头看着西方的黑夜——那个声音传来的地方忽然裂出了一道电光，霍然而起，纵横划开长夜！

“她来了！”“她来了！”耳边是那些魔物低低惊叫的声音，风一样传递着，翅膀扑簌簌地拍打，却是风一样地在后退。在鲛人被血模糊的视线里，依稀只看到一道白色闪电从暗夜里某处闪出，迅捷无比地划开黑夜，斩入浓厚得化不开的乌云里。

显然在对方手里吃过亏，此刻人未到，那些鸟灵居然顾不上继续攻击已经重伤的鲛人，立刻聚集到了一起，盯着来人，仓皇后退。

在那些魔物退却的刹那，湘立刻低头去抓地上跌落的剑——然而对方的速度居然如此惊人，就在她一低首之间，那道白虹已经掠来。

奔近了，依稀之间，她看到那原来是一袭白衣，白衣中有一张素如莲花的脸。那是——

她连忙抬首，然而只是一刹那，白衣人已经不在地面。掠近魔物后，一踏地面，那个白衣人瞬间飘起，仿佛轻得没有重量一样在夜空中冉冉升起，半空中足尖连踩鸟灵的顶心，居然掠到了那一片乌云之上！

“唰！”空中白光忽然再度腾起，闪电般切入乌云，将那浓墨般的黑斩开。

“焕儿！”乌云涣散开来，露出核心中被围困的年轻人，来人脱口低呼一声，迅速掠入战团——她手中居然没有剑，信手一挥，凭空便起了闪电般的光华，那样凌厉的剑气从指尖涌出，居然比有形有质的利器更为惊人，搅起漫天血雨。

黑羽如雨点般纷纷而落，前来的白衣女子辗转在黑云里，信手挥洒，纵横捭阖，鲜血和黑羽便凌乱地飞了满天。女剑圣伸指点出，那些漫天飘飞的柔软羽毛陡然间仿佛注入了凌厉的剑气，铮然作响，竟然化成了一把把锋利的黑色小剑！

“还不给我滚开！”女剑圣低喝一声，扬手一挥，无数黑色的羽毛如同万千把利剑，唰地从她身侧绽放，风暴一样地刺入了鸟灵群之中！

一剑逼退了魔物，白衣女子跳落地面，朝着被困住的人奔去：“焕儿！”

“师父！”满身是血的青年抬起头来，看到了来人，已现疲弱的剑势便是一振。

“你怎么来了这儿？”看到对方全身仿佛从血池里捞出来的样子，白衣女子脸上一惊，不顾那些受惊后凶狠反扑的鸟灵，只是掠过来，一把搭上对方的腕脉，“可曾受伤？”

“不曾。”虽然是在危机中，然而云焕任凭手腕被扣，丝毫不反抗，只是低眉回答，“都是溅上去的血。”

“哦……那就好。”白衣女剑圣吐出一口气，蓦然转身，一手指天，一手指地，剑气从纤细的十指间腾起。陡然催发的无形剑气强烈到仿佛可以凝定时空，刹那间居然没有一只魔物敢再动，连那边刚抓住了湘的几只鸟灵被剑气一惊，都下意识放开了爪子。

“说过了，有我在空寂一日，你们便一日不可在此开杀戒！”十指间剑气纵横，空桑女剑圣冷冷看着满空满地的魔物，斥道，“怎么，今日还要再来剑下受死吗？”

“太过分了！太过分了！”听得那样的话，半空的鸟灵却是一阵沸腾，尖厉地叫嚣，爪子乱动，上面滴着血，有个头领模样的鸟灵开口了：“慕湮，你不要以为你是空桑剑圣就可以随便命令我们！说好凡是在古墓旁边求你庇护的那些牧民，我们看你的面子可以不杀。可是这两个——这两个在沙漠里的旅人，不属于你！”

“就是！”“就是！”

“你不守信！本来说好了的！”

“还要追出百里之外抢我们的血食，太过分了！”

因为被赤驼身上的血咒激起了强烈的杀戮欲望，鸟灵们此刻看到剑圣来到却不肯如同往年般立刻退让，反而纷纷议论，尖厉地叫嚣起来，作势欲扑。地下的沙漠也在不停起伏，显然那些向来不说话的沙魔也在犹豫不定地蠢蠢欲动。

云焕在慕湮和鸟灵对话的刹那间已经暗自调息，张开嘴吐掉了那条染血的发带，感觉多处受伤的身体开始有些麻木——他知道魔物的爪子是有毒的，那些毒素已经深入肌体，开始慢慢发作。

怎么可能没受伤呢？那样以一敌百的混战中，怎么可能没受伤？只不过为了让师父不要太担心，多年后重见时，他居然一开口就说了谎。

“这两个人，我非管不可。”听着那些鸟灵杀气腾腾的叫嚣，空桑女剑圣眼里却是冷定的光，另一只手始终指向地面，右手却蓦然抬起，划出一道光的弧线，那些鸟灵惊叫着纷纷退开，“这是我徒儿云焕——剑圣门下，岂能容你们乱来！”

“剑圣门下？”那些魔物一愣，面面相觑。

那个领头的鸟灵显然也是没想到两人之间有这一层关系，一时语塞，按捺下被血咒激起的杀戮欲望，细细打量剑圣身边这个浑身浴血的年轻人：高挑，干练，体格轻捷迅猛，浅色的头发紧束耳后，银黑两色的戎装被血浸透，肩背却依然挺直。

一眼看去，鸟灵默不作声地扑扇了一下翅膀——那是它感到压力时特有的动作。因为它看出来了：眼前这个年轻人此刻在师父身侧提剑而立，但那看似随便的姿态却显然是久经训练出来的——脚步配合、双手防御的姿态，攻守兼顾，近乎完美，甚至光剑长度的调整、战袍下肌肉力量的储备，都是分配得恰到好处。这样的姿态，无论敌手从哪个角度瞬间发动攻击，都能刹那间被斩杀于光剑之下！

方才的血咒促使它带领所有同类袭击了这个沙漠里来的旅人，然而最初一轮不顾一切的攻击过去后，作为首领的它才看清了眼前这个旅人，刹那间倒抽一口冷气。

浅色的头发，比砂之国的人还略深的轮廓，饰有飞鹰图案的银黑两色劲装，血污下的脸有某种杀戮者才有的冷酷镇定。旁边的沙漠上，那个和他同行的鲛人少女躺在地上，全身都是伤，却仿佛不知道疼痛一般跪到了他面前：“主人。”

主人？鸟灵陡然明白过来了：是冰族！出现在这片博古尔沙漠上的旅人，居然是征天军团的战士！

“是你的弟子？哈哈哈……倒是我们冒昧了……”短暂的沉默后，带头的那只鸟灵大笑起来，顿了顿，声音却带着讥诮，“不过，真是没想到，空桑剑圣一脉门下，居然会收了冰族征天军团的军人！”

“剑圣”和“征天军团”两个词加起来，是云荒上任何一种生灵都不可侵犯的象征，代表了大陆秩序内外两种不同的力量。无论以前的空桑王朝，还是如今的沧流帝国时代，都不能轻易触犯，那些鸟灵自然也知道厉害。

讥笑声中，漫天的黑色翅膀忽然如同飓风般远去了，沙漠也渐渐平静。仿佛陡然云开雾散，清晨淡薄而苍白的阳光从头顶洒了下来，笼罩住了这一片血洗过的沙的海洋。经过一夜的血战，原来天已经亮了。

一切都清晰起来了——魔物的断肢、凌乱的羽毛、内脏的碎片撒得到处都是。湘吃力地爬过来，跪在云焕脚边，也顾不上自己身上的伤，只是拿出随身的药包找到解毒药剂，为主人包扎被鸟灵抓伤的地方。血海中，素衣女子淡然地回头看着身侧的青年，不知是什么样的眼神。

云开日出，荒漠苍白的日光射在慕湮同样苍白的脸上，仿佛折射出淡淡的光晕，她默不作声地看着一身沧流帝国军装的徒弟，苍白的唇角有一丝若有若无的笑意。

云焕这时才看清楚了师父的模样，陡然间怔住，岩石般冷定的脸上震动了一下——八九年了……离开砂之国已经那么久，然而师父居然没有丝毫的变化！依然是三十许的容色，清秀淡然，那些流逝的光阴竟然不曾在女剑圣身上投下丝毫痕迹。只是脸色更加苍白，仿佛大漠落日里的红棘花。

外表没有任何老去的痕迹，然而不知为何，眼神却透露出衰弱的气息。

他忽然记起，师父是很少离开古墓外出行动的，因为身体虚弱而需要一直待在轮椅上——而今日，为了自己竟然赶到了古墓外一百里的地方！在慕湮无声的注视下，沧流帝国的年轻少将陡然有一种莫名的退缩，也不敢说话，只是用手指紧紧抓着光剑和衣角，忽然间恨不得将这一身引以为傲的戎装撕烂。

“焕儿。”熟悉的声音终于响起来了，轻轻叫他，“你从军了吗？”

“是。”那样淡然的注视下，云焕忽然间有了方才孤身血战时都未曾出现的莫名怯然，有些烦躁地一脚将自己的傀儡踢开，低下头去，回答，“徒儿五年前加入征天军团，如今是帝国的少将。”

回答的时候，他不知不觉将声音压低——那是自幼以来便形成的反射性习惯，不知道为何，在师父面前他便感觉只能仰望，而自己如同尘埃般微不足道——便是在帝国元帅巫彭大人面前，他也从未感觉到这样的压迫力。

“唉……”慕湮很久没说话，只是不置可否地叹了口气，“你果然是长进了。”

“师父！”虽然不曾听到一句责备的话，云焕却陡然感觉心中一震，立刻单膝跪倒在剑圣面前，“徒儿拂逆了师父的心意，请师父责罚！”

膝盖重重叩上黄沙的时候，旁边的湘睁大了眼睛看着自己的主人，脸色却是茫然的，显然不明白为什么身为沧流帝国少将的主人会这样莫名其妙地对一个空桑人下跪。

“是要责罚你——居然一回来就对师父说谎？”慕湮却微笑起来了，手指轻轻按着徒弟肩头深可见骨的伤口，为他止住血，“伤得那样了还嘴硬说没事——这倔脾气这么多年为什么半点都没改？这几年在外面和人打架，是不是也这样死撑？没有做过什么坏事吧？”

“师父，”感觉那熟悉的手落在伤口上，清凉而温暖，沧流帝国少将宽阔的肩背忽然微微震动起来，手指用力握紧了地面的沙砾，额头几乎接触到地面，“师父，师父……原谅我！我……我和西京师兄交手了，而且……而且我差点把他杀了！”

“什么？”刹那间，慕湮的手明显地颤了一下，一把扳住他的肩头，“你说什么？西京那孩子他……他怎么会和你动起手来？”

“我在执行一个任务的时候碰上了西京师兄……我的属下杀了他的鲛人。我们不得不交手，”云焕的声音是低沉而漠然的，慢慢抬起头来，看着慕湮，眼色肃杀，“我们冰族人，和你们空桑遗民，本来就免不了要有一场血战。”

他的声音是冷定的，如同一把刀，一寸寸从鞘里抽出。

“你们冰族人？我们空桑遗民？”慕湮轻轻重复了一遍弟子的话，手指忽然微微一颤，慢慢抬起头来，看着荒漠上高远的天空，茫然，“焕儿，你是说，无色城和伽蓝城，终于要开战了？你回来，只是要带来这个战争的信息吗？”

“是的！不出一年，战火必将燃遍整个云荒。”沧流帝国的少将跪在恩师面前，声音冷静，忽然抬起头看着师父，冰蓝色的眼睛里有雪亮的光，“师父，我并不害怕——不管是对着西京师兄也好、白璎师姐也好，我都会竭尽全力。但我想求您一件事……”

“可是，我害怕。”空桑女剑圣的声音是空茫的，没有等徒儿说完就开口，几乎每个字都带着辽远的回音，“我害怕。焕儿，你对我说的每一句话都让我害怕。”

“师父，什么都不用担心。”云焕看着她，声音忽然流露出了坚定，“有我在，这场战争无论谁胜谁负，都无法波及您。”

"我并不是怕这个。我活得已经太久了。"慕湮的手放在弟子宽而平的肩上，眼神却是看向瞬息万变的天空，茫然道，"我怕你们三个，终于免不了自相残杀——焕儿，我教给你们剑技，并不是让你们用来同门相残的。"

云焕一颤，微微合了一下眼睛，睁开的时候冰蓝色眼珠里却是没有情绪的，淡然回答："可是，师父，从一开始你也知道这是无法避免的。"

那样短促冷锐的回答让慕湮的手猛然一颤，嘴角浮起一个惨淡的笑，低声："是，其实一开始我就该知道会这样……可是，我总侥幸地想：在这一百年里，平衡或许将继续存在？我的三个徒儿，或许不会有血刃残杀的机会？但是，人总不可以太自欺，我们都逃不过的。"

"师父，战云密布了。"云焕的瞳孔也在慢慢凝聚，不知什么样的表情，声音却是冷厉的，"所以，徒儿求您：在接下来的十年里，请不要打开古墓——不要管外面如何天翻地覆，都不要打开古墓，不要卷入我们和空桑人的这一场战争里去。否则……"

冷厉的话语，到了这里忽然停顿，云焕视线再度低下，似乎瞬间不知道该如何说下去。

"否则？"慕湮忽然冷笑起来，手指点在徒弟的肩上，"焕儿，你真是长进了——这是威胁为师吗？"

那一指离肩井穴还有一寸，然而云焕的手臂仿佛忽然无力，光剑颓然落地。他没有丝毫闪避的意思，任师父的双手悬在他头顶和双肩各处要穴之上。感觉身上那些魔物留下带剧毒的伤口在慢慢溃烂，他吸了一口气，勉力维持着神志，抬头看着师父，慢慢将话说完："否则，与其他日要对您拔剑，还不如请师父现在就杀了弟子——"

空桑女剑圣猛然愣了一下，手指顿住，神色复杂地看着一身戎装的弟子，轻轻冷笑了一声："你还是在威胁我。"

"也许是。"云焕感觉眼前一阵一阵地发黑，勉强俯下身去，想捡起地上跌落的光剑，薄唇边露出一丝笑，"我毕竟……并不是什么都不怕的。"

他终于将那把光剑握到手里，银白色手柄上那个秀丽遒劲的"焕"字清晰映入眼帘。将心一横，沧流帝国少将默不作声地横过剑，双手奉上，一直递到空桑剑圣面前。

慕湮脸色是一贯的苍白，眼里却隐然有雪亮的光芒交错。看着弟子递上来的光剑，她忽然冷冷轻哼一声，右手瞬间从袖中伸出，一把握起了那把她亲手铸造的剑。也不见她转动手腕，只是微微一抖，凌厉的白光铮然从剑柄中吞吐而出！

“好！那就把我曾给你的所有，都还给我吧！”空桑女剑圣眼睛里冷光一现，闪电般转过光剑，一剑便向着云焕头顶斩落！

“师父！”冰蓝色的眼睛刹那间抬起，不可思议地看向面前的人——估计错了吗？这样一开始就对师父坦白目前的局势，开出那样的抉择条件，以师父那样温婉的性情，如何竟真的痛下杀手？

然而，就在惊呼吐出的一瞬间，云焕膝盖用力，腰身后仰，全速贴着剑芒向后退开！如此惊人的速度显然不是瞬间爆发出来的，而是早就在肌肉里积聚了那样的“势”，才在一瞬间成功地避开了猝不及防的一击。

是的，他早有防备。

在尽力避开那一击的同时，云焕右膝发力支持全身的去势，左足却是在沙地上一划，搅起满地黄沙，以求遮挡对方的视线。在身体往后掠出的一刹那，他感觉伤口的麻木在蔓延，然而落地的时候他的手已经探入怀中，拔出了另一把一尺长的军刀，往前连续三刀，封住了敌方来袭的所有可能路径。

一切发生在一刹那。然而这一刹那，足以证明征天军团少将的能力——以荒漠作为战场的格斗练习，他在演武堂的训练中拿到的同样是全胜的战绩。

终于活着踏上了地面，身体已经被毒侵蚀到了摇摇欲坠的边缘，他知道必须速战速决，不能再有丝毫的容情和侥幸。然而，剧烈地喘息，握刀回头的瞬间，云焕却忽然怔住。

透过黄蒙蒙的沙，他看到那把光剑根本没有落下来——持在师父手中那把光剑，剑芒消失在接触到他头颅的一瞬间，依然保持着那个角度，不曾落下分毫。

搅起的黄沙慢慢落下，然而那些沙子居然没有一粒能落到那一袭白衣上。

“好！”慕湮持剑而立，看着年轻军人在那一瞬间爆发出的惊人的速度、灵敏和力量，忽然便是一笑，点头，“焕儿，看来你在军中学到的更多——真是长进了……心计和手段。”

“师父……”云焕看到女子眼里浮动的光芒，陡然心里也是一痛，茫然地握刀后退，疲惫至极地喃喃，“我没做错……我是冰族人，我必须为帝国而战……我们需要这片土地……不然，如果空桑人赢了，就会把我们族人都杀光——就像六千年前，星尊帝把我们冰族当作贱民逐出云荒一样……”

旁边湘看到形势不对，挣扎着拖着同样开始不听使唤的身体过来，想帮助主人。

云焕感觉肺里有火在烧，眼前一阵一阵发黑，他毫不犹豫地一把拉过了傀儡，挡在面前，涣散的眼神定定地看着面前的白衣女子，蓦然露出一丝苦笑：“错的是您，师父——我本平凡。可为什么……您要把空桑剑圣之剑交到冰族手上？您教我要为天下苍生拔剑——可我们冰族也是‘苍生’啊……我为了守护我的族人拔剑，有错吗？您给予我一切，而现在却又反悔了……”

沙漠的风席卷而来，慕湮一身白衣在风中舞动，单薄得宛如风吹得走的纸人儿。然而听着重伤垂死的弟子嘴里挣扎着吐出的话语，她将手按在光剑上，目光里慢慢露出一丝悲戚和迷惘。

鲛人傀儡扶着主人慢慢后退，然而云焕却感觉到身体正慢慢失去力量。

在看到师父的手握紧光剑的一刹那，他下意识地想抬手格挡，可眼前的光陡然全消失了。

第三章

师徒

那是个清醒的梦。分明知道那是梦，然而却始终无法醒来。

那么黑的地方，仿佛永远不会有阳光照进来。干燥、闷热而充满了血肉腐烂的味道。他用膝盖在暗夜里挪动着爬行。

这个地窖里黑得完全没有方向，他只是循着滴答的水声努力挪动身子，爬向暗夜里某个角落。手被反捆在背后，手足上铁制的镣铐因为长时间不曾解开，早已磨破了肌肉，随着每一次挣扎摩擦着骨头。然而他已经熟练地掌握了这样拖着镣铐在黑夜里爬行的技巧，力求将全身的痛苦降到最低。

穿过那些已经腐烂的同族人尸体，他终于找到了那片渗着水的石壁，迫不及待地将整个脸贴上去，如野兽般地舔舐着粗糙石头上丝丝缕缕的凉意，牙齿碰撞着冷硬的石头，他感觉嘴里都是血和沙子的味道。

不知道已经有多久没有人来这个地窖了，那群强盗仿佛已经遗忘了他们这一群被劫持的人质。周围不停地有人呻吟、死去，疾病在不见天日的地窖里如食人藤般迅速蔓延开来。少年时代的他躲在暗角里，额头和身子也开始滚烫，溃烂的手脚上有腐烂的黑水渗出。

渐渐地，连那个角落的石壁上，都不再有丝毫水迹。

他想他终归会和身边其他人一样腐烂掉，连尸体也不会有人找到——也许，除了姐姐以外，家族里面也不会有人真的想找他回来。父亲的尸体，也应该已经腐烂了吧？

周围的呻吟在黑暗里终于慢慢归于无声，然而饥饿和干渴折磨得他几乎发疯，耳畔有诡异的幻听、肺腑里仿佛有刀剑绞动，奄奄一息中精神居然分外清醒，如钝刀割肉般反复折磨着，承受着这濒死的恐惧——为什么还不死？为什么还不干脆死了呢！

"师父！师父！"他忽然绝望地嘶喊起来，双手被反捆在背后，他挣扎着爬到墙边，用尽了全力将头撞在那冷硬的石壁上。

黑暗里，沉闷的钝响一下又一下，回荡在记忆里。

错了，错了……清醒的梦境里，他忽然觉醒过来——怎么会叫师父？那时候他九岁……他没有师父，他也不会剑技。他只是一个被牧民劫持的冰夷孩子，被那些暴动的贱民当作杀戮对象，同时被自己族人流放驱逐在外——天上地下，没有任何人会来救他。

他本该死在那个地窖里，和被劫持的族人一起腐烂。为什么他如今还在这里做着这个似乎永远醒不来的噩梦？

"焕儿！焕儿！"然而，在伸手不见五指的黑暗里，那个熟悉的声音却忽然响起来了。尖锐的铁栅轰然破裂，沉重的门向里倒下，一道白光裂开了黑暗，有人伴随着光线出现。

猝然出现的光线撕裂他的视觉，刹那间他眼前一片空白。

"焕儿？"那个声音却是近在咫尺的，柔和地叫他，有什么东西送到了他的嘴边。恍惚中，强烈的饥饿驱使着他去啃咬食物，不管双手双足都无法动，只是如野兽般低头用嘴大口啃着东西，不顾一切。

甜美的，柔软而多汁。

那是……桃子？刹那间九岁的孩子怔住了，抬头看着面前蹲下来给他食物的人，地窖的门破碎了，外面刺眼的光逆射进来，白晃晃一片，将来人的面容湮没。额头满是血的孩子定定地看着面前的人，忽然间喃喃脱口："师父……"

声音未落，面前的容颜在瞬间变幻，光剑忽然迎头斩下！

所有的记忆错乱交织在一起，以一种他自己才能解读的顺序一一浮现。

"醒了？慢慢吃，慢慢吃。"只有那个声音却是切实传来的，平静安然，

“别把手压在身子底下，自己拿着，慢一些吃。”

他霍然睁开眼睛。

在榻前的，果然是那张浮现在白光中的脸。

“师父。”陡然间有些做梦般的恍惚，他脱口喃喃，双手依然在昏迷中那样压在身子底下，没有去接那个被咬了一半的桃子，发现身侧是熟悉的石墓陈设。

没有料错……他终归是深深了解师父性格的。

虽然作为一代剑圣，温婉淡然的师父却不像剑圣尊渊那样敌我分明、信念坚定，一生命运和王朝兴亡更替紧紧相连。她远离云荒大陆上一切权力旋涡，避世独居，性格悲悯慈爱，对于任何向她求助的弱小都竭尽全力——也不管对方是一头狼还是一只绵羊。她帮助那些寻求庇护的砂之国牧民，同时也会对落难的冰族施以援手，甚至救起过沙漠上凶恶的盗宝者。

“如果等弄清楚该不该救，可能时间就错过了。”少年时，师父曾那样微笑地对提出质疑的他如此解释，“何况是非好坏，哪里能那么容易弄清楚啊……我所能做的，不过是对眼前所能看到的需要帮助的人，尽我的力量罢了。”

那样的笑容浅而明亮，简单素净——那时候，少年用诧异的眼光看着这个空桑人的剑圣，不明白为什么拥有这样惊人剑技的女子却没有拥有对应的强大的坚定信念。到底是经历了什么样的过往，她才这样微笑着，不去追究更远一些的是非善恶，只是努力去做一些眼前所能看得到的事情？

很多时候，她更像一个无原则宠溺的母亲，而不是爱憎分明的女侠。

正因为深深了解师父的性格，他才铤而走险，选择了开诚布公的方式，在那只鸟灵说出他身份的时候就干脆坦白——毕竟在后面寻找迦楼罗的事情里，他还需要师父帮助。而在师父面前，他并不是一个能够长久隐瞒和说谎的人。

云焕从石床上坐起，发现自己全身上下几乎都包着绑带。毒素带来的麻木已经退去了，那些伤口反而刺心地疼起来。他暗自吐出一口气，按着胸口腹部的绑带，却微微有些赧然：“麻烦师父了。”

“别动。”慕湮抬手按住弟子的肩膀，语声恢复到了记忆中熟悉的柔和平静，完全没有片刻前欲斩杀他于剑下的凌厉，“先运气看看是否有余毒——你的女伴也不管自己中了毒，撑着帮你包扎好伤口就昏过去了。我得去看看她醒来没。”

“我的女伴？”或许是做了太久的噩梦，云焕一时间回不过神，许久才明白，神色不自禁地有些微焦急，“湘？她没事吧？她可不能出事。”

“应该没事。”慕湮侧头看着弟子，微微一笑，“不要急。你们都先顾着自己吧——也是长进了，以前你十几岁的时候，可是丝毫不关心别人死活的。”

云焕忽然间沉默。十几岁的时候？师父能记起的，也不过是那时候的事情吧？

“很美丽的女孩……”慕湮注视着另一边榻上昏迷中的少女，认出了那是鲛人，却没有说明，只是微笑，“为了你可以豁出命来的女子——和叶赛尔那丫头一样的烈性啊。可惜她和你……”

“湘是我的傀儡。”沧流帝国的少将忽然出声，打断了师父的话，冷冷分辩，“她只不过是个鲛人傀儡。算不上人，也算不上我的女伴。”

慕湮陡然顿住，诧异地回头看着弟子，目光变幻：“傀儡？你……你居然也使用傀儡？”

“每个征天军团的战士都配有傀儡。”刹那间仿佛知道自己方才那句话的多余，云焕脸色微微一变，然而已经无法收回，只是淡然回答，“没有鲛人傀儡，无法驾驭风隼。”

“风隼？”那个词显然让女剑圣想起了什么，她眼睛微微暗淡了一下，忽然抬起头看定了弟子，“是的，我想起来了……那是一种可怕的杀人机械。为了操纵那样的机械，你们把鲛人当作战斗的武器，恣意利用和牺牲。”

“师父，你看过风隼？”云焕忍不住惊讶——多年与世隔绝的生活，他不知道师父竟然还知道沧流帝国里的军队情况。

“我摧毁过两架。”慕湮微微蹙起眉头，摇摇头，“不，好像是三架——就在这片博古尔沙漠上。很久以前的事情了……”

“博古尔沙漠？”云焕霍然抬头看着师父，恍然明白，“霍图部叛乱那一次？”

“我已经记不得时间。我在这座古墓里待得太久了。”慕湮脸色是惯常的苍白，然而隐约有一丝恍惚的意味，“反正是很久很久以前……那时候师兄去世不久，你和叶赛尔还没有来到这里。”

云焕低声：“那是五十年前，巫彭元帅亲自领兵平定霍图部叛乱的时候。”

难怪当年在征天军团和镇野军团的四面围剿下，霍图部还有残部从巫彭大人手底逃脱——原来是师父曾出手相助。那么说，叶赛尔他们一族多年的流浪，却最终冒险回到故居，并不是偶然的？族中长老是想来此地拜访昔日的恩人吧——只是叶赛尔他们这些孩子，当年并不知道大人们的打算。

“巫彭？我不记得那个人的名字了。”慕湮有些茫然地喃喃，手指敲击着石头的莲座，“我是记得有个非常厉害的军人……左手用一把军刀，操纵着一架和一般风隼不一样的机械。那个机械可以在瞬间分裂成两半，因为速度极快，甚至可以出现无数幻影……”

“那是‘比翼鸟’！”云焕脸色一变，脱口低低道。

五十年前，帝国刚造出比翼鸟，第一次实战便是作为巫彭元帅的座驾用在平叛里——结果，平叛虽然成功，归来的比翼鸟也受了无法修复的损伤，成了一堆废铁。帝国不得不重新投入物力人力，按图纸制造新的机械。

那是耗资巨大的工程。五十年来，帝国也只陆续制造了五架比翼鸟，非到重大事情发生——比如这次“皇天”出现，平日不会被派出。而每次动用比翼鸟，不像风隼可以由巫彭元帅全权调度，而是必须得到十巫共同的允许。

即使他是少将的军衔，至今也不曾驾驶过比翼鸟。而师父，居然五十年前曾孤身摧毁过两架风隼，而且重创了元帅的比翼鸟座驾。

那样强的巫彭元帅，被所有战士视为军神——居然也曾在师父手下吃过亏！

“啊，他就是十巫中的巫彭吗？”慕湮仿佛觉得身子有些不适，抬手按着心口，微微咳嗽，笑了笑，“我可记住这个名字了——都是拜他所赐，那一战打完后，我的余生都要在古墓的轮椅上度过。”

“师父？”云焕忍不住诧异地脱口——师父那样重的伤，原来是和巫彭大人交手后留下的。

“不过，我想他恐怕也好过不到哪里去。”咳嗽让苍白的双颊泛起血潮，顿了顿，慕湮对着弟子眨了眨眼睛，微笑，“他震断了我全身的血脉，但是我同样一剑废了他的左手筋脉——他这一辈子，再也别想握刀杀人。”

“师父……”这句话让沧流帝国少将震惊地坐了起来，注视着师父。

原来是师父，是师父？！

加入军团后，多少次听巫彭大人说起过昔年废掉他左手的那个神秘女子。

如此的盛赞和推许，出自从来吝于称赞属下军人的帝国元帅之口，曾让身为少将的他猜想：当年一剑击败帝国军神的，该是怎样的女子——想不到，原来便是他自幼熟悉的人。

他的师父，空桑的女剑圣——慕湮。

“原来是沧流帝国的元帅。难怪。”慕湮却是仿佛回想多年前荒漠里舍生忘死的那一场拼杀，微微点头，眉头忽然一扬，看着弟子，傲然，“不过，就算他是什么帝国元帅、什么十巫——哼，这一辈子，他也别想忘了我那一剑！”

那一瞬，久病衰微的女子身上骤然绽放出不可掩盖的光芒，如同瞬间脱鞘而出的利剑，几乎在刹那间夺去了他的神志，目眩神迷。

从少年时开始，他就默默注视着师父，多年的潜心观察，曾以为自己已经完全了解和掌握了师父的性格和心思——却不曾料到，那样看似优柔软弱、近乎无原则的善良背后，竟还曾埋藏着如此烈烈如火的真性情。

“是的。”不由自主地，云焕声音再度恭谨地低了下去，然而眼神微微变了一下，轻声，“五十年来，元帅都没有忘了您。”

慕湮粲然一笑，清丽的眉间闪过剑客才有的傲然杀气：“我不管什么征天军团、什么帝国元帅，也不管什么霍图部、什么反叛——这般上天入地地追杀一群手无寸铁的妇孺，被我看见了，我……”

声音是忽然中止的，血潮从颊边唰地退去，一语未毕，空桑女剑圣的头忽然间往前一垂，整个人从轮椅上悄无声息地跌落到地上。

“师父！师父？”云焕眼睁睁地看着慕湮毫无预见地忽然委顿，那一惊非同小可，他再也不管自己身上的伤，右手一按石床挺身跃起，闪电般抢身过去将跌落的人抱起，“师父！”

然而，只不过一个瞬间，怀里的人却居然已没有了呼吸。

“师父？”那个瞬间，他只觉再也没有站立的力量，重重跪倒在地，双手剧烈地发抖，头脑一片空白。

怎么会这样？怎么会这样……师父死了？怎么可能？

他曾受过各种各样的训练和教导，起码知道十一种方法可以对这种猝死的人进行急救。然而那一刹那，头脑里竟然什么都想不起来。他抱着那个瞬间失去生气的躯体，呆若木鸡地跪在原地，耳边轰然作响，感觉眼前一下子全黑了。

那是童年留下的、记忆里永远难以抹去的沉闷的黑暗。

双手双足都仿佛被铁镣铸住，僵硬得无法动弹。说不出的恐惧从四面八方席卷而来，将他包围，没有出路。他知道自己终将被所有人遗弃——包括他的族人和敌人。所有人。

“师父！师父！”他只觉得全身发抖，无法呼吸，只是下意识地摇晃着怀里的人，脱口大喊，“快醒醒！”

没有人回答他。榻上的鲛人傀儡依然昏迷，而怀里是失去血色、单薄如纸的脸。那样漫长的一瞬间，在他的感知里，却像是恒久的地狱。

恍惚中，有什么东西蹭到他脸上。然而平日只要有异物近身一丈便能察觉的军人，直到那个奇怪的冰凉的东西接触到肌肤，他才有些木然地转过头去。

一双黑溜溜的眼睛在肩上看着他，同样黑色的小鼻子凑过来，嗅着他的脸——那是一只蓝色的狐狸，不知从哪个角落里蹿出来，软塌塌地趴在他肩上盯着他，黑色的眼睛里依稀还有困倦的表情，显然是小憩中被他方才的大喊惊醒。

凑过鼻子，一轮试探的蜻蜓点水般地嗅，仿佛确认了来人的身份，蓝狐眼里懒洋洋的疲惫一扫而空，忽然兴奋了起来，欢喜地叫了一声，猛地凑了过来。

“去。”认出了是师父养的小蓝，云焕依然只是木然挥手，将那只挡住他视线的狐狸从肩头扫了下去，死死盯着怀里没有知觉的女子。

那张苍白的脸上还带着最后扬眉时的微笑，那是温婉淡然的她一生中难得一见的傲然侠气，宛如脱鞘的利剑——然而瞬间便枯萎了。一切来得那样忽然，就像一场措手不及的袭击，在没有反应过来之前所有便已经结束。

他张了张口，可脑子里一片空白，居然失声。

“呜——”蓝狐没有料到以前的熟人居然出手打它，落地后一连打了几个滚才站起来，发出被惹恼的低叫，龇牙咧嘴地凑上来。然而一翘头，看到那一袭委顿在地的白衣，狐狸耳朵陡然立了起来，眼睛闪出了焦急的光，一下子便蹿了上来，居然一口咬住了慕湮的肩头，尖利的牙齿深深没入肩井穴。

“滚开！”云焕一惊，猛然抬手把这个小东西打落地面。这一次情急出手更重，蓝狐发出了一声惨叫，却不肯走开，只是拼命扯着慕湮垂落地面的衣角，呜呜地叫。

他只觉脑袋烦躁得快要裂开，莫名其妙地涌现杀意，剑眉一蹙握紧了光剑，便要将这只不知好歹的小兽斩杀。

“你……你想干什么？”在握剑的刹那间，有一只手抵住了他胸口，语气微弱地阻止，“不要杀小蓝……”

云焕带着杀气木然地握剑站起，那句话在片刻后才在他有些迟钝的脑中发生作用。

刚刚站起的人忽然全身一震，光剑从手中蓦然跌落！

“师父？师父？”不可思议地脱口连声低呼，他这才发现方才死去般的慕湮已经睁开了眼睛，诧异地看着面带杀气拔剑而起的弟子，费力地抬手——然而手依然无力，推着他的胸口，居然没有一点力量。

“师父！”那样轻微的动作，却仿佛让帝国少将再度失去了力气，云焕失惊松开了光剑，震惊和狂喜从眼角眉梢掠过，“你……你醒了？！”

他几乎不敢相信这片刻间的变化，直到他手指触摸到白衣下跳动的脉搏，才长长吐出一口气，整个人仿佛被抽去了筋骨一样松懈下来，颓然坐下。

“怎么……怎么了？你的脸色怎么这么苍白？”慕湮显然不知道方才刹那间的事情，有些茫然地看着弟子脸上神色剧烈的变化，只觉得神志清醒却全身无力，转头之间看到蓝狐和自己肩上的咬伤，忽然明白过来，“我刚才……又昏过去了？”

“不！不是昏迷！”云焕手指扣着师父的腕脉，仿佛生怕一松开那微弱的搏动就会猝然停止，声音里还留着方才突发的恐惧，紧张得断断续续，“是……是死了！心跳和呼吸……都忽然中止。我以为师父是——”

“啊，吓着你了。”空桑女剑圣微微笑了起来，神色却是轻松的，声音也慢慢连续起来，“我……本来是想先和你说，如果看到我忽然之间死过去，可不要紧张，小蓝会照看我，一会儿就会好的……但忙着说这说那，居然忘了。”

她轻轻地说着，语气平淡，似乎只是说着一些无关紧要的琐事，手指轻轻拍着弟子的手背：“下次再遇到这种情况，你就不要担心了，很快我自己会醒过来。”

她调着呼吸，感觉猝然中止的血脉慢慢开始再度流动，笑着对云焕道：“你看，你们元帅果然是厉害的——那一击震断我全身血脉，虽然这些年在沉睡养气，依然慢慢觉得血气越来越枯竭了。以前我还能知道什么时候身体不对，预先躺下休息。这几年是不行了，居然随时随地都会忽然死过去。以前古墓里也没人，小蓝看到了就会过来咬醒我——它有点灵性，认得穴道。没想到你这次回来，可被结结实实地吓到了。”

半晌没有听到回答，只是感觉托着自己的手在不停地颤抖。慕湮有些诧异地抬头看去，发现近在咫尺的年轻弟子眼睛里那猝然爆发出的恐惧和惊慌尚未褪尽，脸色苍白，全身都在控制不住地发抖。

“吓着你了，焕儿。”从未看过那样的表情出现在这个孩子脸上，慕湮由衷地叹了口气，歉意地笑，勉力抬起手拍了拍弟子苍白的脸，安慰道，“放心，师父没那么容易死，一定比那个巫彭活得还长。”

云焕没有说话，似乎情绪还没有恢复过来，然而却终于长长地吐出了一口气。蓝狐看到主人可以动了，立刻蹭了上来，却警惕地盯了一边的云焕一眼，大有敌意。

“感觉好一些了……扶我回内室休息吧。”调息片刻，慕湮说话声音也中气足了一些，勉力抓着云焕的手想站起来，然而身上血脉依旧凝滞未去，脚下无力，便是一个踉跄。幸亏云焕一直全神贯注地看着，立刻伸手扶住了她。

“别动。”云焕想也不想，俯身揽起裙裾，将她横抱起来，“我送您去。”

“真是没用的师父呀，老了。”慕湮有些自嘲地微微笑，摇头，感觉自己在年轻的肩臂中轻如枯叶，指给弟子方向，“焕儿，左边第二个门。”

“嗯。”云焕似乎不想说话，只点点头，大步向前急急走去。

“小心！低头！”在穿过石拱门的刹那，慕湮脱口惊呼，然而云焕低头走得正急，居然反应不过来，一步跨了过去，一头撞上了门楣。

然而，竟然没有磕碰的痛感。云焕退了一步，诧异地看着额头上那只手。

“怎么反应那么迟钝？一身技艺没丢下吧？”还来得及抬手在他额头上护住，慕湮揉着撞痛的手掌，诧异地打量着眼前的年轻人，忽然笑了起来，“咦，焕儿你居然长这么高了？怎么可以长那么高……在这个石墓里，你可要处处小心碰头呀。”

“是。”云焕垂下眼睛回答，声音和身子却都是僵硬的。

“怎么？”空桑女剑圣怔了一下，听出了他的异常，不由得惊疑地抓住了弟子的肩，“怎么还在发抖？难道那些魔物的毒还没除尽？快别使力了，放我下地让我看看。”

“没事。”云焕回答着，一弯腰便穿过了那道拱门。

内室依旧是多年前的样子，一几一物都摆在原位上，整洁素净如故。云焕俯身将慕湮安顿在石榻上，环顾左右，陡然间有一种恍惚的神色。

依然一模一样。连他小时候练剑失手劈碎了的那个石烛台都还在那里。这个古墓里的时间仿佛是凝固的。外面光阴如水流过，这里的一切却都未曾改变。

包括师父的模样，都停止在他少年时离开的时候。

“饿了吗？”慕湮安顿下来，才想起弟子远道来这里后尚未用餐，问。然而四顾一番，雪洞似的石室内哪有什么充饥的东西，女剑圣苍白的脸上浮出微微的苦笑，摇头看着云焕：“你看，这里什么都没有。”

“不用麻烦师父，我随身带有干粮，等会儿让湘生火做饭就是。”云焕走到那盏石烛台边，抬手摸了摸上面那一道剑痕，回答。

“哦，那个叫湘的姑娘不知醒了没。”听到弟子提及，慕湮恍然记起，“焕儿，你去看看？”

“不用看。”云焕摇头，“如果醒了，傀儡第一个反应便会寻找自己的主人。”

空桑女剑圣忽然不说话，看着自己的弟子，眼神微微一闪：“为什么要把好好的活人弄成傀儡？变成杀人工具？”

“鲛人不是人。”虽然压低了声音，恭谨地回答着师父的责问，沧流帝国少将语句短促而肯定，“这个还是你们空桑人说过的——而且比起在叶城被当宠物畜养和买卖，鲛人在军中当傀儡应该好一些吧？至少我们教导战士要爱护武器一样爱护傀儡，它们没有意识，也不会觉得屈辱痛苦。”

慕湮并不是个能言善辩的人，苍白的脸上浮起一丝不忿：“可是这不对。”

“为什么不对？征天军团需要傀儡，帝国需要军队。没有军团，云荒就要动荡——”云焕回过头，眼里有钢铁般的光泽，“我们维持着四方的平安，让百姓休养生息，让帝国统治稳固，有什么不对？师父，这几十年来云荒四方安定，农牧渔耕百业兴旺。连沙漠上以前逐水草而居、靠天吃饭的牧民，帝国都让他们有自己的土地和房子，不再颠沛流离——这些，难道不比空桑承光帝那时候要好十倍百倍？”

空桑女剑圣微微蹙起眉头，仿佛想着如何反驳弟子的言论，却终于无语。

“还有湘，”仿佛被师父错怪委屈，本来不多话的少将一口气反驳下去，“我答允了飞廉要照顾她，这一路上不曾半点亏待过她，更不曾和那些家伙一样拿她……”手指在烛台上敲了敲，云焕眉梢微微抬了一下，还是继续说下去，“拿她来消遣取乐。整个征天军团里，除了飞廉那小子，就数我最爱护鲛人傀儡了。我哪里不对了？”

慕湮皱着眉头看着云焕，最终依然摇摇头：“反正都是不对的。焕儿，当初我教你剑技的时候，可从来没希望你变成现在这样子。”

这样温和的责备，却让帝国少将微微一震，脸色骤然惨白。

沉默了许久，他才低声道：“那么……师父您当初所希望的我，应该是什么样的呢？您……当初为什么要收我为徒？”

那样简单的两句话，说出来却仿佛费了极大的力气。云焕忽然间不敢看师父的眼睛，低下头去，看着石烛台上那道陈旧的剑痕——那样的疑问，在他心里已经停留了十多年，一直是反复猜测无法得知的。

空桑的女剑圣，打破门规将一个被族人放逐的冰族孩子收入门下，拖着病弱的身体倾心指点数年——她心里到底是怎么想的？是要这个敌方的少年感恩图报、离弃冷落自己的族人，从而为空桑所用、为无色城下的冥灵拔剑？

可是，他现在反而成了帝国的少将，师父才会那么失望？

那样的猜测埋藏在心里已经十多年，伴随着他从少年成长为青年，反复啃噬着他的心，不曾有一日忘记。如今，终于有机会回到师父面前，亲口问出来。

不知为何，在等待答案的一刹那，他只觉得手都在微微颤抖。

“嗯？应该是什么样子？这个我很早就对你说过了啊。”然而那样紧张慎重的等待，换来的只是师父随意的轻笑。慕湮抬头，看着石壁上方一个采光的小窗，外面的天空碧蓝如洗，偶尔有黑影掠过，那是沙漠里的萨朗鹰。慕湮抬起手，指着窗外，微笑着用一句话回答了他：“就像这白鹰一样，快乐、矫健且自由。”

那样简单的回答显然不是他预料中的任何一个答案，云焕诧异地抬头：“就这样？”

快乐、矫健和自由？拥有这样独步天下的剑技，得到什么东西都不是太难的事——然而师父把这样无双的技艺传给他，对于弟子的期望，却只是如此简单？

“还要怎样呢？”慕湮淡淡地笑，“我少年师承云隐剑圣，之后的一生都不曾败于人手，然而这三样东西，我却一样都没有——你是我最后的弟子，我当然希望你能全部拥有。”

云焕无法回答，手紧紧握着光剑。

“可你现在快乐吗？自由吗？”空桑女剑圣看着戎装的弟子，轻轻叹气，“焕儿，我并不是对你加入军队感到失望——你做游侠也好、做少将也好，甚至做到元帅也好。无论到了什么样的位置上，师父只是希望你保有这三件东西——但现在我在你眼睛里看不到丝毫痕迹。你既不快乐，也不自由。”

“师父。”帝国少将剑眉一挑，脱口低呼，眼里涌起浓重的阴郁。

师徒两人静静对视，偌大的古墓里安静得听得见彼此的呼吸。许久，云焕只是深深吸了一口气，转过身去，淡淡道：“我去把湘叫起来，该做饭了。”

“焕儿。”弟子刚转过身，慕湮却叫住了他，想了想，终于微笑，“要知道当初为什么在一群牧民孩子里，我独独要选是冰夷的你当弟子吗？”

云焕肩膀一震，站住了脚步——他没想到师父还是回答了这个问题。

“为什么？”他回过头去，眼睛里是询问的神色，隐隐紧张。

“因为你打架老是输啊。”慕湮笑了起来，神色却是嘉许的，“你是个冰族，却天天和那些牧民孩子打架，即使每次都被叶赛尔和奥普揍，却不见你告诉城里的军队——按照律例，凡是敢攻击冰族人的其他贱民一律灭门！那时候，你只要回去空寂城里一说，那么镇野军团就会……唉，你是个好孩子。”

云焕有些难堪地一笑，低下头去：“我就不信自己打不赢他们。”

“可你老是输。”空桑女剑圣回想着当年来到古墓的一群孩子，笑着摇摇头，“你那时候个子又不高，身子也不壮实，老是被叶赛尔他们欺负——我总看着你被一群孩子揍，看到后来就看不下去了，问你要不要学本事打赢他们。”

“嗯，那时候我还不知道您是剑圣。”云焕想起那一日的情形，眉间就有了笑意——被打得鼻青脸肿的时候，有人拉起他问他想不想学本事，当然是脱口就答应了。

“可我已经知道你是冰族。”慕湮微笑着，眼神却是凌厉的，“那时霍图部的长老回来拜访我，叶赛尔他们却不知情。我看到他们闯入古墓前的禁地，却不知道为什么霍图部的孩子会和一个冰夷孩子一起玩——我一直不放心，所以我打开古墓走出来迎接了你们——如果你有什么举动要对霍图部不利，我便会出手。”

“师父？”云焕心里一惊，脱口而出。

这么多年来，他一直记得第一次在夕阳下看到师父的模样，如此温柔。可是，那个古墓里走出的女子，竟然心里怀着的是这样的想法？

“其实叶赛尔他们和你虽然打架，却是慢慢成了好朋友吧？”慕湮笑了起来，宛如一个看护着一群孩子的温柔母亲，“刚开始不过是想随便教你一些，好让你不被那个丫头欺负得那么惨——没料到只教了两天，就惊觉你在剑技上的天分非常高，远远超出我的预料……”

女剑圣叹了口气，看着一边的弟子，招招手让他过来。

云焕听从地回过身，在师父榻前坐下，俯下了头。慕湮看着已经是高大青年的弟子，眼神却是复杂的，抬手轻轻为他拂去领口上的风沙，金色的沙粒簌簌从军装上落下，拂过胸口上沧流帝国的银色飞鹰记号。

“焕儿，我收你入门，并不是随随便便决定的。”慕湮的眼睛里有某种赞许的光，忽然握紧了弟子的手，轻轻卷起衣袖——那里，军人古铜色的手腕上，赫然有两道深深的陈旧伤痕，似乎是多年前受到残酷的虐待留下的痕迹。

云焕猛然一惊，下意识地想将手收回。

“看看这些——被砂之国的牧民那样对待过，却依然肯和叶赛尔做朋友，而不是一句话告发让他们灭门。”慕湮脸上浮起赞许的神色，拍了拍弟子的手，抬眼看着他，“焕儿，其实一开始我以为你是要害那些孩子的——因为，你童年时曾在牧民部落里得到过那样残酷的虐待，那样的经历，很容易扭曲你的心。”

“师父！”云焕脸色大变，猛地站起，倒退了三步，定定地看着空桑的女剑圣，“您……您记得？您记得我？您原来……原来早就认出我了？”

“当然记得。”慕湮微笑起来了，看着眼前已经长成英俊青年的弟子，眼睛却是悲悯而怜惜的，“地窖里面那唯一活着的孩子。”

“师父……师父。”再也无法压住内心剧烈翻涌的急流，云焕只觉膝盖没有力气，颓然跪倒。他握紧了手，将头抵在榻边，断续不成声地哽咽：“师父！”

十五年前曾经惊动帝都的西荒人质事件，如今大约已经没有人记得。

继沧流历四十年霍图部叛乱后，沧流历七十六年，砂之国再次发生了小规模的牧民暴动。曼尔戈部落有些牧民冲入了空际城，掳走十八位沧流帝国的冰族居民，转入了沙漠和镇野军团对抗，并试图以人质要挟帝都改变政令。然而元老院的十巫从帝都伽蓝发出了命令，镇野军团放弃了那些人质，对曼尔戈部落反叛的牧民进行了全力追杀，深入大漠两千里。三个月后，叛军的最后一个据点被消灭。

这场小规模的叛乱，早已湮没在沧流帝国的历史里。还有谁会记得牧民暴动的时候掠走的十八名冰族人质里，只有一个孩子活了下来？

只有空桑女剑圣还记得打开那个地窖的时候看到了什么：一个不成人形的孩子濒临崩溃，正发狂般将头用力撞向石壁。看到有人来，立刻拼命挣扎着爬过来，穿过那些已经腐烂的族人尸体，爬到了她面前。双手被铁镣反铐在背后，流着发臭的脓液，露出雪白的牙齿，拼命咬着她从怀里找出来递过去的桃子，如同一只饿疯了的小兽。

抱起那个八九岁孩子的时候，她震惊于他只有蓝狐那么轻。

显然镇野军团已经放弃了解救冰族人质的希望，而被追杀的叛军也遗弃了这些无用的棋子，将那十几个冰族平民反锁在沙漠的一个地窖里。被她无意路过发现的时候，大约已经过去了一个多月，里面的尸体都已经腐烂。

她没有能救回其他人，只带出了唯一一个活着的孩子。

然而那个孩子经历过这样可怕的事情之后，变得反常。他畏光，怕人走近，经常蜷缩在墙角，习惯用牙齿叼东西，从周围人那里抢夺一切能找到的食物，甚至不会走路，只用手脚爬行。显然是双手长期被绑在背后，才形成了兽类的习惯动作——那些暴动的牧民大约将所有怒气都发泄在这些平日作威作福的冰族平民身上，用过极其残忍的手段折磨孩子的身体和心灵，先是把他饿了很久，然后对其拷问和毒打。

她甚至无法问出一点头绪来——因为那个孩子已经失语，只会说很少几个词语：姐姐，父亲，空寂城。那时候她并不知道孩子的父亲已经在这次叛乱中被暴民杀死了，而孩子的姐姐早在一年前被送入帝都参加五年一度的圣女遴选，幸运当选，再也不能回到属国。

她看护了这个孩子几个月，然后因为身体的缘故，不得不在数月后将这个幸存的孩子送回了空寂城，偷偷在一边看着他被镇野军团带走后，才放心离去。

那样的事情在多年的隐居生活中有过很多，她很快就将他遗忘。

以后的好多年她也没有再碰见那个孩子，直到那天霍图部的一群牧民孩子忽然涌进古墓，惊动了隐居的她——在一群高大的砂之国牧民孩子中，她注意到了里面一个瘦小苍白的少年。浅色的头发，略深的五官，苍白的肤色，显然应该是冰族的孩子。

然而在一群孩子开始打架时，她一眼便认出了他。

那样的黑暗中闪烁的冷光和不顾一切抢夺抗争的眼神……尽管过了那么多岁月，她依然能清晰地从记忆中迅速找到同样的一双眼睛。

如今，转眼又过去了十几年。

微微笑着，她如同第一次见到那个孩子一样，抬手抚摩着帝国少将的头发，轻声道："是的，我一开始就认出你了，焕儿。"

"为什么您从来不说？我以为您早就忘了……"云焕有些茫然地低声问。

"那时候你还小，我想你也不愿再提起那件事吧？有些噩梦，是要等长大后才敢回头去看的。"慕湮叹了口气，轻轻将他的袖子卷下来，盖住伤痕累累的手腕，"而且你也不说，我以为这个孩子早不认得我了呢，还说什么？"

"怎么会不认得……一眼就认出来了。"云焕嘴角往上弯了一下，那个笑容和他一身装束大不符合，"我怕说了，师父就会识穿我是冰族人，不肯教我把我赶走——我那时可是第一次求人，好容易叶赛尔他们答应了不把我的身份说出去。"

"傻孩子。"慕湮忍不住地微笑起来，伸指弹了他额角一记，"怎么会看不出？你看看你的眉眼、头发和肤色……沙漠里长大的牧民没有这样子的。"

沧流帝国的少将有些尴尬地笑了起来，那样的笑容他已经不记得有多久没有流露过了。

"所以我想了很久，还是决定收你入门。"空桑女剑圣点点头，看着自己的弟子，感慨，"剑技无界限……空桑人也好，冰族也好，鲛人也好，只要心地纯正、天分过人，我想就已经够了。你没有武艺的时候，尚自不肯借力屠戮所谓的贱民；若有了剑圣之剑，应更加出色，能为这世间做更多。”

云焕忽然沉默，没有回应师父的话。

要怎么和师父说，当年回到空寂城后，尚未完全恢复的他就主动要求和镇野军团一起去了曼尔戈部里，凭着记忆将那些劫持过他的残余牧民指认出来？

那些侥幸从帝国军队的剿杀中逃脱的牧人，被孩子用阴冷的目光一一挑出，全家的尸体挂上了绞架，如林耸立。九岁的孩子反反复复地在人群中看，不肯放过一个当初折磨过他的人。手腕上的伤还在溃烂，孩子的心也一度在仇恨中腐烂下去。

后来遇到叶赛尔他们，并不是他心怀仁慈而不曾报告军队，只是作为一个被族人孤立的孩子，他感到寂寞，需要玩伴，而和人打架，至少可以缓解寂寞，同时也让自己变得和那些贱民一样强健。

同样也因为，他知道自己只要努力，总有一天可以打赢那些同龄人，他是有机会赢的；如果像童年那次一样，遇到了没有任何赢面的敌对者，他就会毫不犹豫地回到空寂城，去报告那些军人有暴民袭击冰族，然后带着军队去指认那些贱民，让他们的尸体在绞刑架上腐烂。

他并不是个心怀仁慈的人，从小就不是。

许久许久，他才轻轻道：“师父，我真的不想让你失望。”

“那么你就尽力，”慕湮仿佛知道弟子心里想的是什么，眼神也有些复杂，“哪怕用你自己的方法去努力——只要你相信那是对的。”

“是。”云焕低下头去，用力握紧了剑。

“焕儿，你一定心里早就知道师父最后会如此对你说吧？”慕湮蓦然轻轻摇头微笑，拍拍弟子的肩，无奈地苦笑，“所以一开始，你就没打算瞒我什么——你知道师父最后一定不会杀你，是不是？”

“师父自小疼我。”帝国少将的眼睛微微一变，只是低声回答。

“但我同样也疼西京他们，”慕湮的脸色依旧是苍白的，吐出了一句话，“看到你们自相残杀，师父心里很疼。”

“那是没办法的事……”云焕沉默片刻，轻声，“而且我们都长大了，各自的选择和立场都不同。师父不要再为我们操心，照顾好自己身体是最要紧的。这一战过后，如果我还活着，一定立刻回古墓来看您。”

“你如果回来，就证明西京和白璎他们一定死了。”慕湮摇着头，忽然苦笑起来，“焕儿……你说为什么一定要变成这样？这个世间本来不该是这样的——七千年前，星尊帝就不该驱逐你们、灭了海国；百年前，你们同样不该将空桑亡国灭种；现在，你们三个更不该拔剑相向……一切不该是这样。”

“那是没办法的事。这世上的事情，哪会是你认为该怎样就怎样的。”沧流帝国少将低下头去，轻轻重复了一遍，“不是他们杀我们，就是我们灭了他们——只有一个云荒，但是各族都想拥有这片土地。只能有一个王，其他族只能是奴隶。我们冰族被星尊帝驱逐出去，在海外漂流几千年，拥有这片土地是多少年的梦……我们没有错。”

“我不知道是谁的错。”那样长的谈话，让慕湮恢复中的精神显得疲弱，她苦笑摇头，用手撑住了额头，“我只觉得这个世间不该是这样子……但是我不知道如何才能避免。而且，我不知道自己想法是对是错。很久以来，我好像都不能肯定是非黑白到底是怎么一回事——那个人死后，我想了那么多年，还是没有想通，干脆就不想了……焕儿，你的师父其实是个很没主意的人啊。”

云焕忽然忍不住微微一笑：“嗯，弟子很早就发觉了。”

“真是老实不客气。”慕湮笑斥，眼里的迷惘却层层涌起，“因为师父知道自己是个没主见的人，所以除了剑技，不敢教你什么，总觉得你将来会遇到能引导你的人——想不到，呵，你居然遇到了巫彭……”

“元帅同样很提携我。”说到那个名字，云焕微笑的眼睛忽然凝聚，变成铁灰色，一字一句都是经过思考后说出的，不似先前随意，“他是所有军人的榜样。”

“真是榜样啊……学得十足十。看你那时候抓起鲛人来挡剑的举动，都和当年的他一模一样！”空桑女剑圣忽然冷笑，仿佛还想说什么，却终于忍住，不再说下去，只道，“去做饭吧，你一定饿了。”

云焕站起身，刚回头的时候忽然一怔：不知道什么时候湘已经到了拱门外面。鲛人动作一向轻捷，而自己方才和师父说得投机，居然没有察觉这个傀儡已经醒了。

“主人。”湘身上的伤也还在渗着血，却跪了下来。

“去做饭。”云焕只是吩咐了一句，刚想走开，忽然想起什么似的停了下来，叫住自己的傀儡，把一个东西扔给她，“把这个抹上，别让肌肤干裂了。”

“是。”湘的眼神是木然的，接过那个填满油膏的贝壳答应了一声就退了下去。

慕湮看着，眼睛里却有了一丝笑意，等那个鲛人走开了，微笑对弟子说：“看来你的确是很爱惜她呀。”

“答应了飞廉那家伙。”云焕却没有在师父面前粉饰自己的意思，无可奈何地摊开手，“湘是他的鲛人傀儡，调借给我而已。偏生他把鲛人看作宝贝一样——有什么办法？不然回去他要找我算账。”

“飞廉？”慕湮微微点头，笑道，“你的朋友？”

帝国少将脸上的表情忽然僵住了，仿佛不知如何回答，片刻，才淡淡道：“不是。不过是演武堂里的同窗罢了，一起出科的。最后的比试里，我还差点输给他。”

“谁能胜过我的焕儿？”慕湮也不问，只是点头，笑，“不过难得你还顾忌一个人啊，你们交情不错。”

“怎么可能。”云焕嘴角浮起复杂的笑意，“他是国务大臣巫朗家族的人。”

“嗯？”慕湮微微诧异。

“而我是巫彭元帅一手提拔上来的。”云焕摇了摇头，冷硬的眉目间有一丝失落，“我们不是同盟者，不相互残杀就不错了，注定没办法成为朋友。”

对于帝都伽蓝里种种派系斗争，空桑女剑圣显然是一无所知，然而看得出弟子在说到这些时候眉间就有阴郁的神色，慕湮也不多问，只是转开了话题，微微笑着：“焕儿，你今年也有二十四了吧？成家了没？”

明显愣了一下，云焕有些尴尬地低下头去：“去年刚订了婚事。”

“哦？是什么样的女孩？”毕竟是女子，说到这样的事情慕湮眼里涌动着光芒，欢喜地笑了起来，“性情如何？会武功吗？长得美吗？”

“一般吧。”云焕侧头，很是回忆了一下，才淡淡道，“倒是个挺聪明的人——可惜是庶出。巫彭大人替我提的亲，她是巫即家族二房的第二个女儿，父亲是庶子，其母是巫姑家族的长房幺女，倒是嫡系。”

"嗯？"慕湮不知道云焕这样介绍未婚妻的父母家世究竟为了说明什么，随口反问，"庶出又如何？"

云焕愣了一下，才想起师父多年独居古墓，远离人世，当然更不知道帝都如今的政治格局和百年来根深蒂固的门阀制度，不由微微苦笑，不知从何说起。

自从在智者带领下重新回到云荒、夺得天下，建立沧流帝国至今已将近百年。而帝都的政治格局自帝国建立以来就没有再变过。

智者成为垂帘后定夺大事的最高决策者，然而却在白塔顶上的神庙里深居简出，极少直接干预帝国军政。所以在国务上，以"十巫"为首的十大家族把持了上下，而且权力被代代传承下去，成为门阀世家。世袭制成为培植私家势力的重要工具，从而造成任人唯亲的恶性循环，也让其余外族根本没有机会接近权力核心。

在那铁一般秩序的帝都里，高高的皇城阴影中，一切按照门第和血统被划分开来：评定乡品、铨选官吏、区别士庶和选择婚姻均以此为依据。高贵的家族不与门户不相当的人交谈、共坐、来往，更不用说作为势力联盟象征的通婚。十大家族百年繁衍至今，每族人数庞杂。为了证明血统高贵，谱牒之学变得异常发达。正出庶出，更是看得比命还重。

云家本来没有任何机会从这样一个铁一般的秩序中冒头——如果不是先前巫真家族的圣女莫名触犯了智者大人，居然遭到灭族的惩罚；如果不是云家长女云烛成为新的圣女，并得到了智者大人出乎意料的宠幸，将"巫真"的称号封给这个原本属于冰族里面最下等的人家——云家说不定还被流放在属国，连帝都外城都不许进入。

虽然因为幸运，在短短几年内崛起于朝野，然而根基未深、血统不纯的云家即使有了"巫真"的称号，依然受到其余九个家族的排挤和孤立。如果不是巫彭元帅在朝廷内外看顾他们，为他们打点关系、介绍人脉，他是不可能和巫即家族里的女子结亲的。

而巫彭元帅——那个和国务大臣巫朗多年来明争暗斗的元帅大人，这样殷勤扶持云家姐弟，也并不是没有原因的：云烛是他引入帝都并推荐给智者大人的，自然成为他朝堂上的大臂助；而云焕，以不败的骄人战绩从演武堂出科，在军中成为他对抗巫朗家族中飞廉的王牌，免得征天军团年轻军官阶层倒向飞廉一方。

这样错综复杂的事情，如何能对师父说清楚？

然而令云焕惊讶的是，虽然只是寥寥提了一下，看似不曾接触过政治权谋的师父居然并没有流露出懵懂的表情，回答得虽然简短，却字字句句都切中要害——今年二十四岁的年轻人并不知道，早在他降生到这个云荒之前、空桑梦华王朝末期，他的师父曾多么接近过当时政治急流的核心。而她所爱的那个人，又是怎样一个复杂的政客。

虽然不曾直接卷入政局，然而自从那个人死后，隐居的女剑圣曾用了长久的时间去思索那个人和他的世界。虽然这么多年以后，依旧不曾明白黑白的真正定义，虽然依旧迷惘，但她已不是个对政治一无所知的世外隐者。

“这八九年，看来真难为你了。”听着弟子看似随便地说一些帝都目前的大致格局，慕湮忽然间长长叹息了一声，抬手轻抚弟子的头发，“焕儿，你这是日夜与虎狼为伴啊。”

云焕肩膀一震，诧异地看向师父，忽然间心口涌起说不出的刺痛和喜悦——这些，他本来从未期望师父能懂，然而她竟然懂了。

还有什么能比这更让人欣慰？

“真像啊……”慕湮的手停在云焕宽而平的双肩上，看着戎装弟子眉目间冷定筹划的神色，忽然间眼神有些恍惚，喃喃地道，“你说这些话的时候，和语冰简直一模一样——焕儿，你一定要小心……伽蓝帝都是一个可怕的染缸，什么样的人进去了最后都会变得面目全非——不要做语冰那样的人。”

“师父？”那个名字让云焕微微一惊，抬起头看着师父。

听过的……虽然师父极少提起以前，然而过去那些年里，每到一月三十日那一天，师父都会停止授课，默默对着东方伽蓝城的方向凝望，神思恍惚。捧剑默立在身后的少年不敢出声打扰，用目光静静追随着轮椅上的师父，偶尔会听到那个名字被低声吐出：“夏语冰。”

夏语冰。默默记住的少年，曾暗自去追查过这个名字。

虽然沧流建国后，对于前朝的事情采取了坚壁清野的消除法，然而晋升少将后，能出入帝都皇家藏书阁，他终于在大堆无人翻阅的空桑史记里找到了这个名字。

那是在空桑最后糜烂颓废的王朝里唯一闪耀夺目的名字。一代名臣，章台御使夏语冰，一生清廉刚正，两袖清风，深得天下百姓爱戴。倾尽一生之力扳倒了巨蠹曹训行太师，最后却被太师派刺客暗杀。

夏语冰死于承光帝龙朔十二年一月三十日，年仅二十六岁。此后青王控制了朝政。庞大的果子继续从内而外地腐烂下去，无可阻拦。

三年后，一直流浪在西海上的冰族在智者的带领下，再度踏上了云荒。

十三年后，帝都伽蓝被冰族攻破，空桑六王自刎于九嶷，无色城开，十万空桑遗民消失于地面。云荒在被空桑统治七千年后，终于更换了所有者。

那个曾试图以一己之力扭转乾坤、重振朝纲的年轻御使一生之力最终落空。然而他也是幸运的，毕竟没有亲眼看到这个国家的覆亡。

那便是师父生命里曾经遇到过的男子吗？在百年之后，她犹自不曾将他忘记——然而夏语冰的妻子是青王魏的小女儿、最后一任青王辰的侄女。他的遗腹子塬被青王辰收养，伽蓝城破之时，作为六王自刎在九嶷山……那个人的一生中，不曾留下任何关于一个叫“慕湮”的女子的记载。

合上那卷满是灰尘的《六合书》，戎装的少将坐在满架的古籍之间，默默垂首沉吟。

他无法追溯出师父昔年的事情……虽然他曾那样深切地想知道她一生经历过的所有，然而百年的时空毕竟将许多事情阻隔。在那个女子叱咤于江湖之间、出剑惊动天下的时候，他还未曾降临到这个世间，冰族还在海上居无定所地颠沛流离着。

君生我未生，我生君已老。

如果不是剑圣门下秘传的“灭”，如果师父不是这样在古墓中避世沉睡，将时空凝定——按照世间的枯荣流转，面前温柔淡定的师父早已是作古多年，又如何能遇上大漠里的少年，他又如何能成为帝国的少将……

只是一个不经意提起的名字，却让他的思绪飘出了很远。等回过神的时候，耳边听到的是这样几句话：“权势、力量、土地、国政……你们血管里本身就流着那样的东西。无论出于什么样的初衷，到最后总会卷进去。你们都坚信自己做的是对的，都觉得有能力达到自己的目的，所以不惜和狼虎为伴，最后不管什么样的手段都用上了……”

那样的话，让少将涣散的思维一震，重新凝聚起来。

他发现自己还是不够了解师父的——那样的话，他本来没想到会从师父这样看似不问政局的女子口中吐出。

“然而到了最后，你们实际成为的那个人和你们想成为的那个人之间，总是大不相同。”慕湮的手按在弟子肩上，凝视着他，目光却仿佛看到了别的地方，神思恍惚之间，也不知道说的是哪一个人——然而这样的话听到耳中，心中却是忍不住悚然。

“师父。”云焕勉强开口，想将话题从这方面带开——那并不是他想和师父说下去的。

“焕儿。”空桑的女剑圣恍然一惊，明白过来，苦笑起来，拍拍他的肩膀——却被军人肩上的银鹰硌痛了手，她低下头来凝视着最小的弟子，眼里是担忧的光，“小心那些家伙啊——那些人用得着你的时候便百般对你好，如果有朝一日用不着你了，转身就会把你扔去喂那些豺狼！”

“没关系，弟子能应付。”他抿了一下薄唇，在转瞬间将心里涌起的情绪压了下去，暗自回归于主题，“虽然现下遇到了一些难题。”

说出这句话的时候，冷气悄无声息地吸入他的胸腔——终于顺利地不动声色抛出这句话了。其实，说到底，他费尽周折来到这里，不就为了这句话？

“出了什么事？”果然，慕湮一听就关切地蹙起了眉头，“我就知道你不会随便来博古尔沙漠的——遇到什么难事？快说来给师父听听。”

“我奉命来这里找一样东西。”帝国少将坐在师父榻前，将声音压低，慎重而冷凝，“军令如山。如果找不到，就得死。”

“什么？”慕湮吃惊地坐起，“死令？到底是什么东西那么重要？”

“纯青琉璃如……”云焕立刻回答，然而仿佛忽然想起这是机密一般，止住了口。

“纯青琉璃如意珠？”空桑的女剑圣手指一震，显然这个称呼她曾经听过，极力回忆着，前朝的女子喃喃，“是那个东西？传说中龙神的如意珠？可是星尊帝灭了海国，镇蛟龙于苍梧之渊后，如意珠不是一直被安放在伽蓝白塔顶端？据说可以保佑全境风调雨顺。难道沧流建国后丢失了这颗宝珠？以至于要你千里来追回？”

云焕勉强笑了笑，没有回答。

多年来，迦楼罗金翅鸟的研制一直是帝国最高的机密，而纯青琉璃如意珠的作用更是只有极少数人知道。如果让师父得知如意珠便是那个摧毁一切的杀人机器的内核，只怕她虽然不忍眼睁睁看弟子失职被处死，但也会犹豫着不肯帮他——虽然处处留了心机，然而让他对师父公然说谎，也是办不到。他只能避而不答。

“是了，这是军务，你不便多说。”他只是略微沉吟，慕湮便了解地点头，关切询问，“应该能找到的吧？你可以去空寂城调用镇野军团啊……”

“那样大的荒漠，一支军队大海捞针有什么用。”云焕低头微微苦笑，“那个死令是有期限的。”

他只差说出那一句话——“在这片大漠上，论人脉、论影响力，在民间谁能比得上师父？”

是的，镇野军团虽能维持当地秩序，然而他也是知道军队是不得民心的。这件事上，依靠镇野军团根本不如借助师父多年来在牧民中的威望——那也是他刚开始接到这个艰巨任务时脑子里立刻浮现出的想法。

“期限是多久？”慕湮的手指慢慢握紧，问道。

“一个月。”云焕低声回答。

“一个月……”空桑女剑圣眉间有沉吟的神色，缓缓抬头看着高窗外的一方蓝天，外面已经渐渐黑了下去，“时间是很紧啊……难为你了。”

“弟子多言了。”控制着语速，慢慢回答，感觉自己的声音如冷而钝的刀锋，然后他强迫自己不再说下去，站起了身转向门外，“湘应该已经做好饭了。”

慕湮脸上的神色一再变幻，在弟子走出内室前忽然叫住了他。

“今天晚上，附近各个部落的牧民都会来墓前集会，答谢我为他们驱走邪魔，”空桑女剑圣开口，对着自己的弟子吩咐，“到时候，我会拜托各族头人替我留意——那些都是熟悉大漠的人，说不定能有所帮助。”

“多谢师父。”终于得到了意料中的承诺，帝国少将霍然回头，单膝跪地，却不敢抬头看师父的脸。

第四章

踏歌

无色城。空无的城市里，成千上万的石棺静静沉睡在水底。

一双眼睛俯视着一面水镜，清浅的水若有若无地映着另一个空间的一切。不知道看了多久，在高高的王座上微微低下的那颗头颅忽然吐出一口气，右手忍不住抬起，伸向水镜，仿佛想试探地去触摸什么。

“真岚。”忽然有人出声唤，熟悉的声音。

“啪。”那只伸到半途的手陡然一震，重重下落，将水镜的铜盖合上，水面破裂荡漾。

“在看什么？”白衣银发的女子过来的时候，只看到刚合起的水镜，微微诧异地看向王座上那颗孤零零的头颅，“这几天经常看你开水镜，看什么？”

“没什么。”不由自主地蹙眉，空桑皇太子看着太子妃，下意识地回答。然而话刚出口，忽然间脸上就有些奇怪的赧颜。

“别关水镜——看看西京和苏摩他们到哪里了。”白璎也没有继续问，在王座旁坐下，顺手将那颗头颅捧起，放在自己的膝盖上，俯下身去打开水镜，“这几天云荒上面一定天翻地覆，可惜我暂时还不能出去……真是为他们担心。”

说话的时候，铜盖被掀开，水镜里的水还在微微荡漾，然而破碎的水面已经渐渐归于平整，依稀拼凑出了一个尚未消失的残像——显然是西方砂之国的某处，连天纷飞的黄沙之中，赤驼驮着一行牧民模样的人往前走。最前方坐在赤驼上、指挥着驼队的是一个红衣少女，明眸皓齿，古铜色的手臂缠绕着大拇指粗细的鞭子，背上背着一个匣子，正在回头对后面的人大声说着什么，眉目间神采飞扬。

“这是？”手指微微一顿，白璎诧异地看着水镜中残留的画面，然而睫毛一闪，毕竟没有问，纤细的手指从水面上拂过，无声地念动咒语，水镜里的水转瞬激变。仿佛被无形的力量催动，薄薄一层水向着镜心凝聚，瞬间撞击，变成一线直激起三尺，哗啦一声落回铜盘，立刻如水银般平静。

然而，镜里的景象却已经完全改变，指向了她所要窥探的彼端。

银发的太子妃坐在王座上，俯身看着水镜的景象，眉间神色忽然一变，被烫着般转开了目光，脱口道：“荒唐。”在她揭开水镜的一刹那，真岚就有些微的失神，此刻感觉到白璎全身猛然一震，他一个走神，一颗脑袋差点从她膝盖上滚下来。

“怎么？”在白璎的手合上水镜的一刹那真岚回过神来，另一边搁着的右臂猛然伸出撑住了铜盖，看向水镜。一看之下他也张口结舌，讷讷说不出话来。

水镜里清清楚楚地捕捉到了所需要看到的景象——不知道是在何方的密林里，天色已经暗了，篝火烈烈燃烧。明灭的篝火旁边一对男女正纠缠在一起。那个女子看上去还是孩童的脸，然而裸露的洁白胴体却是成熟而妖娆的，正急促喘息着，脸上交织着痛苦和极乐的奇怪神色。抱着女子的双手苍白而修长，十指上戴着形式各异的戒指，蓝色的长发被汗水濡湿了，贴在摩擦纠缠的肉体上。

“真够……呃，乱来的。”没料到会看到这样的事情，真岚这一下也是讷讷的，手撑在水镜上，尴尬地放也不是，不放也不是，摇头，“荒山野岭的……好歹找间房子嘛。”

那样一句话脱口，回头一看白璎的眼光，空桑皇太子连忙解释：“我的意思是野合总是不好的，如果他们找个地方住下再……啊，这样一看是在卧室里，看的人就知道不方便，立刻也就关了水镜，不会贸贸然……呃，是不是？”

然而嘴上连忙解释着，那颗头颅却不曾从水镜旁挪开，边说边看着。

“还看！”白璎低斥一声，抬手啪的一声合上水镜，溅起的水花泼了那颗来不及躲闪的头颅半脸。那样忽然的举动显然让真岚也吃了一惊，他在座位上抬起眼睛，看着苍白着脸在王座前来回踱步的女子，也沉默了下去。

“他疯了……简直是疯了。”白璎急促走了几步，咬牙低语。

“别这样，食色是天性嘛。”真岚将右手从水镜上放下，回手扯过王座扶手上的锦褥擦了擦脸上的水渍，有些无可奈何地安慰对方，“你看，人家又不是像你一样泯灭了实体，也不是像我这样四分五裂有心无力……呃，总而言之，欲望总不是什么可耻的事情。”

急促的脚步忽然停住，空无一片的城市里，虚无的冥灵女子转过头看着王座上那孤零零的头颅，眼神慢慢变化——是啊，她是不知道的。十八岁的时候从白塔上纵身跃下，之后沉睡了十年，再之后，九嶷山上她自刎成为了冥灵。

终其一生，她并不知道什么是欲望，之后也不会知道。这是幸运，抑或不幸？

仿佛猛然间明白这样脱口的话隐含着怎样的残忍刺痛，断手猛然按在嘴上，中断了话语。偌大的无色城里，空桑的皇太子和太子妃相互对视着，一时无话，只有头顶水光隐隐不绝地闪烁。

“我不是说这个。”许久，仿佛心里的惊怒平定了一些，白璎转过身，声音冷淡，“你仔细看那个女的。那不是人而是魔物——他……他居然和……和白麟在一起？”

“白麟？”这下真岚的脸色也不自禁地变了，“那只鸟灵？”

“真是疯了。”白璎抱着双臂在王座前来回走了几步，一直安静的眉目间有按捺不住的震惊和焦急，“他想干什么？到底想干什么！”

“不管他想干什么，我们现在都没办法。一切等到了苍梧之渊，见了他再说吧。”真岚沉吟着，眉间神色也是几度变幻，最终抬手重新打开水镜，“我刚才留意看了一下——从树林的植被看来，苏摩现下应该已经过了息风郡，快接近九嶷了。”

虽然有准备，然而再度打开水镜，看到篝火边那个纠缠和苏摩在一起的女子背部果然有若有若无的巨大黑翼时，真岚还是默默倒抽了一口冷气。

就在那个瞬间，他忽然注意到了火堆旁的一个东西——

那个叫作苏诺的小偶人被扔在一边，咧着嘴看着面前一对来回翻滚的人。似乎是被主人剧烈的动作牵动了一下引线，那个无生气的偶人忽然啪嗒一声立了起来，扭过头，对着镜子的方向诡异地咧嘴一笑。

“啊？”蓦然间觉得说不出的惊心，真岚脱口低呼一声，打翻了水镜。

“怎么？”白璎一惊。

“不知道……忽然吓了一跳。”空桑皇太子甩着湿透了的袖子，也觉得方才那阵心惊有些莫名其妙，“我又看到了那个偶人。忽然觉得有什么不对劲。”

“不对劲？”想起傀儡师身畔那个叫作苏诺的偶人，白璎也是平白觉得一冷。

“说不出来。”真岚再度沉吟了一下，还是说不出所以然，只是摇摇头，“很邪啊。这个裂变出来的傀儡，可真是让人担心。”

“一切等他到了苍梧之渊再说吧。”仿佛下了什么决心，太子妃猛然点头，吐出一句话，转开话题，“不知道师兄带着那笙如何了。”

真岚眉头再度蹙起，脸色有些凝重：“我刚才看过了——看不到。应该在息风郡附近，但是那片区域无法通过水镜看到。”

“有人阻止？”白璎诧异地回首，“设了结界屏障？”

“应该是吧。”真岚沉吟着，手指叩着扶手，“如果料得没错，能设下那样强的结界，应该是十巫中的一位亲自来了……征天军团一定也会如影随形地再度杀到。西京要千万小心应对才好。”

又是片刻凝重的沉默，许久，白璎道：“等到了夜间，我带一些冥灵战士去看看。”

“太危险了。”空桑皇太子蹙眉，手指不停地叩着王座的扶手，“万一碰到上次那样的事情，你受伤无法在天亮前返回，怎么办？”

“难道师兄他们现在就不危险？”银发女子眼里的光是坚定的，握紧了手，“何况，苏摩那样的敌手，也不是次次都能遇到的——我会小心。”

沉吟片刻，真岚只是缓缓转过头：“让蓝夏和你一起去，他办事小心。”

“呵，难道我很莽撞吗？”太子妃笑了起来，弯腰去收拾打翻了的水镜。

王座上的那颗头颅默默看着她，忽然笑了笑：“看起来是很沉静稳重的样子……不过都是骗人的。如果忽然发起疯来，那可是够吓人的，拉都拉不住。”

显然明白皇太子调侃的是什么，白璎没好气地看了他一眼，收起水镜。反正说不过，干脆不理——这是在长达百年的时光中得出的唯一有效方法。

“璎。”在她走出去的一刹那，忽然听到真岚在背后叫了她一声，声音短促。

“怎么？”她诧异回头。

“我想起来了。”王座上的头颅脸色猛然一变，断手同时跳出，一把抓住了她的肩膀，急急道，“我想起来哪里不对了——那个傀儡……那个傀儡……你有没有觉得变得有些不一样了？”

“哪里不一样？”被真岚脸上的神色惊住，白璎下意识反问——方才短短的瞬间，她根本没有留意到那两个纠缠的人身旁那个扔着的傀儡。

“好像是变得……”被那么一反问，真岚语气弱了一下，仿佛也变得有些不肯定起来，喃喃道，“是我看错了吗？那个傀儡偶人好像——好像……的确是变得大了一些啊。”

“什么？”白璎也愣住了。

“那个东西是活的！”真岚失声，“它在长大！”

暗夜的密林里，草叶的沙沙声忽然停止了。

“奇怪……好像有人在看。”微微喘息着，女子停住了动作，喃喃对身边的人说，“唰”的一声，背后巨大的黑色翅膀蓦然展开了，裹住了两人。她的手撑住对方的胸膛，被汗水濡湿的声音有一丝警觉：“苏摩，你有没有觉得？”

在她想要站起来的一刹那，傀儡师忽然伸手，粗暴地拉住她的头发，将女子重重拉回自己怀里，一个翻身压倒在草地上，抬头往虚空中的某个方向“看”了一眼，嘴角忽然浮出一丝笑意，不出声地低下头埋首于女子的胸口。

“原来你早知道了。”幽凰轻轻呻吟了一声，吐出一口气，“好坏……”

既然苏摩不管，鸟灵干脆也就不去追究了，抬起手揽住傀儡师的脖子，将他拉近自己的唇边。

“真是美啊……就像天神一样。”女童的面容上有成人的表情，幽凰用炽热的眼光注视着耳鬓厮磨着的人，意乱神迷地喃喃自语，凑近去吻那张脸，“只是……你的身体里好像也有魔物栖息着呢。怎么像和我是同类一样？

你……为什么会回头找我呢？”

裹住她的是黑暗的气息——只有行走于黑暗中的魔物才有的气息。

“阿诺喜欢你。”终于开口了，声音带着说不出的疲倦，傀儡师忽然放开了怀里的邪魔，撑起身来，手指只是一动，火边一直看着的那个小偶人咔嗒咔嗒地跳了过来，咧嘴微笑着，忽然膝盖也不屈地一跃而起，直直跳入幽凰的怀中。

“嘻，好可爱啊……”鸟灵收敛了背后的双翅，抚摩着偶人冰冷的脸，满怀喜悦，“多漂亮的偶人，和你一模一样。是你制作出来的吗？用了什么法术，居然能让它动？”

然而那样一连串的问话，似乎丝毫没有入傀儡师的耳。苏摩起身坐到火旁，也不披衣，只是茫然地面对着篝火，有些出神。仿佛感到冷，手臂微微发抖。抬手感觉着火的热力，将手凑近了一些。然后，不知不觉地再近、再近……一直到将手整个伸入火中，依然控制不住地在微微发抖。

旁边的幽凰没有看向这边，显然一路上习惯了傀儡师那样阴阳怪气的脾气，也没期待他回答，只是自顾自地逗弄着偶人。苏诺那样阴鸷的神色，在魔物的怀里居然变得明朗了一些，咧嘴笑嘻嘻地看着幽凰。

“噫？你有没有觉得阿诺看起来好像长大了一些？原来没这么高吧？”幽凰将偶人抱在白皙的胸前，忽然略微诧异地笑了起来，“苏摩，它会不会长大啊——真有意思……”

一语未落，傀儡师的手蓦然一震，在火中无声握紧，眼里闪过阴沉的光。

“啊，啊，乖孩子。”拍打着翅膀，鸟灵孩子一样的脸上露出笑容，仿佛在哄着一个婴儿，“苏摩，你说如果你有孩子，会不会和阿诺一模一样——我给你生一个好不好？嘻，还不知道鸟灵和鲛人的孩子是什么样。”

“孩子？”一直低着头不说话的傀儡师忽然笑了起来，转过头。火光在他俊美得近乎邪异的脸上跳动，明灭不定，“如果你敢把它生下来，我就杀了它。”

那样随意的话似乎是理所当然的，却透出掩不住的冷气。

幽凰本是随口说笑，然而不自禁地被瞬间扑面涌来的杀气冻住，手一松，偶人咔嗒一声掉落在地，龇牙咧嘴。苏摩将手从火中抽出——那样苍白秀气的手在火舌的舔舐之下已经黑如焦炭。然而只是转瞬之间，被烧焦的皮肤就起了变化，立刻恢复到和未烧伤时一模一样。除了那样真实的痛楚，似乎什么都没有发生过。

而生之意义于他，难道也是如此？

绝望和狂乱那一瞬间仿佛疯了一样在心底蔓延起来。一切开始于结束之后……可难道他就要这样过完这一生？

幽凰讷讷地本想说什么，然而看到傀儡师在火里烧着的双手和忽然间开始莫名其妙冷笑的表情，禁不住再度脱口低呼一声，捡起偶人紧紧抱在胸口，拢起翅膀裹紧了身体。

“去九嶷……对，去九嶷。”失控的冷笑终于停歇，苏摩空茫的眼睛抬了起来，望向暗夜中唯一一点跳跃的光，喃喃道，“要去九嶷……还有要做的事情。还要去九嶷。”

如果一切都已无能为力，至少还有一件事摆在面前需要完成。

不要再去想这条路的终点到底在何处——只要看到前面还有一站，也便足够让人走下去了。最怕的是，连面前那个驿站都会看不见。

看着自顾自失笑说话的傀儡师，幽凰倒抽一口冷气，暗自摇摇头。

到底在想什么……这个鲛人，到底想着什么呢？有着所有生灵都嫉妒的美貌和力量，却那样阴郁和反复无常。早知道如此折腾，是不是一早就该和同伴们一起飞去空寂之山参加集会？罗罗他们……如今已经从西方尽头穿越广漠返回了吧？一定还在抱怨作为首领的她扔下大家不管，鬼迷心窍地跟着一个鲛人跑了吧？

巨大的黑色翅膀下，有着女童面容的鸟灵抬起头，穿过密林的枝叶看着西方尽头的天空，怔怔出神。

西方的天空也已经全黑了。

古墓最深处的一角是宽阔的石阶，一级级通向石砌的水池。十丈深的竖井将沙漠地底的泉脉引入古墓。泉水冲去了一身的风沙，他解开束发带子，让满是尘沙的头发浸入水中。虽说身为军团战士，对于在云荒任何地域生活都有很强的适应性，然而向来军容整齐的少将毕竟很难忍受自己风尘满面、衣衫褴褛的样子。

水声中云焕听到古墓外面有牧民的歌声朗朗响起——已经开始了吗？手一震，他立刻拧干头发，抬臂撑住水池边缘跳了出来，轻捷如豹。

“湘。”他开口，吩咐一边侍立的鲛人傀儡，“衣服。”

鲛人少女面无表情地将他脱下的戎装递过来，一言不发。

“不是这个。”云焕叹了口气，不满地看了一眼傀儡——毕竟是傀儡，很多事如果不是他亲口说一遍，她根本听不进去。他自顾自探身拿起那一套白色的长袍，披在身上。那是师父给他找出来的袍子，大漠上牧民穿的样式，也不知是师父多久前出古墓行走砂之国时穿过。

毕竟，穿着这样一身征天军团的戎装，是不能出去见当地牧民的。

想到这里的时候，少将雪亮的眼睛微微暗了一下，心头不知是什么滋味。然而手却是片刻不停，将袍子穿了上去，一边招呼湘过来帮他系上腰带。忽然间感觉左肩一痛，云焕诧异地用右手握住左肩，发现那里微微渗出血来——怎么回事？

鲛人傀儡还在依循他的吩咐，将长袍覆盖上年轻矫健的身躯，云焕却站在那里发呆。

这个伤……怎么还会复发？都已经一个多月了，早该痊愈，居然又裂开了？他握着伤口出神，忽然觉得手腕上也有细微的刺痛，低头看时，才发现刚穿上去的白袍上有好几处渗出斑斑血迹。

是那个鲛人留下来的伤——那个鲛人的傀儡师。

那个瞬间，帝国少将的眼神猛然一变。他永远无法忘记一个月前的桃源郡，他遇到了怎样可怕的一个对手。那是完全占不到上风的一次交手。那个可以赤手撕裂风隼的傀儡师，用那样细细的引线就洞穿了他的肩膀和手腕！

那是他有生以来的第一次惨败——虽然那之前他刚和西京师兄交手过，体力消耗极大，但平心而论，他知道即使是自己状态最好时，遇上这样的对手依然是没有胜算的。

那是怎样可怕的一个鲛人？背后还文着巨大的腾龙文身。

他木然站在那里出神，任凭湘服侍着自己穿戴完毕，脑子却在剧烈翻腾，狭长的眸中冷光闪动——不同于军中那些一介武夫的同僚，借着镇守帝都之便，他在军务之余经常出入于皇家藏书阁，阅读过许多典籍。凭着对《六合书》的熟悉，他虽然不敢肯定，却依稀觉得那个狭路相逢的超出鲛人、甚或“人”的极限的傀儡师，说不定就是传说中的海皇。

受伤归来后，下狱前，他曾将那样的怀疑告诉过巫彭元帅——奇怪的是，元帅却对此没有太大的反应。难道十巫都将所有注意力集中在“皇天”的出现上，而对此不感兴趣？穿戴完毕，脑子里却依然想着那些纷繁复杂的事情，云焕向着外室走去。

外面没有一点声音。从石拱门里看出去，师父安安静静地坐在轮椅里，似乎睡过去了。

睡过去了？还是——那个瞬间少将心里咯噔了一下，什么“皇天”、鲛人都顾不上，立刻抢身过去，扶住轮椅上那个没有知觉的女子，急唤：“师父？师父？”一边唤，他一边抬眼四处寻找那只蓝狐，然而小蓝居然不知道溜到哪里去了。情急之下，云焕凭着记忆按蓝狐原先噬咬的穴位按了下去，力透肩井穴，想将再度死去的师父唤醒。

指力才透入，陡然感到一股异常凌厉的剑气反击而来，将他手指弹开。那个瞬间云焕才惊觉，原来师父是在微微呼吸的——只是闭目小憩而已。

“焕儿？”慕湮睁开眼睛，抬头看了一边的弟子一眼，笑道，“你好了？我居然睡着了。”

“师父太累了。”记起昨夜那一场大战，云焕低下头去，“是弟子不好。总是打扰师父。”

“哪里……你回来我很高兴。”慕湮微笑着拍拍弟子的手，苍白的脸上有难以掩饰的疲倦，“毕竟还能再见你一次——再晚点来，可就难说了。这一年每次忽然失去知觉，我都担心再也醒不过来……只是你们三个师兄弟个个天各一方的，我还怕一个都见不到了。”

“师父！”云焕蓦地抬头看她，忽然想起了什么，反手探入怀中，又想起刚换了衣服，也不等叫湘拿戎装过来，他立刻起身奔入内室。

“小心！小心头！”慕湮莫名其妙地看着他忽然跳起，只是担心地连连提醒。

云焕冲回去，从鲛人傀儡手中劈手拿过衣服，奔回师父面前，从军装内襟的暗兜里掏出了一个小小的盒子，小心翼翼地打开，双手托到慕湮面前：“师父，这是给您的。”

“这是——”空桑女剑圣看着里面一粒金色水晶模样的东西，诧异。

“玉液九还金丹。”云焕抬起眼睛看着师父，剑眉下的眼里是涌动的光芒，“徒儿特意从伽蓝帝都带来给您，您服了身体一定会好很多的！”

“咦？”大大出乎意料，慕湮拈起金丹，忍不住微笑，“焕儿，你什么时候还学会炼丹了？你这八九年在外都学了些什么啊？”

“不是徒儿炼的。是巫咸大人炼的……”云焕也是讷讷一笑，“十巫里面巫咸大人是首座长老，擅长制药，一心想要炼出不死药来。也不知道他炼了多少年——反正到了现在虽没有不死药，倒是炼出一些据说可以延年益寿的灵丹，帝都的贵族、叶城的巨贾，都想尽方法得到他炼的一粒丹药。”

“哦。”慕湮将那颗金丹拿在手里看了一眼，笑了笑，“难怪你说那个什么巫彭元帅还活着——我正在奇怪呢，五十年前他就四十了，如今算起来难道能活到一百岁？原来是靠了灵丹妙药呀。”

云焕笑了笑，点头默认：“巫彭大人如今还是看上去如四十许的模样。”

“倒比我们剑圣门下的‘灭’字诀还管用……不用靠着沉睡来延缓时间。”空桑女剑圣听得有趣，侧头微笑，忽地叹了口气，“焕儿，难为你还用了那么多心。不过，师父已经是快要入土的人了，白白浪费这些珍贵的灵药——”

闭了闭眼睛，仿佛又觉得疲倦，女子脸上有苍白的笑意：“老实对你说了吧，那年和巫彭交手过后我自知伤势非同小可，也曾到处求访名医。从砂之国的土医到九嶷的巫祝，什么样的医生没去求诊过？所有大夫都说，血脉已断，即使凭我一身武功，最多只能再拖五年——最多五年。除非我长时间用‘灭’来休眠，蛰伏着不醒来。如果醒来，那么活得一日便少一日寿命。”

“师父！真的吗？”这一惊非同小可，云焕霍然抬头，不敢相信地看着面前的女子，“为什么……为什么从没听你说起过这事？”

“和你们这些孩子说了，又有什么用处呢？其实我该老老实实寿终正寝。反正剑客最后死于剑下，也是正理……”轻拍弟子的肩膀，慕湮的语气却是平静的，“偏生觉得有些不甘，居然选了这一处古墓，开始用‘灭’字诀避世沉睡——呵，那时也真傻，都不知道自己苟延残喘又能如何，就想拖着时间。偶尔被外面魔物吵醒了，才出来替那些牧民驱赶一下——就这样醒醒睡睡，又去了一年多。”

“可……可是，”云焕喃喃脱口，“师父教了我三年……整整三年。”

那三年里，师父连日督促指点，从来不曾中断。如今想来，竟是每一日都在消耗着她残存的生命，活得一日少了一日！

“没事的。别想太多。”慕湮微笑起来，摇摇头，也不说话，只是把他拉起来，将金丹放回他手心，替他扣上衣领上最后一颗扣子，“你看，长那么高，袍子穿在你身上都短了一截，也只有将就了——外面牧民的聚会就要开始了，快出去。你若找不回那颗如意珠，可是要大大地糟糕。”

然而帝国少将却站在原地不曾动，从背后看去，只觉他肩背在难以压制地抖动。

“还有多久？”他霍然回身，眼里忽然出现惊人的光亮，直扑到轮椅前，急切地问，“师父您还有多少时间？一年？半年？几个月？”

被弟子刹那间爆发的气势镇住，慕湮茫然：“具体我也记不清了……不出三个月吧。”

“三个月……三个月。”那样的回答显然是令人绝望的，云焕喃喃重复，忽然回身，咬牙一字一句，“好，师父，等找到如意珠，我就带您回帝都去！”

“傻孩子，即使去了伽蓝城又能如何呢？”慕湮摇头，微笑道，“你也说连巫咸也没有炼出不死药，是不是？”

“不，不，有办法的……一定有办法的！”帝国少将显然被内心巨大的洪流控制着，平日冷定的眼睛里有不顾一切的光芒，想也不想，冲口而出，“我去求智者大人！智者大人一定可以！他是神……什么都能办到。我去求姐姐帮忙，让她求智者大人救您！”

“啪！”话说到一半，一个耳光忽然落在他脸上，将他打得愣住。云焕捂住自己的脸，怔怔看向轮椅上的女子——那么多年来，师父还是第一次对他动手。

“疼不疼？”慕湮自己也愣了一下，连忙抬手轻抚弟子的脸，眼里的焦急却依然存在，“你看你，说什么疯话！我是空桑人，还是伤在你们巫彭元帅手下的——你带我去帝都？跟十巫说你是空桑剑圣弟子？西京和白璎是你师兄师姐——你糊涂了？想自己找死吗？那些豺狼正愁找不到下口的机会！”

惊怒交集，女剑圣似乎再度感觉神气衰竭，顿了顿，看到弟子低头不答，放缓了语气：“焕儿，你仔细想想——反正……反正，咳咳，师父是死在这里都不会和你去伽蓝城的。”

云焕没有回答，慕湮只感觉手底下军人的肩膀在微微抖动。

只是片刻，那不受控制的颤抖就停止了，沧流帝国的少将抬起头来，剑眉下的眼睛里已经没有方才那种不顾一切的光，深而冷，看不到底，低声道：“师父教训的是，弟子太鲁莽了。”

“好孩子。”轻轻吐出一口气，慕湮终于微笑起来，“以后切不可鲁莽做事——牧民们在外面闹了很久了。过来替师父推着轮椅，我们出去吧。”

然而云焕还是站在那里没动，静静将手抬起，摊开，再度将那枚金丹送到她面前，一字一句：“请师父收下这枚金丹。”

那样的语气坚定如铁，恍惚间慕湮忽然想起了第一次在地窖里看到的绝望而倔强的目光。叹了口气，不忍再拂逆弟子的心意，她伸手接过，笑了笑，便服了下去。

夜幕下，篝火烈烈燃起，映红一方天空。

眼看云集的鸟灵纷纷离去，匍匐在古墓外彻夜祷告的牧人们知道一年一度的大劫又是平安过去，一声欢呼，空寂城外便成了欢乐的海洋。火堆边上人头攒动，牛角杯、驼骨碗纷乱地举在半空，随着各部巫人颂词，牧民们便往天空泼洒着美酒，象征对天神的感激。十二弦声悠扬，牧民们双手相挽，踏足齐声而歌，热烈澎湃，歌颂天神和女仙——在大劫过去后，第二夜便按惯例要举行盛大的宴会，答谢古墓的女仙。

“都唱了那么久了……怎么这次女仙还不出来呢？”一边的火堆边，一个红衣的姑娘有些纳闷地喃喃，担忧，“以往好歹也会开了石门出来露一下面，这次——难道是我们唱得跳得不够好？如果女仙不出来，我们可要不停跳下去呢。”

“央桑公主，一定是你还不曾跳舞，而摩珂公主也不曾唱歌，所以女仙不肯出来呢。”旁边有女奴微笑着怂恿，同时示意身边的牧民附和，“族里最珍贵的两位公主都不曾出面，天神女仙怎么会满意呢？大家说是不是？”

“是啊是啊！”旁边喝酒的牧民轰然应和。

“为什么又要我跳……”红衣姑娘听见贴身女奴的话，虽然心里受用，却故意嘟起了嘴，眼睛骨碌碌乱转，“摩珂呢？她去哪里了？她不唱歌，我可不跳！”

“摩珂公主去了琴师那边，调了弦就开唱了。”女奴珠珠笑眯眯地眨了一下眼睛，指了指另外一堆篝火，那里果然有一个装束华贵的黄衫少女站在琴师身后，俯下身轻轻地说着什么，珠珠笑了起来，“央桑公主就开始跳吧，大家都等着公主领舞呢！”

“摩珂先唱！”显然是忽然闹起了脾气，刁蛮少女哼了一声，却忍不住用眼角打量着另一边弹着十二弦的琴师，“哼，也不害臊，丢下我不理整天去缠着别人——一个流浪的瞎琴师，一副娘娘腔，不像个男人，也值得这样巴结……”

“呀呀，冰河琴师是多么迷人，竟然让央桑公主都吃醋了呢。”女奴珠珠显然和两位公主很是熟悉，调笑着上去拉央桑的手，“来来来，跳舞吧！大家都等着你呢。”

“我不跳！”央桑却依然耍脾气，一跺脚，大声说，“要那个瞎子弹起琴来，摩珂先唱！”

声音有些大，那边火堆旁的人显然听见了，那个正在低头调琴的琴师微微抬了抬头，他身后站着的黄衫少女摩珂公主也抬起头看着妹妹那边，蹙眉。

“央桑！不许无礼——快出来跳舞。”僵持的气氛中，忽然传来威严的喝止，众人簇拥中，一个中年人手持酒碗转了过来，牧民纷纷鞠躬，口称“罗诺头人”。曼尔戈部落的族长这次亲率族人赶来这里主持盛会，却看到女儿在这里使小性子，不由皱眉，然后转头向着另一边，招呼：“琴师，弹琴！摩珂，别光顾着说悄悄话了，唱起来吧！你是大漠上的天铃鸟啊！”

旁边的牧民听到族长开口，一起欢呼起来，轰然叫着一个字：“火！火！火！”

“是的，父王。”黄衫的摩珂公主脸红了一下，恭敬地答应着，不敢再怠慢，低声对琴师道，“冰河，我要唱了啊——你会弹那一曲《火》吗？”

盲眼的琴师微微一笑，也不答应，只是将手指按上了琴弦，轻轻一拨。

也不知是不是错觉，所有牧民觉得在第一声曲子响起的刹那间，荒野上所有燃烧的篝火陡然便是微微一盛，向上跳跃起来，直似欲舞。

“真棒！”摩珂公主惊叹，看着面前抚琴的男子——明灭的火光映着他的脸，微合着双眼的琴师面目清秀俊美，有着大漠上人没有的优雅气质，修长的手按在琴上，也是牧民里从来看不见的儒雅悠闲，竟不似一个流浪琴师所有。

“唱啊，我们的天铃鸟！”女子只是微微一沉迷，耳边牧民的欢呼便响了起来，伴随着有节奏的拍手声催促着。摩珂公主看了一眼琴师，终于垂手站起，面向西方空寂之山，举起双手，吐声开口：“燃我神火，以告天神——”

那样的天籁一出，整个旷野陡然寂静。歌声清冷而甘洌，如风送浮冰，仿佛冰川从绝顶融化，簌簌流入荒漠，汇成赤水，滋润万里荒漠。大漠上三个部落里的人都知道，曼尔戈部族长的大女儿是大漠上的天铃鸟，如果说赤水是滋润荒漠的唯一源泉，那么她的歌声就是人们心里的甘泉。

罗诺头人赞许地看着大女儿，对着央桑做了一个手势——虽然没有儿子，可这两个女儿，就算在三个部落的所有头人里，也足以让他自豪了。

红衣的央桑公主也不理睬父亲的命令，只是侧头全心全意地听着姐姐的歌喉。等到摩珂公主第一句尾音吐出，新声未发之时，忽然足尖一动，一步便跳到了场地中心。那样轻盈如燕的身姿引起了大片轰然的叫好，然而一动之后，央桑便又不动了，只是提起了裙裾，在篝火边，侧影仿佛忽然凝固一样。所有人也都屏住气，在天籁般的歌声中静静注视。

夜幕下里，那个流浪的琴师不经意似的拨着弦，凌乱低微，散漫得宛如日出前即将消失的薄薄雾气——居然没有丝毫节奏和旋律的感觉，只是那样弥漫着。舞者的剪影衬在一片红色中，提裾而立、颀颈修臂，随着拨弦的一个个音符，慢慢开始动了起来。

弦声越来越急，随着琴师的乐曲，不知道是不是幻觉，篝火忽然亮了起来。在第一个重音传出的刹那，伴随着摩珂唱到第二节的“燃我神火”，央桑忽然就是一个回身——回身之间，手上提着的裙裾忽然散开，竟宛如盛开的红棘花般艳丽。

众人惊艳的轰然叫好声还没落地，忽然间她的脚下便踏出了清脆的节奏，刹那间让原本散淡的音乐仿佛猛然一震，注入了如火的激情和活力。

她的节奏忽然加快，让冰河显然有些意外，手指微微在弦上一顿。然而唇角浮起一丝笑，手指迅速拨动十二弦，转瞬便跟上了舞者的节奏。

红衣少女裙裾飞扬，而裙下修长的双腿在地上踩出疏密有致的节奏，回转之间神采飞扬，一扭身、一回首、一低眉、一提手，都是光芒四射，宛如红日初升。纤细双脚敲击出的节奏中，群裾在身侧飞散和聚拢，衬得舞者曼妙的身姿宛如在一朵乍合乍开的红棘花中舞动，说不出的美艳凌人。

“央桑！央桑！央桑公主！”那样热烈美丽的舞姿显然刹那间让大漠上的牧民们燃烧起来，欢呼叫好声风一样四起。也不知道是谁带头，跟随着红衣少女的舞步，所有牧民都手挽着手，围着一堆堆的篝火开始起舞踏歌。

那样的欢呼中，歌声已经听不到了。黄衫的摩珂看着妹妹已经带动了盛宴的气氛，便知趣地在众人的欢呼中停止了歌唱，坐回了琴师身后。

“你妹妹跳得很美……”琴师也停止了抚琴，手指压在弦上，低头微微笑。

“是吗？”本来任何对于央桑的称赞都会让她同样开心，可这一次摩珂却笑不出来，低头轻声，“你……你又看不见。”

“听都听得出。那样的舞步，天下无双。”那个叫冰河的琴师笑着，低头拨弦，“不过摩珂公主的歌声也不输给她呢……只是为什么唱得心不在焉？难道你不敬爱天神吗？”

摩珂的脸陡然红了一下，然而虽然比妹妹要腼腆，大漠上的女儿还是老老实实地细声承认：“我觉得——你比天神还好看。”

手指陡然在弦上划了一下，琴师微笑着抬手，向着黄衫少女的方向，黑色的长发从额上垂落下来，掩住他微合的双目：“多谢公主夸奖——对一个流浪琴师而言，被人拿来和天神相比，实在是会折福呢。”

摩珂想了想，退让了一步，却坚持道：“起码这个大漠上，都没有冰河这么好看的人！”

“公主没有见过罢了。”琴师脸上一直带着微笑，然而那个笑容却渐渐有些看不到底，“您没有看过……真正天神般光芒四射的脸，那可是可以引来‘倾国’之乱的美貌呢。”

那边两人絮絮低语，这边起舞的红衣少女又瞥见他们，跺脚的声音更大了。

“哼，又和那个娘娘腔的臭瞎子磨上了！”在牧民的簇拥中，央桑从这一堆篝火跳到那一堆，不满地抱怨——毕竟和自己一起做伴十六年的姐姐，忽然被一个陌生的流浪琴师勾去了魂，受冷落的妹妹未免心里有气。

“呀，冰河多么好看！公主可是赌气了。”正过来挽起她的手，女奴珠珠边跳边笑，看向一边和摩珂公主低头细语的琴师，赞叹，“和摩珂公主真是一对呢。哪里娘娘腔了？”

“你看他的脸呀——那么白，女人也没那么秀气！”央桑不忿，一边用力跺脚跳舞，一边不停地恶狠狠挑刺，“还有手——那么软那么长，一看就知道不是马背上的男子汉！只会弹弹琴，给他一把刀都拿不动。”

“啊，原来……央桑公主还是喜欢勇士啊。”央桑气愤之下越跳越快，珠珠跟不上，却依旧上气不接下气地调笑，“我回头就禀告头人去！大漠上所有部落的勇士都会……都会欢呼着拿起刀枪，来曼尔戈部落为公主比武决斗呢！”

央桑显然还是很喜欢听这样恭维的话，然而依然眉头一皱，哼了一声，舞得更急:“才不要那些难看粗鲁的家伙！个个只会和沙狼一样噬来咬去的……”

“公主……呃，公主又要好看，又要……又要勇武，”珠珠这一下是真的跟不上公主的脚步了，干脆停下了脚步，由着央桑在人群中独舞，弯下腰大口喘气，笑道，“那可难找咯！可别嫁不出去，快点去求天神从天上降下一个来给你吧……”

“哼。”央桑的脸也微微地红了，却扭头哼了一声，手指转出曼妙的动作，带动脚下的舞步，如一朵红棘花般盛放在人群中。

忽然间，她脱口“啊”了一声，忽然仿佛被定住身一般不动了。

“怎么了？怎么了？”女奴珠珠吓了一跳，连忙俯身过去查看，“扭到脚了吗，公主？”

然而红衣的小公主没有回答。在女奴发觉公主的双脚完好无损，抬头诧异地询问时，忽然听到旁边的人群一下子沸腾了，爆发出阵阵欢呼:“女仙！女仙！”

怎么，那个女仙终于肯出来了吗？

珠珠正在想着，也忍不住地转头看去。

火光明灭之下，古墓的石门轰然打开，漆黑背景下一袭白衣飘然出现，宛如天外飞仙。所有牧民都欢呼着，俯下身去行礼，将酒碗高高举过头顶。

女奴连忙同样俯身，同时想拉公主下去——然而央桑公主仿佛忽然间僵住了，居然在所有人都鞠躬的时候，依然直直站着，手里还提着裙裾，直视着古墓洞开的门，看着那个伴随着女仙骤然出现的英俊挺拔的男子。

“珠珠，你看，你看……天神听到我的话了。”有些茫然地，央桑脱口低呼，然而女奴不敢抬头，只是拼命拉着她的裙角想把这个不听话的公主拉下去。这样对女仙不敬，回头可要被罗诺头人狠狠责罚的。

然而红衣公主茫然的声音只是一刹，尾音的时候已经变为狂喜：“天神听到我的话了！”

“焕儿，你看，多么漂亮，”石门一开，映入眼帘的便是丛丛的篝火，以及火中旋舞的红衣少女，慕湮微笑着赞叹，“这是曼尔戈部落里最漂亮的姊妹花。”

满地的人都匍匐着，只有红衣舞者在火光中宛如一朵红棘花开放，裙裾下的双脚敲击出动人的节奏。扬眉回顾时，决然瞬忽，宛如惊鸿一瞥；低眉提手时，舒缓悠长，宛如弦上低吟——在动静不止的举手投足之间，看的人陡然便有一种恍惚：仿佛时间随着舞者的动作，在加速或者凝聚。

然而云焕只是看了一眼，便弯下腰来，在耳边轻声道：“要出去吗，师父？”

慕湮微微点头，站在她身后的年轻军人走到她身边，俯下身，只是稍微用力，便将女子连着轮椅一起从古墓的石阶上抱了下来。

“女仙！女仙！”第一次看到女仙从古墓里走下来和他们一起欢聚，所有牧民都欢呼起来，声音惊天动地。跪得近的牧民便纷纷围了上来，俯身亲吻她的衣角，表达多年来受到庇护的感激之情，人越围越多，最后居然寸步难行。

“谢谢大家。我不是什么女仙……”对于那样热烈的回应，慕湮一时间居然有无措的表情，把衣角紧紧攥在手里，忙不迭地解释，“我早说过我不是什么女仙！不要这样！”

然而这样辩解的话完全不被接受，那些热情牧民哪里听女子的分辩，依旧疯狂地涌上来，试图触碰她的衣服和脚，不停地叩首和亲吻土地，轮椅在拥挤的人群里被不停地推来推去，根本不受她控制。

“焕儿。”实在没有办法招架，慕湮苦笑着，下意识地回头寻找弟子的身影。

“师父，”一直寸步不离站在师父身后的云焕立刻俯身过来，伸臂挡住了那些狂热的牧民，将她护在一边，抬臂握住了光剑，低声道，“要弟子为你赶开这些人吗？”

“不用，”慕湮苦笑摇头，发现和这些淳朴狂热的牧民讲清楚这一切需要费多么大的力气，只道，“带我去见罗诺头人吧……如意珠的事直接跟他说会好一些。”

“好的。”云焕微微弯腰，再度将师父连着轮椅轻轻抱起，也不见他发力，只是一点足，两人便呼啸而起，掠过丛丛篝火，落到了罗诺头人所在的火塘边。那样的距离足足有五丈，便是大漠上最骁勇的年轻勇士也不能一跃而过，而这个白袍青年抱着一个人，居然轻松落下，那样矫捷如鹰的动作让在场所有牧民一时间目瞪口呆。

“罗诺头人。”在轮椅轻轻落到地上时，慕湮微笑着开口，对那位同样诧异的族长点头，“又见到您了——这一年来收成可好？子民可好？身体可好？”

“啊，好，好……”罗诺头人一时间倒不是被云焕的身手惊住：年年率领牧民来这里，他比普通牧民更了解这位女仙，间或也有过几次谈话，但还是首次看到古墓里还有第二人出现。他不停地打量着站在女仙身边的这个高大年轻人，满肚子的疑问，却不敢贸然问女仙什么。

“这位是……”慕湮顺着族长的眼光看去，想要介绍，忽然觉得云焕的手轻轻触了她后背一下，她只是微笑着接下去，“是一个路过的好人，帮我打开了石门出来见你们。”

“哦。”认出了来人有着冰族的外貌，罗诺头人诚惶诚恐地应了一声，再看了云焕一眼，心里对冰族中居然还有“好人”大感惊讶，却不敢反驳女仙的任何话，立刻对着族人一声招呼，示意大家不可冷落这位贵客。

虽然是冰族来客，然而女仙的旨意和族长的命令是高于一切的——立刻有无数酒碗举了过来，大漠上的牧民们永远用最简单的方式表达着对来客的欢迎。在大家围上去之前，央桑推开所有族人，端着酒碗走在最前面，还没有走到，已经开始唱起了祝酒歌——那个瞬间，她多么希望自己能变成姐姐，可以拥有最动听的歌喉去对这个年轻来客歌唱，引起他的青睐。

看到公主居然亲自上前敬酒，牧民们自觉地退后了，然而云焕看了一眼端着酒前来的红衣少女，听着听不懂然而婉转的曲调，却有些为难地停住了手——要如何对人说，自己向来是滴酒不沾的？可微微一迟疑之间，央桑的歌声却越发急切了，牧民们四起发出了应和。

“怎么？”慕湮本待和罗诺头人缓缓吐露寻找如意珠之事，此刻听得周围牧人起哄，诧然抬首，“那边出了什么事？”

“没什么。”云焕看到师父的目光，忽然间就把心一横，接过酒碗一口喝了底朝天。

“好！”在他倒转手腕，将空碗展示给牧人看时，周围爆发出了一阵叫好。一碗酒入喉，云焕只觉胸腔中有烈火直燃烧上来，他勉强运气，压住胸臆中的不适。然而转眼看到央桑嘴角浮出满意的笑，从旁边女奴珠珠手里再度接过了满满一大碗酒，又开始曼声歌唱。

无论如何先要顺着这群牧民。虽然胸口烦闷，云焕却是一直清醒的，蹙眉抬手接过了那一碗酒。

“好了，你们不要再灌他喝酒了。”然而他的表情逃不过慕湮的眼睛，恍然明白这个高大的弟子是不能喝酒的，空桑女剑圣微笑起来，欠身探手从弟子手中拿过了酒碗，放在唇边轻轻啜了一口，算是礼节，对罗诺头人开口，“他要喝醉的。我替他喝了。”

罗诺头人看到小女儿端着酒碗唱歌的情态，便知道向来高傲的央桑动了心，正在头痛如何把这个胡闹的女儿拉开教训一顿，听到女仙如此吩咐，正好发作起来，斥喝：“央桑！快别在这里凑热闹了，还不给女仙献舞？”

“跳舞！跳舞！跳舞！”周围的牧人一起鼓掌，有节奏地大声喝彩起来。

央桑虽然受了父亲训斥，然而听到要她表演舞蹈，却也正中下怀——虽然唱歌不行，可跳起舞来，这个大漠还没有超过她的！

“你，会不会跳舞？”放下酒碗，红衣的小公主对着云焕嫣然一笑，落落大方地伸手邀请面前这个高大英武的青年人——这才是天神赐给她的人呢！鹰一样矫健，豹一样轻捷，却有着英朗的五官和冷亮的眼睛……比起姐姐的那个琴师不知道好上多少倍！

大漠女儿向来洒脱磊落，从来不懂掩饰，伸手邀请："来跳舞吧！"

"跳舞！跳舞！跳舞！"周围的牧民听到这个邀请，更加高兴，用热烈的欢呼和有节奏的鼓掌来表示着对这位贵客的欢迎，声浪一波波涌来，不容抗拒，"火！火！火！"

"罗诺头人，别为难他，"虽然只是稍微啜了一口，然而牧民酿的烈酒让慕湮苍白的脸烧出了红晕，她笑着为弟子解围，"他不会……"

"我会。"眼看师父已经是第二次为自己对别人请求赦免，也许是那一碗烈酒的作用，云焕心头一热，脱口便答应了，将手中空碗一摔，大踏步走入了人群。

慕湮也一时愕然，忽然忍不住笑出声来。

焕儿会跳舞？在军中，难道除了步战、马战、水战之外，他还学过跳舞？

然而空桑女剑圣不曾知道，在帝都那高高的城墙下，浮华却严苛的阶层有着他们自己的交游方式。贵族中无论男子还是女子，对于舞蹈、辞赋或者乐器，自小都受到严格的教导，少年时起便要随着父母出席各种盛宴，每每在酒酣耳热之余需要起来助兴，崭露头角为家族争得声誉——十巫中最年轻的巫谢，自小便精通诸般技艺，有天才之称。

云家虽然出身寒微，十年前才得势挤入皇城的贵族阶层，然而为了打破和其他门阀贵族之间的隔阂，就更加下功夫在各方面努力弥补鸿沟，以求融入那个圈子。在镇守帝都的时间里，除了日常操演，少将同样将很多时间用在觥筹斡旋之间。

远远的火堆旁，摩珂躲在人群后，看着一向骄傲的妹妹一反常态，端着酒碗上去向这个陌生的来客唱歌，又主动拉着他跳舞，不由诧异地"啊"了一声，然后笑了起来："哎呀，央桑那小妮子，就这样忽然动了心吗？"

然而在看到来人的那一刻，她没有注意到身边冰河的手忽然在弦上剧烈震了一下，清秀苍白的脸上忽然掠过一丝震惊和凝重。

"琴师！琴师！"在白袍贵客走到场地中间开始舞蹈前，所有人齐声大喊，呼唤乐曲的配合。然而摩珂回首之间，才发觉身边的人居然不知道在什么时候霍然凭空消失了。

“冰河？冰河？”她茫然回顾，四处寻找那个无声无息离开的琴师，却惊讶地发现在熙熙攘攘的人堆中再也找不到那个盲人琴师了。

即使没有乐曲，那边的舞却已经开始。

四围跳跃的火光里，借着酒兴，云焕没有等曲声开始，忽然间就是侧身抬手、双手交击，发出了一声断喝。然后蓦然转身，抽出了光剑，挽出一道流光。剑光纵横之中，一声声跺脚和低喝，伴随着简洁有力的动作，转瞬间气势逼人。

不同于方才央桑的火之舞那般明媚艳丽，这一舞却是洗练硬朗的。

没有多余的举止，没有伴奏的旋律，只是最简单而有力的动作。英姿风发，干脆果断，乍看之下宛如军人阅兵——那便是流传于帝都的舞蹈《破阵》。每次宴会后，在征天军团内的青年贵族战士便会借兴起舞，联剑踏歌，耸动一座。那样的接近于“武”的舞，除了帝都豪门中奢靡浮华的贵气之外，更带了军中的英气。

大漠上的牧民们从未看过这样的舞蹈，个个都停止了喝酒喧嚣，看着暗夜火旁抽剑起舞的年轻人，那样雄鹰般的风姿和气度，让马背上的民族产生了强烈的认同感。

只是一个人的舞。然而渐渐地，黑暗里仿佛有了马踏清秋的劲朗和飒爽，舞者举手投足之间英气勃发，顾盼如同惊电般交错，猎猎令人不敢逼视。融合了“九问”的姿势，云焕只觉那一碗烈酒在胸中燃起，将长久的隐忍克制燃尽。手掌的交击、脚步的踩踏、低沉的应喝，一切在沙风狂舞的旷野里进行，宛如雷电交加的雨夜，有一支铁骑驰骋于原野。

“好！”“好啊！”轰然的叫好此起彼伏，豪迈热情的牧民再度沸腾了起来，个个扔了酒碗，站了起来，跟随着云焕击掌的节奏，开始歌唱。

那边慕湮刚将如意珠的事情起了个头，正准备和罗诺头人细说，听得那样的喝彩声转过头去，不知不觉也看得呆住。她长时间地侧头凝望着暗夜火边起舞的弟子，忽然间也有些目眩神迷的感觉——真是变了……这次回来的焕儿，身上有着如此深远而明显的变化，再也不同于昔年那个大漠上的冰族少年了。

“真是一个了不起的年轻人呀……”曼尔戈族长也看得出神，喃喃道。

“当然。”白衣女子唇角露出一丝笑，骄傲地扬起头，“我的焕儿。”

罗诺头人眼睛定了一下，摇摇头，遗憾地脱口而出：“可惜是个冰夷。”

话方出口，忽然想起这个人是女仙带来的贵客，罗诺头人连忙住了口。然而慕湮显然是听见了，虽然没有说什么，明澈的眸子里也闪过一丝黯然——即使在这样万众欢腾的盛宴上，那样的阴影始终还是存在的，恍如一只利爪高悬在各个民族的头顶。

“女仙，您说您需要的那颗珠子是纯青色的？直径多大？会发光吗？”再也不敢乱说什么，罗诺头人恭恭敬敬地鞠躬，再度验证，“有什么特别的地方？这样的珠子散落在大漠上，要找也有很多啊——就像凝碧珠，也是差不多模样的啊。”

“凝碧珠……”慕湮脱口喃喃，心中忽然一阵恶寒——她知道凝碧珠是什么东西，蹙眉道，“不是凝碧珠。那颗珠子不是鲛人的眼睛。”

“那是——”罗诺头人不得要领，搓着手讷讷。

慕湮想了一下，也不能直说那是龙神的如意珠，只是道：“那是青色的珠子，迎光看去有五彩琉璃的光泽……还有，如果埋在地里，便会有甘泉涌出。”

“有甘泉涌出？”罗诺头人这下精神一振，朗笑站起，“那好办！大漠里头除了赤水，能冒出泉水的地方可不多！我传令族里所有人去找泉水，掘地三尺便是了。”

“真是麻烦头人了……”慕湮微笑着在轮椅上欠身，心中略微有些不安，却依然不得不硬着头皮问下去，“能否在一个月内给回信呢？”

“一个月……好。”曼尔戈族长搓着手，咬了咬牙答应下来，“女仙但凡有所吩咐，这片大漠上哪个人敢不尽力？大家拼了命出来，也会去翻遍大漠找到那颗珠子。”

“如此，多谢族长了。”女剑圣吐了口气，微微颔首，转头去寻找弟子的踪迹。

第五章

落日

“天呀……珠珠！你看，他多么棒！”央桑怔怔地站在火边，目不转睛地盯着云焕，一时竟忘了要上去领舞，“多么棒！他……他比我还跳得好！珠珠，我的云锦腰带呢？”

“什么？”贴身女奴吓了一跳，“公主！你要云锦腰带干什么？”

“你知道我要干什么！”红衣公主的眼睛还是看着人群中那个矫矫不群的影子，不耐烦地说，“快给我！我以后再也找不到比他更好的男人啦！”

“不行！”珠珠一向嘻嘻哈哈，这次却按紧了口袋，倒退，“公主，不行的！”

“有什么不行！”央桑愤怒了，跺着脚，“那是我织出来的云锦腰带！我要给谁就给谁！”

“公主织的云锦腰带，只能给大漠上最英武的勇士——云锦腰带给了谁，公主就是谁的！”贴身女奴连连倒退，声音颤抖，“可……可他是个冰夷啊！是个冰夷！”

“冰夷又怎么样！”央桑眉毛一挑，大眼睛闪出亮光，瞪着珠珠，“我就喜欢冰夷！摩珂还不是把云锦腰带偷偷给了那个瞎眼的琴师……都不知道他的来历。你为什么就不说什么呢？快把云锦腰带给我！不然我拿鞭子抽你了！”

然而珠珠只是一个劲儿地摇头，眼看那边歌舞消歇，那个白袍的年轻人从人群中离去。央桑急了，干脆真的一步跳过去，劈手便夺，连着几鞭“啪啪”将女奴赶开。珠珠知道小公主烈火般的脾气，也不敢反抗，只是护着头脸连连后退，一边叫着摩珂公主的名字，希望向来能压住妹妹的大公主能过来劝解。然而摩珂公主此刻不知道跑到哪里去了，冰河琴师也不见踪影，女奴躲不了一会儿就被央桑抓住。

慕湮刚和罗诺头人说完话，不知为何觉得胸口有些隐隐作痛，生怕自己会在盛宴中没有预兆地倒下，连忙和曼尔戈族长作别。然而转动轮椅，却不见云焕的身影。

忽然耳边传来一阵喧闹，人群往外齐齐一退，发出震惊的低呼。

“那边怎么了？”慕湮眼睛看向方才还载歌载舞的火堆，流露出焦急的神情，“出了什么事？”

罗诺头人也是一惊，脱口道：“糟糕，莫不是城里冰夷军队又来驱赶了？”

这些年来冰族处处管制着大漠上的各部，不仅不许牧民们再过随水草迁徙的游牧生活，强制他们在帝国所圈的土地上定居，日常种种宗教祭祀也被禁止。连年年驱逐邪魔后的谢神仪式，也不得不在夜间进行，天明前结束。

然而此刻天尚未亮，空寂城里冰夷的镇野军团就赶来驱赶牧民了吗？

黎明前最黑的天幕下，篝火静静燃烧，映红天空。然而火堆旁空空如也，只站着两个人——其余牧民在惊呼中下意识地退后，一下子将火旁的场地空了出来。只余下红衣小公主央桑，怔怔地一手捧着一条五色绚烂的锦带，一手握着鞭子，看着面前白袍来客，浑身微微颤抖。云焕不发一言地站在那里，平举的右臂上衣衫碎裂，赫然有一道鞭痕。

“焕儿？”“央桑？”空桑女剑圣和曼尔戈的族长同时脱口惊呼，忍不住双双上前。

“啪！”那个瞬间，呆若木鸡的小公主忽然动了，又是一鞭子就抽向云焕，又急又狠。旁边牧民眼看公主居然再度向女仙带来的贵客动手，这回反应过来了，纷纷惊呼着上前阻止。

云焕看着鞭子迎面抽过来，也不闪避，只是竖起手臂生生受了这一记。啪的一声，袍袖碎裂，一道鲜血从手上沁了出来，他只是皱了皱眉，一声不吭。央桑公主这时终于说出话来了，嘴唇微微颤抖，猛然大哭起来，劈头盖脸地猛抽鞭子："你……你说什么？你不要——你不要？你说什么……"

"抱歉，公主，我不能要。"那些鞭子倒是没有多少力道，云焕只是觉得心里烦躁——也不知道是不是喝了酒的缘故，对于莫名其妙找上来的这番风波有些不耐烦。若不是看到师父在旁边，又不能和这些大漠上的牧民翻脸，他早就想劈手夺过鞭子折为两段。

"你竟敢不要！我……我十五岁织了这条云锦腰带后，多少英雄勇士为了得到它不惜血染大漠……你……你竟敢不要！"十七年来从未有过像这一刻的愤怒和屈辱，一向高傲的红衣小公主终于忍不住在所有牧民面前大哭起来，用尽全力一鞭抽过去，哭喊，"父王！父王！我要杀了他！"

然而，这一鞭刚接触到云焕的小臂，忽然凭空啪的响了一声，节节寸断，散了一地。

"住手！"尚未挤到人群中，轮椅上的慕湮只来得及并指凌空斩去，将皮鞭在瞬间粉碎。所有牧民吓了一跳，看到女仙动怒，不由自主地脸上现出敬畏的神色。

"胡闹！"罗诺族长走得比慕湮快，此刻已经三步两步冲入人群，一看女儿手上那条云锦便明白发生了什么事，心中又急又怒，一个耳光便落到了小女儿脸上，冲口而出，"不要脸的丫头！居然把云锦给冰夷！"

话一入耳，云焕肩背陡然一震，目光中情不自禁流露出杀气。慕湮此刻已经推着轮椅走入了人群，知道弟子那酷烈的脾气，心里一惊，连忙伸手拉住云焕被抽得流血的手臂，对他微微摇头。感觉师父温暖柔软的手拉着自己，云焕心头一震，将光剑缓缓松开，低头对师父勉强笑了笑，不说话。

"哇……"央桑第一次被父亲当众责打，愣了愣，忍不住捂住脸痛哭起来，"为什么打我！是父王你自己说的，云锦腰带给谁由我自己高兴——哪怕是给盗宝者！"

"给盗宝者也不能给那些冰夷！"罗诺头人向来把女儿看作自己的骄傲，妻子去世后对她们宠爱至极，但此刻看到小女儿居然公开向一个路过的冰族人示爱，还被当场拒绝，登时愤怒得犹如一头狮子。

再也顾不上那个冰夷是和女仙一起来的，族长咆哮着一把夺过女儿手中的云锦，几下撕得粉碎，丢到火里："我罗诺没有嫁给冰夷的女儿！曼尔戈部也没有向冰夷献媚的女人！他们夺走我们的土地，欺压我们、侮辱我们的神……十五年前，你大伯全家就是被冰夷军队杀害的！如果不是爹拉着你们两姐妹躲到沙狼窝里，你们早就一起被绞死了！那一次多少曼尔戈人被杀？你忘了？”

十五年前……曼尔戈部落？

慕湮心里陡然一惊，有不祥的预感。她手里强健的臂膀也再度震了一下，云焕原本一直不动声色的冷硬的脸起了奇异的变化，抿住了嘴角，看着罗诺族长的眼睛竟然透出狼般的恶毒和仇恨，如欲搏人而噬的野兽。

“焕儿？焕儿？”在所有牧民都被族长的盛怒吸引过去时，坐在轮椅上的女子却察觉出了身侧刹那间闪现的极大杀机，紧紧拉着弟子的手，不敢松开片刻，压低了声音，“你要干什么？把你的杀气收起来……这里没有你要杀的人。我们回去。”

“有。”云焕一眨不眨地盯着火边慷慨陈词的族长，冰蓝色的眼睛慢慢凝聚，“是他……是他！我认出来了。他就是十五年前那个强盗！”

“焕儿？”慕湮忽然间明白过来弟子说的是什么，脸色更加苍白，“不要动手，我们回去。”

虽然知道此刻是绝不能动手的，然而看着火光映照下那张粗犷剽悍的脸，记忆最深处的那扇大门轰然打开——扑面而来的，是地窖里弥漫的腐烂血肉的味道，饥渴、恐惧和崩溃般的绝望。而地窖头顶上那些暴民在大笑着喝酒……那个声音……那个声音……十五年来从来不曾片刻忘记！

他一直以为自己已经彻底让那些声音从这个世上消失了，现在发现原来还没有。那些折磨他、侮辱他的家伙，居然还活在自己的眼前，说着和以前一样的话！

那个蛮族的头目在对女儿和民众大声咆哮着什么，他已经听不见了，满耳只是回响着“冰夷”两个字。只觉得无法移开脚步，云焕冷冷盯着那张脸，眼睛不知不觉泛起军刀才有的铁灰色。

“焕儿，焕儿……我们先回去。”慕湮紧紧拉住他的手臂，生怕一放开光剑便会斩入牧民人群中。然而这样说着，她感觉胸口的不适在慢慢加强，仿佛有什么在侵蚀着，让她的声音越来越微弱。

“啪。”在云焕的手不由自主地按上光剑的瞬间，那只一直拉着他的手松开了，颓然垂落。

“师父？！”霍然转身，帝国少将脱口惊呼，然而在看到轮椅上再度失去知觉的人时，眼光迅速改变了——仿佛有一把无形的鞘，瞬间封住了原本已经炽热的刀。

被父亲那样的盛怒吓住，央桑一时间居然忘了自己云锦被撕掉，讷讷看着父亲，半晌才回答了一句：“可是……可是，女仙说他是好人啊……女仙说的！”

女仙？那样一句话让罗诺族长愣了一下，所有牧民这才回过神来，不由自主地将目光投向火堆的另一边，然而那儿已经空空荡荡了。

所有人低呼了一声，再度转头看去——火光下石墓的门正轰然落了下来。

“湘！湘！”轰然落下的封墓石隔断了光线，横抱着失去知觉的师父冲入室内，云焕呼唤着自己的鲛人傀儡。内室忽然传来轻轻“唰”的一声，仿佛有什么东西落入水中。然而急切中云焕来不及去想，只是急促吩咐：“掌灯！”

过了片刻湘才从最深处的石室出来，面无表情地进入内室，用火绒将石烛台上的火点起。

云焕抱着慕湮站在那里等待，感觉怀里的人如同死去一样毫无声息，身子在慢慢冷下去。虽然明知是类似“灭”字诀那样的暂时休眠，然而那种恐惧还是如同第一次猝不及防看到师父倒下时一样袭来——也不知是不是知道了只有三个月的大限，他低头注视师父苍白清丽的脸，总觉得有不祥的阴影笼罩着。

三个月……三个月后，这双眼睛就再也不会睁开了。

“主人，好了。”很快湘便点起了火，然而一边的少将脸色却是阴沉的，仿佛没听到一样地站着，身子慢慢发抖。许久许久，才俯身将怀里轻得如同枯叶的人放下，却不肯松开手，坐到了榻边，用手指扣住了慕湮的肩井穴，缓缓将剑气透入体内。

小蓝又不知道哪里去了——想起最初见到时那只蜷缩在师父臂弯、怯生生看着他的蓝色小狐狸，少将眼里骤然起了怒意。那畜生根本就不会照顾师父。以前在这座空荡荡的古墓里，师父猝然昏死之后，不知道要在冰冷的地面上躺多久才会醒来。该死的忘恩负义的畜生……

令人惊讶的是，这次他用剑气透入师父肩井穴，居然同上次一样觉察到她体内立刻有凌厉的气劲反击出来，然而这一次，师父却并不像小憩过去的样子。

怎么回事？

“师父？师父？”恍然间不知道该如何是好，云焕颓然停住了手，任没有知觉的身躯靠上他的肩头，发丝铺了他半身。他的手按在穴位上，隐隐感觉师父体内的气脉如潮般汹涌，却紊乱无序，而且在迅速地衰微下去。

石烛台上的灯影影绰绰，映得他面容明灭不定。湘只是木然地立在一边，等待主人的下一句吩咐。然而云焕失神地跪在那里，竟说不出一句话。

总以为有了准备不会再如此惊慌，然而不知道为什么每次看到师父倒下，心里的恐惧还是压顶而来，比十五年前地窖里的死亡更加剧烈。转瞬便不能思考，眼前只是一片漆黑。

是的，那么多年了，他一直在黑暗里濒死挣扎着，立下了种种誓言：绝不要再第二次落到这样的境地里……绝不要再被任何人欺负……也绝不会再去期待有谁来救他。然而在这样的绝望之中，忽然之间白光笼罩了一切，一双手打开了那隔断一切的门，将他从绝地里带走——便是如今握在他手心的这一双柔软的手。

可是，这仅剩的一切，眼看也就要被夺走了。

“师父……师父。”今日和仇人蓦然的重逢激起了回忆，云焕再也忍不住。他喃喃低下头去，握起那双没有温度的手，颤抖地压在了自己的唇上，垂头埋在了她的手心里。

有一些事情八年来他始终不曾明白。在伽蓝帝都的明争暗斗间走了那么远的路，他也不曾去多想，甚至直到这次回到博古尔沙漠之前也不曾了解——不知是故意遗忘，还是不敢去记忆。

帝都里那一张张各怀心思的笑脸，觥筹交错之间称兄道弟的同僚，朝上军中纷繁复杂的人事，名利场上权谋和势力的角逐……仿佛浪潮一样每日在胸中来去，湮没昔日所有。然而，他知道那些都是不可信的……那些都是假的。唯一的真实被埋葬在心底最深处。

就算昔日少年曾豪情万丈地从这片大漠离去，从帝都归来却是空空的行囊；就算那只白鹰不能翱翔九天，折翅而返，唯一打开门迎接他的，依然只会是这双手。

如果不是这一次有机会重新回到这片大漠，他将永远不会明白自己对这双手的依恋。

不知道过了多久，怀里的慕湮轻轻吐出了一口气，内息在瞬间微弱下去，却平静不再紊乱。

“师父？师父？”云焕狂喜地呼唤，扶起慕湮，然而她虽然轻微地开始呼吸，却依旧没有睁开眼睛。只是起伏的胸口、微弱的心跳表明生命的迹象重新开始回到了身上。云焕长长松了一口气，合上眼睛。

“出去。”仿佛不愿被傀儡看到此刻脸上的神情，云焕抬首吐出了两个字。

在湘悄然退出的刹那间，高窗上有什么东西闪了一下。云焕霍然抬首，想也不想地凌空弹指，“啪”的一声，一团毛茸茸的东西滚了下来，发出受伤的呻吟。蓝狐在脚边缩成一团，显然被他气劲伤到了，呜呜地叫。

“哼。”云焕冷笑。

“焕儿你……又欺负小蓝。”忽然间怀里的人开口了，微弱地抬手——他竟不觉察师父是何时醒转的。蓝狐负痛蹿入主人怀里，慕湮怜惜地轻轻拍着它被剑气伤到的前肢，这次不知为何却没有立刻开口责怪云焕，只是默默低头。

“徒儿错了。”这样的静默反而有种无形的压力，云焕终于忍不住先开口认错，“请师父责罚。”

“一日为师，终身为父，”慕湮微微笑着，看向弟子的脸，“孩子偶尔做错了事，怎么能随便责罚？只是记住以后不可随便出手欺负人了。”

一日为师、终身为父——那样的话平平常常，却让云焕不易觉察地震了一下，如遇雷击，只是低头答应了一声，不说话。

“小蓝陪了我快十年……都老啦。”慕湮轻轻抚摩着蓝狐的背，目光是温柔而复杂的，叹了口气，“你看，它的毛都开始褪色了……也难怪，孙子孙女都已经有几十个了。我每次把它赶出去叫它不要回来，它都不肯，每月去窝里看一次子孙，然后拖家带口地回来。将来你成家立业了，可不知道会不会回这里来看看师父的墓……”

云焕这时才发觉，跟着蓝狐从高窗里蹿进来的，还有一群毛茸茸的狐狸。个个睁着有些惊恐的眼睛，看着出手伤了它们爷爷的人，躲在石室一角不敢上前。

云焕不知道说什么好，微微低下身，对那一群小狐狸伸出手去。

然而小狐狸们警觉地盯着这个陌生的军人，咿咿呜呜了几声，似乎畏惧对方身上那种说不出的杀气，还是没有一个上前来。只有小蓝不计前嫌，从慕湮怀里跳了出来，一瘸一拐走到云焕身边，用温热的舌头舔了舔他的手，抬头看着八年前相伴的熟人。

“师父，得找个人来照顾您才是。”虽然那样亲热的接触让云焕有些微的不舒服，然而他还是有些生硬地拎起了蓝狐，一边为它揉捏着伤处，一边低声道，“我去找些可靠的人来服侍您——这里镇野军团的南昭将军是我多年同僚，或可令他妥善行事。”

“不用了，师父一个人住得习惯了。”慕湮摇头微笑，难以觉察地皱了皱眉，“焕儿，如果……你真的可以和将军说得上话，你让他少找牧民的麻烦吧。这些年，我总是看到军队把这一带牧民们像牲畜一样驱来赶去的。”

“那是为他们好。”云焕眉头也微微皱了一下，显然不想话题又偏了开去，却耐心解释，“帝都二十年前就颁布了命令，给三大部落建造了村寨，让他们安居乐业，再也不用四处奔波——可是往往有刁民不听指令，南昭将军为了大漠安定才不得已而为之。”

“呵……”慕湮也没有反驳，只是微微笑了笑，“我知道，你们是想把鹰的双翅折断。”

云焕忽然一震，沉默。

沧流帝国在沧流历四十一年霍图部叛乱之后，为了加强对边陲的控制力，十巫一致决定将其余三部牧民分开安顿，建立定居点，不再允许那些马背上的牧民在大漠上四处游荡。然而这项政令遭到了强烈的反抗，除了向来态度温顺的萨其部在得到帝都减轻赋税的承诺后逐步分批建立了定居村寨以外，曼尔戈部和达坦部都有抵触，虽然不敢公开反抗，却一直拖延敷衍或者阳奉阴违。

十五年前那一场惊动了帝都的叛乱，最初的起因便是曼尔戈部的一些牧民不甘被强制迁入定居处，从而铤而走险绑架冰族人质，试图让居上位者改变政令。

然而帝国的回应却是一如既往的雷霆铁腕——放弃了那十几个人质，命令镇野军团西方军立刻出击，消灭一切暴动的牧民。那一场小规模的叛乱平息后，受到重创的曼尔戈部不再强硬反对帝都的任何意见，很快便在博古尔沙漠附近安居了下来。

“帝都的政令也是为了西域大漠的安定。”无法否认师父方才那句话，云焕停顿了一下，才继续补了一句，强调，“以前这里几乎每年都有战祸和瘟疫，但如今各部休养生息，吃的穿的，都不曾缺乏。”

“笼子里的鸟是不愁没有水米的。”慕湮微笑着，然而语气里并没有指责的意思，摇头，“焕儿，我看过百年的变迁，但是我不知道目前这样到底是好还是不好……只是，把人当牲畜随意使唤，总是不对的。”

“师父说的是。此事就作罢——说到底，那个人我也不是很放心。”心里知道一定是南昭将军素来行事的强硬让师父不快，云焕此刻也不想啰唆，只是先答应下来，“不过弟子一定让他约束手下，怀柔戒暴。”

最多一道命令将古墓附近设为禁域，不让那些纷争被师父看见就是。

慕湮微微笑了笑，也不答话，眉间隐隐有些不适的神色。片刻，仿佛心里那阵不适终于过去，她才能勉力开口，眼里带了笑意，轻声道：“焕儿真是厉害，你看大漠上最美丽的公主都为你倾心呢！只可惜你早定了妻室。央桑是个可爱的姑娘，大漠上多少年轻人的梦想啊。”

“我一靠近他们就想呕吐。”云焕眼里忽然有嫌恶的神色，脱口道。

“什么？”慕湮霍然抬头，变了神色。

“那种气味……那种驼奶和烈酒的气味！”云焕用力将手绞在一起，从牙齿里吐出几个字，肩膀陡然不受控制地颤抖，眼眸也暗了下去，“一辈子也忘不了。一闻到就想吐……”

忘不了在地窖里饿得奄奄一息时，他们曾怎样没有廉耻尊严地乞求暴民们施舍食物——换来的却是被泼到地上的驼奶和残酒。一群拖着镣铐的冰族人如同疯了的野兽一样，匍匐在地上舔着渗入沙土的奶和酒。头顶上有人在大笑，踩着孩子的头颅。

“一闻到就想吐……十几年来我不能喝下一滴酒……”方才勉强喝下的那碗酒仿佛在胸口再度翻涌起来，云焕皱紧眉头，抓紧了领口喘息，“这群不被套上铁圈就不安分的猪！”

“焕儿，焕儿……”慕湮连声叫着弟子，叠声安慰，“都过去了……都过去了。你不要再记仇——摩珂和央桑十五年前才两三岁，不关她们的事。”

“罗诺。”云焕冷冷回答了两个字，“我记得他。”

“罗诺头人……”慕湮叹了口气，想起当初打开地窖时看到的惨况，一时无语，顿了许久才道，“他在那场动乱里也死了好多亲人。他其实是个不错的头人，牧民都爱戴他……焕儿，他还有两个可爱的女儿和年老的父亲。”

“年老的父亲……”云焕重复了最后几个字，忽然薄唇边就露出一丝冷笑，握紧了剑，“是的——而我却没有。”

他的父亲，死于十五年前那一场牧民暴动。

慕湮霍然一惊，不知道说什么好。许久，轻轻叹了口气，掰开弟子握剑的手，将光剑收回他腰间，柔声：“你还有师父啊……如果罗诺族长找回了如意珠，也算是偿还你了——答应师父，这件事一笔勾销，不要再追究了。好吗？”

云焕却是沉默，眼睛里的光阴冷狠厉，隐隐不甘。

这一生，他向来恩怨分明得近乎睚眦必报，如今仇人便在面前，即使不方便公开处死，也一定会不择手段了结对方性命——师父这个请求，却是要生生封住他拔出的剑。

“焕儿，师父的话你不听了吗？”慕湮轻轻加了一句，叹息，“真是长大了。”

“我听。”许久许久，帝国少将终于吐出了一口气，躬身行礼，“师父的话，弟子从来都是听的——师父说不许找曼尔戈族长复仇，那么，弟子便不找了。”

“真的？”空桑女剑圣眉间有种如释重负的神色，然而知道弟子那样酷烈的脾气，生怕他不会放过曼尔戈部的牧民，忍不住再问了一句，“真的答应不报仇了？”

第二句追问让云焕陡然心中一窒，帝国少将揽襟愤然而起：“师父不信我吗？”

“焕儿！”慕湮刹那间知道伤了弟子的心，脱口道。

“好，那我对天发誓——”云焕霍然起身退了三步，直退到石灯台旁，眼睛却是一直看着慕湮，横臂火上，“如果我再找罗诺报仇，定然死无全尸、天地不容！”

誓言一字一字地吐出，如同冷而钝的刀锋节节拖过慕湮的心。

少将的手直直伸在火上，烈焰无情地舔舐着年轻的手掌，将誓言烙入肌肤。他冷冷地看着慕湮，眼神里有她所不熟悉的东西："这样，师父你满意了吗？"

轮椅上的女子倒吸了一口气，一时间竟说不出话来。

沙风呼啸，篝火尚自跳跃温热，急促的马蹄声却敲碎了破晓的黎明。蒙蒙黄沙中，隐约看到有大队的骑兵从空寂城方向往这里疾奔而来。

"冰夷来了！冰夷来了！"所有刚喝完酒在歇息的牧民一眼瞥见，便是一跃而起，纷纷攀上马背，连地上尚自散落的酒器什物也不要了，策马狂奔离去。

这些年来，按照沧流帝国的严苛律例，所有各部的牧民没有允许绝对不可擅自离开定居的村寨前往别处集结，否则便将受到严惩。被那样的严令拘禁着，牧民们每年的谢神会都必须趁着黑夜偷偷进行，不然一到天亮被冰夷军队抓住，便是意欲聚众谋反的罪名。

"冰河？冰河呢？"央桑在马背上想拉姐姐上来，黄衫的摩珂却抱着琴四顾——十二弦琴犹自扔在火边，琴师却不见了踪影。

奇怪，一个盲人琴师，又能去了哪里？

"别管了！冰夷军队就要来了！"央桑在马上回头，看着那一股黄尘越来越近，焦急地大呼，这时做妹妹的泼悍烈性发挥了作用：再也不理会姐姐的挣扎，央桑一鞭子卷住摩珂的腰，不由分说就把柔弱的姐姐拦腰横抱上了骏马，挥鞭狂奔离去。

只是短短片刻，石头旷野里上千的曼尔戈牧民便奔逃一空。

"妈的，那些沙蛮子倒是跑得快！"黄尘散开，当先魁梧的军人勒马，望着牧民奔逃的方向狠狠啐了一口，那一口痰射在旁边一个士兵的箭袋上，居然震得"啪"一声大响。

"还没出一箭之地嘞——将军，要不要令将士们放箭？"旁边有副将模样的人勒马献策，用鞭鞘指着人群末尾的一骑，邪笑，"难得这次曼尔戈部的姊妹花都来了……要不要一箭射了下来，以谋反的罪名带回营里去？"

"你个宣老四……"南昭将军大笑起来，用鞭梢敲着副将的头盔，"你是想害死我？你嫂子是吃素的？一弄还两个！加上你嫂子，三个女人一台大戏——我怎么吃得消？”

“将军吃不消就留给属下好了。”副将倒是生得一副文质彬彬的脸孔，和这大漠黄沙大大不合，笑着挥手，身后士兵呼啦啦一片调弓上弦的声音。

“别闹了，有正事儿。”看到副将真的要抢人，南昭有些不耐烦地沉下了脸，翻身下马，“这次也不是来抓那些沙蛮子的。”

“正事？”副将宣武倒是怔了怔，看到南昭认真起来，连忙挥手阻止士兵，跟了上去，“将军不是来抓沙蛮子？那么半夜忽传军令，点起人马前来这里是作甚？总不成和那些沙蛮子一样，来这里拜什么莫名其妙的神仙吧？”

“少啰啰唆唆。”南昭听得不耐烦，大手一挥，“是云少将来了！”

“什么？”宣武副将吓了一跳，瘦脸上眼睛睁大了，“云少将？云焕？是将军您在演武堂的那个同窗吗？巫真的弟弟、征天军团钧天部的少将云焕？军中都传称将来会是巫彭元帅继任者的云焕少将？”

“真啰唆……”南昭大步向着古墓走去，脸上却也掩不住自豪，“是啊，我在演武堂的同窗！”

昨天入夜时分接到传书，原来是通知他前来此处迎接来自帝都的云焕少将，辅助他执行绝密命令。

当日演武堂里，自己还比云焕高了几科，而云焕那时沾了当圣女的姐姐的光，刚从属国以平民的身份进入帝都，在门阀子弟云集的演武堂里颇受排挤，而他刚开始性格冷硬孤僻，也不和同窗接近，一直落落寡欢。同样平民出身的南昭，便成了不多的几个和他走得近的人之一。

那时候不过是惺惺相惜才和这个年轻人称兄道弟，并非有意讨好权贵。却不料云家发迹得如此之快，不过几年，圣女云烛便成了元老巫真，跻身帝都最显贵的门阀之中。而这个年轻人以箭一样的速度在军中晋升，如今已经赫然成为征天军团内最有实力的少将。

而同样平民出身的自己，尚自在这个偏远的属国地界上，当着一个吃力不讨好的小小将军——按沧流军中规定，镇野军团和征天军团虽然一直并称，然而刚出科的演武堂子弟首先都要去镇野军团磨炼五到十年的步战和马战，才会被调入征天军团。

这些年他维持这方大漠的安定，管束牧民，也算有些成绩，五年内晋升少将也算是难得。然而如今虽然官阶和云焕相同，可帝都过来的征天军团少将和驻扎属国的镇野军团少将之间，谁都知道那是云泥之别。

真是什么人有什么命啊……南昭这样的粗人心里也不是没有感慨的，然而毕竟是直肠子的人，想想也就扔开了。毕竟这次云少将忽然前来，手里持有帝都巫彭大人的令牌，于公于私，只要他有所吩咐，自己和所有空寂城的士兵都要听其调遣。

“将军，抓到了几个小沙蛮！”正在想着，耳边忽然听到属下禀告。南昭抬头看去，只见士兵不知何处抓了三四个牧民孩子，正一手一个揪了过来押到马前：“怎么发落？按聚众叛乱枭首示众？”

“放开我！放开我！”那些孩子很野，不甘心地挣扎，想要去撕咬抓住他们的战士，“我们不过是在给女仙上供品！我们没有叛乱！”

“女仙？”南昭皱眉，“什么乱七八糟的……”

眼睛看去，却见石墓台阶上果然放着好几个篮子，里面盛满了各类鲜美水果，篮子被彩带绸缎装饰得极为绚烂，坠满了彩色石子和羊骨头，显然这些孩子是费了好大精力去弄这些献给女仙的礼物。

“妈的，这些莫名其妙的沙蛮子！多少次警告他们不要随便聚集喧哗，从来不听老子的三令五申！”南昭看得心头火起，踢翻了一个篮子，大骂，“奶奶的，就喜欢到处乱跑闹事，帝都的律令你们当是放屁？你们当放屁，老子可要原原本本执行到位——不然怎么对上头交代？年年要半夜三更起来赶你们，以为老子不睡觉？”

半夜集合的镇野军团士兵个个也有困意，此刻听得将军发作，忍不住又想笑又想打哈欠。然而看着遍地狼藉和几个扭动挣扎的牧民孩子，个个眼里也有不耐烦的狠气。

石墓里的灯渐渐燃尽，而高窗外面的天色也亮了起来。

残灯下，慕湮用白布细细包裹着弟子的手掌，最后在手腕处打了个结。

“这些叫湘做就可以了。”看着师父低头细心包扎的样子，云焕忍不住说，然而手臂却仿佛僵硬了一般无法动弹。

“以后不许再做这样的事了。”慕湮俯下身，用牙齿咬断多出来的一截白布条，看着弟子烧伤的手，眼里有痛惜的光，“手如果烧坏了，还怎么用剑？焕儿，你也是好大的人了，怎么一下子就做这样不管不顾的事情？如果在帝都也这样，可真叫人担心啊。”

“在帝都不会。”云焕低头，感觉师父的手指轻轻抚过绑带，低声，“我……我只是受不得师父一句重话。”

“傻孩子……我没有不相信你。”慕湮忍不住笑了，抬手想去抚摩云焕的脸，然而凝视着弟子英挺的眉眼，眼色也是微微一变，手便落在他肩膀上，轻轻拍了拍，“别傻了……别傻了。你已经长大了，师父也要死了。以后要自己对自己好。”

“师父。”那样不祥的话再度被提起，云焕刹那间变了脸色，脱口道。

“你听，外面怎么又吵了起来？”慕湮一语带过，却不想再说下去，侧头听着外面的声响，“好像有很多人又来了？”

“是南昭……我差点忘了。”云焕听到了风中的战马嘶鸣，霍然站起，吩咐傀儡，“湘，去开门。”

几个牧民孩子不停扭动挣扎，一口咬在提着他们的校尉手上，牙齿在铁制的护腕上发出一声脆响。那个校尉也火了，用膝盖猛然一顶孩子的胸腹，引出一声惨叫。

“将军，别和沙蛮子浪费时间。”副将一听帝都来的少将来到这片荒芜的广漠，眼睛放光，挥挥手，“拉下去都斩了！把人头挑在竿子上放到这古墓周围，不许取下——看那些沙蛮子明年还敢来这里聚众叫嚣！”

“是！”校尉总算得到了答复，一手拖一个孩子就往外走，一边招呼刀斧手。

“女仙！女仙！救命啊……”牧民孩子的眼都红了，拼命挣扎呼救，可哪里是牛高马大的士兵们的对手，一边大骂大哭，一边已经被拖了下去。坐在马上的刀斧手从背后抽出长刀，表情轻松，甚至还笑嘻嘻地看着被按到地上的孩子，用靴子踢了踢：“叫啊！你们的女仙怎么不出来救你们？”

一时间军中哄笑，刀斧手跳下马背，扬起长刀对准牧民孩子的脖子。

“闹什么？”忽然有人出声阻止，“不许在这里杀人！”

“奶奶的！”副将一向在军中除了南昭就不把任何人放在眼里，此刻乍然在人群里听到这样老实不客气的命令，大怒，抬眼看去却看到一个穿着白袍的牧民正走入军中，脱口扬鞭，“造反了？给我——”

“少将！”南昭却是眼睛一亮，翻身跳落，几步迎上去，抱拳，“南昭来得迟了！”

“辛苦了。”白袍的年轻人从石阶上走下，同样抱拳回礼。等他抬起头，宣武副将才看清他虽然穿着牧民的衣服，然而发色和五官，的确是冰族的样子——云焕少将？这位忽然从古墓里冒出来的，就是帝都中如今炙手可热的新贵？

剑眉星目的年轻人和南昭打了招呼，便从怀中取出一面令牌，高高举起，展示给四周的镇野战士：“征天军中少将云焕，奉帝都密令前来。即刻起，此处一切军务政务，均需听由调度，不得有误！”

那是一面刻有双头金翅鸟的令牌——包括南昭在内的所有战士一眼看见，立刻跪下，不敢仰视。

这样的令符在云荒上不超过五枚，每一枚都象征着在某一个地域内君王般的绝对权力。其中三枚给了大漠三个部落的族长，一枚给了派往南方泽之国任总督的冰族贵族，剩下的一枚留在帝都，只有当发生机要大事之时，才会动用。双头金翅鸟令符到处，便象征着帝都元老院中十巫的亲自降临，生死予夺。凡是云荒土地上任何人，不管是战士还是平民，属国还是本族，均要绝对服从令符持有人说出的每一句话。

所有冰族战士翻身下马，持械跪倒，轰然齐声答应：“唯少将之命是从！”

看到双头金翅鸟的令符，副将心中一惊，腿便软了，一下子从马背上滚落，匍匐在黄沙里，跟着众人一起答应着，声音却发颤——他本想了满脑子的方法来讨好这位帝都贵客，却不料第一个照面就得罪了。

“起来。”云焕微微抬手，示意军队归位，对身边跟出来的美丽少女吩咐，“湘，将巫彭元帅的手谕给南昭将军。”

“是！”湘从怀里拿出密封的书信，交给南昭。

“你看看，”云焕淡然道，“元帅令你完全配合我在这里的一切行动。”

“是。”南昭双手接过，小心翼翼地拆开上面的火漆，一看之下脸色微微一变，迅速抬起眼睛看了一眼云焕。看毕也不说话，只是恭恭敬敬将密信撕为碎片，一片片送入口中吞下。按照军中惯例处理完密令，南昭清了清喉咙，抬起眼睛注视着云焕的脸，缓缓握剑：“南昭奉元帅之令，一月内将听从少将一切调遣。”

从打开那封密信起，云焕的眼睛也一瞬不瞬地盯在同僚脸上，注意着每一丝变化——是的，他也不知道那封密信的内容。持有令符已经可以随心所欲调用空寂城的兵马，巫彭元帅这一封给守将的手谕，难道就是再度重复这个指令？

“如此，辛苦将军了。”从南昭的脸上他看出了某种变化，然而云焕的语气依旧冷定。

“还请少将移驾空寂城大营。”南昭抱拳，恭恭敬敬地请求。

“不必，”云焕却是抬手反对，“我在此处尚有事要办，暂时不便回营——南昭将军听令！”

“末将听令！”南昭听云焕的声音忽转严厉，立刻单膝下跪。

“即刻起一个月内，军队不得干预牧民一切行为——无论聚会、游荡、离开村寨均不得约束，更不许盘问。”云焕手持令牌，面无表情地将一项项指令传达下去，“此外，调集所有驻军整装待命，一个月内枕戈待旦，令下即起，不得延误！”

“是！”虽然不明白，南昭立刻大声领命。

“令军队驻防各处关隘，严密监视过往行人，一个月内，这片博古尔大漠只许有人入不许有人出！”

“是！”

一口气下了三道命令，顿了顿，云焕仿佛低头想了一下，声音凝重，抬起手一划：“这片石墓前的旷野，不许任何军队靠近——如果有牧民前来，半途上绝不许拦截。”

“是！”南昭点头领命。

云焕吐了一口气，抬手命同僚起来：“南昭将军，回头将这一带布防图送来给我——我这几天就先住这古墓，有什么事立刻来找我。”

“是。”南昭起身，依然不敢问什么，只是答应着，最后才迟疑补了一句，“饮食器具，需不需要末将备齐了送上？”

“不用。”云焕摇头，眼睛却瞟向一边几个看得呆了的牧民孩子，嘴角一撇，“这几个曼尔戈部的崽子不能杀，但眼下也不能放——关上一个月再放。”

“是。”南昭有些诧异，毕竟他知道云焕的脾气，可并不是什么善男信女。

“还有……以后都不要在这一带杀人逮人，弄得鸡飞狗跳的。”云焕的声音忽然低了下去，伸手敲了敲南昭的肩甲，“这不算命令，算我求你帮一个忙而已——怎么样？以前你欠我的一个人情，如今还管用吧？”

“没问题。”南昭一愣，大笑起来，吩咐士兵们一边待命，等只剩下了他们两人，忍不住用力捶了一拳，“奶奶的，听你前面的语气，唬得人一愣一愣的，还以为你小子五年来变了个人呢！”

“差不多也算变了个人吧。不变不行啊。”云焕笑，眼睛深处却闪烁着冷光，“哪像你，一个人在天高皇帝远的地方拥兵逍遥，老婆孩子的一堆。”

“你难道还未娶亲？”南昭却是意外。

“订了婚事，尚未娶。”说起那门婚事，云焕眉头跳了一下，“巫即家的二房幺女。”

“巫即？巫即家现在长房疲弱、二房正得势……那不是很好？”南昭虽然多年远驻西域，帝都的大致情况还是了解一二的，不由抚掌大笑，“你小子有本事啊！巫即那边的女儿漂亮不？可别像我家那位河东狮……”

“哪想得到那么远。”云焕笑了笑，眉头却是阴郁的，“如果这次我失手，那这门婚事就取消了——帝都很多人想我们云家死，你知道吗？”

南昭一愣，说不出话来。

“南昭，这次你一定要帮我。”云焕霍然回头，静静注视着同僚的眼睛，“如果你也对我玩什么把戏，我大概就在劫难逃，但是，那之前，令符在我手上，这里一切我说了算。”

“哪里话！”南昭脸色变了，握剑愤然而起，“我……”

“先别忙着辩解，”云焕微微笑了起来，忽然抬头，眼光冷而亮，“我把你当朋友才把丑话说在前头，不捅暗刀子——南昭，这些年你为了从空寂城调回帝都，一直在国务大臣巫朗那边走动，没少下功夫啊。”

一直豪迈爽朗的将军陡然怔住，说不出话来。

“我出伽蓝城之前你便得知了此事吧？”少将看着昔日同僚，唇角的笑却是琢磨不透，“但我此行责任重大，出发之前更不会漏了盘点这里的一切人事。”

“巫朗大人是在信里隐隐约约提起过这事，可是……可是我并没有——”被同僚那样轻言慢语之中的冷意逼得倒吸了一口气，南昭回过神来，忿忿然反驳。

“我知道你没有。”云焕微笑起来，神色稍微放松了一些，“不然我怎会和你有商有量地坐在这里说话——南昭，你从来不是卖友求荣、会耍手段的人。不然以你的能力，怎会这么些年了还在空寂城驻守。”

南昭再度退了一步，打量着这个多年不见的帝都少将。

“抱歉，时间紧急，所以我没有耐心和你绕圈子。一上来就把事情说开对大家都好，”云焕用令符轻轻拍击着手心，剑眉下的眼神是冰冷的，然而隐隐有某种悲哀，“南昭，若我此行顺利，回到帝都便会向巫彭大人替你表功，调你回京和家人团聚。”

“不用了……”南昭陡然叹了口气，一字一句，“刚刚在手谕里，巫彭元帅令我好好听从少将调遣，我留在帝都的父母家人，他早已令人好好看顾。”

云焕陡然想起方才巫彭元帅的那份密令，默不作声地吸入一口冷气。原来，那一封密信里写的是这个？是扣押了他的亲人以勒令他不得有异心的警告？

“哈，哈哈哈……”两人都是片刻沉默，南昭忽然忍不住地笑了起来，抱拳，踉跄而退，“末将告退了。”

“南昭。”云焕有些茫然地抬头，想说什么，终归没说。

南昭看着同僚，嘴角动了动，仿佛也想说什么，最后只是道：“但凡有事，传令兵会立即驰骋来去禀告。末将在空寂城大营枕戈待旦，随时听从少将调遣。”

所有人都散去了，城外古墓边又是一片空旷，只有黄沙在清晨的冷风中舞动。

云焕回身拾级而上，刚要抬手，石墓的门却从里开了。白衣女子坐在轮椅上，在打开的石门里静静看着他，脸色似乎又憔悴了一些，目光看不到底。云焕心里一冷，不知道方才那些话师父听到了多少，俯下了身，轻轻道："师父，外面风冷，回去吧。"

"让我看看日出吧。"慕湮却摇了摇头，坐在石墓门口抬头向着东方尽头眺望，朝霞绚烂，映在她脸上，仿佛让苍白的脸都红润起来，她的长发在风中微微舞动，声音也是缥缈的，"焕儿，你就在这里陪我站一会儿。"

云焕神色一黯，些微迟疑后依然点头："是。"

"现在这里没人，你不用担心。"慕湮的脸浸在朝阳里，也没有回头，静静道，"我知道你不愿人看见你有个空桑师父……"

"师父。"云焕单膝跪倒在轮椅前，却不分辩，"对不起。"

"没关系。不管你做了什么，永远不用对师父说对不起……"慕湮微笑起来，仿佛力气不继，声音却是慢慢低下去的，"但是那几个曼尔戈孩子，一个月后你要放他们回去。我知道你在找到如意珠之前，不能让牧民知道你是帝国少将，所以你扣住了那几个孩子以免泄露风声——师父很高兴你没有用最简单的方法堵住他们的嘴。"

云焕忽然间不敢抬头看师父的脸，只是俯身点头："一定放。"

"焕儿，你很能干啊……决断、狠厉、干脆，比语冰那一介书生要能干得多。"朝霞中，慕湮忽然笑着叹息，靠在轮椅上抬头看着天边——那里，广漠的尽头，隐约有巨大的白塔矗立。什么都变了，只有那座白塔永远存在，仿佛天地的尽头。她的声音似乎也是从遥远的地方传来，带着叹息："那时候我不懂语冰，过了那么多年，现在稍微知道一些了，可还是不能认同他。任何人如果草菅人命，屠戮百姓，那都是该死的——"

又一次听到师父说起那个名字，云焕心里莫名紧了一下，不敢答话。忽然听慕湮轻笑了一声："但如果让我杀他，只怕还是下不了手。所以，居然就这样放过了那个该死的人。"

云焕感觉师父的手就停在自己头顶心的死穴上，轻轻发抖。那个瞬间他忽然感到了莫名的冷意，几乎就忍不住要骇然握剑跃起。

师父想做什么？她……她听到方才那一席话，是要杀他了吗？！

"主人！"或许是看到主人受制于人手，傀儡脸色变了，拔剑上前。云焕霍然抬手，示意湘止步，依然头也不抬地单膝跪在轮椅前，额头冷汗涔涔而下。

“所以，对你也一样。”慕湮的手轻轻垂落，搭在他肩头，声音一下子轻了，“你可以回空寂城大营了——曼尔戈牧民都是言出必行的汉子，他们如果找到了如意珠，便会送过来，当作供品放在门口石台上……你的人既然守在这附近，到时候来拿就是了。”

声音到这里的时候停顿了很久，云焕感觉师父按在他肩上的手在剧烈颤抖，居然断断续续地咳嗽起来：“那也是师父能为你做的最后一件事——以后你要做什么样的事、什么样的人，就要……靠自己了。你可……可以走了……永远不必回来。”

“师父！”忽然听出了不对劲，少将霍然抬头。

抬眼之间，他看见的是血色的白衣——那个瞬间他以为是升起的朝阳染上的颜色。

然而，那只是错觉。云焕看到有大口的血从慕湮的嘴角沁出，随着再也难以压制的咳嗽，点点溅落在雪白的衣襟上，染出大片云霞！空桑女剑圣的脸色苍白得透明，犹如一触即碎的琉璃，依稀间有大限到来之时的死气。

“师父！师父！”那个瞬间的恐惧是压顶而来的，云焕只觉忽然没有了力气，想要站起来，却踉跄着跪倒在地上，他用手臂支持着身体，伸手去拉师父的衣襟，“师父！”

然而他的手落了个空，轮椅无声地迅速后退，慕湮放开了捂着嘴的手，只是一用力便驱着轮椅退回了石墓，墓门擦着她的衣襟轰然落下，将一角白衣压在石门下！

“师父！”云焕踉跄着站起，用力敲打厚重的石门，心胆俱裂，“开门！开门！”

石屑纷飞中他的手转瞬间满是血，刚刚包扎好的绑带散开了，带伤的手不顾一切地拍打着巨石，留下一个个血印。那个瞬间帝国少将几乎是疯狂的，脑子里一片空白，根本忘了带着剑，也忘了用上任何武功，只像一个赤手空拳的常人一样用血肉之躯撞击着那轰然落下的石门，疯了一样大喊里面的人，直到双手和额头全都鲜血直流。

那样骇人的情形，甚至让身侧的鲛人傀儡都连连退了好几步，脸上露出难以察觉的震动。

“师父，师父……开门。”身体里的力气终于消失，云焕跪倒在墓门前，颓然用双手打着巨石，筋疲力尽地喃喃道，“开门啊……”

然而，没有人回答他。清晨的大漠死一样的寂静，只有沙风呼啸在耳边，忽远忽近。

很长一段时间里，云焕没有出声，脑海里一片空白。然而，在低头看到石门下压着的一角白衣时，忽然而来的绝望和恐惧让他几近崩溃：是的，师父是不是已经死了？是不是已经死了——就在一墙之隔的这块巨石后面？

居然连最后一面都不肯见，就这样退入古墓，斩断和他的最后一丝联系……那样突然……明明说过还有三个月，却那样突然！

其实，最初他不曾如此慌乱，还在心中筹划过好几个方法，试图回京后用一切想得到的方法，来延缓或者消除师父死亡的期限。那些方法里，至少有些是可以冒险一行的。

可一切都被轰然间落下的石门截断，再也没有任何回转的余地！

为什么？为什么一转眼事情就会变成了这样？！

“不行……不行。师父，你不开门，我就——”身体虚弱到极点的时候，空白一片的脑子反而缓缓有了意识，云焕霍然抬头看着面前厚重的石门，抬手撑住地面站起，踉跄退了几步，反手拔出了光剑，吸了一口气——是的，如果不能斩开这道门，就算调动军团前来，也要将面前这块隔断一切的巨石劈开！

“何必费那么大力气？这座墓不是有透气的高窗吗？”忽然间，他听到有人从旁建议。

接近空白的脑子陡然一震，狂喜，想也不想，云焕转身准备奔去。

陡然，他身子僵住了，不可思议地站住了脚，缓缓回身：“湘？”

“云少将。”那样清晰的话语，却是从一个傀儡嘴里吐出。朝霞中，娇小美丽的鲛人靠在石门旁，手指上轻巧地转动着佩剑，眼睛里再也没有了一贯的木然，清亮如电，冷笑起来：“你总算正眼看我了。”

云焕只是震惊了一刹那，然而在此刻顾不上这件事，便转到了古墓一侧，想从高窗跃入古墓。

“不用急，你的师父暂时应该死不了……”湘大笑起来，继续转动着佩剑，一直茫然麻木的眼里有着各种丰富的表情，如水一般流转，“不过她一定很伤心啊！在觉察到了自己徒弟给她的那颗‘金丹’居然是毒药的时候——我真奇怪，为什么刚才她不杀了你呢？”

“你……你说什么？”云焕只觉心口仿佛猛然被刺了一刀，霍然回头，脸色苍白，“你说什么？那颗玉液九转金丹是……”

话说到一半，他猛然就明白过来了。所有零零碎碎的事霍然拼合——

为什么师父那一次分明有呼吸，却失去了意识。

脸上那层淡淡的死气，以及说话时经常停顿蹙眉的表情。

原来，是服用了他带来的那颗药丸之后，身体便渐渐不适。

然而师父从来没有说——她为什么不说？在觉察弟子送上的是毒药的时候，她为什么不说？在忍受着体内毒发痛苦的时候，她还在篝火旁拜托族长为他帮忙！

“我知道你不愿让人知道你有个空桑师父。”

“没关系。不管你做了什么，永远不用对师父说对不起……”

“焕儿，你很能干啊……决断，狠厉，干脆，比语冰那一介书生要能干得多。”

“但如果让我杀他，只怕还是下不了手——所以，对你也一样。”

……

这一刻，他终于明白了师父眼里间或出现的温柔而悲哀的凝视——只因为师父那时候已经认定，面前一手带大的弟子在利用她完成任务后就要杀她灭口！

可是，那时候她为什么不杀他——如果她动手，事情可能还有解释澄清的机会。然而善良温柔的师父却始终不曾动手，只是那样淡然地微笑着，接受了那个她曾一手救出、造就、提携的弟子带给她的死亡。她什么都原谅，他却什么都不能辩解。

那个瞬间，他只觉得吸入的空气都在胸腔中如火般燃烧，剧烈的疼痛感让他几乎握不住剑。再也止不住的泪水从眼里长划而下，云焕颓然后退，一直到后背靠上石壁才颓然坐下，因为极度激烈的感情而全身颤抖。

为什么？为什么她就什么也不问，什么也不责怪？如果师父那时候对他动手，质问他为何下毒——如果她稍微反抗一下，那么，这一切绝不会变成如今这个样子！也绝不会让人有机可乘！

“那颗药经了我的手。”傀儡微笑起来，眼里冷光闪烁，“你忘了？那时候是我递给你的……我也是碰运气。少将何等精明，在你饮食中下毒我是万万不敢的，只有另寻他法了——万幸你师父却是个没心机的，看也不看便服了。”

“唰！”语音未落，雪亮的光如同闪电，抵住了她的咽喉。盛怒下出手比平日居然迅捷更多，湘根本来不及拔剑，光剑就已经停在她血脉上，不停颤抖。

云焕的声音有一种负伤野兽的低沉：“解药！”

“解药不在我身上。”湘神色冷定，显然早已考虑了退路，毫无畏惧地看着脸色铁青的云焕，“你若杀了我，我的同伴就会将解药毁去，你师父……嗯，倒是不会马上死，不过毒会慢慢发作，到时候她只怕想立时死了也不能——”

“住口！”杀气已经在眉间一触即发，然而光剑却始终不敢再逼近一分。湘只是微笑着，轻松地一退，就从少将的剑下安然离开，利落地反手拔剑，对准了云焕的心口，微笑：“我就是不住口，你也不敢如何——你还敢如何呢？云少将？别忘了你师父的命在我们手上。”

多年的隐忍后，一朝扬眉吐气的鲛人傀儡傲然冷笑，长剑轻松地压住了少将的光剑：“多少年了……我们都说，如今征天军团里最难对付的就是云少将你。多少兄弟姐妹折在你手上！不说别的，就说几个月前你就差点儿杀了我们左权使炎汐……

“我们拟订过许多计划，想除掉你，可惜，你几乎无懈可击。你不好色，不贪杯，不敛财，精明干练，为人谨慎……”那样盛赞的话在她嘴里吐出，却是带了十二分的冷意，眼神霍然一冷，短剑指住云焕的心口，冷笑，“我们都说，你唯一的弱点或许在幼年抚养你的姐姐身上——你和妹妹自幼分离，彼此冷淡，你对你的族人更是形如陌路——可惜那个弱点不是弱点：巫真云烛，日夜侍奉在那个智者身边，谁能动到她的主意？”

长长吐了口气，湘仿佛也有些庆幸的神色：“老天有眼，潇那个无耻叛徒出了事，帝都让我来和你试飞迦楼罗——呵，那时候我就发誓：绝不能让沧流帝国成功！可是我不知道怎样才能阻止你，拿回龙神的如意珠……直到和鸟灵遭遇的时候，你吩咐我去古墓找你的师父。”

说到这里，她顿了一顿："你的师父……呵呵，我们自问对你了如指掌，却不知道你还有一个师父！那时候我就想，你这样隐瞒自己的师承，一定是有原因的——果然，我猜对了。"

说到这里，湘忽然间轻轻吐了口气，眼神忽然暗淡："你这种人，怎么配有这样的师父！——如果空桑女剑圣知道你拿着如意珠，是要去试飞迦楼罗，她……"

她摇了摇头，没有说下去，转而道："不过我告诉你，即使这次我没能制止你师父让你拿到了如意珠，可到试飞时我不惜和你同归于尽，也不会让迦楼罗飞起来！"视死如归的眼神烈烈如火，娇小美丽的鲛人傀儡扬眉冷笑，声音带着悲凉和壮烈，"那之前，我多少姐妹……也是这样和迦楼罗一起化为灰烬。"

听到这里，几近崩溃的神志终于慢慢清明起来，云焕看着蓝发碧眼的鲛人，喃喃道："复国军？你……难道是复国军的奸细？"

"呵呵。我很厉害吧？"湘笑了起来，转动手腕，"在征天军团内混到这一步不容易啊——能和少将你搭档试飞迦楼罗！连我自己都想不到呢。"

"怎么可能？你没有服傀儡虫？你在征天军团内当了十几年的傀儡，从未……"惊讶于军团中最负盛名的傀儡的真正身份，云焕回忆着一切所知的关于湘的资料，脱口，"和你搭档过的那些将士，从来没有任何觉察？怎么可能……"

"你以为冰族会比我们鲛人更聪明吗？"湘冷笑起来，扬眉之中有不屑和厌恶的光，"那些酒囊饭袋，眼里除了我的身体根本什么都看不到，只要献身讨好他们便很容易对付——每次我被调走的时候还依依不舍呢，从来不知道到底丢失了什么。"

连续的对话中，感觉溃散的神志在慢慢稳定凝聚，云焕深深吸了一口气，极力控制着自己发抖的手，只是冷笑："飞廉也一样吗？"

那两个字让湘微微震了一下，美艳的脸上笑容微敛，侧过头去："不，那个蠢材不一样……在整个征天军团里，我称之为'主人'的那些军官里，唯独你和他与众不同。"

顿了顿，鲛人碧绿色的眼里起了讥诮："但是，你和他根本是两种人。"

“真的不一样吗？”在湘脸色变化的一刹那，云焕有种押中的胜利感，那样的感觉让他濒临崩溃的神志清醒了一些，慢慢开口，“你既然是奸细，他一定也和复国军脱不了干系——无耻的叛国者。应该被军法处死！”

“他不是！”湘脱口。

那一刹那云焕眼里的笑意更深了，冷然：“是与不是，那要等刑部拷问完毕，才能判断——你也听说了吧？刑部‘牢狱王’辛锥手下，还从来没有不吐‘真相’的犯人。”

“飞廉什么都不知道！”湘忍不住变了脸色，身为鲛人复国军战士，果然对那个酷吏的名字如雷贯耳，“一人做事一人当，不关他的事情。”

“呵呵……说得好。”云焕轻轻笑了起来，嘴角却是冷嘲，“一人做事一人当，也不关我师父的事情。”

没料到在这样的形势下还被压住了气势，湘片刻沉默。

然而一刹那之后她就大笑起来，鲛人女子一跃而起，提剑后退：“想用飞廉威胁我？做梦！他算什么？一个冰夷……一条不会咬人的狗还是狗！”

大笑中湘剑一划，将云焕逼退三丈，眼睛里闪着冷光：“云少将，我告诉你：不管是这些牧民找到如意珠，还是你自己派军队找到如意珠——反正如果一个月内你不把龙神的东西归还我们鲛人，你就等着你师父的尸体在古墓里腐烂吧！”

然而，这一次云焕的表情却没有变，只是淡淡道：“就算师父她解了毒，最多也只能活三个月，你威胁不了我——不如你交出解药，我放你走，绝不会连累飞廉少将。”

“是吗？”湘退到了石墓墙边，抬头看着那个高窗，又饶有兴趣地看着一边的沧流帝国少将，嘴角浮出一个笑，“听起来倒是很合理——如果不是恰好我都看见了，我几乎就要接受这个‘公平’的条件了。”

“看见？”云焕脸色微微一变，反问，“看见什么？”

湘嘴角的笑更加深了，变得不可捉摸，声音忽然轻了下来，近乎耳语道：“我看见你吻她了……每次在她没有醒来的时候，你都忍不住吻她的指尖和头发！是不是？那时候你的眼神是多么迷恋和痛苦啊，啧啧。真不可思议……我都看见了。”

"住口！"恍如被利剑刺中心口，云焕脸色转瞬苍白，"住口！住口！"

"哈哈哈哈……受不了了吗？"复国军战士大笑起来，诡异耳语般的声音，"如果我告诉你，其实你师父她知道呢——那次我明明看见她睁开眼睛了！但是她默不作声。就像中毒后也默不作声一样——我还以为那时候便可挑拨你们师徒互相残杀。可惜啊……也不知道最后一刻她心里是什么感觉……"

近乎耳语的声音忽然中止了，湘眼里涌动的光凝定了，忽然提高了声音，冷而厉："云少将，不要再否认了——只要有一丝希望，哪怕为了让她多活一天，你都可以拿一切来换！"

鲛人战士握剑一跃而起，手攀上了高窗："我就在古墓里，等着你把如意珠送进来——毒性已经开始发作，若不尽早，即便解了毒身体也会溃烂大半。可要加紧啊，少将。"

黄沙纷飞的荒野上，一切都安静下来了。

云焕有些茫然地抬起头，看着面前的古墓——石阶上散落着牧民们献上的水果供品，红红绿绿。厚重的石门隔断了一切，坚实的石壁高处，那个高窗犹如一只黑洞洞的眼睛注视着他，看不见底。

十五年前地窖逃生后，他从来没有如此刻这样绝望过。那时候在死亡来临的时候，他清楚地知道将没有任何族人或敌人来解救他，在这个天地之间他只是孑然一人，得不到任何救助；而如今同样的恐惧和黑暗灭顶而来，他知道自己将要失去最后的救赎。

颓然将手捶在石壁上，那个瞬间，一直勉强控制着的情绪终于土崩瓦解。

第六章

湮灭

高达六万四千尺的伽蓝白塔上飞鸟绝踪，只有不时造访的风儿吹拂，将云荒大地各个方向的气息送来。

已经是半夜时分，而神殿外，观星台上的侍女们却一个个神色紧张地站在那儿，没有一丝睡意——几日前焰圣女忽然被逐出神殿，逼令喝下窃魂后送下白塔，并且以后再也不许踏上伽蓝白塔一步。那样的剧变一出，所有侍女噤若寒蝉。没有人知道重重帘幕背后的智者大人为什么忽然动怒，又将会迁怒何人。

侍女中年长一些的，依稀还记得二十年前的类似情形：也只是一夕之间，前任圣女不知为何获罪，天颜震怒，如同雷霆下击，赫赫十巫之一的“真”居然遭到了灭族的惩罚！

后来帝都依稀有传言，说那次剧变其实是国务大臣巫朗和元帅巫彭之间又一次激烈较量的结果——因为巫真家族一向和国务大臣不睦，而身为圣女又能经常侍奉智者大人左右，影响力深远，故此巫朗用尽心机让巫真触怒于智者，从而灭门。

然而这些传言对于高居万丈之上的神殿、远离帝都一切的侍女们来说都是虚无的，她们记得的，只是原先高高在上的巫真圣女忽然之间就被褫夺了一切，由云霄落入尘埃。那样生杀予夺的权力，让最接近那个人的侍女们噤若寒蝉。

如今智者大人又在震怒的时候，可片刻之前，所有侍女都看见巫真云烛推开重门，冲入了神殿——那个从未有人敢在智者没有宣召的时候擅自进入的殿堂！

不知道她将面临什么样的后果。自始至终，没有人知道重重帘幕、道道神殿之门背后的最深处，那个从未出现过的智者到底为了什么震怒，而什么又是那不能触犯的忌讳？

一百多年前，被驱逐出云荒、漂流海上的民族接受了这个神秘来客的领导，之后不出二十年便重返故园，取得了这个天下；百年来，这个神殿里的人在幕后支配着这个帝国，一言一语便可令天地翻覆。即使十大门阀中连番剧斗，争的也不过是权杖的末梢而已。

然而百年来，在这个俯瞰着云荒大地的绝顶之上，那个智者在最深的密室里面壁而坐，亲自下达过的政令未超过五条。对于那样庞大的帝国，他却没有表现出多少支配欲望，就像是一个漠然的旁观者。从来没有人知道他内心的想法，也没有人敢去质问他的决定——即使是开国时就追随他的十巫。

所有侍女在入夜的冷风中静静侍立，忐忑不安，不知道短短几天中，巫真云烛会不会和妹妹云焰遭到同样的命运。

最深处的密室是没有灯光的——对那个人来说，水、火、风、土等的存在与否根本没有区别。

然而她却看不见。在一口气推开重门，冲到智者大人面前后，云烛眼前便是一片空无的漆黑。但她知道有人在黑暗中看着她，目光犹如深潭。那样的目光之下，足以让最义无反顾的人心生冷意。

她的脚被钉在了地上，手指剧烈地颤抖着，终于张开口，想要说些什么，然而刹那间发现自己居然失语。

"愚蠢啊——"黑暗中的声音忽然响起来了，毫无语调变化，只有受过圣女训导的人，才能分辨这样古怪发音的意义，"没有人在十年沉默之后，还会记得如何说话。"

"呃……"云烛努力地张开口，试图表达自己的急切意愿，然而十年不发一语的生活在无声无息之间就夺去了她此刻再度说话的能力，无论如何焦急惊慌，她却无法说出成句的话来。那样的挣扎持续了片刻，当发现自己再也无力开口时，巫真重重跪倒在黑暗里，将双手交错着按在双肩上，用额头不停地重重撞击地面。

即使不用语言，智者大人也会知道人心里所想——片刻后她才会意过来。

“我知道什么让你如此惊慌。”黑暗里那个古怪的声音响了起来，毫无起伏，“你不顾禁令奔到我面前，只是为了乞求你弟弟的性命——因为你知道他即将遭遇不测。”

“啊……”巫真的额头抵着冷冷的地面，不敢抬起，只是用单音表达着自己的急切。

“人心真是奇妙的东西啊……空寂之山的力量是强大的，即使其余十巫都无法通过水镜知道那个区域的一切。而你更无法知道远在西域的任何消息，”黑暗里那个声音忽然有些感慨，缓缓吐出那些字句，“但是只因为血脉相连，就感应到了吗？”

“啊，啊！”听到智者的话，云烛更加确认了自己不祥的猜测，只是跪在黑暗里用力叩首——那样不祥的直觉她十五年前曾有过。后来，在将家人接回帝都后，才知道那个时候弟弟正在博古尔沙漠某处的地窖里，濒临死亡的边缘！

这一次同样不祥的预感犹如闪电击中她的心脏，再也顾不上什么，她直奔神殿而来。

“前日我驱逐你妹妹下白塔，你却未曾如此请求我，”智者的语调依然毫无起伏，如同一台古怪的机械正在发出平板的声音，“你看待云焕比云焰更重要吗？”

这一次巫真的身子震了一下，没有回答。

“不用对我说你觉得那是云焰咎由自取。那是假话——虽然她的确是想插手不该她看到、更不该插手的事情——就和二十年前那个不知好歹的巫真一样，”黑暗里，帷幕无风自动，飘飘转转拂到她身上，那个声音也轻如空气，“我知道你内心很高兴……你觉得云焰被驱逐反而好，是不是？你希望她能早日回到白塔下的人类世界里去，而不是像你这样留在我身边，是不是？”

手指蓦然冰冷，云烛不敢回答，更不敢否认，一动不动地匍匐在地面上，冰冷的石材让她的额头僵硬——她知道智者大人洞察所有事……包括想法。

“你将你自己的一生祭献，以求不让弟妹受苦……倒真是有点像那个人。”智者的声音第一次出现了微微的起伏，也不知是什么样的情绪，“你二十岁来到这个白塔顶上，至今十二年——无论看到什么都保持着沉默，没有说过一句话，是个忠实的守望者。很好。以前的圣女没有一个像你这样。只是你的妹妹实在是太自以为是——在我面前，她还敢自以为是！而你弟弟，他倒是个人才……在西方的尽头，他正在度过一生中最艰难的时刻。”

“啊？”云烛一惊，忍不住抬头，眼睛里有恳求的光。

“我很有兴趣，想知道他会变得如何。”黑暗中的语调不徐不缓，却毫无温度，“但我不会去救他……也没有人能够救他。我答应你：如果他这次在西域能够救回自己，那么，到伽蓝城后，我或许可以帮他一次。”

不等巫真回答，暗夜里智者的声音忽然带了一丝暖意：“云烛，太阳从慕士塔格背后升起来了。你看，伽蓝白塔多么美丽，就像天地的中心。”

巫真诧然抬首，九重门外的天空依然暗淡——然而她知道智者能看到一切。

“很多年以前，我曾看着这片土地，对一个人说——”那个古怪的声调在暗夜里继续响起，竟是多年来从未有过的多话，巫真只能屏声静气地听下去，听着那个被称为“神”的智者低沉的追溯，“‘朝阳照射到的每寸土地都属于我，而我也将拥有它直至最后一颗星辰陨落’……”

那样的语气让巫真默不作声地倒吸了一口气，不敢仰望。

“可那个人对我说：‘如果星辰都坠落了，这片土地上还有什么呢？’”然而，在说完那样睥睨天下的话后，暗夜里的声音恍然变幻，忽然低得如同叹息，“云烛，你说，星辰坠落后，大地上还有什么？所以，即使我回应你的愿望而给予你弟弟所有一切，但如果他没有带回一颗心去承受，又有什么用呢？”

南昭用力嚼着一块炖牛肉，却怎么也嚼不烂；又换到右边腮帮子下死力去嚼，还是嚼不烂。心里猛然急躁起来，干脆直接囫囵吞了下去——却被噎得直翻白眼。

“臭婆娘，”南昭蓦然跳了起来，大骂，“炖的什么狗屁牛肉！”

“哦呸！坐着等吃还敢乱骂人？这里的牛就皮粗肉糙，有本事你调回帝都去吃香的喝辣的呀！”后堂立刻传来妻子毫不示弱的对骂，素琴挥着汤勺出来，眉梢高高挑起——也不客气了，一回敬就直刺丈夫多年来的痛处。

果然，一如往日，一提到这个南昭就沉默下来。

“我说，你长进点好不好？我陪着你在这鸟不生蛋的地方看管沙蛮子也罢了，难道你要咱们孩子也长成小沙蛮？”在西域久了，本来矜持秀雅的小姐脾气也变得易怒浮躁，“这次好容易空寂城里来了帝都贵客，你看宣老四早就颠儿颠儿地献殷勤去了，你呢？我让你请人家来府上吃顿饭都做不到！还说是你的同窗……爹妈年纪都一大把了，孤零零地在伽蓝城没个人照顾，你就——”

“闭嘴！”一直沉默的南昭一声大骂，掀了整张案子，汤水四溅，“你知道个屁！”

半空挥舞的勺子顿住了，将军夫人陡然一愣——自从随夫远赴边疆，这么多年来南昭还没有这般给过她脸色看。本来泼辣的素琴此刻却忽然温柔起来，也不和丈夫对骂了，擦了擦手过来，低声说：“出了什么事？难道帝都来的那个贵客，带来了坏消息？”

“没事。”南昭吐了口气，却不能对妻子说帝都的家人此刻已被巫彭元帅软禁，只是心乱如麻，“你回去把几个孩子带好，我去云少将那里看看。”

“把你的火暴脾气收一收，别惹帝都来的贵客不高兴，带上那一瓶珍藏的好酒。”素琴心里也隐隐有些不安，却知道丈夫的脾气，便不再追问，只是拿着绢子替南昭擦去战袍上溅的肉汤，低声，“有空请那个云少将来家里吃顿饭。你向来不会说好话，我来开口求他好了。知道了吗？”

“哦。”南昭胡乱答应了一声，想起前日云焕突然孤身离开古墓，来到了空寂大营，心里也有些诧异——本来说了暂住城外，如何忽然又改了主意？那个家伙，可不是轻易改变主意的人哪。

昨天夜里军营里起了骚乱，听说有不明身份的沙蛮居然潜入城中袭击军队，试图闯入关押囚犯的大牢，抢夺那几个被扣押的小孩儿。然而一到空寂城，云焕就将所有驻军归为自己调拨，再也不让他这个原来的将军过问半分——到底出了什么事？那些沙蛮疯了？居然敢惹帝国驻军？

“我去了。”南昭推开妻子的手，匆匆拿了佩刀走出门外，翻身上马。

空寂城背靠空寂之山而筑，俯瞰茫茫大漠。此刻外面已经万家灯火，专门腾出来给帝都来客居住的半山别院却是一片漆黑。

怎么，云焕不在？心里微微一惊，南昭在别院前翻身下马，将缰绳扔给随行士兵，然而刚要进门，却被门口守卫的士兵拦住。

“怎么？”将军蹙眉喝问自己的下属。

“将军，云少将吩咐，除非他吩咐下去的事情有了进展，否则无论谁都不许来打扰。”士兵也是满脸为难，然而却是拦着门口不放，“刚才宣副将来了，也不让进。”

“少将是在查昨晚半夜沙蛮夜袭大牢的事情吧？”被这样拦住，南昭脸上尴尬，然而不好就此回去，便站住顺口问了几句，把话题带开，“宣老四来过了？何事？”

“是的，应该是在追查这件事……”门口守卫士兵微微一迟疑，还是老实回答，“副将带了一些酒菜、礼物，同几个姑娘过来，说给少将洗尘问安。”

“哦。”想起方才素琴贬斥自己的话，南昭暗道果然夫人料得不差，宣老四动作是快，可惜却不知道云焕的脾气，难怪一上来就碰了钉子，心里想着，口中却问，“少将也让他回去了？”

“留了几坛酒，其余都打发回去了，门都没让进。”士兵回答。

然而那样的答案却让南昭忍不住惊讶。那么多年的同窗，他深知云焕是不能喝酒的。以前演武堂那些年轻人聚会时少不了纵酒作乐，每一次滴酒不沾的云焕都会被大家奚落，逼得急了，他便要翻脸。南昭和云焕走得近，也知道他也为此苦恼——毕竟斡旋应酬，场面上是少不了喝酒的。有一日他看到云焕背着人试着喝酒，然而只是勉强喝下一杯，便立刻反胃——他看得目瞪口呆：那个出类拔萃、几乎无所不会的同窗居然硬是不能喝一杯酒？！

“少将在里面——喝酒？”南昭脱口惊问。

“应该是吧。”士兵却是不明白将军为何如此惊讶，转头看看里面黑洞洞的房间，“属下在外面听到好几个空酒坛砸碎的声音了。”

“搞什么！”南昭再也忍不住，推开门往里便走，再也不顾士兵的拦截。

偌大的别院居然没有点一盏灯，安排来服侍少将的人应该都被赶出去了，空空荡荡。南昭的脚步声响起在廊上，一路拨起风灯。风里弥漫着浓烈的酒气，让他忍不住蹙起眉头，却隐隐担心——

“奶奶的……醉成什么样子了啊。”嗅着浓烈的酒气，南昭喃喃，一把推开门。

“搜到了吗？”里面的人听得动静，冷冷问，没有半分醉意。

然而暗夜里冷刀似的眼睛一闪，转眼感觉到来的并非当日派出的士兵。恍如电光火石，黑暗中陡然有白光横起，刺向他心口！镇野军团将军骇然之下来不及拔剑，佩剑往胸前一横，剑柄堪堪挡住，却转瞬被击得粉碎，那道骤然而起的白光击碎他佩剑后仍然直刺他胸口，撞在胸甲上发出一声脆响。

“是你？你来干什么？”黑夜里，剑光忽然消失，那个声音冷冷问。

虽然对方最后瞬间收力，然而南昭还是猝不及防地被击出一丈，后背重重撞上墙壁。他在被击中后才来得及抽出佩剑，却发现已经没有必要。那样猛然受挫的失败感让他悻悻，没好气道：“听说你喝酒，怕你醉死在里面。”

“呵……醉死？”黑暗里，云焕的声音却是清醒得不能再清醒，在浓烈酒气里冷笑，“差点死的就是你。”

“如果这一剑不能及时收住，那就是你真的醉了。”南昭抚着心口那个几乎被击穿的地方，直起身来苦笑——只是微微一动，只听暗夜里一阵喀啦啦脆响，胸甲居然裂成几块散落，不由心下骇然：瞬间震碎铁甲却毫不伤人，这样收发自如惊人的剑技，演武堂出科时在云焕和飞廉的那一轮交手中他就见过了，然而再次看到还是觉得不可思议。他不由得喃喃：“好剑法！哎……我本来以为飞廉的剑技是军中第一，却没料到你原来一直藏私，最后出科比试的时候才亮出绝活儿。”

“飞廉……飞廉。”那个昔日同窗的名字此刻仿佛刺中了少将，云焕陡然低声冷笑，带着说不出的杀气，“嘿嘿。”

“听说他现在被派去南方泽之国了吧？那边最近很乱，”南昭眉头一蹙，不明白云焕骤然而起的杀气由何而来，只是叙旧，“好像有人叛乱——听说还是高舜昭总督牵头，闹得很大。”

“哦。”云焕只是不置可否地应了一声，一字一顿，“希望他顺利回京。”

那样的冷意和杀气，让南昭陡然一惊。

“我没醉，你可以走了。我在等派出去的人返回。”云焕的声音始终冷定，暗夜里狭长的眼睛冷亮如军刀，“南昭将军，下次不要没有我的允许就闯入——要知道，军中无戏言。”

南昭也不答话，只是在暗夜里看了同僚一眼，默不作声地转身走出门外。

沙漠半夜的冷风吹进来，胃里的绞痛让云焕吸了口气。那一阵一阵的痉挛如同钢刀在脏腑里绞动，伴随着欲呕的反胃。他用手按着胃部，感觉额头的冷汗一粒粒沁出。

外面廊上的风灯飘飘转转，光亮冷淡。门内的黑暗里，云焕想站起来，却打翻了案上一只半空的酒瓮，砰然的碎裂声在夜里久久回荡。浓烈的酒气熏得他一阵阵头晕，所有喝下去的酒全部吐出来了，胃里空空如也，却还是压抑不住地干呕。

那个瞬间，精神和身体上双重无力的感觉让他颓然坐入椅中，久久不愿动一下，忽然低声在暗夜里笑了起来——真是可笑……自己居然会和那些人一样试图用酒来获取暂时的舒缓和平静？然而，上天连这个喘息的机会都不肯给他。越喝只是越发清醒，如钝刀折磨着每一根神经，提醒他眼前必须面对的严酷局面。

“怎么了？”折身返回的南昭在听到暗夜里奇怪的笑声时大吃一惊，手中的药碗几乎落地，“你没事吧？怎么一个人在这里笑，笑……”

“你回来干什么？”那样虚弱的状态下，神志反而分外敏锐，云焕略微诧异地抬头，语气里已经隐隐有敌意。

“去给你拿了碗野姜汤。”南昭却是不以为意，将碗放下，“你一喝酒就胃痛。”

显然有些意外，云焕在暗夜里沉默下去。

“别点灯！”静默中，只有沙漏里的沙子簌簌而落。然而从窸窣的动作上听出了对方的意图，云焕蓦然阻止，那样的语气成功地让南昭一惊住手，却不放心：“到底出什么事了？”

暗夜里嘴唇无声地弯起了一个弧度：“别点灯，我现在这个样子很狼狈。”

“好吧，真是的。”南昭实在吃不准现在这个帝都少将的脾气，摸索着把药碗放在案上，“快趁热喝了——那次你勉强喝酒，闹了一晚上，真是吓得我们不轻。”

“是啊。”云焕触摸到了那碗滚烫的药，却没有拿起，轻声，“我总是觉得什么事情自己都应该做到——结果那次弄得连晚课都无法去，差点被教官查出来……如果不是你们帮我掩饰，恐怕我读了一半就要从演武堂被逐出去了。”

声音到了最后逐渐低下去，消于无痕。

南昭显然不承想云焕还记得那回事，搓手笑：“是啊，你小子居然在营里喝酒！大家也不敢去找军医，最后还是飞廉半夜翻墙出去替你买药……别看他一向婆婆妈妈，可轻身功夫连教官也追不上，天亮前一口气往返一百多里拿到了药，没误了早上操练。”

药碗到了嘴边，却忽然顿住了，云焕长久地沉默，不说话。

“怎么？”南昭在暗夜里也察觉出来，脱口问道。

“唰”一声响，是药泼到地上的声音。不等南昭惊问，云焕扔了药碗，在暗夜里霍然起身，横臂一扫，将满桌的酒器扫到地上，点起了桌上的牛油蜡烛。

“南昭，你过来看看，这张布防图上几个关隘可标得周全了？”灯火明灭下，南昭只见云焕俯身抽出桌上一张大图，手指点着标出的密密麻麻节点，眼睛忽然间冷定到了不动声色，“空寂城周围一共有官道三条，各种小道若干，牧民的寨子分布在东南方向……你觉得如果把守住了这几个地方，能扼断一切往沙漠里去的路吗？”

“我看看。”南昭也不想别的，便凑近去看，一看之下他就脱口惊叹了一声，“真有你小子的！花了多少时间？”

惊讶地抬头，看到的却是同僚的脸——灯下的帝国少将戎装上满是酒渍，也没有戴头盔，长发散了一半，看起来是从未有过的狼狈落魄。然而冰蓝色的眼睛里隐隐冷光闪动，脸色竟然是罕见的苍白严肃。

“这几天反正也在等消息，闲着没事。”云焕淡淡回答，手指敲击着地图，“我把送上来的文牒全看了，行军图有的没有的，我都标注上去了，也分配了兵力——你看看是否合适。你毕竟在这里当了那么多年将军，对这一带比我熟悉。”

不知为何，虽然那样淡漠从容地说着，南昭却觉得这个同僚宛如一根绷紧到了极点的弦，有某种焦虑危险的气息。那样的感觉，记忆中从未出现在这个人身上——哪怕是当初演武堂出科比试，到最后一轮不得不和飞廉对决的时候。

“奶奶的……还有什么好说的？”收回神思，看着这张详尽的地图，南昭叹道，“平日巡逻也就那么几条路。你看了多少卷羊皮地图才凑出这些？好些路是牧民以前逐水草而居踏出来的，大漠风沙又大，地形经常变，我也不知道如何定位。”

“我已经让军士们伏到了那些路口附近，”云焕的手指敲击着地图，眉头紧蹙，不知不觉地用力，竟然将案几击出一个小洞来，“我还在等消息——如果十五日后还没有找到那个东西，看来就不能指望牧民们了，另外得派出将士们全力寻找。”

“找什么？”南昭怔了一下，忽然会意过来了，压低了声音，“如意珠？”

云焕霍然抬头看着他，眼里神色变幻，慢慢冷笑着低下头去看着地图：“怎么，巫朗连这等机密也对你说了？”

“倒不是巫朗大人——这几年在大漠，经常看着半空中那只怪物呼啸来去，别的将士牧民不知道，我好歹还能猜出来几分，”南昭却没有感觉出同僚声音里的冷意，老老实实回答，“那个迦楼罗，在演武堂的时候永勖教官不就和我们提起过？”

云焕低头看着地图，眼神稍微变了一下，显然也回忆起了那个人。

“后来他忽然离开演武堂，再也没有出现过——我们都猜是被派去砂之国试飞迦楼罗了。还有几个军里的同僚，也都是有去无回。个个都是精英啊……”南昭叹息，声音里有惋惜的意味，“几个月前空寂城忽然震动，大漠深处黄沙冲上半空高——牧民都说是沙魔出来作恶，我却担心是迦楼罗再度出事了。”

“三个月前，征天军团苍天部长麓将军试飞迦楼罗失败，坠毁博古尔沙漠。”事到如此，云焕也不隐瞒，冷冷道，“和以往不同，那次连护送迦楼罗的风隼都被摧毁，无法取回如意珠，所以彻底失去了迦楼罗的踪迹——帝都对此非常重视。”

“长麓？”显然也认得那个将军，南昭脱口，眼神震惊，“又死一个……”

“下一个就是我。”云焕忽然笑了起来，烛光下那个笑容如同刀上冷光四射，“我此次奉命前来寻找迦楼罗座驾和如意珠。找到了如意珠回京后，将负责下一次试飞。”

“什么？”南昭惊得跳了起来，“你接了那个送死的任务？奶奶的，你可向来不傻呀！”

“那是命令，没得挑，”云焕将桌上的地图卷起，冷然，“其实也是额外容情了——我原先在泽之国失手了一次，贻误军机便当处死，此次已是给了我将功补过的机会。”

“什么将功补过……分明是送死。”南昭愣了愣，半晌道，“你……你也会失手？”

“呵。你以为我是谁？”云焕笑，将地图收好，拍了拍南昭的肩膀，“你我以前的眼界都太小了——南昭，前些日子去了泽之国一趟，我才见识到了真正的强者。”

南昭蓦然一惊，看向同僚——让勇冠三军的少将用这样的敬畏语气称赞，该是如何厉害的人物！整个沧流帝国里……难道还有这样的人？

云焕也是长久地沉默，眼前闪过的却是鲛人傀儡师，以及师兄西京的脸——那样的世外高手都云集在了桃源郡，将掀起怎样的惊涛骇浪？

东方泽之国，如今不知道又是怎样的局面。

“禀告少将！”沉默中，室外忽然传来了军士奔来的脚步声，在黑暗的门外下跪复命。

“东西拿到了？！”那个瞬间云焕眼睛忽然雪亮，厉声问，同时推门出去，一把拉起了那个回来复命的军士，“白日里让你带人去古墓外，可有找到那个东西？！”

“找……找到了……”一日来去奔波，那个镇野军团的小队长也已经筋疲力尽，此刻被长官吓了一跳，结结巴巴地回答，“所有……所有沙蛮子留下的东西属下都打包带回来了……请……请少将查看。”

借着微弱的月光，南昭莫名其妙地看过去，看到回来复命的军士身后放着大包的杂物：酒壶、佩刀、红红绿绿的布帛，还有装着供品的篮子，七零八落地缀着羊骨头和石子，他记得是那几个孩子费尽心思弄出来献给所谓“女仙”的——都是前几日曼尔戈部在古墓前祭神后散落原地的东西，不知道军队费了多大力气才将这些杂物全部拾回。

“退下！”云焕一眼瞥到了那一堆杂乱中的某物，眼角一跳，低声喝退了下属。也不和南昭说话，自顾自地弯下腰去，非常仔细地检查着那一大堆搜罗回来的曼尔戈人遗弃的杂物。

云焕这家伙……到底在想些什么？

南昭正在纳闷的时候，忽然看到少将矫健颀长的身子震了一下，脱口问：“怎么了？”

“没什么。”因为背对着房里，云焕脸上的表情他看不见，只是听到少将的声音里有了某种奇异的震动。仿佛极力控制着情绪，云焕将手慢慢握紧，撑在膝盖上，站直了身子。他的脸侧向月光，光影分明中，深深的眸子居然如军刀般雪亮，只是静静看了南昭一眼，对方便不敢继续追问。

“牢里抓来的几个小沙蛮，都给我放了。”静默中，云焕忽然开口吩咐，“事情已经结束了。”

南昭吃了一惊：“不是说要关到少将离开吗？昨夜那帮人敢夜袭军营，只怕也就是为了抢这几个孩子回去。现下就放？”

“我说放，就放！”云焕忽然冷笑起来，有些不耐烦，“已经没有必要留着了。”

“是。”南昭是军人，只是立刻低首领命。

“我要出去一下。”看了看暗沉沉的夜，云焕不自禁地握紧了手，然而声音却有了难以抑止的震颤，依稀听得出情绪的波动。在走出门前，他停住脚步，忽然低声嘱咐同僚：“南昭，你还是不要回京了，将家人接过空寂城这边反而好——真的。”

南昭沉默了片刻，低声：“想是想。可巫彭元帅‘看顾’着我家人呢……”

那一句话让云焕出人意料地沉默下去，帝国少将把脸侧向烛光照不到的暗里，许久忽然问：“南昭，令尊令堂眼下留在帝都，你很担心，是吗？”

南昭一愣，脱口：“废话，怎么能不担心？那是我爹娘兄弟啊！”

“那么……”云焕的声音忽然低了下去，“你为了他们，做任何事都肯吗？”

那样直截了当的问话让南昭变了脸色。灯影重重，高大的身躯不住地来回走动，带起的风让牛油蜡烛几乎熄灭。南昭搓着手来回走了很久，脸色变得很难看，须发都颤抖着，然而最终定下了脚步，霍然回头，眼神冷冽：“直说吧！少将要我做什么？”

云焕在灯下一眨不眨地看着同僚脸上神色的更替，冰蓝色的眼睛里也有看不透的变化，忽然道：“叛国，你肯吗？”

南昭陡然愣住，定定地看着同僚，不可思议地喃喃：“叛……叛国？”

“呵。说笑而已。”云焕看着他，却忽然莫名地笑起来了，不知道下了什么样的决定，双手握拳，猛然交击，“算了，就这样！”

“啊？”根本不知道同僚没头没脑地说什么，南昭诧然，“怎样？”

“收着这张图，替我派兵看着各处关卡。”云焕将桌上的地图卷起，横着拍到南昭怀里，“这一个月内不许给我放一个人出去，否则我要你的命！”

他握紧了手里的那个东西，大步从黑夜的军营里离开，走向了那一座古墓。

是的，他已经无路可退了。既然事情到了这个地步，那就干脆放手一搏！

策马奔入茫茫荒原，沙风猛烈地吹到了脸上，如同利刃迎面袭来。

那样熟悉而遥远的风沙气息，让云焕陡然有恍如隔世的感觉，握着马缰的手微微一松——八九年了……那么长的岁月之后，他终于还是回到了这片大漠上。

深夜里博古尔沙漠上的风干燥而冰冷，猎猎吹来，似要割破他的肌肤。然而紧握马缰，手里温润如水的感觉却在弥漫——甚至透过手背，扩散在身侧的寒气里，将他裹住。不知是什么样奇异的原因，博古尔沙漠的风吹到身上，陡然都温暖湿润起来。

云焕在出城后勒马，松开了握紧的左手，垂目看着掌心里那一颗青碧色的珠子。

径宽一寸，晶莹剔透，在月光下流转出青碧万千。那种碧色连绵不绝，细细看去，竟如波涛汹涌流动——云焕握珠，策马迎风，缓缓平举左手：方圆一里内的风沙，忽然间温暖湿润得犹如泽之国涌动的春季明庶风。

这，就是龙神的纯青琉璃如意珠！

刚才从那一堆砂之国牧民狂欢后遗留的杂物中发现的，正是他踏破铁鞋寻觅的如意珠。就在那个被装饰得花花绿绿、缀满了羊骨和石子的供品篮子上，不出所料地，他解下了这颗混杂其中的旷世珍宝。

看起来如此复杂的事情，居然完成得如此简单。

如果不是那些曼尔戈人昨夜前来劫狱，他自己都根本不会想到这种事。

罗诺族长不是傻子，如果不是因为逼不得已，如何会做出为了几个孩子袭击帝国军团的蠢事？昨夜平息了夜袭后，沧流帝国的少将坐在黑暗里，按捺着心中的汹涌情绪，将这件事的前后关系理顺了一遍——对曼尔戈一族来说，当下最重要的事情是完成对女仙的承诺，而绝不是贸贸然去救几个孩子。

罗诺族长又是出于什么考虑，非要孤注一掷地潜入空寂城？唯一的答案，就是：经过几天的寻觅后，曼尔戈一族发现这几个孩子和如意珠必然有密切的关系！

帝国少将霍然长身而起，立刻命令属下提审那几个孩子，以及被俘虏的夜袭者。

接下来的事情就相对简单了——虽然那些沙蛮子无论老少都倔强不屈，有着游牧民族天生的剽悍性格，然而对那几个孩子使用了傀儡虫后，所有的真相都一览无余了。

他万万不曾想过，如意珠早已出现在石墓前的旷野上——无论谁，哪怕是那些沙蛮子自己，都不曾料到首先无意中发现这个珍宝的居然会是几个不懂事的孩子！而那些景仰“女仙”的孩子，竟然将捡到的珠子和羊骨石子一起，用来装饰了盛放供品的篮子。

那些孩子，用他们的方式将寻到的宝物第一时间奉献给了女仙，当时他也在场，却在眼皮底下生生被错过。幸亏最后才找了回来。

低头握着手里的宝珠，定定思考着什么，云焕眼里的光芒变幻无定。

贻误军机又如何？背叛国家又如何？自小，本来就没有一个族人或外人在意他。而对他来说，所谓的国家或者族人，更是可有可无的东西。在这个世上，他不过是在孤军奋斗，往更高的地方跋涉，他只忠于自己。

所以，他不择手段，也要留住心中那唯一一点光和热。

云焕在古墓前的空地上翻身下马，看着暗夜里那一道隔断一切的白石墓门。冷月下，荒漠发出冷冷的金属般的光，在风中以人眼看不到的速度移动。而这片石墓前的旷野上，却始终没有堆积起沙丘——或许是周围丛生着浓密的红棘，遍布着散乱的巨石，挡住了风沙。

地面上一干二净，应该是镇野军团的士兵按他的吩咐，将所有杂物清理掉了。

云焕抬起头，看着墓门旁边那个小小的高窗——夜色里，犹如一个深陷的黑色眼眶。

少将猛然微微一个冷战。

他并不是个做事冲动不顾后果的人。虽然这次陷入了完全的被动局面，可出城之时，心里依然严密地筹划好了退路，冷定地审视过全局，本以为有十足的把握控制住这片博古尔沙漠上的一切——然而不知为何，来到古墓外，一眼看到紧闭的墓门时，咔嚓一声，所有殚精竭虑竖立起来的屏障完全溃散。

“如意珠我带来了！”也顾不上拴马，他拾级而上，本想敲门，转念却只是默默将手按在厚重的石头上，沉声发话，“湘，放了我师父！”

然而，黑暗一片的墓室内部没有人回答。

荒原上的沙风尖厉地呼啸着，割在他脸上。云焕的手用力地摁在冰冷的石门上，手腕的烫伤裂痕隐隐作痛——黑沉沉的门后忽然传来哗啦啦的声音，仿佛有什么东西出来了。那种说不出的诡异感觉让少将一惊，控制不住地脱口：“湘！出来！放了我师父！”

“看来很急嘛……”忽然间，石门背后一个细细的声音响起来了，讥诮而冷定，“少将果然能干，才七天就找到了如意珠？”

“放了我师父。”云焕的手按在墓门上，死死盯着那道门，重新控制住了声音。

“我要看如意珠。”隔着石门，湘的声音丝毫不动，甚至冷酷过云焕。

“如意珠就在我手里。”沧流帝国的少将把手抵在石门上，掌心那枚青色的珠子贴着石头，“你是鲛人，应该可以感觉出真假——把你的手贴在石门上看看。”

琉璃般青碧的珠子摩挲着粗粝的石壁，珠光照亮云焕的脸。夜风干燥，然而冷硬的石头上，居然慢慢凝结出了晶莹的水珠！

那就是四海之王龙神的如意珠——即使在沙漠里，都能化出甘泉！

石门背后有隐约的摸索声，湘低低叫了一声，随即压住了自己的惊喜，冷然吩咐:“把如意珠从高窗里扔进来。”

“先放了我师父!”云焕却不退让，低声厉喝，眼里放出了恶狼般的光，“我怎么能相信你这个该死的贱人?”

“不相信也得相信啊，云少将。”听到那样的辱骂，湘反而低笑了起来，冷嘲，“你想不想知道你师父现在如何了?那些毒正在往她全身蔓延——你不想她多受苦吧?”

顿了顿，仿佛知道外面军人的内心是如何激烈地挣扎着，湘隔着石门低低补充:“而且，我就算拿了如意珠，又能逃到哪里去?你堵在门口，你的士兵把守着一切道路……我不过要亲眼确认一下而已——你快把如意珠给我，我就通知同伴把解药送过来，免得你师父那么痛苦。”

湘的声音甜美低哑，一字一句都有理有节。云焕将手抵在墓门上听着，只觉额头冷汗涔涔而下——免得师父那么痛苦?她……她如今到底怎样了?

演武堂上，教官曾介绍过鲛人复国军所使用的毒。据说那些毒药提炼自深海的各种鱼类水藻，诡异多变，其中有几种，据说连巫咸大人都无法解掉。

不知道如今湘用在师父身上的又是哪一种。

“给你!”一念及此，再也来不及多想，云焕一扬手，一道碧光准确无误地穿入了高窗内，隐没。

门后响起了窸窣的声音，应该是湘摸索着找到了那颗珠子。

然后，就是长长的沉默，毫无声息。

正当云焕惊怒交加，忍不住破门而入的时候，一道蓝色的焰火陡然呼啸着穿出了高窗，划破大漠铁一样的夜。射到了最高点，然后散开，垂落，湮灭。

“果然是真的如意珠，”门后湘的声音依然冷定，“放心，既然你遵守了承诺，我的同伴立刻就会将解药送来。”

她的同伴?云焕猛然一惊，抬头看着烟火消失后的天空。

难道这片干燥寒冷的博古尔沙漠上，还有其他复国军战士出没?以鲛人的体质，根本不能在沙漠里长久停留——除非是相当的高手。比如几个月前在桃源郡碰上的那个复国军左权使炎汐。

湘不过是个间谍，而真正策划此次行动的复国军主谋，只怕还没有露面吧?

“云少将，我知道你一定在外面埋伏了人马——请将其撤走。大漠平旷，若我所见范围内有丝毫异动，就小心你师父的命。”隔着石门，湘的声音一字字传来，显然早已有了盘算，一条条提出，“此外，给我们准备两匹快马、罗盘、丹书文牒、足够的食物饮水。自离开这个古墓起，三天之内不许出动人马来追。”

“好。”根本没有考虑，云焕对于对方提出的一切要求慨然答允，“只要师父没事，任何条件我都答应你。”

“呵。”湘在门后笑了一声，或许因为石门厚重，那个声音听来竟有些回声般的模糊，“赶快去办！日出前我的同伴就会送解药过来，天亮前我们就要离开。”

“没问题。”云焕一口答应，“但我要确认师父没事，才能放你们离开！”

“呵……那当然。”湘冷笑起来，声音如回声，“可是如果慕湮剑圣没事了，云少将真的会如约放了我们吗？以你平日的手段，不由让人怀疑啊……”

然而笑着笑着，声音慢慢低了下去：“算了，反正都是在赌，我不得不信你，你也不得不信我——快去准备我要的东西，还站在这里干什么？！”

鲛人傀儡那样不客气的厉声命令让云焕眼里冷光大盛，然而他终究什么也没说，放下抵着石壁的手转过身去，走向远处埋伏的士兵，将负责监视石墓的队长叫起来——然而，在没有进入石墓见到师父前，他决不会撤掉包围此处的兵力，让鲛人拿着如意珠逃之夭夭。

如果见到了师父……呵呵。冷笑从少将薄而直的唇线上泛起。

湘，湘——他想，他一辈子都会记得这个如此折侮过他的名字。

天色变成黎明前最黑暗的那一刻，云焕听到了远处传来的马蹄声，所有人悚然一惊，刀兵出鞘。

夜中，火把猎猎燃起，映照着来人的一袭白袍，深蓝色的长发在火光下发出水的光泽。

“云少将。”勒马止步，马上白衣男子从从容容说道，一边举起了右手，淡定的声音和骏马剧烈的喘息形成鲜明的对比，“我是来送解药的。”

云焕霍然转头，对上那双深碧色眸子的刹那，他陡然有一种似曾相识的熟稔感觉。

“都退下！”少将举起右手，喝令部下。镇野军团的战士迅速列队退开，回到各自的隐蔽处。

一时间，古墓前空旷的平野上，只剩了两个人。

来人翻身下马，显然是经过长途跋涉，骏马早已脱力，在主人离开的刹那便再也支持不住，双膝一屈跪倒在沙地上，打着粗重的响鼻，在清晨前的大漠寒气中喷出阵阵白雾。

火光明灭之中，云焕冷冷打量着来人——俊美的容貌、深碧色的眸子和蓝色的长发，那样明显的特征，令人一望而知属于鲛人一族。奇怪，自己到底是在哪里见过这个鲛人？在大漠里见到一个鲛人，自己无论如何不会不留意吧？

“湘说，如意珠已经拿到了，”在少将恍惚的刹那间，对方开口，“所以，我来送解药给你。”

“解药”两个字入耳，云焕目光霍然凝如针尖，足下发力，刹那间抢身过去，劈手便斩向来人颈间。来人也是一惊，显然没有料到他会陡然发难，然而本能地侧身回避，铮然从腰间拔剑，一招回刺。

“叮”，只是乍合又分，刹那间高下立判。

虽然都是反向退出几步站定，也各自微微气息平甫，然而云焕手里已经抓到了那只装有解药的盒子。

少将并没有急着去打开那只救命的盒子，反而有些惊诧地看着一招封住了自己攻势、踉跄后退的复国军战士——刚才他虽然得手，可左手那一斩完全落空，如不是避得快便要废了一只手！鲛人里，除了那个傀儡师，居然还有这样的高手？

霍然看见少将动手，周围埋伏的镇野军团战士已然按捺不住，准备冲出来援助，云焕连忙竖起手掌做了个阻止的手势。

静默的对峙中，他看着面前这个居然敢于孤身前来的复国军战士——这个鲛人能组织如此机密的计划，在复国军中地位必然不低。而最令他惊讶的，是方才鲛人那一剑的架势，居然十有八九像本门“九问”剑法中的那一招“人生几何”！虽然细微处有走形，可已然隐隐掌握了精髓所在。

怎么可能？鲛人怎么会“九问”？

诧异间，云焕恍然回忆起几个月前遇到的左权使炎汐。那个复国军领袖的身手，同样隐约间可见本门剑法的架势——难道说，是西京师兄或者白璎师姐，将剑技传授给了鲛人复国军？

不可能……空桑和海国，不是千年的宿敌？而且，如果是师兄师姐亲自传授了剑术，亲传者必然剑术不止于此。如何这两个鲛人的剑法，却时有错漏，竟似未得真传？

“右权使寒洲？”刹那间的联想，让云焕吐出了猜测的低语。

白衣来客冷定地觑着沧流帝国的少将，算是默认。虽然被一招之间夺去了解药，他却依然沉得住气，忽然出声提醒：“天快亮了，还不快去解毒？”

云焕神色一变，打开盒子看到里面一枚珍珠般的药丸，却满怀狐疑地看了看对方。

“放心，如意珠已经拿到，你师父死了对我们没有什么好处。”右权使寒洲面如冠玉，然而谈吐间老练镇定，不怒自威，“我和湘都还在你的控制之内，这根救命稻草，我们一定会牢牢抓住。”

“呵。”云焕短促地冷笑了一声，将那个盒子抓在手心，转身，“跟我进来。”

在踏入古墓的一刹那，他举起右手，红棘背后一片调弓上弦的声音，树丛唰唰分开，无数利箭对准了古墓的入口，尖锐的铁的冷光犹如点点星辰。杀气弥漫在墓前旷野里，云焕在踏上石阶时极力压抑着情绪起伏，回头看着右权使，冷然：“在师父没事之前，你或者湘敢踏出古墓半步，可不要怪我手下无情。”

寒洲没有回答，只是镇定地做了个手势，示意云焕入内。

抬起手叩在石门上，不等叩第二下，里面便传来了低缓的机械移动声，石门悄无声息打开。阴冷潮湿的风迎面吹来，那一瞬间，不知道是否太过于紧张，云焕陡然心头一跳。

“师父呢？”看到站在门后的鲛人少女，他脱口喝问。

“呵，”湘微笑起来，抬起了头，“在里面。”

黑暗的墓室内没有点灯，唯一的光源便是鲛人手中握着的纯青琉璃如意珠。青碧色的珠光温暖如水，映照着湘的脸——然而，青色的光下，原本少女姣好的容色凭空多了几分诡异，深碧色的眸子里闪着冷定而幽深的光，看了旁边的右权使一眼，随即默不作声地带路。

下意识地回首，扳下了机关，沉重的封墓石落地，将三人关在了墓内。虽然心中焦急，然而一旦真的踏入了古墓，云焕居然有些胆怯，起步之时略微迟疑。

那一迟疑，湘便和寒洲并肩走在了前头。

古墓里……似乎有什么地方不对。一路走来，云焕直觉心里的不安越来越强烈，止不住地想握剑而起——然而青色珠光映照下，所有东西都和他离去之时一模一样，甚至那个破碎的石灯台都还在原处。

到底有什么地方不对……云焕一边紧紧盯着前面领路的两个鲛人，一边心下念转如电。古墓里无所不在的压迫感，以及心里的紧张，让一向精明干练的少将没有留意：前后走着的湘和寒洲虽然看似无语，空气中却隐约有低低的颤音——似是昆虫扑动着翅膀，发出极为细小的声音。

那是鲛人一族特有的发声方式：潜音。

演武堂里教官就教授过所有战士识别潜音的方法：沧流帝国这方面的研究和机械学一样，几臻极致。多年对复国军的围剿中，十巫已经破译出了鲛人的潜音，并拟出了识别的对策。就算是不懂术法的普通战士，只要平定心神，捕捉最高音和最低音之间的切换频率，基本就能按照图谱破译出大致的意思。

然而此刻极度紧张忐忑的云焕，却没有留意到空气中一闪即逝的潜音波动。

冒着极大的风险，复国军的女间谍启动嘴唇，无声地迅速说了一句什么。

寒洲那一步在刹那间凝定在半空，面色震惊——如果不是云焕在他身后，此刻定然会察觉反常。一刹那的停顿，然后寒洲同样迅速地回答了一句，眼里的光已经从震惊转为责问。

湘神色不动，嘴角泛起了冷酷的笑意，简短回答了一句。

此刻，一行人已经走到了石墓的最深处，湘率先停住了脚步，目光掠过寒洲的脸，冷如冰雪。寒洲脸色铁青，定定地看着室内，缓缓吸入一口冷气。他的脸上映照着淡碧色的珠光，忽然也浮动着不知何处投射而来的点点诡异红光。

“你师父就在里面，”黑暗中，湘站定，一手放在半开的最后一道门上，似笑非笑地看着云焕，“要不要进去看看？”

“走开！”看到那样的神色，云焕愤怒地一把拨开她。忽然又是一迟疑，回头冷冷看着两个鲛人，眼神冷厉如刀：“如果你们敢玩花样……”

湘扑哧一声笑了起来，珠光下脸色竟是青碧色的：“真是有趣，云少将也感到底气不足了？放心好了，我们人都在这里，又跑不了，如意珠也在这里——如果玩花样，一出去你的属下就会把我们射成刺猬吧？”

云焕默不作声地看了看她，目光阴鸷：“知道就好。”

“嘻，”湘笑着做了个手势，示意他入内，“好徒儿，你的美人儿师父在等你呢。”

“闭嘴！”云焕霍然变了脸色，不再看两人，推门入内。

推开门的一刹那，暗夜里无数浮动的红光，投射在了三个人脸上，伴随着阴冷潮湿的气息。石墓最深处，原本是地底泉的水室里，盈满了点点红光，涌动游弋着，如同做梦般不真实。而原本干燥的沙漠石室，居然转瞬变成了潮湿的丛林地底！

简直是梦里都看不到的情形：暗夜里仿佛有无数活着的星星在移动，或聚或散，脚下踩着的不是石地，而是潮湿厚软的藻类！借着移动的光，依稀可以看到那些巨大的藻类在疯狂地蔓延着，占据了整个石室，并随着门的打开，狂热地一拥而出往别处侵蚀！

而那些红点，就是附着在水藻上的小小眼睛，活了一般地移动着，如同小小的蘑菇。

那是什么？那该死的都是些什么？

有水藻缠绕上了他的脚，他下意识地抽剑斩去。然而剑一出鞘，那些红色的眼睛蓦然凝聚了过来，围在他身侧，注视着他。宛如漫天的星斗分散聚拢，苍穹变幻，璀璨而诡异。

在水藻的最深处，那些光凝聚成了一道红色的幕，拢着一个沉睡的人——白衣上弥漫着点点红色的光，宛如一张细密的网从她体内渗出，裹住了一动不动的女子。

一眼看过，云焕脱口惊呼，光剑铮然落地。

就在云焕失神的一刹那，将如意珠握入手心的湘，一拉寒洲：“快走！”

漫天游弋着的红光里，两个鲛人转瞬消失于黑暗最深处。

方才用潜音迅速交换的话还在空气中，以人类听不见的声音缓缓回荡，渐渐低微消失。分别是湘冷定的叙述和寒洲震惊的责问——

“她已经死了。”

“什么？谁叫你自作主张杀了她！”

“反正已经死了……你以为云焕真的会守信放我们走吗？他阴枭反复，不择手段，只要确认师父解毒后，任何承诺他都会立刻推翻！我们必须下手比他更早、更狠！右权使，我已从赤水召来了幽灵红藻，等一下趁着他失神被困，我们立刻走。”

“不可能走得了！外面都是伏兵，所有的路口都被监视，云焕一声令下，没有人质，我们无法逃出去！”

“错。云焕在短时间内是再也无法行动了……而我找到了另一个出口。”

无声的对话，最后消失在鲛人少女唇角泛起的冷笑中。

第七章

背叛

遥远的彼岸，伽蓝白塔顶上的观星台中心，一缕轻烟消散在黎明前的夜色里。

“她死了……”深深的神殿里，重门背后，一个古怪的声音忽然宣告般地低语，“那颗一直压住破军光芒的星辰，终于消失了——巫真，你再看西方的分野处，能看到什么？”

玑衡旁，素衣女子震惊地盯着那支熄灭的蜡烛，喉咙里发出咿呀的惊呼。转头看去，天空中那颗“破军”陡然暗淡无光——那是她弟弟宿命中对应的那颗星辰。巫真只看得一眼，算筹从她手指间落下，她再也支持不住地跪倒在观星台上，对着神殿深深叩首，却依然说不出一句话。

“你求我救你弟弟？蠢啊……”神殿内沉默了许久，那个古怪的声音忽然含含糊糊地笑起来了，“这是好事——你将来会明白。不用太担心，或早或晚，你弟弟一定会回到伽蓝。破军会再度亮起来……比天狼和昭明都亮！”

云烛定定地看着室内，满脸诧异，却不敢表示疑问。

“只是……上一代两名剑圣都离开这个云荒了。”智者的声音低哑，带着含混不清的沉吟，“新一代的剑圣……又将为谁拔剑？”

伽蓝白塔顶上那支蜡烛熄灭的一刹那，还有另外两个人同时失声。

空无一物的水底城市里，银白色光剑陡然自己跃出剑鞘，光华大盛——白璎诧异地转过头，凝视着跃上半空的佩剑。虚幻的剑光里，浮现出一张素白如莲花的脸，平静如睡去。只是乍然一现，随即消失，剑芒也瞬间微弱下去。

光剑落回到了主人的手心，可剑柄上刻着的字悄然改变：所有者名字前，都出现了一个小星记号，发出浅浅的金光——那是当代剑圣的标志，标志着传承已经完成。

从这一刻开始，空桑的太子妃白璎，将成为剑圣。

“什么？这……这是说……”白璎诧然低首看着自己的佩剑，脱口惊呼，“慕湮师父已经去世了？”

正在看着水镜的皇太子一惊抬头，看着掩面失声的太子妃，震惊地看到冥灵眼里流下虚无的泪水，融入空无一片的城市。白璎看着剑光中渐渐消失的容颜，颤抖得不能成声：“师父……慕湮师父……死了？”

“唉……”头颅虽然还在远处看着，手却已经按住了妻子的肩膀，“别太难过……人都要有一死，这不过是另一种开始罢了。”

“怎么会这样？我……我还没见过慕湮师父一面……”白璎茫然道，只觉心中刺痛，“到死，我都没和慕湮师父见上一面！”

剑圣门下，同气连枝。她少年时授业于剑圣尊渊，其后诸多变故，百年时空交错，竟从未与另一位师父慕湮遇见过。然而，无论是在人世，还是成为冥灵，她都能从剑光里照见师父的容颜，感觉到师父的“存在”。

慕湮师父当年的种种，只是从西京口中听过转述，比如章台御使，比如这个毕生孤独的女子心中的守护和放弃——然而不知为何，竟然便存了十二分的憧憬和敬慕。

无色城那样漫长的岁月里，不见天日之时，她经常想：如果慕湮师父在，她会有多少话要和师父说啊……尊渊师父和西京师兄，都是磊落洒脱的男子，不了解她的小儿女心情。堕天的一刹那，她心中那种绝望和哀痛，只怕只有慕湮师父懂吧？背叛和重生，剑圣门下两代女子，都是一样经历过的。只不过，她肩上背负的比师父更重。

所以，她以已死之躯好好地“活着”，眼睛注视着前方的路。

然而，那个在心底被她视为引导者的人，已经离去了。

初夏的风从南边碧落海上吹来，带来盛夏即将到来的炎热气息。熏然的微风中，泽之国的息风郡沉浸在一片浓重的绿意中。而那葱郁的绿在夜色中看来却是泼墨般的黑——丛丛叠叠，湮没了中州式样的亭台楼阁、粉墙黛瓦，把一片繁华的迹象填入墨色。

然而，即使如墨般浓厚的夜色，也无法压住底下暗涌的血色。

息风郡外，刚刚解下酒囊，准备唤出里面“召唤兽”的剑客陡然怔住，不可思议地看着佩剑：凭空里剑芒一闪，一张女子平静沉睡的素颜浮现，随即湮灭。银白色剑柄上，那一个“京”字前面，陡然出现了一个金色的小星符号。

传承已经完成，他已成为当代剑圣。

“当”的一声响，光剑从他手中坠落地面。风尘仆仆的男子盯着剑柄看了半天，脸色居然是一片空白茫然，似不相信眼睛看到的东西。

静默中，腰间空空的酒囊里忽然发出了激烈的敲打声，有个声音拍打着大声叫骂：“臭酒鬼！发什么呆，快放我出去！快放我出去……我……我肚子痛死了！”

那个声音将西京从失神中惊起，手指下意识地伸向酒囊，轻敲几下，吐出一个咒语。轻轻扑簌一声，一道光忽然从瓶口扩散开来。少女在半空中幻化出了本体，也不和西京打招呼，径自落到官道旁的一丛灌木后，自顾自伏下了身子。

“该死的，中午吃的都是什么啊？鱼不新鲜，还是……还是那个蘑菇不对头啊？”好容易从瓶子里脱身出来，肚子显然是真的吃坏了，咕噜叫着，腹痛如绞，那笙皱眉捂着肚子，却从灌木后探出头，理直气壮地呵斥，“走开！不许站在这里……这里是下风向，你想……”

然而奇怪的是这个平日一定会骂她多事的人，竟然丝毫不听她说了什么。

只是弯下腰，怔怔看着掉在地下的光剑——看着看着，忽然膝盖毫无力气，一下子跪倒在剑圣之剑面前，脸色刹那间委顿。

“大叔？大叔？”那笙呆了，连忙整理好衣服，捏着鼻子从灌木后跳出来，俯下身忙不迭地问，“怎么了？腿上的伤又发了？”

银白色的剑柄滚落在地上，上面的剑芒已经消失，就像一个普通的金属小筒。那笙这样大大咧咧的女孩，自然也没有注意到上面的花纹已经悄然改变：“京”字前面，不知何时居然多了一颗小小的星形符号。

西京定定地看着那颗悄然出现的星，在那笙扶住他的一刹那，低声："师父死了。"

"嗯？"那笙一时间愣了，扶住他的手停了一下，"你有师父？从来没听你说起啊。"

西京哼了一声，没心情和她啰唆，俯下身去拿起那把光剑，然而不知道是否心情尚未平复，一连伸了几次手，光剑却都从手指间漏了出去，滚落在一边。那笙在一边看得着急，忍不住低下头去替他捡那把光剑。

"别！"西京霍然一惊，厉声阻止。然而却已经来不及，那笙在手指接触到光剑的一刹那，身体立刻被凌空弹开，尖叫着往后倒飞出去。

"小心！"西京也顾不上光剑，脚尖发力，纵身扑出，在那笙掉进那一丛灌木前抓住了她。

"小心！"这一次的警告却是出自少女的嘴里，那笙惊叫着看着地下，拉住了西京。被那样惊惶失措的警告吓了一跳，西京凌空提气，在脚刚沾到地面的瞬间再度飞纵，半空一连几个转折，落到了方才平旷的官道上，才出声问这个尖叫的女孩："怎么？"

"踩……踩上了……"那笙盯着他的脚，结结巴巴。

"踩上什么？"确定周围没有危险后，西京莫名其妙地问那笙，将她放下地来，告诫，"以后不要再碰我的剑，知道吗？和以前不一样了……剑圣之剑，像你这种小角色一旦碰了，必将遭受反击。"

那笙却没有注意他讲了什么，只是盯着他的靴子，忽然红着脸，一拉他的袖子转身向着溪流走过去："快去冲掉，你踩上了啦！"

"嗯？"西京尚自莫名其妙，只好拿起光剑被她扯着走，顺着她的视线看向自己的靴子，看到了鞋跟上的污物，皱眉，"奇怪，哪里踩上的狗屎？"

"快去！"那笙忽然猛力一推，西京踉跄着一脚踩进了溪里。

"死酒鬼……居然……居然骂我是狗？！"再也忍不住，那笙红着脸跳了起来。

西京蓦然间明白过来，不由得失声大笑起来。

"还笑……今天别想我给你做饭了！一定是你不好，中午采的蘑菇有毒！"看到剑客笑得前俯后仰，那笙红了脸，恨恨——却忘了如果是蘑菇有毒，对方如何还能笑得这般开心。然而一边嘀咕，苗人少女却是一边沿着溪水寻觅起来，翻动着石头寻找贝壳鱼虾，折下水芹菜和红芥，开始准备晚上的饭。刚选了一个地方生火，忽然想起什么，回头看了看那一丛灌木，立刻皱眉，远远挪开换了个地方。

西京坐在石上，将靴子踩在溪水里，让水流冲刷着，把玩着那把银白色的光剑，侧头看着苗人少女——虽然是被装在酒囊里带着走，可连日的冲杀劫难，已经让这张无忧无虑的脸上也有了困顿的疲惫。

快到息风郡了……眼看离九嶷已经不过数百里。然而，经过昨日那一次遭遇战，显然征天军团变天部已经得知了自己的方位，所有沧流帝国军队的追杀也将不期而至吧？剩下的几百里，只怕每前进一步都要用尸体铺就！

西京活动了一下手腕和腿部，昨日受的伤刚刚愈合，一动就是钻心地痛。

"大叔，吃饭了！"那笙在那边折腾了半天，抬起头来招呼，"怎么，要不要再敷药？"

"不用了……剩下的，让它自然愈合就是。"西京揉着手腕，想起昨日那一场恶战，忽然扬头大笑，"痛快啊痛快！多少年没有那样痛痛快快拼杀过一次了！"

"什么'痛快'——痛倒是真的。"那笙没好气，隔着炊烟将烧好的食物递过来，"你还不快点休息，难得这一次他们没追上来，又快要进城了，就多休息一下……"

"息风郡啊……"遥望着满城的灯火，西京忽然间喉头耸动了一下，咕嘟咽下一口口水，"天香酒楼……是如意夫人的姊妹开的。"

"咦，不是说不喝酒了吗？说话不算话！"那笙笑嘻嘻地吃着东西，忽然看到西京的脸色黯淡下来，知道触了忌讳，连忙闭口。西京沉默片刻，回头看着西方的天际，低声："唉……来不及去空寂之山看到底出了什么事情了。只能等送你去了九嶷，再去那边的古墓，处理师父的后事。"

看到剑客黯然的神色，那笙忽然间不知道说什么好，只是小心翼翼问了一句："你师父……一定很了不起，是吧？"

"嗯。"西京低着头，看着手中的光剑，忽然转头一笑，"是的，很了不起——虽然她一生里没有做过什么可以名留史册的事情。"

那笙咬下一块鱼，叼着鱼肉反驳："没有啊，她教出了大叔你这样英雄了得的徒弟，一定会名留史册的！她年纪一定也很大了，才到了时间走了。你不要难过。喏，吃鱼。"她二话不说地把一大块鱼肉塞了过去，选的还是最精华的鱼腹部分。

"好，我不难过。"西京笑了笑，抓过草叶包着的鱼，专心地吃了起来。

两人之间再也无话。风在旷野里吹拂，带来泽之国特有的温润气息，宣告着初夏的来临。

"那笙，快躲回树林里去！"忽然间，倾听着风里的某种声音，西京的脸色蓦然变了，握剑起身，一脚踢起土，覆灭了那一堆火，"快！"

"怎么？"那笙吓了一跳，刚来得及把手中的东西放下，身子就是一轻，被西京一把抓起，用咒术收回了那个葫芦里。

地上篝火熄灭的一刹那，天空中云集而来的风隼上，已经有一双眼睛锁定了方位。

"就在这里了。"黑暗的机械室内，旁边鲛人傀儡面无表情地操纵着，坐在副座上的年轻男子注视着底下乍然熄灭的红光，吐出了一口气，缓缓举起一只手，"做好战斗准备，所有人，分成两个小组：一组下地包围目标，另一组负责空中截击！千万小心。对手非常强，单兵格斗没有人是他对手！记住昨天第十小队是怎样全军覆没的！"

"是，少将！"身后舱里传来整齐划一的回答，铁甲和长剑摩擦出冷锐的声音。

暗不见天日的古墓里，弥漫着潮湿阴冷的气息。

巨大的水藻从地底泉中冒出，疯狂地蔓延着，占据了这座墓室，散发出死亡和腐烂的味道。云焕就坐在这个幽冷诡异的古墓最深处，怔怔看着眼前死去的女子。

窸窸窣窣地，是周围那些巨大的水藻在蠕动攀爬，围着他严严实实地绕了几圈。水藻上无数双红色眼睛盯着他，那些寄生其上的红藫发出明灭的光，映得石墓一片触目惊心的血红。然而，云焕却只是垂目而坐，丝毫不管周围那些蠢蠢欲动的怪物。

方才一轮绞杀，这些幽灵红藻没有沾到丝毫好处，反而被云焕疯了一样的剑气绞得支离破碎——所以在云焕颓然坐倒在石地上后，那些红色的眼睛一时也不敢再进逼，只是逡巡地注视着，寻找着这个人的弱点。

墓中不知时日过，这样静默地对峙，不知道过去了多长时间。

然而沧流帝国的少将居然丝毫感觉不到时间的流逝，也顾不上去想敌人去了哪里、如意珠如果丢失了如何回京复命——第一眼，他就确认了眼前女子的死亡。他的表情是空茫的，仿佛一刹那除了眼睛还能看到，其他所有五蕴六识都被封闭。

那个被幽灵红藻吞噬的人就在不远处，然而近在咫尺，他却失去了上前查看的勇气。

不知过去了几日几夜。长久的对峙，最终忍不住的还是巨大的水底怪物，慢慢蠕动着，所有红色的蘑菇慢慢长大，伞下的孢子成熟了。

感知到了危险的进逼，插在他身侧石地上的光剑忽然鸣动。

云焕看了一眼那把光剑，眼眸里陡然有刺痛的表情，迅速移开了眼睛——没有变化。银白色的剑柄上，师父亲手刻上去的“焕”字依然在，然而却并没有出现师门中所说的先代剑圣亡故后的“传承”现象！

也就是说，师门和师父，最终并没有承认他这个弟子。

师父……师父。虽然你至死都丝毫不怨恨我，却最后做出了将我逐出门墙的决定？即使从私心里，你完全原谅了我“弑师”的行为；可从先代剑圣的角度，你却认为我终归不配拿起这把剑圣之剑！你……其实对我非常失望——是不是？是不是！你认为我不配当剑圣，不配当你的弟子，更不配传承你的技艺？

不错。一个负恩反噬、不择手段、背信弃义的冰夷狼子，怎么配接过空桑的剑圣之剑！

“不是我……不是我！”那个瞬间，再也控制不住内心的愤怒、悲哀和绝望，少将的手用力砸在石地上，在静默中猛然爆发出了哭喊。那狼嚎般的嘶喊和刹那间涌出的骇人杀气，让周围正准备再度发起袭击的巨大水藻起了恐惧的战栗，蠕动着后退。

幽灵红藻最密集的地方，一袭白衣静静地坐在轮椅上，头微微侧向一边，似已睡去。

“不是我做的！不是我！”云焕不顾一切地涉水冲到了轮椅前，伸手，却终归不敢触碰那静默睡去的人，颓然跪倒在轮椅前的水池里，哽咽，“真的不是我做的……不是我。师父您错怪我了……您听我说。听我说！”

这一生，他最恨的就是别人的轻蔑和冤屈。对于轻贱和污蔑，他会断然不择手段地还击；对于冤屈和指责，更多时候他只是冷笑置之——只要他够强大，就根本不需要用言辞解释任何事情，他只要大步地向上走就够了，所有的龌龊都会被踩踏在脚下。

然而，如今他却被自己一生最重视的人错怪——而且，永远不会再有解释的机会。就算他再如何竭力辩解，师父她再也无法听见，再也无法知道了！

那个瞬间的绝望和悲哀压过一切。仿佛陡然回到了八岁那年的沙漠地窖里，他不再是醉卧美人膝、醒握杀人权的帝国少将，只是一个濒死的、得不到任何援助的孩童人质。在黑暗中挣扎、哭泣着呼救，企图从灭顶的绝望和恐惧中挣出头来。

然而，那个唯一会救他的人，永远也不会再来。

他终究还是被独自遗弃在了黑暗里。

“不是我……不是我。”声嘶力竭的分辩终于低了下去，云焕跪在泉水里，吻着散落漂浮在水面上的白色衣袂，喃喃低语，“师父，你错怪我了……错怪我了。”

慕湮静静地坐在轮椅里，被巨大的水藻缠绕着，停栖于石墓最深处的地下泉涌出处，白衣在泉水中轻轻拂动。她已然永远地睡去——白衣下的肌肤透出诡异的苍白，伴着点点隐约的红：那是幽灵红藫的孢子，在她体内迅速地寄生和繁衍开来。

周围的水藻在不怀好意地暗中蠕动，在云焕一刹那的失神中，将包围圈缩得更小。水藻上那些红色的眼睛更红了，仿佛要滴出血来。其实，是那些惧怕阳光的红藫已经在黑暗中迅速生长成熟，准备释放出更多的飞雾状的孢子，寄生到人的血肉上。

然而，不仅惧怕着这个军人手中的无形光剑，还有云焕手心一直紧握的那一粒珍珠状药丸，也是让号称“水中毒龙”的幽灵红藫退缩的原因——那，确实是真正的解药。然而送来的时间太晚，中了毒的女子已经死去，身体里也蓄满了毒素，成为水藻新的温床。

不知道迟疑了多久，他终于抬起手，想要去触及那个轮椅上的人。然而，只听轻轻“咔嚓”一声响，在云焕轻触到那只苍白手指的一刹那，肌肤裂开了，无数细小的红色裂纹透了出来，冰裂般蜿蜒上去，瞬间就蔓延到了手肘！

“师父！”一刹那，看到这般可怖的景象，云焕陡然失声惊呼。

白玉雕塑一样的女子，转瞬变成了布满淡红色裂纹的大理石像，那些裂纹还在继续蜿蜒、扩大，皮肤下有什么东西起伏着要分裂出来，挣脱这个束缚的茧。

“师父！”明白即将出现什么样的裂变，云焕骇然，却不退反进，闪电般伸出手去。

“嚓！”一抹极淡极淡的红色粉末陡然从裂纹中弹了出来，迎面罩向他，然而云焕不避不闪，手指迅捷地探出，将那粒珍珠状的解药纳入慕湮口中——“刺啦”一声轻响，仿佛有无形的红色烟雾从死去的女子身上腾出，蒸发在黑色的墓室内！

所有正在蔓延的裂痕刹那间都停止了，肌肤下的涌动瞬间平复。

所有寄生在慕湮身体里的红薄，一瞬间全部死亡在了这个已经死去的躯体内，凝固成永恒。被解药的药性震慑，那些扑上来想分食血肉的藻类发出了惊怖的刺耳声音，齐刷刷往后退了一大圈，让出了水池中心的空间。

然而，那一刹那云焕终归没有成功地避开那一阵裂体而出的红雾，几粒红薄的孢子落到了他手臂上，迅速便贴入了肌肉，蔓延开来。

想都不想地，光剑平削，一片血肉飞溅出去。

云焕来不及包扎伤口，拄剑喘息着，先去查看师父的遗体可有损坏——然而颤抖的手指触及的，却并非是柔软的肌肤，而是岩石般冷而坚硬的质感！经过体内菌类那一场畸变，肌体产生了令人诧异的改变：红痕如同细细的网，笼罩着白玉般的女子坐像，令柔软的肌肤瞬间石化，犹如坚硬的玉石，整个人看上去宛如带着冰裂纹的石雕。

白衣女子静静坐在轮椅上，停栖在地下幽泉中央，漆黑的长发垂下来，和白色的衣袂一起散落漂浮在水面上。半合的淡色唇间透出口含的淡淡珠光，映照着宁静清丽的脸，宛如沉睡未醒。

“师父……”抬头看着轮椅上那个死去的人，少将喃喃低语。那一瞬间，仿佛再度感觉到强烈的安定人心的力量，云焕的情绪忽然间平复下去，抬起头来注视着女剑圣的脸，轻声道：“我知道你还是会听得见、看得见——你们空桑人相信人是有魂魄的，死了以后魂魄并不会消散，而是会去往彼岸转生，是不是？师父，你现在一定能听到我说话……是的，你错怪我了……我这就去找出真凶来，为你报仇！”

最后四个字吐出的时候，仿佛利剑一节节在冷铁上拖过，低哑的声音惊得那些水藻又一阵蠕动。仿佛终于感觉到了面前这个军人的可怕，长时间的对峙后，赤水里寄居的幽灵红藫最终放弃了捕获这个食物的企图，缓缓往水底缩去。

然而，就在刹那间，雪亮的剑光纵横而起，划破了墓室的黑暗。

“畜生，敢对我师父不敬，还想活？”一剑斩断了主茎，看着断口里流出惨绿色汁液，云焕切齿冷笑，手却丝毫不停，一剑剑将那个四处攀爬的巨大怪物斩得粉碎。杀气再也控制不住地从帝国少将眼里弥漫出来，仿佛疯了般挥动着光剑，一路从内室斩到外室，将所有蔓延的水藻连根砍断！

绿色的脓汁和血红色的眼睛漫天飞溅，发出令人作呕的腐败气息。

“哎呀！”黑暗中，忽然有人惊呼了一声——还有人进了这座古墓？云焕眼睛刹那间一寒，想也不想，挥剑斩去。

“叮”的一声，对方居然格住了他一剑！

“云焕！”在第二剑刺来之前，来人大声叫出了他的名字，同时握着断裂的长剑急速后退，避开当胸刺来的光剑，“是我！”

闪电在一瞬间凝定，云焕的眼睛在暗夜里闪着冷光：“南昭？”

寂静中，“咔嚓”一声，是铁甲碎裂落地的声音。来人身法虽快，瞬间已经后退到了石壁上，却依然没有完全避过少将第二剑的追击，胸甲尽碎。暗夜里，那个声音迟缓了片刻才响起，带着苦笑：“果然……果然是‘擅入者杀’吗……咳咳，咳咳。”

“南昭！”听出了对方语气里的不对，云焕微微变了脸色，迅速在黑夜里探手出去，按住了对方破裂胸甲后的胸膛——有温热的血，从伤口处涌出。

“你……你也有收不住手的时候啊……”南昭却是无所谓地调侃着，将断剑扔在黑暗里，挣扎着想直起身来，“难道是喝醉了？躲在古墓里喝了整整三天酒？害得我……害得我实在是忍不住，要进来看看……你是不是死在里面了……”

“南昭。”黑暗中听到那样的话，云焕沉默下去，用力握紧了光剑。没有人看得到少将的脸在黑暗里发生了改变：毕竟，如今这个古墓和八岁那年的地窖还是不同的——并不是如昔年那样腐烂在地下都不会有人关注，至少，现下还有人不顾生死地记得他。

“快包扎一下。”他从身上解下备用的绑带递过去，催促着受伤的同僚。

“哦……咦？你……你也受伤了？”南昭捂着伤口慢慢走近，拿过绑带的时候触及了云焕臂上的伤，惊问。

“小伤而已。”云焕淡然回答，然而手臂上方才被自己削掉血肉的地方却剧烈疼痛起来，让他不得不将剑换到了左手上——因为这个原因，再加上情绪的失控，方才才会一时收手不及误伤了南昭吧？

“你……你在这里干吗……不是说有个鲛人，和你一起进去吗？”伤应该很重，南昭吸着气，却还装出若无其事的样子继续问，“如意珠……如意珠如何了？”

“被拿走了。”云焕冷然回答，用受伤的手指打了个结，“不过，我一定会追回来——我认出了他是谁。他逃不掉。”

那样肯定决然的语气，让南昭身子微微一震，不自禁地点头：“你向来说到做到。”顿了片刻，有些不可思议地，南昭脱口道：“逃了？不可能啊，外面那么多小子看守着！怎么可能逃掉？就算逃了，所有关隘上都布有重兵，怎么可能让几个鲛人逃脱！”

“地图不完整。”云焕绑好绷带，试了试松紧，忽然冷笑，“我真是太大意了。”

“怎么？”南昭惊问，“你标注的那份地图已经详尽得不得了了，没有错漏一处！”

“错。”沧流帝国的少将抬起头，眼睛在黑暗里亮如军刀，缓缓一字一字，“地图根本就没有用……南昭，我真是愚蠢。鲛人，根本是不可能穿过沙漠到这里来的。”

“什么？”南昭陡然一惊，隐约明白了什么，“你是说……”

“我们要看的，是水文分布图！”云焕截然说道，扶着同僚起身，“那些鲛人是通过地底水脉来去的，根本不是从陆路来！我们在所有地上把守的重兵，对他们来说根本没有用！回去，立刻给我看博古尔沙漠和附近村寨绿洲的水文分布图。他们逃不掉的……别以为困了我三天，就能逃出去！”

“是啊……”恍然大悟般，南昭喃喃叹息，“你真是聪明……连这个都被你想到了。”

“快走，现在我们要跟他们抢时间！”云焕将手托在南昭腋下，将这个受伤的同僚扶起，向石墓门口走去，“立刻飞鸽传书给助手瀚海驿的齐灵将军，要他关上赤水入镜湖的大闸！同时，各个大漠坎儿井、水渠，都必须——”

“咳咳！”忽然间，南昭剧烈咳嗽起来，捂着伤口弯下腰去。

“怎么？”看到同僚的苦痛，云焕中止了思路，急忙弯下腰去探询，扶住他的腰，“我那一剑怎么伤得你如此厉害？快让我看看……”

黑暗中，南昭仿佛忍着苦痛般抓紧了他的手，似乎想要借势直起身来。

然而，忽然云焕感觉自己的手臂被反扣压下！那一瞬，伤口剧烈的疼痛让他半身麻痹，就在那一刹那，南昭一手紧扣了少将的双手，迅捷无比地直起腰来，另一只手上寒光闪动，眨眼便掏出一把匕首，噗的一声刺入云焕腹中！

猝不及防出手，在用尽全力一刺后南昭迅速后退，离开一丈，借着垂死蜿蜒的巨大水藻的红光，看云焕捂着伤口，踉跄着扶墙慢慢跪倒在地上。然而，破军少将的眼睛一瞬不瞬地看着南昭，冰蓝色的眸子里尖锐而冰冷，没有任何表情。

那种没有任何表情的表情，却带着无形的压迫力，让原本一击得手后就要离去的南昭站住了脚步。暗夜里，其实没有受伤的人全身微微颤抖，镇野军团将军嘴唇哆嗦着，忽然冲口：“是他们逼我的！我非杀你不可……非杀你不可。不然……”

“你杀我，巫彭元帅就杀你全家。”腹中的剧痛让全身都冰冷，然而云焕低声冷笑起来，“巫朗到底用什么收买了你？你连全家的命都不顾了？”

“你以为巫朗大人是好相与的？他和巫彭元帅斗了那么多年，会这样容易就让元帅控制住我在帝都的家人？”南昭因为紧张和激动而双手微微颤抖，时刻提防着云焕的反击，“错了！什么家人？帝都我府上那些‘家人’全是假的！在我不得已投入国务大臣这边的时候，我所有家人早就被巫朗接走，软禁在秘密的地方了。那个帝都的府第是装给人看的……你知道吗？”

云焕霍然抬头，看着南昭，一时间没有话可说。

多年来，十大门阀连番剧斗，更垄断了一切上层权力——像南昭这样平民出身的军人，即使在演武堂里拿到了优秀的成绩，依然无法在军队里冒出头来。如果不是投靠了国务大臣一派，如何能在三十多岁就做到少将的地步？而以巫朗的心机手段，又怎么会放过他的家人？

他想要站起来，却发现中了那一刀后，全身肌肉居然瞬间酸软无力。

“不要动。刀上有毒，”南昭看着同僚的努力，低声，“你越使力，毒发得越快。”

“从一开始，你就要杀我？”云焕咬牙，低声问。

南昭退到了高窗底下，看着外面的夜色，粗犷的脸上忽然有惨厉的笑容：“是！巫朗大人只是指示：无论如何不能让你拿回如意珠立功。可在你拿出双头金翅鸟令符，趾高气扬地颁布指令的时候，在我接到巫彭元帅那封威胁信的时候，我就想，我一定要杀了你！我一定要杀了你……然后，拿着如意珠回京，再站到你空出来的位置上去。”

云焕想站起来，然而终于还是无力地跪下，沉默了一下，忽然冷笑：“现在想起来……幸亏我没喝那碗野姜汤，是吧？那夜你听说我醉了，本来就想趁机杀我——后来发现我醒着，硬拼只怕没有胜算，就转头回去，端了毒药给我！”

“是。”南昭干脆地承认，“我没想到无意提了一下飞廉，你就把药碗给扔了。”

“呵，呵……所以你再等。可我全面接管了空寂大营，对你又疏离，你一时无机可乘。后来，你听说我和鲛人复国军进了这个古墓，整整三天没动静，你估计我们两败俱伤——所以就冒险进来看看能否趁机捡个便宜，是吧？这样，你杀了我，回头还可以对外说我是和复国军交手中战死的。”倒抽着冷气，云焕一句句反问，低声咬牙，“南昭，你就那么恨我？非要置我于死地？”

“虽然我是很嫉妒你——你小子命太好了！同时出科，同样是平民，你却发迹得那么快。”南昭的声音却是冷定，隐隐冷酷，“但为了这个我不会杀你。我只是不得已——不是你死，就是我家人死。”

暗夜里，镇野军团将军忽然发出了低沉的冷笑：“你不是问过我？问我如果为了家人，叛国干不干？现在老子告诉你，我干！为什么不干？他妈的这个国家对我有什么好处？老子在这鸟不生蛋的地方拼死拼活，却一辈子要听帝都那群享乐的蛆号令！现在，只要过了这一关，将家人从巫朗那里接回来，我什么都干得出！”

“哦……”云焕忽然笑了笑，不说话。

原来，也是和他一样的叛国者？

“而且，两日前我接到帝都消息——圣女云焰冒犯智者，被褫夺头衔赶下了伽蓝白塔。”南昭冷笑起来，看着云焕震了一下，讥诮地继续，“云少将贻误军机，还是戴罪之身；云圣女却转眼被废黜……云家要倒了，帝都到处都那么说。以色事君，发迹得快，败亡得也快！”

“什么？那……那我姐姐她如何了？”云焕蓦然抬头，急问，“她怎么样？”

“巫真云烛？”南昭怔了一下，缓缓回答，“她不顾禁令，冒犯了智者大人。冲入伽蓝神殿后，一连三日不曾出来——也不知道能否再出来。”

“什么？”捂着伤口的云焕蓦然站起，再也按捺不住地一扬手！一丈开外的南昭早有准备，云焕身形才动，他足下发力，已经跃往高窗方向。

然而，一掠三尺后，他发现自己再也无法掠高一寸。

云焕依然站在一丈外没有动，然而他手中的剑忽然发出了雪亮的长芒！光剑的剑芒在一瞬间吞吐而出，直刺半空中的南昭，透过他的胸腹，将掠高的人钉在了石墓的墙壁上！

“你要我死，我就杀你。”云焕一手拔掉了刺入腹中的匕首，扶着墙，另一手握剑，挣扎着站起来，嘴角噙着狠厉的冷笑。看着半空中因为痛苦而抽搐的同僚，他慢慢揭开被匕首刺破的战甲——贴着身，有一层银白色细软的织物。虽然外面战甲被刺了个大洞，可这层薄而软的衣服，却只被割破了一线。

鲛绡战衣！

那个瞬间，南昭嘴里想惊呼那几个字，却已经说不出话。那是鲛人所织的绡混合着秘银丝编织而成——征天军团高层的将军应该都配有这种贴身软甲，但以云焕的品级，却尚未到可以配备这种战衣的时候。

“是。这就是在演武堂里教官说过的‘鲛绡战衣’，巫彭元帅秘密破例赐给我的。”云焕冷冷低声，“你有生之年可算是见到了？没有它，我就死在你手里了。”

语声中，少将忽然转过手腕，唰唰连续几剑。

光剑从南昭身体里斜穿而出，劈开整个身体。惨呼声中，高大的身体从半空掉落地面，血如同瀑布从开裂的躯体涌出，而残肢尚自挣扎不休。

“你，还有什么话说？”云焕的眼睛却是冷定如铁，上去一脚踩住了南昭的肩膀，将光剑对准了同僚的顶心。这是他在战场上的杀人习惯——必须要砍下对方的头颅，来确定对手的死亡。

南昭粗糙的脸因为痛苦而扭曲，嘴唇翕动着，含糊说了几个字。

“放过我妻儿。”那样含糊的语句，云焕却听出来了。冷笑不自禁地从嘴角沁出，蠢材啊……这个世上，每次斗争的失败，都不可能不株连旁人。我在帝都的家人正处于灭顶之难中，你的家人，凭什么就能幸免呢？！

少将握剑恶笑起来，脚下忽然用力，“咔嚓”一声踩碎了同僚的肩骨：“好，一场同窗，回头我一定将嫂子他们送来和你团聚！”

剑光如冷电划破暗夜，“刺啦”一声，是血喷薄而出的响声。

被斩下的头颅飞了出去，咕咚一声落在黑暗的某一处。

一切都寂静下去了，云焕拄着剑站在黑暗的古墓里，感觉脚下尸体涌出的血慢慢浸没他的脚背，嘴角的笑意却慢慢消失了：三妹被黜，姐姐至今生死不明，自己又丢失了如意珠——云家，真的要倒了吗？

其实也无所谓……现在什么都无所谓了。云焰做回普通人更好，至于家族那些其余的亲戚，本来就是依附着他们三姐弟而白白获取荣华富贵罢了。但无论如何，姐姐不可以有事……师父已经死了，姐姐不可以再有事！无论如何他都要返回伽蓝城去，扭转目前的局面。

然而方要举步，陡然感觉麻木已经从腰间蔓延到了膝盖，双腿竟似石化般沉重。

这……是木提香的毒？云焕霍然一惊，摸到了腰间那一道伤——割破鲛绡战衣后，南昭那一刀在他肌肤上拖出了一道浅浅的伤。浅得甚至没有渗出血。然而他知道，已经有无数的毒素渗入了割破的肌体里。在麻木感没有进一步蔓延前，他的手迅速地封住了腰间的血脉和穴道，翻动着自己的衣襟寻找药物——然而他立刻想起来：所有的药物，都在湘身上。在征天军团里，鲛人傀儡负责操控机械和看护主人的任务。

微亮的天光从高窗里透入，云焕压着体内的不适，拖着脚步走近地上南昭的尸体，弯下腰去翻检死人身上的物件。同僚渐渐冰冷的血染满了他的手，少将的眼睛却是冷灰色的，不放过丝毫可能。然而，除了翻出的一些杂物，没有找到解药。

麻木蔓延得很快，云焕发现自己连拖动双脚都已不可能。他急急封了穴道，然而手指接触到的地方、最后第二根肋骨处，都已经麻木得如击败革！

云焕想召唤墓外的属下过来，然而呼吸都慢慢变得轻而浅，根本无法吐气发声。腰部以下已经完全没有知觉，他用双臂支持着身体的重量，竭力往石墓门口爬去——黑暗中，神志陡然一阵恍惚：多少年了？多少年前，自己也曾这样竭尽全力挣扎在生死边界？濒临绝境，却没有任何救援，黑暗仿佛可以把人连着身心吞噬。

可这一次，唯一会来带他出死境的人，是再也不会来了……

一念及此，支撑着他爬向墓门的那股烈气陡然消散。体力枯竭的速度远远超出想象，只不过稍微用力，那阵麻木居然迅速扩散开来，逼近心脏！他不敢再度用力，颓然松开了手，靠着冰冷潮湿的石壁坐下。

“南昭，你真他妈的浑蛋！”渐渐亮起来的古墓内，云焕忽然烦躁起来，眼里发出了恶光，喃喃咒骂着，用力将光剑对着无头尸体扔过去——嚓的一声，雪亮的光剑刺穿了血污狼藉的尸体，钉在地上。杂物中一张薄薄的纸片飞了起来，落在云焕眼前。

借着高窗透入的黎明天光，垂死的军人用染满血的手捉住了那张纸。

两位白发萧萧的老人，一个雍容华丽的妇女，三个虎头虎脑的孩子，以及后排居中的戎装佩剑剽悍军人——这一幅微型小像栩栩如生，应该是帝都有名画匠的手笔。妇人脸上的红晕、孩子眼里顽皮的光彩，以及戎装男子镇野军团的服饰都画得细致入微。右下方有细细一行字：“沧流历八十七年六月初一，与琴携子驰、弥、恒，侍父母于帝都造像。愿合家幸福，早日团聚。”

云焕定定地看着这张染血的小像，捏着纸片的手挪开了一点——刚才他拿的时候按住了南昭的头，此刻移开，纸上便留下了一个清晰的血手印。

“合家幸福，早日团聚……”喃喃重复着最后几个字，云焕唇角露出一丝奇异的笑，看向那具血肉模糊的尸体，原本眼里凶狠暴戾的气息忽然消散。只觉指尖也开始麻木，手不自禁地一松，他失去了知觉。

不知过了多久，尖利的刺痛将他刺醒。

眼睛沉重得无法睁开，然而耳朵边上有什么急切地咻咻嗅着，细小的牙齿噬咬着他肩膀上各处穴道，似在努力将他唤醒。他睁开眼睛，看到的是毛茸茸的小脑袋和漆黑的兽类眼睛。

蓝狐伏在他肩头，抬起染满血的嘴巴，凑过来嗅了嗅他，发出欢喜的呜呜声。

“小……小蓝啊。”没有料到这只师父养大的沙狐此刻再度返回，云焕眼睛里不知是欢喜还是苦笑，费力吐出几个字，却发现胸口都已经僵化，呼吸变得非常困难。小蓝漆黑的眸子里蓦然滑落晶莹的泪水，凑过头蹭着他冰冷双颊，发出急切的哀叫——小蓝应该是回来看望师父，却发现了古墓里奄奄一息的自己，拼命将他叫醒。

小蓝的头在眼前晃动，云焕恍惚中发现狐狸毛梢已经隐隐苍白——陪伴了师父十几年，小蓝也已经老了……拖儿带女的，也不能经常陪在师父身边。合家幸福……呵呵。

云焕从胸臆中吐出一口气，唇角泛起嘲讽的笑意：没想到自己就这样死在了这里——死在被政敌操纵的昔日好友刀下！甚至连回到内室再看师父一眼的力气都没有，只有一只苍老的蓝狐看着他死去。

“呜，呜……”在云焕神志再度涣散的一刹那，小蓝更加急切地咬着他的肩膀。

“想……说什么？”云焕苦笑地看着这只急切的小兽，然而无论它如何焦急，都无法说出一句人话吧？在这最后的时刻，这只陪伴了师父多年的蓝狐，究竟想对他说什么？

小蓝从他肩头蹿下，闪电般没入黑暗里。

然后，古墓暗角里传出了刺啦刺啦的拖地声，仿佛是小蓝拉着什么东西往这边过来。外面已经大亮，云焕靠在窗下，诧异地看着那只小兽用牙齿咬着一只锦囊，吃力地从师父的房间里一步一步拖出来。

“啪”，将锦囊拉到云焕面前，小蓝趴在地下微微喘息，用黑色的眼睛看着云焕。毕竟已经老了，这只蓝狐早非当年所见的精灵迅捷。

“怎么？”云焕看着那只被它拖出来的锦囊，认得那是师父贴身收藏的东西，不由诧异。

显然是做过好多次，驾轻就熟，小蓝用尖尖的嘴拱开了锦囊的搭扣，叼出其中一只扁平的碧玉盒子，用牙齿伶俐地咬开，放在地上。然后就蹲在旁边，直直看着云焕的眼睛，等待他的反应。

“啊？”在那只碧玉盒子打开的一刹那，云焕低迷的神志陡然一清，脱口低呼——盒中整整齐齐的七排，都是各色各样的药丸，分门别类地排在那里，异香扑鼻而来。他只是一看，便认出其中分了解毒、祛病、宁神、调息诸多种类，名贵异常。

那，竟是师父生前常用的药囊！

小蓝歪着头看了云焕半日，不见他回答，自顾自探过头去叼了一枚金色的药丸出来，放在地上，再看看他——显然，那是师父以前每次昏迷过后经常服用的药。

云焕这才回过神来，微微摇头，表示不对。小蓝立刻探头，再度叼了一颗红色的药。

如是者三，在小蓝叼起一粒黑丸的时候，云焕微微点了一下头。蓝狐欢呼一声蹿上了他肩头，湿润的小鼻子凑上来，将叼着的药丸喂给他。然后就蹲在肩甲上，眼睛一眨不眨地看着他的脸色是否好转。

云焕闭目运气，将药力化解开来。这是黑灵丹——虽然不是解南昭刀上之毒的确切解药，却能缓解一切植物提炼出的毒性。

麻木慢慢减轻，睁开眼睛的时候，他看到小蓝黑豆似的眼睛看着自己。

那一刹那，终于可以动了的少将抬起手来，轻轻抚摩肩上蹲着的蓝狐，忽然间不能说一句话——脚下还伏着昔日同窗的尸体，湘背叛，潇战死，最里面的暗室里，师父已经成为僵冷的石像……血污狼藉，染过这座本该远离尘嚣的古墓。

他扶着墙壁踉跄站起，俯身拔起南昭尸身上的光剑，轻轻将那一张小像放到了尸身上。

师父死了。所有人都想杀他，所有人都要云家死。在这个世上，他没有一个盟友，此后在暗夜里孤身前行，更要时刻提防着背叛和反噬。浮世肮脏，人心险诈，如今他除了小蓝，竟再也没有谁可以相信！

来到石墓最深处，他看到小蓝费尽力气拖着那只锦囊，涉水奔到了慕湮轮椅上——以为主人只是和以往一样昏迷过去，便拼命地叫唤着去噬咬慕湮的肩井穴，想把她叫醒服药。然而冰冷僵硬的人宛如石像，再也无法回答蓝狐的呼唤。小蓝不顾一切地叫着，用牙齿焦急地噬咬着石像，一直到尖齿折断在石化的女子肩头。

流着满口的血，蓝狐似乎呆了，怔怔地看着沉睡的女子，确定主人再也不理睬自己后，祈求似的转过眼睛，看向站在水池旁的云焕。满以为这个年轻人可以帮上自己，让主人如同昔日一样从沉睡中醒来，展露笑颜。

沧流帝国的少将涉水而来，只是木然地俯下身，从水池里捞出南昭沉浮着的人头，远远扔出去——然而血已经污了池水，弥漫开来，白衣也染上了淡淡的猩红。那本来该是一尘不染的白衣，却被他所带来的腥风血雨污染——那是肮脏浮世的倒影。

那一刹那，似乎力气用尽，云焕踉跄着跪倒在地底涌出的血色幽泉中，蓦然发出了一声低哑的嘶喊。蓝狐惊得一颤，从慕湮肩头落下。

第一声无法抑止的悲号之后，他立即将头埋入水下，让冰冷的、带着腥味的泉水来冷却自己滚烫的脸颊，浑身控制不住地颤抖——自看到师父遗体起，变乱迭出，几次生死交错，目不暇接。直至此刻，心中积聚的哀恸绝望才排山倒海而来。云焕颤抖着跪倒在水里，不敢直起腰。因为他在流泪。

哪怕八岁那年垂死中看到地窖打开的一刹那，他都不曾流过泪。此后的岁月里更加不曾。就算现在，他也不想让师父看到自己这般样子。然而此刻所余的力气，却只够埋头入水，让地底涌出的冷泉化去眼中不停涌出的泪水。

古墓阴暗而潮湿，云焕在水中嘶喊，只见水波荡漾，寂静的石墓里却毫无声息。而这无声的长恸却一声声都逆向深心而去，将心割得支离破碎——君生我未生，我生君已老。隔了百年的光阴，万里的迢递，浮世肮脏，人心险诈。割裂了生和死，到哪里再去寻找那一袭纯白如羽的华衣和那张莲花般的素颜？

弥漫着血腥味的冷泉不断上涌，将云焕滚烫的脸颊冷却，渐渐冷到了心里。

第八章

屠城

第三日黄昏，包围监视着这座古墓的镇野军团战士都已经有了些许的烦躁：帝都来的少将进入墓中已经很久，丝毫没有消息，也不见有人出来——甚至连进去查看的南昭将军都毫无消息。

到底里面出了什么事？如果云少将一直不解除命令，难道就要继续等下去？

然而沧流军队里有着铁一样的纪律——何况负责监视石墓的，还是镇野军团西方军中最优秀的一支。曾在五十年前征剿霍图部时，这支空寂大营的第六小队立下了赫赫战功，被巫彭元帅封为“沙漠之狼”。长时间的暴晒和等待后，奉令监视的军队还是一丝不苟地埋伏在古墓外的石头旷野里，透过丛生的红棘，分批监视着紧闭的古墓。

“怎么搞的，云少将和南昭将军都还没动静？”副将宣武已经是第九次从空寂城大营赶来，在原地不停来回，“不会出什么事吧？帝都的风隼刚带来了一道密令，要求第一时间转交给云少将——现在可怎么通知他？”

“宣老四，别走来走去晃得人眼晕了，”带队的队长狼朗却一直沉得住气，一拉宣武让他伏倒在红棘背后，“快趴下，别站在那里让人看见。”

大漠落日下的沙砾炽热如火，宣武一趴下，立刻如一尾入了油锅的鱼一样直跳起来：“我的妈呀，烫死我了！”

“别跳！”狼朗一把按住了宣武，把他的头摁回红棘背后，低声骂，“奶奶的，宣老四你是不是做监军做久了，变成细皮嫩肉的娘儿们了？”

“放手，放手！狼狼你要烫死我？！”瘦瘦的宣武副将被按到冒着热气的沙地上，“你的皮那么厚，都不觉得烫？我回后面的帐里去！”

“就让你老实回后头待着，别来前面凑热闹！”狼朗放开了手，古铜色的手臂按到了沙砾上，眼睛却是一眨不眨地盯着紧闭的墓门，“云少将一出来我就通知你。你去后面休息吧。”

顿了顿，镇野军团的队长回过头，纠正：“是狼朗，不是‘狼狼’！别每次都要老子纠正！”

回头发怒的时候，队长脸上的表情凶狠如狼。虽然是纯正的冰族人，然而在这片博古尔大漠里驻守了那么多年，冰族苍白的肌肤早已晒成了古铜色，淡金色的头发在风沙里枯涩无光——再也不同于帝都里那些发如黄金、肌肤苍白的门阀贵族。

“好，好，狼朗，狼朗。”宣武副将却是有些怕这个职位在他之下的队长，连连赔笑着后退，回到远处轮值休息的那一队士兵中，吐了口气颓然坐下。

“宣副将！”刚坐下鼻中便闻到了肉香，耳畔有士兵招呼，“要不要一起吃点？下午打的沙狐，刚剥皮烧好，嫩得流油呢。”

“好。”宣武口里应着，眼睛却一直不肯离开古墓，随手拿起了铁丝上串的烤肉。

然而刚刚咬了一口，风里却传来了悠缓的声音。宣武一跃而起——那是石门打开的声音！三天三夜的等待之后，进入古墓的云少将终于出来了！

狼朗冰蓝色的眼睛盯着那个霍然打开的石门——云少将是和鲛人一起进入古墓的，而南昭将军也是一去杳无消息，如今不知道是什么情况。

他没有像宣武那样喜形于色，只是默不作声地举起了一只手，所有沙漠之狼的战士匍匐在红棘和乱石背后，将弓悄无声息地拉到了最大。利箭在暮色里闪着冷光，对准了那个缓缓打开的石墓大门。

一具血污狼藉的尸体出现在门口，从服饰上判断，赫然是白日里进去的南昭将军！

狼朗的手握紧了炽热的黄沙，几乎要脱口下令放箭！

然而紧接着出现在墓门口的，却是身穿银黑两色军服的沧流少将——三日不见，云焕的脸色苍白而疲惫，一手拖着同僚的尸体，另一手拎着断裂的头颅，踏上了古墓的石阶。对着远处埋伏的沧流军队缓缓举起了手，做了一个解除防备的手势。

然后仿佛力气不够般，他脱手放下了拖着的尸体，坐倒在石阶上，石门轰隆关闭。

四周的军队同时放下了手上的兵器，宣武副将和狼朗队长在片刻的震惊之后，从隐身处奔出疾步走向云焕，急于知道到底出现了什么样的惊人变化。

看到那些军人走近，蓝狐陡然发出了一阵战栗，躲到云焕身后。

“怎么？”染着满手的血，云焕看着走近的同僚，一把抱起了蓝狐，揣在怀里，“不用怕，有我在，以后你带着那群狐子狐孙横行大漠，都不会有人敢如何。”

然而小蓝发出了低低的哀叫，漆黑的眼睛盯着前来的一行战士，身子不停颤抖，后腿用力踹着云焕的手，想从他怀里挣脱。

“怎么？要去找你的孙子孙女吗？”云焕略微诧异，带着几分疲惫望着这只小兽，却不想放手：师父死去之后，唯一能让他回忆起昔日温暖的便只有这只苍老的狐狸了。他抚摩着蓝狐，陡然感觉到小蓝的腹下有一道伤——温润的血渗透了皮毛。

“谁伤了你？”云焕下意识地一松手，小蓝闪电般蹿了出去，直扑一队军士。

“小蓝！”顾不上围上来待命的士卒，云焕站起身来，跟着蓝狐一掠而过，穿过丛生的红棘，向远处燃火休息的军士群中掠去。他不料苍老的小蓝还有如此惊人的速度，竟然和沙漠上飞翔的萨朗鹰一样迅猛！

在看到石墓打开少将出现的一刹那，篝火旁所有战士都站了起来，垂手待命。

那道蓝色的闪电直扑篝火旁几个战士而去，恶狠狠地咬向其中一个的手腕。“喀嚓”一声，腕骨断裂声中战士大声惨叫，手中拿着的肉串掉落在沙地上，拼命甩动着手，想把那只蓝狐甩脱。

小蓝一口咬断了那个军士的腕骨，想要把那只手咬下来，无奈牙齿折断后伤人力量不够了，军士疯狂地甩着手腕，立刻将它重重甩到地上。旁边几个同伴立刻抽出了军刀和匕首，向着袭击人的野兽逼去。

蓝狐趴在地上恶狠狠地盯着那一群逼近的军人，嘴里发出“嗬嗬”的低叫——那一瞬间，这只十几岁的衰老沙狐居然狠厉如狼，毫不畏惧地和沙漠上骁勇无敌的军队对峙！

蓝色的闪电穿行在人群中，一连抓咬了好几个士兵，终于被其中一个战士扼住了咽喉。蓝狐拼命挣扎，漆黑的眼里似乎要冒出火光来，扭头噬咬那个战士的手。然而牙断了，咬在护手上发出了清脆的声音。战士双手提住蓝狐的后腿，便要将这只咬人的畜生撕裂开来。

“叮”，一道白光敲击在那个战士的手臂上，一阵酸麻，手中便是一松。

掠过来立在场中的，是少将云焕。所有拔刀握剑的手立刻松开了，战士垂头退了开去，让出了中间的空地，静静等待上司的指令——沧流帝国是一个等级森严的国家，无论朝中还是军中，都是如此。

“小蓝！”云焕追上了那只忽然发疯咬人的蓝狐，一俯身就将它抱了起来，低斥。

记忆中，小蓝一直是安静乖巧的，蜷伏在师父臂弯间用漆黑的眼睛注视着他练剑习武，从来连叫都不曾大声——难道今日，是因为师父的去世刺激了它？

事务繁杂，时间紧迫。鲛人复国军从古墓里逃脱已经三天，再不赶快采取行动拦截便要逃出这片博古尔大漠——云焕来不及管这只小兽的事情，一手抱了蓝狐，便回身示意副将和队长上前。

“各位，复国军余党潜入大漠为患，南昭将军……”说到这里，他看了看正在被军士收敛的尸体，冰蓝色眼里有什么微弱光亮一闪，终归只是低声这样解释，“南昭将军力敌乱党，不幸身亡——我回帝都将禀告元帅，为其请功，封妻荫子。”

所有军士默然低头，将手中刀兵下垂指地，脸色黯然。南昭镇守空寂城多年，管理得法，善待部下，在所有将士中颇有声望。此刻将领蓦然去世，在战士心中激起了愤怒和仇恨。

“那些鲛人呢？逃了吗？”宣副将还没有说话，狼朗却忽然抢着问，“属下盯着墓门口，绝对没有一个鲛人逃出来！要不要进去搜一下？”

“那些复国军，是从古墓的地下水道逃走的。”云焕看了这个年纪相当的军人一眼，冷然回答。怀中的小兽还在不停挣扎，呜呜低叫着，眼里滚落两颗大大的泪珠。

云焕不耐烦地抚摸着它背上的毛，不明白小蓝忽然间为何如此暴躁。然而嘴里却是冷定地一字字吩咐下去："决不能让鲛人从水路逃走。传我命令，各处关隘看守的士兵，分出一半人马，前往沙漠中的泉水旁看守！令所有牧民汲满半月饮水，封闭一切坎儿井和水渠——看守泉水的将士，从库房领取毒药，给我即刻散入水中！我要让赤水变成一条毒河！"

"是。"狼朗的眼睛闪了一下，什么也没问地领了这个苛酷的命令。

蓝狐还在不安地挣扎，定定盯着火堆。云焕的手不知不觉地加力，将它摁住，眼睛落到了一边宣武副将身上，眼里忽然有一丝尖厉的冷笑："宣副将，南昭将军不幸殉国，眼下空寂城大营的一切军务，都暂时交由你打理——若是打理得好，回京述职之时我自会向元帅大人力荐你补缺。"

"多谢少将，属下一定竭尽全力，肝脑涂地！"宣武副将大喜过望，伏地领命。眼看多年的同僚死得如此凄惨，那张脸上却没有丝毫哀容，只有一片终于要出头的喜悦。

云焕唇角的笑意更淡了，摆摆手让他起来，吩咐："立刻修书，让最快的飞鹰传讯给赤水下游驻守的齐灵将军——令他立刻关闭大闸，不许一滴水流入镜湖！"

"是！"宣武只觉精神抖擞，也不觉得沙地炽热灼人了，伏在地上大声答应。

"你立刻回空寂城去，将所有水文地图带过来，我要仔细看看地下水脉的分布。"云焕一手握着蓝狐的前爪防止它走脱，一边吩咐。然而随着他和手下将士的交谈越多，小蓝的情绪便越烦躁，回头瞪着云焕的眼睛里居然隐约有刻骨的敌意和恨意。

"湘，右权使。呵，我倒要看看你们究竟有多少大本事……"云焕没有留心到小兽的神情变化，只是看着大漠尽头的落日，眉间杀气弥漫。忽然，他想起了什么，再度吩咐狼朗："立刻带人去曼尔戈部村寨苏萨哈鲁，监禁所有人！居然敢暗中支持复国军，夜袭空寂大营？他们和鲛人是一伙的……给我细细拷问出复国军的去向！"

“是。”狼朗领命，准备退下。

此时，走了几步的宣副将忽然想起了什么，回身拿出了一封信：“云少将，这是今日帝都用风隼带来的密信，要少将立刻拆阅！”

“帝都？”云焕一惊，认出了是巫彭元帅的笔记，陡然出了一身冷汗——难道……是姐姐和三妹真的有什么不测？

他再也顾不上怀中挣扎的蓝狐，腾出手去拆阅那封信，手竟然略微发抖。

“如意珠之事若何？尔当尽力，圆满返回，以堵朝堂众口。飞廉若截获‘皇天’，功在尔上，情势大不利。好自为之。”

信笺开头，是简短的问候和鼓励，然而云焕的目光急急搜索到了他需要的消息：

“令妹触怒智者，已服‘窃魂’，逐下白塔复为庶人。令姊连日陪伴智者身侧，足不出神殿，托言告汝：一切安好，勿念。”

一切安好，勿念……

最后几个字入眼，云焕长长松了口气，阴云笼罩的心陡然亮了一些。

巫彭元帅和姐姐大约是怕远在西荒执行任务的自己担心，才紧急寄来了这封密信吧？告诉他帝都的情况并不曾恶劣到如传言描述，好让他安心完成任务。

随手将信扔入篝火销毁，云焕转过头。那一刹那，他的眼睛陡然凝聚了——

火光明灭跳跃，舔着架子上放着的铁钩。钩上的鲜肉烤得嗞嗞作响，油滴了下来，香气四溢。而旁边的架子上悬着几张新剥好的狐皮，撑开来晾干，挖出扔掉的内脏团在底下。从他手中挣脱，苍老的蓝狐拖着脚步走到那一堆血肉模糊的东西旁边，嗅了嗅，转头看着这一群军人，眼神仇恨而冷漠。

“天！”那一瞬，他忍不住脱口惊呼。所有战士都诧异地看到少将脱口惊呼，向着烤肉架子踉跄走了几步，却停住，似乎畏惧着什么。

毛色已经发白的蓝狐蹲在一张张撑开的皮毛中间，定定地看着一群军人中的统帅，眼神陌生而充满了敌意。仿佛终于确认了云焕和那些人是一伙的，蓝狐低低呜咽了一声，漆黑的眼睛里滚落两滴大大的泪水。

“小蓝……小蓝！”云焕陡然间明白了小兽如此躁动愤怒的原因，那一刹那只觉被人当胸一击，不自禁地单膝跪倒在沙漠上，对着那只远远望着他的沙狐伸出手来，“事情不是这样的。小蓝，快过来。”

蓝狐冷漠警惕地望了戎装少将片刻，终于缓缓拖着脚步走过来。

“小蓝。”看着那一双兽类的眼睛，云焕只觉心里的恐惧胜于片刻之前，脱口低唤，满怀忐忑地看着蓝狐一步步走向他，眼里居然隐约有祈求的光，“到我这里来。”

蓝色的闪电忽然再度掠起！

在众位将士没有反应过来之前，这只狂性大发的沙狐蓦然蹿近，用尽全力一口咬在云焕颈中！然后在一片拉弓搭箭声中，扭头闪电般奔远。

“少将！少将！”宣副将吓了一大跳，“你没事吧？”

然而云焕的脸色之可怕，让宣副将所有献殷勤的话都冻结在舌尖上。

“谁干的？这些都是谁干的！”没有去管颈中那个流血的伤口，少将忽然咆哮起来，霍然回身盯着一干镇野军团战士，将那一些狐皮踢到地上，“他妈的都是谁干的！给我滚出来！混账，都给我滚出来！”

那样盛怒的咆哮让所有士兵噤若寒蝉，迟疑了片刻，终于有几个负责伙食的士兵战战兢兢地跨了一步出列，结结巴巴解释：“我们……我们猎杀了几只沙狐，想当作……”

“混账！”根本没有听属下解释，云焕在盛怒中拔剑。杀气弥漫了他的眼睛。根本不顾三七二十一，少将挥剑劈头就往那几个吓呆了的士兵身上砍去！

就这样夺去他最后仅剩的东西……该死！该死！这一群猪！

凌厉的白光迎头劈下，几个士兵根本没有想到要反抗，只是呆呆地看着剑光迎面而来——然而，“叮叮叮”三声，云焕只觉手腕一震，刹那间他的三剑都被人接住。

“少将，请住手。”格住云焕三剑的居然是狼朗，一连退开了几步，沙漠之狼的队长胸口也是血气翻涌，却将下属拉到了身后，定定地看着帝都来的少将，“请问我的下属士兵犯了什么律令？少将要这样格杀他们于当场？”

瞬间爆发出的杀气是惊人的，居然军中还有人能接住？

气息平复，云焕眼里的光冷酷而淡漠，傲然：“你没有诘问的权力，退下。”

“猎杀沙狐犯法吗？”狼朗却不顾一边拼命使眼色的宣副将，寸步不让地反问，握剑的虎口已经裂开流血，“没有人知道那沙狐是少将所养的……我的属下没有任何错误，我不能容许少将在我面前随便杀人！”

“好大的胆子。”云焕冷笑起来，“军中九戒十二律第二条：以下犯上者，死！”

“杀我，可以。但空寂大营镇野军团中，必然军心溃散！”狼朗并不退缩，注视着帝都少将杀气四溢的眼睛，低声，“在这种时候，我想少将并不会笨到自断臂膀的程度吧？”

长久地沉默。两个军人静默对峙，血色夕阳蓦然一跳，从大漠尽头消失。

沙风骤然冷了，如刀子般割裂人的肌肤。

“有胆识。”仿佛第一次注意到这个小队长，云焕唇角有了冰冷的笑意，“不怕死？”

“怕。但人命不是那么轻贱的。”狼朗平静地回答，松开了握剑的手，虎口的血流了满手——方才虽然格住了云焕杀气澎湃的三剑，他却已经竭尽全力，几乎已经握不住手里的剑，全靠着一股气才撑了下来。

“能接住我三剑，不简单。好，先放过你们几个。”云焕压下了眼中的杀气，对着惊呆了的士兵吩咐，然后下颔一扬，问，“你叫什么名字？”

“狼朗。”队长回答，镇定而迅速，“镇野军团空寂大营第六队队长。”

“沙漠之狼？”云焕微微点头，忽然一划手，将那几张大大小小的兽皮扔到了火里，眼里神色冰冷，“好吧，给我带着你的人，立刻去曼尔戈部村寨苏萨哈鲁抓罗诺族长和他两个女儿！他们包庇鲛人，一定知道复国军的去向，给我不惜一切拷问出来！”

“是！”仿佛丝毫没有记住方才剑拔弩张的交锋，狼朗只是屈膝断然领命，然后挥手带着属下大步离开。云焕静默地站在原地，挥手让凑上来的宣副将退了下去。

暮色已经笼罩了这一片旷野，沙风凛冽。少将在寒冷的薄暮里静静望着那座石墓。

高窗上那只蹲着的蓝狐回头看了他一眼，终究一声不响地转过了头，溜下去消失在里面的黑暗里。孑然一身的小蓝，是要回到墓中去长久地陪伴师父了吧？那样黑的古墓，没有生气，没有风和光，只有地底涌出的冷泉和门外呼啸的沙风，伴着永远不会再醒来的人。那样黑的古墓……会不会和他幼时记忆中那个地窖一模一样呢？

云焕闭了闭眼睛，笔直的身子蓦然一颤。最终却什么也没说，只是垂下手，从篝火上拿起一串已经烤得发焦的肉串，凑近唇边，轻轻咬了一块下来，机械性地咀嚼，喷香的油脂沁出了嘴角。

终归，什么都结束了。

“移师苏萨哈鲁，包围曼尔戈人的部落！”他冷冷道，下达了指令，“再替我修书一封，密信给帝都的巫彭元帅！”

黑暗一片的神殿深处，云烛只听见自己极力压低的呼吸细微地回荡。

没有其他丝毫声音。

如今外头是夜里还是白天？已经跪了一日的脚麻木得没有丝毫感觉，然而她不敢动。黑暗隔绝了凡人的所有视觉，可她知道智者大人在这样的黑暗中，依然能洞若观火地看到所有的一切。

自从云焰被忽然逐下白塔，她冲入神殿求情以来，已经过去了不知多久。

这漫长的、没有日夜的黑暗里，智者大人没有说一句话，也没有示意她离开。云烛只有同样默不作声地跪在黑暗里，陪伴着这个喜怒莫测的帝国缔造者。长期的不眠不食，让她不得不用起术法来维持神志。

智者大人……到底在想什么？凌驾大地之上的伽蓝白塔顶端，她陪伴了智者十多年。而那样漫长的岁月里，她始终没有看到过一次智者大人的真容，有时候甚至感觉不到黑暗中那个人的“存在”。

不知道弟弟在西方广漠里如今又如何……可曾完成任务？可曾夺回如意珠？如果这一次再度失手，回到帝都后必将面对严酷的处罚。沧流帝国的军令，向来如此不容情——那是因为当年建立军中律令的巫彭元帅，本身也是个严厉冷漠的军人吧？

不过，自从云家从属国迁回帝都开始，就得到了巫彭元帅的照顾，如果不是元帅，她或许无法被选为圣女，弟弟也无法在军中平步青云……对于云家来说，巫彭元帅真是大恩人哪——特别是弟弟，虽然成年后更加冷郁，每次提及元帅的时候眼里依旧有恭谨的热情。

那样骄傲的弟弟，原来是把巫彭大人当作军人的榜样来景仰的吧？

隐约间，云烛回忆起智者大人刚才答应过的话："如果你弟弟活着回到了帝都，我或许可以帮他一次。"大人的意思，是说弟弟此刻在砂之国，会遇到生死攸关的危险境地？可能无法活着返回伽蓝城？怎么会！

云焕自小有着刚强酷烈的脾气，便是八岁时被匪徒拘禁长达数月，也不曾折损了他的心智，长大后更是成为帝国最强的战士，破军之名响彻云荒。有什么会让他在那群沙蛮子里，遭遇那样的危险和挫败？

门外忽然有急促而轻微的脚步声，让神思涣散的云烛悚然一惊。谁？有谁居然上了白塔绝顶的神庙？云烛在黑暗中挪动双膝，支起了肩膀细听，那是靴子踩踏着云石地面，从节奏和频率可以听出是军团中军人所特有的。

巫彭？

在她刚想到这个名字时，脚步声霍然中止在九重门外——那是智者定下的外人所能到达的最近距离。然后，传来了沉闷的下跪声，巫彭的声音从重门外清晰却恭谨地传来："巫彭拜见智者大人。"

出了什么事？这般单独前来觐见，难道是因为……弟弟出了不测？

云烛一个激灵，脑子一下子乱了。黑暗中，只听到智者大人轻轻含糊地笑了一声，仿佛巫彭此次前来全在他意料之内。

"因为事关紧急，属下斗胆连夜前来禀报大人。"巫彭的声音继续传来。

暗夜里，云烛听到智者发出了含糊的轻笑，然后以特有的喑哑声调说了一串话语。她悚然一惊，下意识地想传达这个旨意给门外的巫彭，然而常年沉默造成的失语却让她张口结舌。前任圣女在神殿里睁大了眼睛，努力挣扎着，却说不出一个字。

云焰已经被逐下白塔，神殿里已经没有其余圣女可以传达智者的口谕。

然而，智者只是含糊地笑了笑，显然是用了读心术，将指令直接传入了巫彭心里。得到允许，巫彭继续用急切的语声说了下去："据属下查知，千年前湮灭的'海国'如今死灰复燃，鲛人传说中的'海皇'重现世间！一个月前，在桃源郡，我手下的战士遇见过一个鲛人傀儡师，那个鲛人有着惊人的力量，竟然赤手将一架风隼撕成了两半！"

海皇复生？云烛不由自主地震了一下！

然而暗夜里只是又传来几声低沉的笑，云烛不知道智者大人用念力直接对巫彭说了些什么，只听巫彭声音惊惧，一迭声地分辩：“属下愚昧，对于云荒千年前历史不甚了了，最初也不信，只当是下属失利后夸大复国军的实力罢了。一时大意愚昧，并非刻意隐瞒……”

对于智者那样的笑声感到畏惧，巫彭继续解释：“所以不敢惊动大人，暗自派细作去复国军内部刺探。直到最近掌握了确切的证据，才来禀告。因为前些日子“皇天”持有者同时也出现在桃源郡，所以属下担心……担心那些空桑余孽和那些鲛人会联手对帝国不利。”

暗夜里的笑声消弭了，智者的声音忽然凝定下来，简短说了几个音符。

“果然十巫里第一个来向我禀告海皇出现消息的，还是你，”这一次，云烛清清楚楚地听到智者大人开口吐出了这么一句话——“你的眼睛，还算比他们几个看得更远一些。”

智者大人是在夸奖巫彭元帅？云烛有些喜悦，却说不出一个字。

“云荒动荡已起，请智者大人下令收回五枚双头金翅鸟令符，使天下归心，让帝国上下进入枕戈备战之境吧！”巫彭显然早有打算，只是不慌不忙地将想说的话说完，“属下虽然失去了一只左手，可即使只凭单手提点三军，也定可为大人平定云荒！”

收回五枚金翅鸟令符？进入枕戈备战之境？

听得那样的请求，巫真云烛忽然间觉得一阵心惊——收回下放给总督和族长的令符，就象征着帝都将直接管制各个属国——那是在面临变乱之时才采取的严厉措施。

而每次在统治受到挑战时，沧流军队的地位便会急遽上升，凌驾于一切。帝国元帅在动乱期间掌握一切权柄，调动物资、分配人手、统一帝国上下舆论……那时候连位极人臣的国务大臣都要听命于他。

五十年前霍图部叛乱，二十年前鲛人复国军起义，两次动乱之时巫彭元帅的权柄扩张至极。然而毕竟都是一些不足以撼动帝国根基的叛乱，不久动乱平息，便剩下了朝野之上的门阀内斗——国务大臣巫朗虽不懂军事，可为政之道却老辣，战乱平息后不出十年，便渐渐又夺回了控制权。

自从帝国建立以来，百年中朝廷上军政的天平就是如此左右摇摆，保持着微妙的平衡。

十大门阀内部纷争激烈，党派之争更是千头万绪，如今，如果真的空桑遗民和鲛人复国军勾结到了一处，只怕免不得又要起一场腥风血雨——而这一场风雨之猛烈，会比百年内任何一场都剧烈吧？

所以，今夜巫彭元帅才会单身觐见智者大人，以求夺得先机？

帝都的政局，又要翻覆了吗？

因为震惊，云烛的嘴唇微微颤抖着，脑子里涌出无数念头，却说不出一个字。

神庙里一片静默。智者大人没有回答那样惊人的请求，应该是直接将命令送入了巫彭元帅的心里。

然而，不知道得到了什么样的回复，巫彭却没有再问一句。顿了顿，以不急不缓的语调，继续吐出了下一条禀告："此外，属下有一事禀告智者大人：征天军团的破军少将云焕，日前在砂之国曼尔戈部的苏萨哈鲁，顺利寻回了如意珠。"

暗夜里，云烛只觉脑里一炸，血冲上了额顶，因为激动眼前一片苍白。

"啊——"再也忍不住，巫真云烛发出了惊喜的低呼。

"但是沙蛮勾结鲛人复国军，试图阻挠帝国行动，云少将不得已采取了一些措施，才迫使那些人老实交出了宝珠。"仿佛顾虑着什么，巫彭的语速慢了下来，字斟句酌地禀告，"曼尔戈部族长罗诺和复国军勾结，意图窃取如意珠。云少将为追夺宝物，已将附逆作乱的村寨苏萨哈鲁夷为平地。"

将苏萨哈鲁夷为平地？欣喜若狂之中，云烛没有留意这句话背后的血腥意味。

"做得好。"黑暗中，智者忽然低低地笑了，同时用含糊不清的语声赞许，"破军……不愧是破军！"

听到了智者的回复，巫彭猛地松了口气——他抢在巫朗他们发难之前，主动将云焕在砂之国的暴虐行径上禀，试图以成功夺宝来掩过那些血腥。果然，智者大人没有深究——那巫朗巫姑他们一伙人，是再也没有借口了。

有了智者大人"做得好"三个字的评价，就算云焕杀了曼尔戈全族，回到帝都后巫朗他们也无法以此为根据对云焕发动攻击——这一下兵行险着，算是押对了。

“破军少将不日将携如意珠返回帝都复命。”巫彭回禀了最后一句话，退下。

外面此刻是子夜时分。

巫彭禀告完了所有的事情，缓缓膝行后退出十丈才站起来。方才虽然是一动不动地匍匐在冰冷的云石地面上开口禀告，可冷汗已经湿透了重衣。

百年前就跟随着智者大人经历过千百次战争，沧海横流，家国翻覆，可每次面对这位神秘人时，身为十巫的他依然有惊心动魄的感觉，仿佛面对着的是一种“非人”的力量。

“一月前，云焕已将遭遇海皇之事禀告于你，为何直至今日才上禀？”

方才，神秘的声音透过空间直接在他心底发问，冷若冰霜。

睥睨天下的元帅在那一瞬间战栗，几不能答。

要怎么辩解？他将这道消息秘密扣下，分明是包藏了私心。因为他扣压了消息，所以元老院没有及时得知又有一神秘力量加入了这场角逐——以为要对付的只有空桑人，遂派出了巫抵领兵前往九嶷封地，等待空桑人来王陵夺宝。

帝国在部署的时候，完全没有考虑到悄然逼近的海皇力量。

所以……巫抵这一去必遭挫败，甚或死亡。

是的，要借助这一次动乱，趁机扳倒和国务大臣结党同盟多年的外务大臣巫礼，那便是他秘密的、无人知晓的私心！

“你们元老院里的龌龊事，可别在我面前显露。”——神庙中智者冷冷地笑，带着说不出的压迫力，将一句句话送入他心底。那一瞬间，想了无数遍的筹划全部乱了，他根本不知道该如何再向智者大人请求让天下兵权归于他手，只是忙不迭地辩解，额头冷汗涔涔而下。

智者大人究竟是什么样的一个人？活了百年的巫彭在心里感叹着。

当他禀告到云焕消息的时候，隐隐听到了九重门内一声惊喜的低呼。那是云烛的声音。巫真……她总算还好好地活着。帝国元帅刹那间松了口气，唇角露出一丝放心的笑——只要智者大人还信赖云烛，还留她在身侧侍奉，那么他一手扶持的云家就不会失势。

十几年前，云家还被流放在属国，只有云烛因为到了送选圣女的年纪被送回帝都。自己当年从铁城策马奔过，无意看到了那个寒门少女，那时候云烛正帮着作坊汲水——不知为何，心里就冒出了“这就是圣女”的念头。

那是他人生中押对的最大一次赌注。

他那时候都没有料到，喜怒莫测的智者会如此宠幸这个出身卑微的圣女，竟然还封给了云烛“巫真”之位，成为和他平起平坐的十巫。而这个寒门女子的弟弟居然也是如此优秀的人物，虽凭姐而贵，可进入演武堂后却出类拔萃得惊人。身为元帅的他仿佛在这个年轻人身上看到了自己往昔的影子，开始有了提携整个云家以对抗巫朗的想法。

世事便如翻云覆雨……心里想着，巫彭在冷月下站起，离去。

“元帅。”在转过观星台后，玑衡的阴影里等待的随从将斗篷递上来，静谧地低声禀告，“入夜了，寒气重。”——竟然是女子沙哑的声音。然后，踮起脚尖，为只能单手动作的男子系上斗篷的带子。

“走吧，兰绮丝。”帝国元帅披上斗篷，依然有些心神不定。

那个叫兰绮丝的女侍卫默不作声地转过身，跟在巫彭身后从塔顶沿阶而下。入夜的风冷而湿，隐约有雨前的潮气，吹起女子的披风和头发，露出窈窕美妙的体态。女子身材很高，肤色白皙如雪，长发灿烂似金，眼睛如同最深邃的碧落海水——正是冰族最纯正血统的象征。

“主人，事情顺利吗？”在走下白塔后，兰绮丝才开口低声问，恭敬顺从——这样绝不可能低于十大门阀嫡系出身的女子，竟然如鲛人傀儡那般称呼巫彭为“主人”？

巫彭摇了摇头，蹙眉看向天际。虽然活了百年，可由于一直使用着元老院中延缓衰老和死亡的秘法，他的面容依旧保持在四十岁左右的样子。

“智者不肯下令让云荒兵权归于主人之手？”兰绮丝也担忧地皱了皱眉头，“空桑和海国联盟反攻，这样严峻的形势之下，智者大人还不为所动？真是奇怪……难道还是被巫朗那边抢先了一步？”

“是我太贪心而已。”巫彭忽然低低叹了口气，冷汗在风里慢慢干透，“我或许根本不该在智者大人面前玩弄权术。可是我习惯了。兰绮丝，你也知道，我们十大门阀里的每一个人，生来都被灌输以权谋而长大……若稍拙劣一些，便永无出头之日，甚至覆灭。如你一族。”

兰绮丝忽然沉默了。

乌云下，月光惨淡，照着女子的脸。她二十七八岁的年纪，有着高爽的额角和坚毅的嘴，海蓝色的眼睛冷定从容，隐隐具有某种男子气概。

“若不是你舅母当年内斗中输给了国务大臣巫朗，巫真一族又怎会被灭族……”帝国元帅轻轻叹了口气，提及二十年前的往事，“十岁以上所有族人都被斩首，其余流放往属地，永远不得返回帝都——我堂堂一个元帅，也只能庇护住一个八岁的女孩而已。”

顿了顿，仿佛没有看见身边女子惨白的脸，巫彭伸出手来：“今日风隼带回的密报，再拿来给我看一下。”

“是。”兰绮丝的语音微颤，勉力控制着情绪，将怀中秘藏的书信递上。

是来自西方砂之国空寂城的密报，清晨秘密送达元帅府，没有落款。巫彭的眼睛落在那封不知来历的密报上，拆开来，慎重地读了一遍，摩挲着信封，似乎长久地考虑着什么，最终只是一揉，信碎裂成千片从万丈高塔上撒落大地。

那是来自云荒最西边空寂城里的密报。

虽然信上的文字简洁寥寥，可见过了多少生死的元帅，还是被其中传达出的浓烈杀气和血气震慑——

> 日出，少将提兵至苏萨哈鲁，围搜村寨，得鲛人所用器物若干，不见复国军踪迹。遂令所有牧民出帐聚于荒野，一一查认。亦不获。押族长及其两女，拷问复国军去向。沙蛮性烈，唯怒骂恶咒而已。以刑求断族长全身之骨，终不承。少将怒，令提两女出营帐，吞炭剔骨，一毁其喉一断其足，缚于村寨旗杆顶，震慑全族。

巫彭短促地吸入一口气：那些马背上的牧民天性骁勇剽悍，岂能坐视族中女子被如此凌虐？严刑逼问如此，只会适得其反——这一点，从演武堂毕业的少将心里也是有数的吧？云焕那个孩子，在大漠受挫后竟然施展出了这般冷酷暴虐的手段！

沙蛮族长状若疯狂，以头抢地，连呼三声“杀敌”而死。族中男子闻得族长临死之命，一夕尽反。持刀上马，袭杀镇野军团，至村寨中心，欲解救二女而被围。少将围而不攻，命人散布恶言于大漠：若七日之内不获如意珠，则屠尽曼尔戈部。赤水上下已成毒河，军士依令封井锁泉，断鲛人归路。七日期满，少将按剑而起，举双头金翅鸟令符，令下屠城。激战重起，曼尔戈部全族拼死反击。

日落时分，苏萨哈鲁已无一人一牲存活。共计屠人三千六百余口，兵刃尽卷。

那样触目惊心的一场血战和屠杀，落在纸上不过寥寥数百字。

巫彭却不自禁微微一个寒战，不知道是入夜冷意还是心惊。那个云焕……那个寒门少年，如今怎生变得如此决绝狠毒？若不是他一接到密报，看到如此惊人的死伤就立刻来谒见智者大人，抢先求得了赦免——只怕就算云焕拿着如意珠回到帝都，在朝堂上还会受到更严厉的诘问和罗织的罪名吧？

唯余数百沙蛮携二公主突围逃逸，至空寂城一古墓外，以神灵在彼，纷纷下马叩首号哭，祈求保佑。少将提兵追杀而至，见之忽失神。沙蛮余党躲入墓中，负隅顽抗。军中有献策以脂水火攻者，被怒斥而退。少将神思恍惚，却步墓前多时。少顷墓门大开，竟有鲛人从墓中走出，遍体溃烂脓血，持纯青琉璃如意珠，为曼尔戈部乞命。

少将诺，持如意珠而返。

如果不是在追杀那一行曼尔戈幸存者来到荒漠古墓之时，鲛人复国军果然及时出现，交出了如意珠……那么，这个破军少将又将如何收场？就算他回到帝都，面对着的还是军法严厉的处置，甚或是更残酷而名誉扫地的耻辱死亡。

看来，在不顾一切地做出屠戮全族的决定时，那个孩子只怕也是存了玉石俱焚的必死之心。狼子啊……焕那个孩子，有时候实在是有点像自己的——特别是被逼到了绝境时露出的獠牙和利爪，和那不择手段的反击。

帝国元帅微笑起来，眼里忽然有了一种慈爱却又危险的表情，微微摇着头——被截断了归路，复国军就算无法迅速返回镜湖大本营，居然也就这样受了胁迫，乖乖交回了如意珠?

真是优柔懦弱的民族……难怪千年来只配做奴隶!

然而元帅的笑容在第二遍注视着这段文字时凝滞了，仿佛忽然想起了什么，脱口惊呼:“古墓? 糟了! ”

“怎么，主人? ”兰绮丝第一次看到主人脸上这般震惊的表情，脱口惊问。

“牧民祈祷不应? 这般杀戮都不出手制止吗? 难道是古墓里那个人已经……”巫彭冷彻的眼睛忽然间就有些涣散，喃喃低声，似乎长年残废的左手再一次疼痛起来，蓦然截口，用急切的语气命令身边的女子，“快! 给我写密令给狼朗! ”

“是! ”兰绮丝立定身形，迅速从怀中拿出信笺，就着女墙执笔待命。

“立刻派人查探古墓内之详细情形。”用右手捂住了残废左手的肩膀，帝国元帅注视着西方尽头的黑沉沉夜色，一字一句吐出了这样一句密令，眼神也沉郁如铁——如果古墓中的那个人果真到了大限，如果那个他多年来一直秘密监视着的女子已经不在人世……那么，是再也无法牵制住那一颗雪亮冷厉的破军星了……

他多年来辛苦布置的均衡棋局，就要被完全打乱!

巫彭的手不自禁地有些发抖，有一种一着不慎满盘皆乱的感觉。狼朗，狼朗……为了监视那座古墓，我将你安置在空寂大营里那么多年，这一次你定要给我传回确切的消息。

“主人，还有什么要吩咐我哥哥去做的吗? ”兰绮丝写好了密函，恭谨地问了一句。

“没了。”巫彭声音冷而促，“给我连夜秘密送往空寂大营。”

“是，主人。”兰绮丝看着元帅拂袖走下高塔，小心地将用特制药水写就的密信收入怀中，静静跟在身后。

狼朗，狼朗……那么陌生而遥远，她几乎记不得曾经有过这样一个同族哥哥。当年不过九岁的哥哥，是族中长房七子，当时人人都叹息说这般聪明的孩子，只因为不是长子而错失了进入元老院的机会——可不料大难来临之际，正因为年纪幼小，他才堪堪逃过了一劫。族中成年人全部被斩首，十岁以下被逐出帝都，永远流放属国不得返回。昔日的天皇贵胄，一时间流离星散，也不知道剩下寥寥三四十个孩子里如今还有几个活了下来。

如果不是巫彭大人多年来暗中关照，只怕他早就在砂之国成为一堆白骨了吧。

这一回，按主人的吩咐在空寂城监视着云焕，不知道又是多么艰难的任务。不知道哥哥能否对付那个全军畏惧如虎的破军少将——那个现任“巫真”的弟弟。

听说巫真云烛的妹妹——圣女云焰不久前触怒智者，被驱逐下了白塔，云焕少将也身陷荒漠，帝都到处都在流传着云家大厦将倾的谣言。

难道二十年后，新的“巫真”一族又要遭遇什么不测?

帝都争斗惨烈异常，翻云覆雨之手不时操控着整个局势。金发的冰族女子望着西方尽头的夜空轻轻叹了口气，眼睛里有复杂而疲惫的神色。

巫彭离去后，云烛依旧匍匐在黑暗的神殿里，但是满脸都浮出了欢悦的笑容。

“笑得太早了吧……”忽然间，背后那仿佛可以吞噬一切的黑暗里，那个低哑模糊的声音又响起来了，用她才能听懂的语调含糊冷笑。似乎是沉闷的天宇中陡然落下一个惊雷，“一切刚刚开始而已。”

云烛呆住，背上慢慢沁出冷汗。

“我说巫彭看得比其他十巫要远一些……”智者的声音从黑暗最深处传来，带着俯瞰的不屑和冷嘲，慢慢道，“可他的眼睛，毕竟看不穿彼岸。”

“啊……呀！”云烛撑起麻痹的身子，原地转过身，向着黑暗最深处深深跪拜下去。

“放心。我答允过你的……如若你弟弟返回帝都……我，将赐给他……”

第九章

复生

那已经是那封传向伽蓝帝都的密函寄出前一日的事情了……血腥味依然弥漫。

那一日，茫茫大漠上，云焕因为曼尔戈部落曾经包庇复国军右权使而将其族灭，罗诺头人自杀，族人一夕尽反。破军少将提兵追杀曼尔戈部幸存者，一直追到了空寂城外的古墓旁——然而，却因为师父尸身在彼而不敢擅入，策马彷徨。

古墓的门忽然开了——轰然洞开的古墓大门里，站着一位骷髅般满身脓血淋漓的鲛人。

毒应该已经侵入了心肺，腐蚀了每一块肌肉，然而去而复返的复国军右权使手持如意珠站在黑暗里，血肉模糊的脸上只有一双深碧色的眼睛是有生气的，炯炯逼视着手握重兵包围了古墓的沧流少将。

“如意珠在这里，放了曼尔戈人！”已经腐烂见骨的手握着宝珠，骷髅缓缓开言。

“寒洲，你果然还是回来了。”看得如意珠果然重入彀中，云焕一怔，脸上掠过百感交集的神色，却在马上纵声长笑，“怎么样，赤水成了毒河，瀚海驿大闸关闭，你们想跑也跑不掉了吧？”

大笑声中，他提鞭一卷，取去了如意珠，剑眉下蓝色的眼睛如同冰川，斜视着返回的寒洲，冷冷一笑：“你猜，我会不会守诺呢？”

“穷寇莫追。”复国军右权使的眼睛同样冷定，回答，“少将演武堂里不会没有受过这样的训导吧？反正曼尔戈部只剩下寥寥数百人，你即将回京复命，何必多费精力？”

“哈，哈……说得好。”云焕冷笑点头。他将如意珠收入手中，在残余牧民惊惧的注视下，马鞭霍然挥出——鞭梢点到之处，大军退后，让出了去路。

“不过，”少将的鞭子指着满身毒血的寒洲，冷笑，“右权使，你得留下。”

“我既然带着如意珠回来，就没想过还能逃脱。”那个全身都露出了白骨的鲛人依然站立在墓口，只余一双眼睛静如秋水，看着幸存的曼尔戈牧民扶老携幼地从古墓中鱼贯走出，踉跄着爬上马背，准备离去。

没有一个牧民去管这个给他们带来灾难的鲛人的死活。

“不错，复国军果然不怕死！”想起二十年前叛乱的惨烈，云焕颔首赞许，鞭子一圈，指向那些满身是血的牧民，冷嘲，“只是妇人之仁了一些。嘿，为了这些不相干的沙蛮子，居然拱手就交出了如意珠？”

“我们鲛人挣扎数千年，只为回到碧落海……”仿佛力气不继，寒洲扶着石壁断断续续回答，“但是，怎忍为了本族生存，却让另一族灭顶？”

那样低哑却斩钉截铁的回答，镇住了所有踉跄上马准备离去的牧民。

原本不是没有怨恨的……当知道鲛人确实冒充流浪琴师，混入了部落执行计划时，所有曼尔戈族人对于给他们带来灾祸的鲛人恨之入骨。化名为“冰河”的右权使在和湘接上头时迅速离去，没有给牧民留下半句话——连倾慕他的摩珂公主在遭受酷刑折磨时，都无法说出他的下落。那时候眼睁睁看着父亲死去，被毁去了声音的她是恨着那些鲛人的。

后来，穷途末路的牧民，不得已冒犯女仙冲入古墓求救的时候，却看到了古墓最深处已经成为石像的慕湮——女仙飞升了？她离开了这里？

所有希望都破灭了。然而就在那时，地底冷泉忽然裂开，那位给全族带来灾难的“冰河琴师”居然去而复返！

谁也没有想到，复国军的右权使从剧毒的河流里泅游数百里，带着如意珠返回到了这个古墓——只为解救不相关的另一个民族。

“冰河，冰河！”看着那已经溃烂的骷髅，把失去双腿的妹妹抱上马背，准备离去的黄衣少女忽然痛哭，嘶哑不成声地呼喊着那个虚假的名字。摩珂公主跳下马背，奔向那个垂死的鲛人战士：“冰河，冰河！”

“姐姐！”红衣的央桑在马背上呼唤，大哭，“回来！回来！”

“你们走吧！”摩珂远远奔出，注视着劫后余生的族人，用已经哑了的嗓子竭力大声回答，“央桑，长老，带着大家走！去得远远的！沙漠上有的是绿洲泉水，有的是羊儿马儿成长的地方……再也不要回到苏萨哈鲁。”

“摩珂公主！”族中的长老颤巍巍地开口，却被摩珂一语打断：“别管我！我不会跟你们走的！”

什么？这个女子，居然要留下来和那个鲛人一起送死吗？

云焕微微一怔，看着那个曾经有着天铃鸟般歌喉的黄衫女子，却不阻拦，只是举起鞭子一挥，厉斥：“数到三，再不滚就放箭！”

“姐姐！”折断了双腿的央桑扒在马背上哭叫。云焕屈起了第一根手指：“一！”

“回去！和族人走！”看得摩珂下马奔回古墓，寒洲却也是呆了，不知哪里来了力气，狠狠将她推搡回去，“快走！”第二句声音却是放得极轻，“我是必死无疑的……现在不走，等会儿你就再也走不了了。”

“二！”云焕有些不耐烦，蹙眉，屈起了第二根手指。

旁边狼朗挥了挥手，身后一片调弓上弦之声。

“走！”曼尔戈族中的长老在最后一刻下了决断，一把拉过尚自哭闹不休的央桑公主，声嘶力竭地下令，“大家走！”

沙风卷起，数百骑裹着血腥味奔入茫茫大漠。

“三！”云焕低喝，唇角忽地露出一丝冷笑，掉转手腕，长鞭直指向破围而出的牧民，厉声下令，“放箭！一个都不留！”

狼朗一声应合，手臂划过之处，漫天劲弩如同黑色的风呼啸射出，将那一群踉跄奔出不远的牧民湮没！背对着敌人的牧民根本来不及还击，纷纷如同风吹稻草般折断在大漠里，惨叫声此起彼伏。

惊变起于俄顷。

“央桑！央桑！”摩珂不顾一切地惊叫着，扑向中箭坠马的红衣妹妹。

然而三箭射在她面前，阻拦了她的去路。狼朗持弓冷睨——没有得到少将的命令，他既不能射杀这个女子，也不能放她走。

“云焕！你出尔反尔！”寒洲厉声怒喝，“过来杀了我！不要祸及无辜！”

“我本来就是出尔反尔的人。”马背上的白袍少将冷笑起来，冰蓝色的眼陡然亮如军刀，“祸及无辜？你们复国军手段也忒狠毒啊！在古墓里你们都对我师父做了些什么！有什么资格谈‘祸及无辜’四个字？！”

“湘那个贱人在哪里！”云焕咆哮起来，一箭射杀了一个奔逃的牧民，转头对着寒洲怒喝，“在哪里？！把她交出来，我就放了这群沙蛮子！”

仿佛彻底失望，再也不去哀求盛怒中的少将放过牧民，寒洲碧色的眼睛里陡然掠过嘲笑的光：“她？她是不会回来的……她一开始就不相信你会放过牧民。湘已经走了！”

“是吗？”云焕眼里冷电闪烁，忽然间回头，从鞍边抓起一张劲弩，“唰”地一箭射穿摩珂的肩膀。

“那贱人逃去了哪里？！”少将厉声喝问，满弓弦如满月，搭着的利箭对准了痛苦地抱着肩膀弯下腰去的摩珂公主，杀气凛冽，毫不容缓，“立刻告诉我！不然我把她射成一只刺猬！快说！”

他语速快而迫切，说话之间，又一箭射向摩珂颤动的左肩！

“湘没说错——你真的是有豺狼之性。根本不指望和你这样的人还能进行谈判。”寒洲血肉融化的脸上有了一种苦笑，忽然厉斥，“可是！你就在你师父灵前，这般屠戮无辜吗？她在天上看了也不会饶恕你！”

师父的灵前？云焕呆住。这一个刹那，他只觉有冰冷的雪水兜头泼下，灭尽了一切杀气。趁着这个空当，寒洲对着摩珂一声低喝：“夺马，带着你妹妹，快走！”

摩珂一惊抬头，却只见寒洲身形一晃，已经欺近云焕马前，手中迸出一线寒光直射云焕咽喉！那一瞬间，鲛人原本深碧色的眼睛变成了璀璨的金色——寒洲动作迅捷狠厉，瞬忽掠过众兵逼到了主帅面前！出手之轻捷准确，根本不像一个已经被毒药腐蚀得露出白骨的人。

云焕失神了一刹那，没料到这个鲛人居然不要命地扑过来，一时间倒是一惊。只来得及迅速后仰在马背上，只觉脸上刀气如裂，堪堪避过了寒洲手中的飞索利刃。在那么一惊之下，摩珂已经翻身上马，马蹄翻飞掠过沙漠，俯身抓起地上中箭的红衣央桑，绝尘而去。

狼朗第一个反应过来，寒铁长弓拉开，登时一箭呼啸射向刺客。居然掠入千军刺杀主帅，如入无人之境！这个复国军的右权使，重伤之下居然还有如此力量？！

那样一惊之下，所有镇野军团的士兵都将注意力集中在了这个鲛人身上，看到寒洲已经掠到了云焕马前不足三丈，狼朗一声喝令，四围箭如风暴卷起——然而令人吃惊的是，就在发出惊动千军的一搏之后，寒洲的速度忽然变缓了，出手霍然衰弱。

这个瞬间，无数箭镞刹那间射穿了他已经开始溃烂的身体。

“住手！”看到鲛人的眼睛，云焕陡然明白过来，厉声，“都给我住手！”

是的，那是濒死的全力一击，所以没有后继！——那必死的出手，只为暂时镇住所有人，赢得一刹那的生机。这个鲛人的一击不是为了求生，而正是为了求死。只以自己的死，来换取异族的一线生机！

然而喝止得已经晚了。全军惊动的刹那间，箭雨吞没了寒洲。当黑色的暴风过去后，四野里一片寂静，所有人注视着沙地上的复国军战士。寒洲踉跄着往前走了几步，终于失去力气，却始终无法倒下——长短的箭镞支撑住了他已经不成为“躯体”的躯体。

“寒洲……你？”刹那间云焕眼神微微涣散，仿佛被那样义无反顾的气势所震慑，勒马。然而那一阵迟疑不过一瞬，少将目光立刻重新尖锐起来，跳落马背，迅速过去拉起了寒洲，厉声追问：“湘呢？湘逃哪里去了？快说！”

长长的箭羽隔开了他的手，对方肌肤上溃烂的脓液流了下来。然而垂死的人侧头看着黄尘远去的大漠，再看看云焕枭厉的脸，忽然微微一笑——鲛人的脸在毒液里浸得溃烂流血，那一笑异常可怖，没有半丝这个民族天赋的俊美。

然而那样的笑容里有一种说不出的震慑人心的力量，居然让破军少将都刹那间一震。

“其实……当日湘对慕湮剑圣下手，大错特错……只求一时之利，却不顾后患是如何可怕啊……”没有回答云焕的逼问，寒洲合着残余呼吸吐出来的，却是几句似乎在心里存了许久的话，“我若是早知道了，必尽力阻拦。可惜……”

云焕的脸色刹那间苍白，然而吞吐着肺腑中的寒气，他抓住濒死之人的手，不依不饶厉声追问：“湘去了哪里？”

“湘……呵呵，她是好样的。”寒洲碧绿色的眼睛里，光芒渐渐涣散，忽地微笑，“鲛人多是优柔寡断，只有她这样的，咳咳，才能对付少将你这样的人……”

“湘去了哪里！再不说我……”云焕终于忍不住地暴怒起来，厉喝。然而立刻想起眼前这个命悬一线的人，是再也不受任何威胁的了。

“湘么……”寒洲眼里的神采在消失，然而嘴角忽然泛起了一个讽刺的微笑，“她去了哪里，如意珠就在哪里……”

“什么？”听得临死前那样奇怪的呓语，云焕一怔。

“无论去了哪里……到最后，我们鲛人都会化成云和雨……回到那一片蔚蓝之中……”低微地喃喃，寒洲的眼睛缓缓合起，身子向前猛然一栽，无数箭镞顶着地，透体而出，人却终不倒下。

一阵猛烈的沙风席卷而来，呼啸过耳，带走了一生浴血奋斗的灵魂。

碧绿色的珠子在云焕指间滚动，苍白干裂的手上尚自沾染着干透的黑血。直径不过寸许的珠子握在手里，感觉凉意直欲透入骨中。

纯青色的珠子，迎着光看似乎有碧色隐隐流动——这，就是付出了那么多生灵和鲜血换来的东西？云焕刹那间握着珠子，有点失神。

空荡荡的寨子里只有风呼啸的声音，到处都是堆叠的尸体、被拦腰斩断的马匹和插满了乱箭的房屋。这一片废墟上流满了鲜血，到夜里，定会吸引鸟灵那些魔物云集而来噬咬尸体，然后再过不了多久，便会被黄沙彻底埋没。

如同五十年前博古尔沙漠中兴盛一时的霍图部。

副将宣武和狼朗队长带着镇野军团在废墟上搜索，云焕却一个人坐在村寨中心广场的旗杆下，低着头看着手里握着的如意珠。风沙吹在脸上，如同刀割一般。少将有些出神地仰着头，看着碧蓝高旷的天空里飘来的一片孤云。

海国的传说里，鲛人死去后都会化为云升入天空吧？寒洲此刻便是魂归故土去了？

可曾获得一生追求的自由？

“少将，战场已经清扫完毕，是否拔营返回空寂城？”耳边忽然听到副将的禀告。

他不出声地挥挥手，表示同意——在寒洲倒下、战斗结束的一刹那，仿佛杀气忽然消解了，帝国少将眼里妖鬼般的冷光就暗淡了下去，换之以极度的疲惫。

终于是结束了……如意珠握在手里的时候，内心坚硬的壁垒仿佛咔嚓一声碎裂。

“复国军右权使的尸体，如何处置？”宣武副将看过云焕暴烈的一面，此刻战战兢兢、事无巨细地请示。只怕一个不小心，又会惹怒了这尊杀神。

“一个蠢材……在毒河里潜游了那么久，就为了回来送命。”云焕低声喃喃，想起石门洞开那一刹，寒洲满身脓血仿佛要彻底腐烂的样子，以及最后一刻他脸上那种奇异的微笑——那种超越了生死爱憎的笑容，在生命最后一刹变成匕首，深深扎入了云焕空洞漠然的心里。

那是令他这样的人，都不得不敬畏的东西。

一个鲛人……怎能有如此的笑容……那个笑容，居然和师父脸上遗留的微笑一模一样！每一念及，就令他心中难受。

“带回去，路上遇到赤水就投入水里。”云焕站了起来，有些烦乱地下令，“按照鲛人习俗水葬。”顿了顿，厉声补充，“不许毁坏尸体——若敢私自挖取凝碧珠者，凌迟处死！”

“是！”宣武副将全身一颤，恭谨地领命退下。旁边狼朗听了，带着略微的诧异抬头看了这个脸色苍白严肃的破军少将一眼。

这个脾气暴虐的少将，竟然对敌人保持了如此敬意？

“回城！”云焕却不想再在这个尸体横陈的修罗场上多待，翻身上马，“回空寂城！”

马蹄踏动黄沙之时，手握如意珠的少将转过头，不易觉察地抬头看了看天——天际，那一片孤云已经没有了踪影。

半夜时分，大漠上冷得彻骨。

狼朗的甲胄上都结上了薄薄一层冰，稍微一动，就喀嚓喀嚓地往下掉。然而他和手下的士兵都不敢活动身体，恭恭敬敬地等待在古墓外，看着那个黑洞洞的墓。

分明已经完成了任务，可破军少将却没有急着返回帝都复命。这几日带着士兵来这个曼尔戈人的圣地，吩咐众人在外头等候，便一个人进入了那个古墓。

头两日，每天傍晚云焕开门出来，却是拖出了一堆奇形怪状的水草和几具尸体，令士兵搬走——那些都是曼尔戈部的牧民，看来是在古墓中伤重死去的。第三日起，少将再也没有清理出尸体，却依然一进去就是一天。外头守着的士兵心下疑惑，然而严格的军纪让他们不敢相互之间交头接耳。

只有狼朗的心里明镜似的。

这座古墓里到底是什么，这片大漠上只怕没有人比他更清楚——甚至那些每年来祭拜的牧民，也不知道那个被他们视为“女仙”的女子究竟是谁吧？

那是隐居于此的空桑前代剑圣：慕湮。

几十年前，荒漠的盗宝者里曾经有过关于“白衣单骑”的传说。那些凶狠的盗宝者都说，百年来这片博古尔大漠上游荡着一位白衣白马的女子，手中操纵着闪电化成的利剑，一击便让鸟灵沙魔毙命。这位孤独的女子行踪无定，如果盗宝者暴虐的行径被她看到，那些盗宝者便要倒霉——然而，也曾有一队盗宝者在大漠里被沙魔所困，奄奄一息中，却看到蒸腾的热气中一骑白马飞驰而过，闪电腾起，替他们斩杀了庞大的怪物。

在白衣单骑的女子游荡于荒漠的那段时间里，便是最凶恶的盗宝者，都不敢肆意杀戮。

那个“白衣单骑”的传说，消失在五十年前霍图部叛乱之后。

没有人知道，那是因为空桑女剑圣与巫彭元帅一战之后血脉衰竭，从此隐居在空寂城外的古墓里，进入了断断续续的长眠。只有在每年五月月圆之夜，空寂之山上恶灵杀戮牧民时，她才会被哭号和祈祷声惊动，从墓中出来驱恶除妖，保护牧民。

于是，她又成了这片大漠上的“女仙”。

而他，受命待在这片荒漠上，注视着那一道闪电般的光华已经十四年。

巫彭元帅庇护了他这个前任巫真的遗族孩子，让他不至于在流放中死去。在他十五岁时，巫彭大人便将他安排进了空寂大营的镇野军团中。凭着自己的才能，他很快当上了威名赫赫的沙漠之狼的队长。他等待着进一步的指派，觉得巫彭大人这般提拔自己，必有重任委托——然而元帅要他做的，居然只是在这片广漠中，监视着一个古墓里的残废女子。

他不明白原因，却知道这是不能多问的。

他已然无欲无求，只想在这片荒漠里平静地过完一生。灭族之时，他才九岁。依稀还记得族中那些大人是如何厉骂哭号、诅咒国务大臣一党不得好死，然后私下里抱着逃过大劫的幼小孩子，恶狠狠地将心里的毒液吐出来哺育给他们，让他们记得长大后要复仇。

然而毕竟那时候太年幼，一切都已经在漫长的岁月里淡去。

每年一次地，他伪装混在那些牧民中抬头看着半空中和鸟灵混战的女子，看着那一道道裂开夜空的雪亮闪电。被那样惊人剑技和身姿所震惊的时候，他忽然明白了，难道，那古墓里的女子……就是巫彭元帅所倾慕的吗？也只有这样的女子，才配得上帝国元帅吧？

而胡思乱想的年轻军人不曾知道：正是与这个女子五十年前的一次交锋，被所有战士视为神的元帅才失去了一只手臂！那一战之后，巫彭永远记住了这个劲敌，并且几十年来一直留意着她的行踪。

于是，巫彭便在此处埋下了一颗棋子，监视了这座旷野里的古墓十四年。

从少年直至青年，他将人生中最鼎盛的那一段岁月耗费在观望中，而且莫名原因。他一直是个旁观者，看过无数不相关的人的生命起落。他看到：牧民孩子在墓前嬉戏，其中居然有一个冰族的孩子。那个坐着轮椅的白衣女子在墓门口微笑，指点着那个冰族孩子的剑技。她的精神似乎很不好，经常要停下来歇息——在她歇息的时候，那个孩子便捧着剑站在轮椅后面，安静地注视着师父，阴郁沉默的眼睛里对别的东西视而不见。

他远远观望，却永远不敢上前。

恍然有一种做梦的虚幻——这么多年过去了，他从一个孩子变成了壮年战士，然而古墓里那一张素颜，居然一直不变。

十几年后，在那个帝都来的少将手握双头金翅鸟令符来到空寂大营时，他第一眼就认出了云焕——什么都变了，只有那一双阴郁冷醒的眼睛一如当年。

那个瞬间，他霍然明白了。原来，自己便是巫彭元帅深埋的又一步棋子……看似毫无用处的闲笔，却直到云焕走到了“破军少将”这样显赫的位置时，才显露出了他十四年观望的含义所在！

所以，在接到元帅从帝都紧急密令，要他探察墓内情况的时候，狼朗丝毫不意外。在周围战士眼睛里都露出疑惑的时候，也只有他丝毫不动容，看着少将进入古墓。

他知道墓里的那个人是谁，也知道云焕为何如此反常——此刻，他想知道的，就是那个人是否还活着？

那个淡然如菊的素衣女子，如今怎样？

大漠深夜的冷风吹在甲胄上，冷彻入骨。

然而在狼朗终于忍不住开始轻轻跺了一下脚的时候，忽然眼角掠过了一丝白光。他和所有士兵一起诧然抬首，看到漆黑的天幕里划过一道流星。然而那一道流星却是向着这边坠落的，在眨眼间一闪而至，居然准确地落入了古墓那个高窗中。

所有士兵面面相觑。只有狼朗变了脸色——在光芒没入窗中的一刹，速度稍微缓了缓，他看清楚了：哪是什么流星？分明是一个白衣白发骑着白色天马的女子！身影是虚幻的，刹那间穿过了狭小的窗口，没入古墓！

什么？这……这是空桑的冥灵军团？

“少将！少将！”狼朗大惊，迅速扑到墓门口，单膝跪地，“空桑人来了！”

此语一出，全军耸动。刀兵出鞘声里，却只听云焕声音沉沉从墓里透出：“原地待命！”

黑暗一片的墓室内弥漫着森冷潮湿的水汽，只有最深处有暗淡的烛光透出。

“谁？”云焕霍然回头，注视着暗夜里纯白色的女子。

白色的长发、白色的衣衫、白色的肌肤，身畔牵着白色的天马。整个人在黑暗中发出淡淡的柔光，虚幻得不真实，如一触即碎的影子。在看到地底冷泉中永久沉睡的女子时，来人忽然间双肩一震，以手掩面，喃喃：“师父！”

“师父？”沧流帝国的少将愣住了，看着女子身侧的佩剑，那柄光剑和自己的一模一样，眼里闪过迟疑的光：“你……你是白璎？”

显然是在墓外看到沧流军队的时候，已经料到了墓内会有其他人，此刻前来的白色女子未有惊讶，只是不易觉察地握紧了手中的剑——放开了天马的缰绳，嘴唇抿成一条线，她看着古墓深处穿着少将军服的冰族男子。

“你是谁？”蹙眉打量着眼前这个满身透出杀气的军人，白璎下意识地感觉到了反感和排斥。这个人……怎么会在师父墓里出现？

“我是云焕，”同样也在打量着前来的空桑太子妃，云焕感觉心里杀机一动，但很快按捺了下去，克制着平静地回答，“这么多年来还是第一次见面。白璎师姐。”

“我不是你师姐——师父并未将剑圣之位传承给你，你已被逐出师门。”陡然明白了这个人是谁，白璎冷淡地回答，她对这个同门有着深切的反感。忽然间她惊觉了什么，不可思议地看着云焕，脱口惊呼：“难道……是你把师父给杀了？！”

“胡说！不是我！”云焕的脸色瞬间苍白如死，眼睛里的光却亮如妖鬼，一拳捶在身侧石壁上，石屑纷飞，“不是我！不是我！我没有杀师父……那毒不是我下的……不是我！”

白璎不由得愕然——她只是问了一句，他却激烈地辩解了无数句，似乎情绪在一瞬间就失去了控制！

声音到了最后却低了下去，那般盛怒也渐渐溃散。云焕颓然后退，手中的水瓢落到了地上，用手支着自己的额头。

“是我。”他忽然安静下来了，抬起眼睛看着来人，“是我害死了师父。”

在接触到那样的目光时，白璎却不自禁地震了一下，不知为何感到某种恐惧，竟然下意识地往后退了一步。冥灵女子定定地看着这个猝然相遇的、沧流军中最令人畏惧的战士——她的师弟。

“说到底，还是我害死了师父……”指缝里的那双眼睛忽然冷了下来，云焕的声音低而轻，犹如梦呓，“所有腥风血雨都是我带来的——弄脏了这座古墓……怎么洗也洗不干净了。”

白璎诧异地看到了地上跌落的水瓢，然后看到了四处散落的布团和水桶。

地上、四壁甚至屋顶都是湿的，显然这座古墓里有过惨烈的死亡，而眼前这个人曾花了无数的力气来试图彻底清洗这里，直至疲惫不堪。

“不是你。”忽然间她就确定了，脱口轻轻道，“是谁？”

“一个鲛人。”云焕冷笑起来，眼里又露出了那种锋利的光芒，“我不会告诉你是谁——这个仇我来报！我不会假手他人，也不许你和西京插手。”

“鲛人？”白璎一惊，然而看到那样的眼光，却知道是绝问不出什么来了。

“既然你不愿意认我当同门，我也不稀罕有这样一个师姐。除了师父外，我并不想和师门中其他任何人扯上关系。”云焕稳定着自己的情绪，站直了身体，看着前来的空桑太子妃，“虽然我们注定要成为对头，但至少不要在这里拔剑——我不想在师父面前和你动手。她说过不希望看到同门相残，我必不会逆了她的意思。但是，我也绝不是个束手就死的人。”

“我只是来送灵。”白璎不动声色地回答，心里却是暗自吃惊——她看着云焕眼里的神色，隐约觉得有些异样，竟不似一个弟子对师父去世的哀恸模样。她并非懵懂少女，不由惊疑不定，怔怔地在心里打了个激灵。

“送灵？”云焕一怔，猛地明白过来，“哦，我倒忘了你们空桑人的风俗！”

“离师父仙逝已经有十二天了——今日是送灵之日，若不按空桑习俗诵咒燃香，人的魂魄便无法通过北方尽头的九嶷去往彼岸转生。”白璎回答，眉间肃穆，“所以我连夜赶来。只可惜西京师兄尚有事在身，无法分身前来。”

“原来如此……难怪你不惜冒了风险从无色城赶来。倒也是难得。”云焕冷笑起来，沉吟着遥想大陆另一边密布的战云，眉间不知不觉又拢上了白璎极度厌憎的那种杀戮表情，“西京在那边是被飞廉缠住了吧？居然还没死？倒是命大。”

“我要开始送灵了。”截口打断，白璎冷冷看着云焕。

然而沧流少将并没有丝毫退出去的意思，只是把目光投向了冷泉中心那一张轮椅上沉睡的人，声音忽然变得和之前完全不同：“先帮我擦掉那滴血。”

“什么？”白璎诧异。

“师父左颊上溅了一滴血，”云焕的眼睛一直看着那个睡去的人，没有移开，轻声道，“师父她是不能忍受这样的东西的——帮我擦掉它……请。”仿佛想起什么，他加重了最后一个字的语气，那是他几乎从未对别人用过的字眼。

被那样专注而梦呓般的语气吓了一跳，白璎凝神看去，果然看到死去女子白色的脸颊上有一滴刺目的殷红色。她诧然脱口：“为什么不自己擦？”

“我的手很脏……根本不能碰。”云焕微微苦笑起来，“而且，小蓝也不让。”

顺着他的指尖，白璎看到一团蓝灰色的毛球蜷缩在轮椅的靠背顶端，从慕湮遗体的肩膀后探出头来，用警惕灵活的目光盯着水边交谈的两个人。

“那是什么？狐狸？”第一次来到古墓的女子有些惊讶。

“师父养了十几年的蓝狐。”云焕简单地解释，做了一个“请”的催促手势。

“它会让我近身？”白璎一边涉水过去，一边有些不确定地看着那小动物警惕的眼睛。

“应该会。小蓝很聪明，能分辨不同的人。”云焕忽地轻轻叹了口气，眼里有某种复杂的神色，“而你……你身上，有某种和师父相似的气息。”

那样的话让白璎微微一惊。然而就在那一刹那，一直盯着她看的蓝狐忽然轻轻叫了一声，果然消除了恶意，闪电般蹿了过来，想要扑入她怀里。

然而，冥灵女子的身体是虚无的，蓝狐穿过了白璎的身体，落在冷泉里。

湿淋淋的蓝狐回头看着俯下身去的白璎，忽然间仿佛明白了什么，黑豆似的眼里陡然有一种悲哀的表情：那是已经死去的冥灵……这个前来送师父的女弟子，其实已经比师父更早地离开了这个人间。

“师父……师父……”来到轮椅前，伸手恭谨地拭去了颊边的血，感觉触手之处的肌肤居然坚冷如玉石，白璎一惊跪倒在水中，凝视着这一生都未谋一面的师父，眼里泪水渐涌，“我是二弟子白璎……我来送您去往彼岸了。愿您来世无忧无虑，一生平安。”

那一瞬，云焕只觉得心里一阵刺痛：无忧无虑，一生平安——空桑女剑圣一生倥偬跌宕，竟是没有过真正无忧快乐的日子。

白璎跪倒在地底涌出的冷泉中，闭目合掌，开始静默地念动往生咒。

除了祝诵声，古墓里没有丝毫声响。

作为空桑六部之中最高贵的白之一族的王，白璎的灵力是惊人的。空桑皇太子妃跪倒在古墓里，严谨地按照空桑古法进行着送灵的仪式，随着如水般绵长的祝诵声，咒语以吟唱的方式吐出，祈祷着灵魂从这死亡的躯体上解脱，去往彼岸转生。

虽然不明白空桑人的习俗，更不相信什么怪力乱神的东西，云焕依然一起跪倒在岸上，凝视着昏暗墓室内死去的人。

忽然间，仿佛有风在这个密闭的石墓内悄然流动，唯一的一盏灯灭了。

对于黑暗的本能警惕，让云焕在瞬间按上了剑。然而下一个刹那他的手就由于震惊而松开，惊讶地看着黑暗中的那一幕景象——

有光！居然有一层淡淡的白光，从死去的师父身上透了出来！

随着白璎的吟唱，那层白光越来越清晰地从女剑圣身上渗透出来、游离、凝聚，最后变成了若有若无的云。其中有三缕特别明亮，如同旖旎缠绕的火焰，周围又有七点星光上下浮动——那是人的三魂和七魄。

那样微弱然而洁白的光芒，飘浮在这个漆黑一片的墓室内，随着送灵的吟唱而变幻出各种奇异的形状，最后渐渐凝聚成一个人形。

光芒飘向了跪着的白璎，在冥灵女子身侧徘徊许久，似是殷殷传达着什么话语。而白璎的身子微微颤抖，停止了吟唱，只是点头，仿佛答应着什么。

“师父！师父！”再也忍不住，震惊的声音划破了黑暗。

云焕抬头看着那凝聚的人形，宛然是师父生前的剪影，只觉刹那间心都停止了跳动。来不及多想什么，他涉水奔了过去，试图去拉住那一片虚无的光芒：“师父！”

“此生已矣，请去往彼岸转生！”看到有人惊扰了送灵仪式，白璎唇中迅速吐出吟唱，对着虚空中凝聚的光芒伸出双手，手心向上——冥灵的手中，陡然有六芒星状的光芒闪出。那一片凝聚的光重新消散开来，三魂七魄化成了无数星光，迅速划过。

云焕踏入水中的一刹那，只觉那无数细碎的流星如风般擦肩而过。

生死在刹那间交错而过，没有丝毫停留。

“师父！师父！”有些绝望而恐惧地，他对着虚空呼喊，知道有什么终将彻底逝去，“等等我！”

仿佛被那样的绝望所震动，那些白光忽然凝滞了一刹那，宛然流转，轻轻绕着他一匝，拂动他的鬓发。然后瞬忽离去，掠过重重石墓的门，最后消失在高窗外漆黑的夜空中。

“师父……”轻风过耳而去，云焕全部的神气似乎也随之溃散，颓然跪倒在水中。

许久许久，这座古墓恍如真正的死地一般寂静无声。

小蓝依旧不愿和云焕接近，慢慢游回到了轮椅边，顺着椅背爬上了散去魂魄、彻底成为石像的慕湮肩头，静静俯视着跪在冷泉中的两名剑圣弟子。

“师父最后有话，要托我告诉你……”仿佛透支了太多的灵力，白璎虚幻的形体更接近于透明，匍匐在水中，低声断断续续道。

云焕霍然抬头。

“师父说……她已去往彼岸。有些事她一直知道，而有些事她错怪了你。”白璎轻轻复述着，神色之间有一丝奇异，又有一丝悲悯，看着他，“她并不怨恨鲛人，希望我们也不要报仇。你已经破了不杀罗诺族长的诺言，她很失望，希望你的剑上，此后能少染血迹。”

云焕没有说话，只是静静看着轮椅上的石像，薄唇紧抿着，仿佛克制着什么情绪。他的左手用力地握着右手手腕——曾经在烈火上烙下的誓言犹在耳畔，而转眼之间铺天盖地的血迹已经浸染了这座古墓。他居然在盛怒和绝望之下大开杀戒，就在师父灵前背弃了自己的诺言！

一念及此，强烈的痛悔忽然间就从心底直刺上来。

“师父最后说——”白璎轻微地吸了一口气，回头看着师父的遗像，再回头将视线落在脸色苍白的沧流少将身上，一字一句地吐出了最后一句话：“她将复生。”

“什么？！”这一句话仿佛闪电击中了云焕的心口，他的目光在瞬间因为狂喜而雪亮，脱口惊呼，“复生？她将复生？！”

空桑人真的能复生？真的存在着轮回？沧流帝国的少将本来是从来不信这些东西的，然而，方才看到了魂魄的消失，他已有了几分相信。

为什么不相信呢？相信师父还存在于天地之间，相信魂魄不灭，相信必然会在这片大地上的某处重新相见！

“师父会在哪里复生？哪里？”他不自禁地脱口急问。

白璎的眼睛却更加肃穆，隐隐间居然有某种庄严的气息，轻声复述：“师父说，她将去往彼岸转生——天地茫茫，众生平等。她或许去往无色城，或许转生在大漠，或许转生成鲛人，甚或会复生在冰族里……”

冥灵女子微微一笑，看着沧流帝国少将：“从此后，这云荒大地上的任何一个人都可能会和她有关——是她的父母、她的兄弟姐妹、她的亲人和朋友。你明白师父的意思吗？”

云焕眼睛里的亮色忽然凝滞了，长久地沉默，却没有说话。

“所以，少将在对任何一个人挥剑之前，请都想一想。”白璎凝视着他，说出了最后一句话，“苍生何辜。”

云焕狭长的眼睛闪了一下，垂目不应，暗淡的墓室内，隐约看到一丝奇异的笑容攀爬上了他的薄唇：“我答应：若我和我在意的人不处于危境，此后绝不因一时之怒而多杀无辜。如前日曼尔戈部之事，以后不会再有。”

许久，少将忽然开口，语声忽转厉：“可人若要我死，我必杀人！”

“什么叫作苍生？我们冰族是不是苍生？我们一家人是不是苍生！”忽然间仿佛被触动了内心的怒意，云焕冷笑着开口，“口口声声什么苍生，你们这群死人知道什么——你们知道帝都是如何局面？我若退一步，全族皆死，还谈什么怜悯苍生！谁又来顾惜我们死活？我只是不想被淹死！用尽全力只能保全性命，你还要我去想挣扎的方向对或者不对？”

白璎一震，沉默，侧头看着泉中玉像：“这些话，你对师父说去。”

“这种话，今日说过一次，此生绝不再提。”云焕冷笑，按剑而起，眼神冷厉，“说又何用。神挡杀神，佛挡杀佛就是——你说我豺狼之性，那也是有的。只是尚不如帝都那些吃人不吐骨头的家伙。”

白璎从水中站起，微微蹙眉，似不知道如何说，许久只是道：“师父用心良苦。”

“我心里都明白。”云焕转头看着地底冷泉中那一袭宁静的白衣，眼里杀气散去，语气也缓和了下来，“你我也算一场同门，最终却只得师父灵前一面之缘。”

“喀嚓”一声轻响，闪电忽然割裂了黑夜，脚下墓室厚厚的石板居中裂了开来：“我们同门之情断于此日——从这个墓室出去，便是你死我活。”

静默地看着那一剑，白璎沉沉点头，忽然道：“放心，无论如何，帝都那边绝不会得知你的师承来历。”

云焕霍然一惊，抬头看着这个冥灵女子。

“西京师兄虽几死于你手，也不曾透露你的剑圣弟子身份。”白璎微微一笑，眼神却清爽，看着这个不曾被正式收入门下的小师弟，“剑圣门下当以剑技决生死，而不是别的龌龊手段。”

她返身招回了天马，化作一道白光，迅速地掠出墓外。

云焕若有所思地看着那个黑漆漆的高窗口，唇角忽地又泛起冷笑：这个身份，若不说穿便是秘密，若说穿了呢？

帝都那些元老们，是真的没有查过他的身份来历吗？

守在外面的士兵们冻得瑟瑟发抖，却一脸惊奇。

半夜里居然有好几道流星划过。那一道白光穿入古墓，接着却有两道白光先后从其中散佚而出，消失在苍穹里。

狼朗跪候在墓前，心怀忐忑。

只有他看清楚了进去的是空桑的冥灵战士，然而古墓里没有响动，也没有打斗的兵刃声，片刻后他看到两道白光一先一后飘散而出——第二道他依旧看清楚了是一个骑着天马的白发空桑女子，而第一道光，他竟看不清是什么。

云焕少将果然是不可测的人物，到底有着什么样的背景？

难怪巫彭大人要吩咐自己严加关注，了解一举一动。

然而，正在出神的时候石门却轰然打开，他听到靴子踩踏在结冰的地面上。怎么？是云少将出来了？一惊之下，他霍然抬头。

“将石墓周围打扫干净，”站在黑洞洞的墓门口，应该是手按着门旁的机栝，不让石门重新闭合，云焕的声音却平静，一字一句吩咐，“然后，给我把军中负责工事的全部召集到这里来！”

话音未落，忽然间右臂一动，咔嚓的碎裂声传来，石门机栝居然被硬生生捣碎！

“小蓝，出来吗？”云焕霍然回身，对着黑暗低喝。

没有任何回答，古墓里一片死寂。

“好，那你就替我留在这里，永远陪着师父吧。”少将低声喃喃，铁青着脸松开手臂，一步踏出。万斤重的石门擦着他的戎装，力量万钧地落下。

“再见……”颓然靠在永远闭合的石门上，云焕用听不清的声音喃喃说了一句，等狼朗以为他又有吩咐上来听候时，少将的声音忽然振作了，厉声吩咐：“给我采来最好的玄武岩，将这座古墓彻底封死！不允许任何人再靠近这里！”

彻底封死？狼朗的脸刹那间苍白下去。

那一瞬间他眼前闪过了一袭白衣，那个坐在轮椅上的病弱女子……终于是死了？

生命消逝如流星。

西方空寂之山下的那一道光芒，划破了死寂漆黑的夜幕，向着北方尽头落去。

苍生沉睡，大地沉寂，这莽莽云荒上，无意仰头所见者又有几何？

“那时候我们赤脚奔跑，美丽的原野上数不清的花朵绽放。风在耳边唱，月儿在林梢。我们都还年少……”

漆黑的荒漠里，声音因为寒冷而战栗，然而那样动人的歌词，却用嘶哑可怖的嗓音唱出。唱歌的人一边轻抚着膝盖上卧着的少女的头发，一边用破碎不堪的调子唱着一首歌谣，眼睛是空茫的，抬着头看着漆黑没有一丝光亮的夜。

“姐姐，姐姐，别唱了，求求你别唱了……”暗夜里忽然有啜泣声，枕着歌者膝盖入睡的少女再也忍不住地痛哭起来，一把抱住了姐姐的腰，把头埋入对方怀里痛哭起来，“你的喉咙被炭火烫伤了还没好，再唱下去会出血的！”

“央桑，没事的，你睡吧。从小不听我唱歌，你是睡不着的。”黑夜里歌者的声音温柔而嘶哑，轻柔地抚摸着妹妹的头发，“你的脚还痛吗？冷不冷？”

为了不让沧流军队发现，他们这一群逃生的牧民甚至在暗夜里都不敢生火。于是姐姐抱着妹妹，在滴水成冰的寒气里相拥取暖。

“很痛，很痛啊！”毕竟年纪幼小，十六岁的央桑抚摸着被打断的脚腕痛哭起来，身子瑟瑟发抖，“我恨死那个家伙了！我要杀了他……呜呜，姐姐，我要杀了他！他不是人！”

她嘴里的那个家伙，其实是沧流的云焕少将——那还是他们在被围后，才从那些军人的称呼里得知的。

那之前，谢神的歌舞会上，他们一直以为那个和女仙在一起的冰族青年不过是一个过路人而已。美丽任性的央桑倾心于那样冰冷而矫健的气质，以为那是配得起自己的大漠白鹰，向这个陌生人热烈地奉上了自己的云锦腰带——

却不知道，那正是他们一族的死神。

十几天后，当沧流少将提兵包围苏萨哈鲁，搜查鲛人行踪的时候，央桑是那样吃惊，甚至一瞬间有重逢的喜悦。她试探地对着那个带兵的冰族将军微笑，然而那双冰窟一样的眼睛没有丝毫回应——似是早已不认得她。

而短短几天内，那样暴虐残忍的血腥一幕，成了两个少女一生中的噩梦。

在逼着摩珂吞下火热的炭的时候，那个人没有一丝动容，甚至当手下用钢钎一寸寸夹碎央桑纤细脚腕的时候，淡漠的唇角也只吐出冷冷一句话——“该招了吧？”

摩珂知道那个人并不仅仅为了拷问她们两个人而已。那个人，是要毁去牧民们最引以为傲的东西，要折断苍鹰的双翅，要击溃那些马背上剽悍汉子负隅顽抗的意志！所以他不择任何手段，摧毁大漠上最负盛名的歌喉舞步之时，毫无怜惜。

这世上，怎么会有这样的恶魔？那时候她不知道妹妹是脚上痛还是心里更痛。

那个自小娇贵任性、凡事都要争第一的妹妹啊……

“不要怕，不要怕！我们不是无路可走……我们还可以去投靠乌兰沙海的盗宝者们。”摩珂心疼如绞，紧紧抱着怀中不停发抖的躯体，将妹妹沾满了沙土的头拢在怀里，“总有一天会杀了他的……总有一天！只要我们活下去。”

看着夜空，黄衫女子喃喃发誓，面色从柔静变得惊人的坚忍。

夜空忽然有一道白色的流星划过，坠落在北方尽头。和前朝空桑人一样，牧民们相信灵魂的流转和不灭。天上的一颗星星，便对应着地上一个人的生命。

如今，是谁的生命滑落在夜空里？

是谁？是……他吗？那个曾给她带来最初的爱恋，却也给整个村寨带来灭顶灾难的鲛人复国军右权使？居于荒漠的她一生未曾见过那样的男子：淡定温雅、从容安静，按着弦的手仿佛有无穷的力量。然而他定然是死了……在护着她们姊妹逃脱的一刹那，她策马急奔，不敢回头，却听到了背后如暴风呼啸的万箭齐发之声。

她本该恨这个混入族中的鲛人奸细的，然而在最后他归来的一刻却完全原谅了。她永远无法忘记那张因为溃烂而露出白骨的脸，和那一双平静坚定的深碧色眼睛——甚或比原本那样清雅高洁的容貌更刻骨铭心。那是她永远的爱人。

央桑终于在她怀中沉沉睡去，脸上兀自带着结了冰的泪水。

如果能活下去，总有一天，她要为父亲、为所有族人、为冰河报仇！

“那时候我们赤脚奔跑，美丽的原野上数不清的花朵绽放。风在耳边唱，月儿在林梢。我们都还年少……”暗夜里，嘶哑破碎的嗓子轻轻唱着童年的歌谣，那般纯净而欢乐的曲调，却已经带了无法抹去的杀气——

岁月的脚步啊　静悄悄
追逐着我们　不停地奔跑
我们跌倒在开放着红棘花的原野上
——死亡
风儿吹过空莽的云荒
鸟儿还在歌唱

大漠的另一端是博古尔的边缘，再往前走一日便走出沙漠。

“星辰落下去了……”老女巫昏暗的目光忽然闪了一下，看着天际划过的流星，喃喃，“星辰落下去了，带走了战士的灵魂，去往彼岸转生。”

“西方的空寂城那边有人死了吗？”半夜醒转的红衣族长睁开眼睛，朦胧中也看到了那道光，不知为何心里猛地一跳，似乎觉得是一名十分亲切的人离开了。叶赛尔跳了起来，撩开营帐走了出去，面向西方站着。

不知道云焕有没有在空寂城见到师父……以他的本事，想来女巫下的血咒未必能奈何得了。但是，他会不会以为是作为族长的自己下令做了手脚？他会怀恨吧？但即便是怀恨，她也是没有什么办法了吧？还能如何呢，就让他恨自己吧……

叶赛尔轻轻叹了口气，抚摩着怀里雕刻着繁复花纹的石匣子。

“嗒嗒。”匣子里那只手又在动了，似乎急不可待地想要挣脱符咒的束缚。

“急什么。到了叶城，找到了那个命中注定的人，就能让你出来了。”叶赛尔屈指轻轻敲了一下石匣，轻斥，眉间却有淡淡的忧伤，“你到底是什么东西啊……就是为了你，我们霍图部才被追杀了几十年。你这个魔星，难道真的也是我们霍图部的救星吗？”

“嗒。”匣子里的手又跳了一下，答应似的敲着。

叶赛尔忍不住微微一笑。

“族长，那个女的醒了！”耳边忽然听到有族中妇人禀告，一头热气地奔过来，脸上尤自带着喜色，“族长的药真灵啊，全身烂成这样了，居然还能活过来！”

叶赛尔露齿一笑，连忙跟着走了过去。

虽然为了救这个水边昏迷的女人，用掉了昔年慕湮师父留给她的灵药，可如果不是那女人有着极其强烈的求生欲望，也无法从这样严重的毒里挣扎着活过来吧？

到底又出了什么事情……前日队伍好容易遇到了一个绿洲，在准备去坎儿井里汲水补充的时候，却发现水边倒着无数的动物尸体，周围还有驻军刚刚撤走的痕迹。她小心地试了一下水，发现里面已经充满了剧烈的毒素。

到底怎么了？难道沧流军队竟然要将整条赤水都变成毒河？

虽然莫名所以，但是感觉到了气氛不对，女族长立刻下令所有族人结队离开。然而，在准备转身走开的时候，她发现有什么东西拉住了她的右脚。

“救……”一只溃烂得露出白骨的手紧紧抓住了她的鞋子，一只沙羚的尸体挪开了，尸体下一双碧色的眼睛抬起来，暗淡无光地看着她。

“呀！”即使大胆如叶赛尔，也不由吓得失声惊呼。

“救……救我。”那个骷髅一样的人紧紧抓着来人的脚背，喃喃说了三个字，然后倒下。

想了片刻，叶赛尔终于脱下身上大红色的长衣，将那一个轻如骷髅的陌生女子抱起。

“她还发烧吗？”进入营帐的时候，却发现那个陌生女子又已经昏睡过去，那个通报的妇人不好意思地揉着手对着叶赛尔赔笑脸，女族长却不以为意地蹲下去，看着那张惨不忍睹的脸——原先的容貌已经一点也看不出来了，溃烂的肌肤如融化的冰雪。

“这……不知道……”妇人讷讷，“谁都不敢赤手碰她。怕有毒。”

“你们这些女人啊！”叶赛尔瞪了那些奉命照顾病人的妇女一眼，自顾自地挽起袖子，试探着额头的温度，“不想想我们霍图部流亡那么多年，得到过多少陌生人的照顾？如果嫌这个陌生人脏，天神都不容你！”

“是，是。”被族长斥责，妇人们低下了头，嗫嚅。

“退下去一点了。”感觉到手下肌肤的温度，叶赛尔欣慰地笑，抬头吩咐众人，“去拿点金线草来，混着烧酒调匀了给她全身抹上。”

族中妇人低了头，为难：“可是……金线草早就用光了……”

叶赛尔一怔：“哦，没关系，明日就能到瀚海驿了。到了那边再买也来得及。”

“可是……”妇人们相互看看，终于领头的一个站出来低声道，“沿路上添置物品粮食，队里的钱已经用没了。这几天我们都偷偷把牛皮毯子拆开来煮软了再吃。”

“是吗？”叶赛尔终于沉默了，许久，忽然抬头一笑，“没关系，我这里还有一点东西。”她抬起手绕向颈后，解下脖子上一串珠子来。

“族长，这怎么行？”妇人们惊叫起来，阻止，“这是老族长留给你的遗物啊！”

“物是死的，人却是活的。”叶赛尔手上一用力，线绷断了，珠子嗒嗒落了一地，“你们快捡起来，拆了一颗一颗拿去卖，好歹也支撑得十天半个月——等到了叶城我们再想办法。”

“是。”妇人们眼见珠链已断，忙不迭地俯身捡起，用衣袖擦着眼角。

“哭什么！”叶赛尔却是愤然起来，一跺脚，“霍图部的女人，大漠上的苍鹰！五十年来那些冰夷不能灭了我们，沙魔鸟灵没能吃了我们，我们怕过什么来着？难道会被一时贫贱消磨了志气？你们一个个居然当着客人的面哭泣，还要不要当霍图人了？”

衣衫褴褛的妇人们看到族长发怒，连忙止住了啜泣。

“拿了珠子回营帐里去睡吧，”叶赛尔也累了，只是道，“你们的男人也等了半夜了。”

所有人离去后，叶赛尔拿湿润的布巾沾了药水，轻轻为那个满身溃烂的女子擦拭着伤口。应该是在有毒的水里泡了很久，肌肤片片脱落，深处溃烂见骨。连头发都被腐蚀脱落，头皮坑坑洼洼。她小心翼翼地擦着，生怕弄痛了这个女子。

然而应该是药刺痛了伤口，那个人蓦然一震，睁开了眼睛。叶赛尔一惊。

那是一双碧色的眼睛，和大漠上所有民族都不一样——然而一只眼睛冷锐清醒，另一只却仿佛受了伤，混沌不清，看不清眼白和眼珠，只是一片碧色。

“谢谢。”那个人的眼睛只是睁开了一瞬，立刻闭上，低声艰难道。

“总不能见死不救。”叶赛尔微微一笑，拿布巾拂拭过溃烂的肌肤，发现胸口衣衫厚重之处尚有完好的皮肤，居然洁白如玉。她微微叹了口气，这个女子，在没有跌入毒泉之前，只怕是个容色惊人的美女吧？不知道沧流军队做了什么孽，生生要害那么多生灵。

“我想去镜湖……”忽然，那个女子低低说了一句，“求你，送我去镜湖。”

去镜湖？叶赛尔霍然一惊。

镜湖方圆千里，湖中多怪兽幻境，不可渡，鸟飞而沉。只有生于海上的鲛人可以在镜湖内自由出入。镜湖被云荒人奉为圣地，在每年年中、年末的月圆之夜，千百人下水沐浴，以求洗去罪孽。照影时湖中多有幻境出现，现出人心的黑暗一面，经常有人照影受诱惑而溺水。

为什么这个女子要去镜湖？碧色的眼睛……

难道，这个女子是鲛人？

叶赛尔忽然间明白了——说不定沧流军队在水中下毒，也是为了捕捉这个女子吧？河流便是鲛人的路，而暴虐的军队为了捕捉一个鲛人，竟然不惜将整条河都变成了毒河！鲛人和霍图部一样，长年来都在帝国军队的镇压下四处奔逃。她心里陡然有了惺惺相惜之意。

“好的，好的……你放心。”没有戳穿对方的身份，叶赛尔只是微笑着答允，“我们明日便到瀚海驿，过了瀚海驿便去叶城。叶城是镜湖的入海口，等到那里，我便找个地方偷偷放你下水。”

那个鲛人女子沉默了一会儿，忽然间眼里渗出了泪水，轻声道：“谢谢。”

泪落的时候化成了圆润的珍珠，掉落在毡上。

原来，这个女子也已经不再掩饰自己的身份。

“你……拿这个去，换一些钱。别把那条项链卖了。”那个鲛人女子侧过头去，依然闭着眼睛，轻轻道——显然方才她和族中妇女的对话已经被听见。

女族长困窘地一笑，捡起珍珠：“让你见笑了……说起来我还是第一次见到鲛人泪呢。”

“那也是我……我第一次化出珍珠。我……本来以为自己这一生，再也不会流泪了呢……”那个满身溃烂的鲛人女子声音低微，闭着眼睛，“且容许我哭泣一次吧。因为他们都死了呵……连寒洲都死了……多么愚蠢，还要回去送死。只有我一个人还活着。”

“嗯。你不要伤心，好好养伤。”叶赛尔没有多问，只是安慰。

鲛人女子似乎发现一时间失口多言，便不说话了，控制着自己的情绪，眼角接二连三地落下泪来，似乎心中藏了极大的苦痛，胸口激烈地起伏，却终自无声。

这个孤独的鲛人心里，到底埋藏着怎样的往事啊！叶赛尔握着这个陌生女子的手，静静坐在她身边，看着圆润的珍珠从眼角颗颗滚落。

然而，奇怪的是泪水只从右眼角落下，紧闭的左眼却没有一滴泪水。

是那只眼睛坏了吗？

“终有一天……我们鲛人……都将回到那一片蔚蓝之中。”仿佛筋疲力尽，那个鲛人女子喃喃说出了一句话，低头睡去。

第十章

归来

第二日起来的时候尚未天亮，弟弟阿都还在睡，叶赛尔撩开帐篷出来，冒着寒气查看着各处营帐。旁边的驼队里已经有人在忙碌，高大的男子竟要比赤驼都高上半截——那是族中第一勇士奥普已经起来了，正在检查驼队。

“昨晚有流星，看到了吗？”肤色深褐的男子咧嘴对她一笑，问。

叶赛尔含笑点头。奥普还想和女族长多说点什么，一时却找不到话题，有点尴尬地拍了拍赤驼背上的褡裢，转头继续忙去了。看他首先检查整理好的，却是她的赤驼。

叶赛尔叹了口气，心里有些涩涩的不是滋味，信步向那个鲛人的帐篷走去。然而撩开帐子俯身进去的一刹那却吓了一跳——

毡毯之下，半躺着的却是一个陌生的女子，面目清秀。

“你是谁？”她的手按上了腰刀，厉斥。

那个女子似乎在疲倦地闭目养神，此刻听得喝问，微微睁开了一线眼睛：“是我。”

深碧色的眼睛，一边清晰，另一边混沌。

“你？你这是……”叶赛尔饶是见多识广，也吓了一跳。听声音分明就是前日救回来的那个鲛人，可血肉模糊的面容一夜之间居然变了那么多，仿佛重新长了一张新脸来。

“这是鲛人的幻术。”旁边闻声赶来的是族中最老的女巫——罗谛大妈拄着拐杖弯腰进来，看着毡毯中躺着的女子，眼里有一种不屑、鄙视的光，“这些从海里诞生的鲛人，有自己的奇怪幻术。可这种幻术却脆弱如海上的泡沫，维持不长久。”

“至少能维持到进入叶城。”那个鲛人安静地回答，应该是药有奇效，说话中气都足了很多，用碧色的眼睛看着老女巫，“可惜眼睛的颜色不能改……我……我入城的时候可以扮作盲女，这样……也不会给你们带来麻烦。”

叶赛尔点头，旁边的老女巫却忽然发出了桀桀的冷笑：“会使用‘云浮幻术’改变自己形貌的鲛人，可不一般啊……你确定不会给我们带来麻烦吗？”

显然没有料到西方大漠一个残留部落中，还有人能说出她的幻术名称，那个鲛人一惊，不由怔了怔。然而很快眼里就浮出了狠厉的神色，咬牙道：“若是势头稍有不对，我自然立刻离开……绝不连累你们。”

“都是被那些冰夷逼的……”同是女人，叶赛尔看不得那样的孤狠决绝，立刻插言，坚决地盯着老女巫，“反正五十年来我们的麻烦还少了？多她一个，那些追杀也不见得就会多多少——我们霍图人接待了客人后，可从来没有把客人再推出去过！”

仿佛被族长的气势压住，女巫罗谛想说什么，最终还是重重叹了口气，不再说话。

“快喝点驼奶，等会儿就要上路了。”叶赛尔俯身倒了一盏热奶，递给那个鲛人女子。显然对方不习惯喝那样的东西，只喝了一口眉头就皱了起来，然而定了定神，依然握着碗口，一小口一小口地喝光了一碗奶。

在红衣女族长放心地离去后，空空的帐子里那个鲛人女子挣扎着坐了起来，用手按着胸口。仿佛胸肺里有什么东西在翻腾，最终忍不住还是一口吐了出来——

吐在地上的奶中，夹杂了无数惨绿色的血块。毒性还是没有拔除干净啊……鲛人的身体就是太脆弱，稍微受了伤就要很长的时间来恢复。不知道这次浸泡毒河那么久，会不会留下终身难以痊愈的内伤。

那个鲛人女子想着想着，唇角忽然浮起苦涩的笑意：还谈什么痊愈不痊愈呢？活下来已经是幸运。她亲眼目睹了那些惨烈的死亡——一起去往空寂城的同伴，返回的途中一个个先后死去，用尽全力游着，全身的肌肉就片片脱落，最终变成了毒河里漂浮的骨架，被赤水中的幽灵红藫吞噬。

那样悲惨的景象，她永生不能忘记。

而不曾亲眼目睹的死亡，却更让她痛彻心扉——寒洲那个笨蛋，在半途听说曼尔戈部以勾结复国军的罪名被围剿后，沉默了一整夜，最终决定孤身返回。

这个优柔善感的寒洲，真的是复国军的右权使吗？她曾和他一起在镜湖深处长大，共同经历了二十年前那场被镇压的起义。然后，她在战败后被俘虏，趁机混入了征天军团做傀儡，不择手段以美色窃取种种情报；而他留在了复国军中，和炎汐一起管理着镜湖大营。

而那样妇人之仁的脾气，从小时候开始就没有变过啊！

“你当年真该去做女人，而不该变身成一个男的！”她怒骂，用尽所有刻毒的语言，隐约痛心莫名，“色迷心窍——你以为你回去了云焕真的会放了曼尔戈人吗？那个有天铃鸟般歌喉的长公主，值得你抛下复国军回去送死？你的誓言呢？你的梦想呢？竟还抵不过区区一个女人！”

然而，无论她激烈反对或者晓之以理，都无法打动右权使赴死的决心。

“不，不是为了那样，湘。”温雅的右权使望着她，目光里有一种奇异的力量，“我们没有理由为了自己的生存而让无辜的另一族去送死。”

那样温雅的回答仿佛一支利箭射中了她，她不能回答，却下意识地去夺他手里的如意珠，大骂：“笨蛋！你要把如意珠送还给云焕？除非杀了我！”

然而寒洲没有反抗，任凭她轻松夺去了如意珠，淡淡道：“不。复国军为了如意珠，已经牺牲了很多人，这些血不能白流……沧流帝国拿到了如意珠，必然会用于迦楼罗制造。一旦试飞成功，我们海国永无出头之日——这些道理，我不是不明白的。”

她在水里看着右权使，道：“那你准备就这样回去送死？你并不能阻拦什么。”

“便是没有希望，还是要尽力。”寒洲也停住了潜游的脚步，悬浮在剧毒的水中静静看着她，虽然能力超出普通战士，他的肌肤依然开始溃烂，“就算只是赎罪也好。我没能拦住你杀那个空桑女剑圣，这次我却无法坐视……我真的无法坐视——不然，我和那些禽兽般的人有什么区别？”

他再也没有说什么，掉转了身形，逆水泅游而去，深蓝色的长发如同水藻。

“寒洲！”她看着那个优柔善感的右权使离去，忽然间大叫了一声。

他停下来看着她。那个瞬间，她的手指抠入了自己的左眼，生生将眼球挖了出来！

“湘！”那个瞬间寒洲惊呆了，迅速闪电般掠回来，“你这是干什么！你疯了？”

然而她捏着自己柔软的眼球，忍着剧痛，开始迅速念动鲛人族最古老的咒语。

凝聚了碧色的瞳孔忽然扩散了，那种绿色仿佛被搅拌开一样，渐渐弥漫到整个眼球，将眼白部分掩盖——随着幻术的进行，那枚被空桑人称为“凝碧珠”的鲛人眼睛，居然变成了一粒直径寸许的纯青色剔透珠子，闪着琉璃的光泽！

寒洲一瞬间说不出话来，他已经明白了湘的意思。

“带……带它回去给云焕——或许有一线生机。”她忍着眼窝里毒素入侵的剧痛，将施了法术的珠子塞到寒洲手里，“云浮幻术只能维持十日，我已尽力。”

“湘……”看着面前同样遍体溃烂的女子，寒洲却仿佛被烫了一下似的松开了手。

“其实我也不想杀慕湮，更不希望曼尔戈人死，可对手太狠了……我们只能比他更狠！海国，曼尔戈人，我们两族本都可以好好活下去。可是……偏偏有些人不让……”眼里流出的血似泪滴，然后仿佛再也忍受不了眼窝里剧毒的刺痛，她猛然将另一只手里握着的如意珠塞入了空洞的眼眶，掉转了头，“希望你能活着回来，右权使……我和复国军战士，在镜湖最深处的大营里等着你——直到永远。”

身边再也没有一个伙伴。她用尽全力在黑暗的水底游着，直至筋疲力尽昏过去。

如果不是亡国，如果不是奴役，他们的人生本来会完全不一样吧？海国的子民，本来应该是海洋的宠儿、蓝天下自由自在的风儿。他们居住在镜湖深处的珊瑚宫殿里，在镜湖的七色海草里歌唱和嬉戏，无忧无虑，有着千年的生命，只为爱而长大。她和寒洲自小一起在镜湖深处耳鬓厮磨地长大，成年后为谁而变身，都是心照不宣的。

然而是什么让一切都变了——是谁不让苍天下这些微小平凡的生命好好生活？

已经有了绿洲气息的沙风中，她迎风微笑起来，眼角却有泪水落下，化为珍珠。鲛人女子抬起手，去触摸隐隐作痛的右眼——

那枚如意珠如同生了根一般牢牢嵌在眼眶里，阻挡了眼里所有的光线。

空寂城里的夜风要比旷野里和缓多了，然而云焕走在风里，依然觉得森冷。

离开了将军府，身后哭泣声渐渐消失，他只听到自己的靴子踩在砂石地上的声音。他是来送死讯的——“南昭将军不幸牺牲”，很简单的一句话交代了就走。而门内，南昭的妻子抱着三个孩子痛哭。

那三个孩子……最大的也不过十岁吧？最小的还不懂事，不明白“死亡”的意义，只是睁着眼睛看着母亲和哥哥悲痛的表情，咿咿喔喔地表示肚子饿了。

在帝国那样严酷的门阀制度之下，讲究家世和出身胜于一切，南昭本来就是出身于铁城的平民之中，毫无背景可言，全靠自身奋斗爬到镇野军团的少将地位，而不及调职回帝都，却死于壮年之时。他这一死，余下三个年幼的孩子必将面临更苛酷的人生之路。

三个孩子中，有几个可以出头呢？又有几个，会如他童年之时那样，被永远埋葬在这荒漠的黑暗里？

他走在路上，沙风掠过他的发际。

天地间终于又只剩了他一个人。不知道走了多久，云焕忽然间放声大笑起来。

空寂城上守夜的士兵惊惧地看着这个帝都来的少将，不明白这个日前刚提兵踏平苏萨哈鲁、立下大功的天之骄子为何如此失态，纷纷猜测大约是少将此行顺利因此内心喜悦。看到云焕摆手命令开城，一排士兵连忙跑上去挪开了沉重的门闩。

巨大的城门缓缓洞开，那位破军少将，就这样仰天大笑出城而去。

他回到了那片石头旷野中，长久地凝望那一座被玄武岩严密封起的古墓。

巨大的石条将它封闭得犹如一座堡垒。云焕远远站在那里看着，仿佛看着的是自己的内心。恍惚间竟有某种恐惧，让他不敢走近一步。

“师父……弟子来看您了。”他将如意珠握在手心，俯身放下了一个篮子，里面是师父生前最喜爱的桃子。单膝跪地，他喃喃禀告：“我明天就回帝都去了。”

想要转身离去，然而却挪不开脚步。尽管冷醒着的内心里是如何地厌恶着这种软弱和拖沓，然而有一种更强大的力量，让沧流少将根本无法离去。这一个月的荒漠生活如一梦，一个充满了背叛、阴暗、血腥的噩梦。他就要回去了……回到那个有着铁一般秩序的帝都，重新回归力量的规则之下，继续攀向权力顶峰。

然而……就算到了那个顶点，他又能得到什么？能得回在这座古墓里所失去的吗？可如果不继续攀登，一松手那便只有死。连着全家族，一起堕入万丈深渊，粉身碎骨！

他已然无路可退。多么想回到那个时候啊……十二三岁的少年时，还被流放在属国，也尚未卷入帝都的政局，他只是个普通冰族少年，和牧民的孩子们嬉闹斗殴，习武练剑，陪伴着古墓中轮椅上的那一袭寥落白衣。

师父或许不曾知道吧？连他自己都不曾发觉：所谓的“快乐、矫健和自由”……她对他期许的三件事，细细想来，居然只是存在于遥远的过去那一瞬。

如同雪白的昙花，在他的生命中一现即逝。

他低下头，看到自己的手指在沙地上缓缓移动，茫然写下几个字：“恩师慕湮之墓。弃徒云焕立。”

刚一写下，冷风就将沙上的字迹卷走，湮没无踪。云焕握紧了双拳，用力抵在地上，只觉肩背微微发抖——是的！无论怎样地怀念，他却不能在这个世上留下任何痕迹，甚至不能公开承认她在自己生命里存在过！

枉他一生自负，到头来，居然连给师父立块碑都做不到！

“弃徒云焕”——在流沙上写下那四个字的时候，是撕心裂肺的痛楚。他终究被所有人遗弃。他也活该被遗弃。

即使师父在世的时候，他也不曾毫无保留地信赖她——因为她终究是空桑人的剑圣，而他却是沧流帝国的少将。他从师父那里得到了力量，借用着力量，却依然包藏着私心，计算着那个最关心自己的人，使用了种种伎俩和手段。

经历了噩梦般冷酷的童年、交织着权欲和阴谋的青年，帝都归来的少将有着自己一套阴暗的处世方法——这仿佛是种在他骨髓里的毒，随着心脏一起跳动到最后一刻。

他或许天生就是这种人——然而，即使这样的人，心里也不会没有对温暖的渴慕和企求。

一直到师父死去的一刹，心里无法摆脱的猜忌和提防才如大堤崩溃一般地瓦解——死亡撤销了最后一丝防备，他终于可以放任自己失声痛哭或狂笑，去全心全意地相信一个人，怀念她、景仰她、眷恋她，而不必再去保留什么私心和猜忌。那个淡然温暖的影子被无限放大，在记忆中冉冉升起，作为一个虚幻的象征而存在——那个玉座上的冰冷石像，便成了他终身的仰望，无可取代。

或许，这反而更好。这一趟荒漠之行，终于将他心底里那一点儿脆弱彻底了断。从此后，这个空莽的云荒大陆，再也没有任何东西可以羁绊他的血战前行。

深夜寂静的大漠冷如冰窟，厉风如刀切割着身体。少将跪在墓前，许久没有起身。

黎明的时候，听到了远方前来的风隼独特的鸣动声——那是帝都派遣来接他回京的座驾。该回去了吗——云焕在风里缓缓站起，面无表情地转过身去。一夜的寒气，已经在他的软甲和发梢上凝出了细小的冰花。

“斯人已逝，少将封墓而返。”

远处的红棘丛里，一双眼睛静静注视着古墓前少将的一举一动，在给帝都的密信上写下了最后一行字。

那，也是关于这座古墓故事的最后一笔。

应该是要下雨了，镜湖中心那一座城市仿佛笼罩了密云。

帝都外围依旧有长年不歇的锻造声，十户为一里，百户为一坊，每个坊的中心都设有锻造作坊，一排排巨大的炉子里火光熊熊，地上挖掘好的沟渠里纵横流淌着铜铁的汁液。

在冰族聚居的伽蓝城里，一切都按照门阀姓氏划分开来，三重城墙内外隔绝，井然有序、不容逾越。冰族凌驾于云荒其他种族之上，基本上不从事农桑生产。然而，有一些机械制造和器物锻造的方法，却是族内的不传之秘，外族不得沾手分毫。而居住在外城的冰族，便是从事工匠行业的，在族中则属于人数最多、地位却也最低，从开国以来就被安置在帝都的最外一层，负责着庞大的军工生产。

所以帝都的外城，也被冰族人称为“铁城”——匠作锻工聚居的地方，也是最卑下的姓氏的居住地。和最内层皇城里居住的十巫正好处于两个极端。

然而，即使这些每日忙于劳作锻造的冰族平民，也感觉到了整个帝都的压抑肃杀氛围。

“你们看……又有风隼从西方飞回来了啊……”一个淡金发色的精壮男子抬起头来，放下锤子，擦了擦额头密布的汗，看着半空飞向伽蓝白塔的那一点黑影，“不知道带回来什么样的消息——破军少将应该快回来了吧？”

他旁边的同伴用力拉动巨大的皮囊，将风鼓入炉中，催动烈焰。

“我看那家伙是回不来啦！国务大臣他们分明是要他去送死的，”斜眼看了一下阴沉沉天色下飞回的风隼，鼓风的汉子冷笑，“回来了又如何？云家已经倒了，回来会被国务大臣那边整得更惨——还是战死在沙漠的好！好歹也算一个人物，别回来被整得不成人样。”

抡锤的精壮男子听得这话，脸色忽地白了一下，抬头怔怔看着半空返回的风隼，竟忘了继续工作。金发松脱开来，沾在额角，赤膊上的肌肉一鼓一鼓。

“冶胄！快捶啊，精铁都要化了！”拉着风囊，同伴不耐烦地大声叫。

“啊？”那个被叫作冶胄的冰族青年如梦初醒，振作精神抡起巨锤，把熔得发红发软的铁条击得火星四溅。仿佛内心有巨大的愤懑，他再也不多话，只管用足了力气挥舞大锤，一下又一下，似在发泄什么。

“好了，好了，该翻面了！”同伴又忙不迭地提醒——帝国向来管制严格，铁城所有作坊出产锻造的兵器，都必须烙上锻造者的名字，如果发觉兵器有瑕疵或者实战中出现问题，那么从负责锻造的巫抵大人开始，立刻就会一层层将责任追究下来，最后落到铸造者身上，严惩不贷。

所以，尽管铁城中的这些冰族平民从懂事以来就进入作坊，一生中不知打造了多少兵器，对每一件经手的物件却是不敢有丝毫放松——何况现在他们所在的这个“断金坊”，更是历来以出产利兵巧器而闻名铁城七十二坊，更不能因为疏忽砸了招牌。

听得提醒，冶胄将铁条翻了一面，继续沉默着挥动大锤，仿佛击向什么深仇大恨的人。

“怎么啦小子？有力气没处使啊？”同伴看得纳闷，忍不住嗤笑起来，“留着力气，歇息时去叶城抱女人也好呀！你这个月也没有告假过吧？年纪轻轻，怎么忍得住啊？”

“砰！”重重一锤击在成形的铁条上，火星如同烟花般迸射开来，吓了他一跳。

“那群浑蛋……那群浑蛋，是要把云家往死里整吗？”冶胄咬着牙，在火光后一字字低语，眼里竟然有野兽一般的狠厉光芒。

“冶胄？你他妈的昏了头了？”同伴吓了一跳，连忙制止他，同时惊惧地看着外面，一迭声低骂，“你想死呀？发什么疯！云家和你又有什么关系？”

“那些该死的门阀……”冶胄咬着牙，腮上肌肉鼓出来，有一种杀气，“我们铁城里，百年只出了这么一家子人可以进到皇城里去！还要硬生生被那群浑蛋给弄死？”

同伴目瞪口呆地看着忽发狂言的冶胄，不明白他为何对云家姐弟如此关心。忽然想起这个年轻人以前曾居住在永阳坊，和发迹前的云家人是邻里，不由脱口：“冶胄，莫不是你认识云家姐弟？”

“云家？呵呵……”冶胄忽地笑了起来，“至高无上的十巫，我们这些铁城的平民百姓，又怎么高攀得起呢？”

同伴还想再问什么，冶胄迅速低下头去，将已经成形的精铁长剑挟起，浸入了一旁的冷水槽内——“嘶！”一阵白烟立刻腾起，弥漫在狭窄而火热的作坊里，阻隔了一切视线。

云家三姐弟……那样遥远的回忆。

冶胄忽然有些失神，直到手里的长剑在水里浸得冷透也没有动一下。

白发苍苍的巫即长老从皇城的藏书阁中走出，连平日手里拿着的金执木拐杖都不用了，沿着朱雀大街一路穿过官员居住的禁城，健步如飞地来到了嘈杂的外城。

年轻的巫谢捧着一卷羊皮卷，小跑着跟在老师后面，微微有些气喘。

脑子里还在回想着片刻前在藏书阁里看到的景象：师父从阁楼角落积满灰尘的空桑典籍里翻到了这一册《伽蓝梦寻》，脸色就变了，几乎是颤颤巍巍地用手指翻开了脆弱的羊皮卷，忽然指着一处大声叫了起来。

老人欣喜若狂的声音震得藏书阁的灰尘簌簌而落。

“去铁城！快带上这卷书，跟我去铁城！”十巫之一的巫即大喊，毫无帝国元老院长老的风范，一把扯起了弟子往外就走，“小谢，我终于找到了法子！”

巫谢是十巫中最年轻的一位。他出身高贵，自幼样样占得第一，二十多岁上就顺利袭了元老院中十巫之位，英俊聪颖，权倾天下，不知是多少帝国贵族少女梦中的夫婿——然而，这样优秀的年轻人把聪明全用在了别的地方，心心念念只在那些玑衡星象、格致物理之间，自始至终无法领会门阀残酷斗争中的真谛。

“什么法子？”巫谢莫名其妙地问。

巫即一边走，一边翻开了随身携带的《营造法式·征天篇》，这个毕生钻研机械的老人激动得须发皆张，得意扬扬，挥舞着拐杖：“我找到改进迦楼罗金翅鸟的方法了！下一次试飞一定成功！不管巫罗他们提供的木材铁器有多垃圾，不管负责试飞的是哪个脓包，我都有把握让迦楼罗飞起来！”

“是吗？”巫谢也被吓了一跳，惊喜万分，“真的能让迦楼罗飞起来了？”

“当然！快，跟我去找最好的工匠。”巫即连手杖也不拿了，直奔铁城作坊，“立刻组织人手，按我画的图铸造器具——真是想不到啊，我想了五十年都无法以机械之道解决的问题，在空桑人的《伽蓝梦寻》上居然能找到答案！”

究竟是什么方法？居然能解决迦楼罗因为能量浩大而无法受控制的难题？

要知道不同于靠着单纯机械力飞天的风隼和比翼鸟，庞大的迦楼罗是借用了如意珠巨大的力量而腾空，结合了机械学的极致和莫测的神力——然而如意珠的力量是如此巨大，以至于无论沧流战士还是鲛人傀儡，居然无一能驾驭，五十年来九次试飞均告失败。

而智者大人，虽然一开始给出了迦楼罗的构造图解，却留下了这个难题给冰族。

连巫即大人苦思冥想多年都无法解决的问题，难道空桑人的古籍上会有答案吗？年轻的巫谢实在是好奇，忍不住偷偷翻看了那让师父惊呼的一页——

如意珠，龙神之宝也。星尊大帝平海国，以宝珠嵌于白塔之顶，求四方风调雨顺。然龙神怨，不验。后逢大旱，泽之国三年无雨，饿殍遍野。帝君筑坛捧珠祈雨，十日而天密云不雨。帝怒，乃杀百名鲛人，取血祭如意珠。珠遂泣，凝泪如雨。四境甘霖遍洒。

薄脆的羊皮纸上，那样一段古老记载短而平淡。

云家要倒了！穿过帝都三重城墙，到处都听到街头巷尾在低声议论。

巫即兴冲冲的脚步也不由缓了一下，花白眉下的眼睛里掠过一丝担忧。

最近云荒大地上变乱又起，征天军团在几十年的平静后再度被派出——破军少将居然铩羽而归，代之以军中不甚得势的飞廉少将。反之，云焕被派往砂之国执行必死的任务，云家三妹——圣女云焰被逐下白塔废为庶人，身为十巫之一的大姐云烛同时不知生死。

十年内迅速发迹的云家，可以说是巫彭元帅一手扶持上来的。云家这一倒，不啻象征着门阀间新一轮角逐的成败。

据前往泽之国追捕“皇天”持有人的战士返回禀告，飞廉少将带着变天一支，在康平郡已经截获了空桑人。一场激战后空桑将军西京退入了郡城躲避，目前飞廉少将已经将整个息风郡城围得如铁桶一般，开始一寸寸地搜索。看来截获“皇天”，已是近在咫尺的事情了。

形势在向着有利于国务大臣巫朗那一方演进。

虽然帝国有百姓不准议论朝政的律令，严格的门阀姓氏划分也阻碍了消息的流通，可在最低等冰族聚居的外城里，那些军工作坊熊熊的炉火间，伴随着铁器击打锻造的声音，皇城里的一些是是非非还是被私下流传着。

“小谢……我跟你说过，昭明星已经出现在伽蓝上空，乱离起于内而形于外啊。”巫即在坊间顿住了脚步，忽然间长长叹息了一声，“你自幼聪明，又是长房长子，担了一族的重任，却向来对政局少有兴趣——其实，这也未尝不是福。”

“咳咳。”巫谢有些尴尬，只是道，“虽然我和飞廉交情不错，可是……云焕那小子虽然嚣张，死了却也可惜。”

“死不了的……破军星的光辉虽然暗了一下，却立刻重新大盛，他怎么会死呢？”说着昨夜看到的星象，巫即拈须摇头，“可怕，可怕啊……风暴卷来前，总是让人无法呼吸啊。”

“老师，你是说云焕会拿到如意珠平安返回吗？”巫谢问，有些高兴，“那小子向来强悍，想来也不会轻易送命在沙蛮子那里。”

“能不能拿回如意珠，我却不知道了……”巫即沉吟着，眼睛看着半空飞过的巨大黑影——那是一架从西方砂之国返回帝都的风隼，“要看这架风隼带来了什么样的信息吧？我想，巫彭和巫朗，一定都已经急不可待了。”

巫谢抬起头，看着那架西荒返回的风隼渐渐掠低，返回白塔内部，不由蹙眉。

云焕回来了吗？不知，又带回来什么样的结局。

以眼下情形来看，云家势微，帝都朝堂上早有一帮豺狼虎视眈眈、蓄势待发，想趁机将云家撕裂后分食。这一次，除非云焕将任务完成得无可挑剔，才能堵住各方的嘴——若是稍有瑕疵，就难免会有人借机发作。而若是未能完成，那么巫朗那边，早已准备好了铁牢酷刑等待着他了吧？

年轻的长老抬起头，凝视着白昼天空里的某一处。

日光掩饰了天宇里星辰的痕迹。然而巫谢凭着星象师的直觉，将目光长久地停留在北方的分野处——那里，北斗七星以北极星为轴缓缓转动。破军为北斗第七星，有汹涌澎湃、善战披靡之意。传说每隔三百年，这颗星都会有一次猛烈的爆发，亮度甚至会超过皓月。

而此刻，正如师父所言：这第七颗星在一度的暗淡后，霍然放出了更亮的光芒！

【破军·完】

镜

东风破

第一章

暗香

龙朔十二年一月廿三日，立春。

帝都伽蓝的夜色黑沉如墨，漫天漫地大片泼下，淹没了皇城里密密麻麻的角楼飞檐、章台轩榭。白日里那些峥嵘嶙峋、钩心斗角的庞然大物仿佛都被无边无际的黑暗融化，裹在一团含糊难辨的浓墨中。

虽然已是立春，但阴霾丝毫没有从伽蓝城里退去的迹象，此刻冷雨还在淅淅沥沥地下，无声无息落到前日里尚未融化的积雪上，在黑夜里流出一堆堆宛转的白。

一阵风卷起暗夜的冷雨，宛如针尖般刺入肌肤。站在窗前的清俊男子不自禁地拉紧衣襟，却没有去关窗子，只是站在那里默默望着那一片浓墨般漆黑的夜色，仿佛侧耳听着风里的什么声音。

依稀之间，有若有若无的歌吹之声从那高入云霄的层层叠叠禁城中飘过来，仿佛带来了后宫里那种到处弥漫的甜美糜烂的气息——是梨园新制的舞曲《东风破》。

今夜，帝君又是在甘泉宫里拥着曹太师新献上去的一班女乐，做着长夜之饮吧？

“这样下去，三百年的梦华王朝恐怕就要毁了。”风宛如锋利冰冷的刀子穿入衣襟，眉目冷峻的男子低下头去，喃喃说了一句。眼前又浮现出日间早朝时自己弹劾曹太师的奏折被承光帝扔到地上的情形——

“查无实据。”

高高在上的帝君冷冷扔下一句话，再也不听作为章台御使的他的上奏。

曹太师在一旁看着他，嘴角露出一丝笑意，趁机出列请求承光帝降罪于诬告者。牵一发而动全身，这边御使台和一些同僚也纷纷出列为他辩护，双方再度在朝堂上针锋相对。辅政的六位藩王也有各自倾向，唯独青王在一旁微笑不语。

眼下整个梦华王朝弊端重重，六位藩王钩心斗角，朝中文官结党营私。而因为承光帝长年无子，储君之位悬空，导致作为太子太傅的大司命对王朝的影响力衰减，失去了历朝大司命应有的地位。趁着这个空当，三朝元老曹训行联合了朝野大部分力量，以太师的身份统领尚书令、侍中、中书令三省长官，权势熏天，将整个帝都伽蓝城，甚至整个王朝置于他的支配之下，卖官鬻爵、欺上瞒下，民间一片怨声载道。

朝廷中，大部分官员也已经附于太师门下，沆瀣一气。然而本朝有律，太师和由太师推荐任用的官吏不得担任御使台御使，以避免太师与负责弹劾的御使勾结为祸。因此他这个非太师党的章台御使，仍能控制御史台，几年来已多次弹劾太师。

只是如今积重难返，以他一人之力，扳倒曹太师又谈何容易……

长长叹息，将浊气从胸臆中吐尽，年轻御使的手指不知不觉用力抓紧了窗棂。

阿湮，阿湮。当年我放弃了一切，信誓旦旦地对着你说：要荡尽这天地间奸佞之气，还天下人一个朗朗乾坤——想不到如今，竟依然力不从心。

冷雨还在下，无声无息，落到窗外尚未融化的积雪上。

年轻的章台御使夏语冰凭窗看出去，外面的夜色是泼墨一般的浓，将所有罪恶和龌龊都掩藏。忽然间有风吹来，檐下铁马响了一声，似乎看到外面有电光一闪——然而，等定睛看时才发现那不过是错觉。夜幕黑沉如铁，雨不作声地下着，潮湿寒冷，让人无法喘息。

檐下风灯飘飘转转，铁马叮当，雨如同断线的珠子从屋檐上落下来。

“哎呀，语冰，怎么开着窗子？小心着了寒气。”忽然间，身后传来妻子诧异的话语。青璃放下茶盏，连忙拿了一件一抖珠的玄色袍子，给他披到肩上："雪雨交加的，你要小心身子。快关上窗子吧。"

衣饰华丽的贵族女子上前，伸出白皙修长的手指，想去关上那扇窗。

"别关！"夏语冰看也没有看她，伸出手截住了她，蹙眉，语气冷淡，"和你说过了，我在书房里的时候，不要随便进来打扰。"

"可是……"被丈夫呵斥，青璃柔白秀丽的脸白了白，嗫嚅，"我叔父来了，在后堂密室里，说有事找你商谈。"

"青王？"年轻的御使怔了怔，脸色微微一变，立刻关上了窗子，"快带我去。"

窗关上的一瞬间，仿佛一阵风卷过来，檐下的铁马发出刺耳的叮当声。两个人都没有注意在关上窗户的那一瞬间，窗前屋檐上滴落的雨水，在风灯下竟然泛出了如血的殷红。

"嚓"的一声轻响，仿佛有什么东西滚落在屋顶上。

黑暗仿佛浓墨，裹着一切，伸手不见五指。

初春的天气寒冷料峭，下着雨的夜里，屋顶上有什么东西微微一闪。那微弱的亮光割裂了黑夜，血如瀑布般流到屋面上，混着雨水落下。剑光中，依稀可见一只苍白纤细的手拖起了一件沉重的物什。屋顶上居然有一个人，在暗夜里俯下身拉起一物负在身上，准备离去，轻手轻脚地，仿佛生怕发出一丝声响。

然而下着雨的屋瓦滑不留足，来人踩着兽头瓦当准备跃到旁边耳房上时，仿佛气力不继，脚下一个踉跄，几乎跌倒。

"背不动？"忽然间，屋顶上另一角的黑暗里有个声音，带着笑谑开口了，"这次的刺客还好是'龙象狮虎'里最瘦的'虎'——真难想象你一个女孩子，是怎么背着当初那个庞大的'象'离开的？"

背着尸体的人蓦然止步，闪电般回过头来看着黑暗中那个不知何时到来的神秘人，眼睛闪亮——方才她在"虎"出手之前，一举将这个刺客击杀在书房顶上，成功地未曾让房内的年轻御使发觉。然而，螳螂捕蝉，黄雀在后，她却未曾料到黑暗中，另外还有一个人在一边静静观看了全部过程。

穿着夜行衣的女子霍然回头，居然夜视中清清楚楚判断出了对方的方位，想也不想，一手挟着尸体，另外一手拔剑刺来，同时身子却往后急速掠出，显然是想迅速离开御使府，以求不惊动府中任何人。

那一剑薄而快，宛如惊电穿破皇城浓重的夜色，居然将空气中下落的水珠都切为两半。

一剑刺出后，女子已经点足掠开，不再看身后的情况——五年多来，她用那一招斩杀过六十多位接近夏御使的刺客，从未失手。她生怕惊动房内的人，再不敢与来人多纠缠，一击之后已经挟着尸体跳上了御使府的围墙，准备离开。

“好一个‘分光’！”然而，就在她准备跃下墙头的一刹那，听到那个声音在身后悠然道。再度惊觉回首，发觉那个神秘来人居然好好地站在身后的围墙上，宛如附骨之蛆。

她再不迟疑，也不去回头搭理，只是一口气掠下了围墙，离开御使府。奔出了一条街，这才扔下了尸体，忽然转身，对着跟上来的人再度挥剑。暗夜沉沉，唯独剑尖反射着一点冷醒的光，点破沉重如铁的帝都。

雨还在零落地下，然而已经无法落到地上——那一剑平平展开，剑气弥漫在雨里，居然激起了半空雨点纷纷反跳。因为速度极快，剑尖幻化开来，那如扇面般展开的光的弧面里，竟出现了六个剑影！

“货真价实的‘六分光’啊……”如影随形跟来的人脱口喃喃，语气里有惊喜的意味，“果然是剑圣门下的弟子吗？”

说话之间，他的身影忽然仿佛被剑切开了，左右两半倏然分裂，身形一化为二，铮然拔剑，“叮叮叮”六声急促的脆响。女子只觉手腕连续震动，在刹那间，自己刺出的那一剑居然被拦截住了六次！连续不间断的力道传来，她手中的剑几乎脱手而出。

再也不敢大意，她终于立住了身，收剑迟疑。

对方的身法……怎么……怎么如此像本门的“化影”？来人是谁？又是曹太师派来的刺客吗？居然能接下她那一剑“分光”，而且能直接说破她的师承来历！

“这样好的身手，居然做了太师府走狗？”女子微微冷笑，啪地将剑一横，“见过了‘分光’，今夜你别想活着离开！”

“果然是剑圣门下的‘分光’！”黑衣来客眼睛亮了起来，从风帽下抬起头来看着对方，显然颇为激动，“你就是五年前忽然消失的剑圣云隐的女弟子慕湮？难怪那群杀手几年来个个有去无回，原来夏御使请来了这样一个护卫在身边……”

“我不是御使请来的护卫。”那个女子默认了对于自己姓名师承的猜测，却开口截断了他的话，否定了他的另一个猜测，“他甚至不知道有刺客。”

“你是一个‘影守’？”黑衣来客吃了一惊，脱口问——所谓“影守”，如其名，便是受保护人身边“影子”般的守护者，一般是受第三方托付而来，受保护者自身并不会察觉。影守比一般的保镖要求更加严苛，需要消弭自己的存在感，让对方完全不发觉，而一旦身份被发现，那么他们的任务便也不能继续下去。

“哎呀，让剑圣云隐的弟子当影守，雇主面子可不小啊。一定是藩王一类的人吧？”黑衣来客抹了抹眉毛上的雨水，忍不住笑了起来，“夏御使果然娶了个金龟女。青王的侄女一过门，五年来他不但仕途青云直上，连影守都请了这样的高手……”

“没有人雇我。”蓦然，慕湮再度截断了他的话，不耐烦起来，转动手腕，剑指对方，“拔剑，少废话。太师门下的走狗！”

“怎么，还没认出‘化影’的身法吗？”这一次，轮到来人打断她的话。黑衣人微微苦笑，拔出自己的佩剑来，转过手腕让她借着微弱的光，看清银白色剑柄上刻着的“渊”字，点头招呼：“那么，你总该认得这把剑吧？”

慕湮忽然一震，盯着来人手里那把剑看了半晌，说不出话来：“你……你是……”

“还是第一次见面，小师妹。”来人抬起手，将头上湿淋淋的风帽往后掠去，露出一张风霜清奇的脸，微微点头，“我是剑圣云隐的大弟子尊渊，你的师兄。”

密室内，长谈许久的两人终于开了门出来。

夏语冰送青王到了侧门，有一顶软轿静静候在那里，一名青衣男子站在廊下等待，神色沉静，眼神凌厉，显然是个武学高手。

“现下到了紧要关头，可要小心行事。”便衣小帽的青王是假借着看望侄女的名义私下过来和年轻御使商榷今日朝上之事，确定下一步计划的。临上轿，青王转过身拍了拍夏语冰的肩膀，低声道：“朝堂上的事就交给你了——这边，我们很快就能从北方迎真岚皇子回帝都，若太子册立，曹训行那老家伙迟早完蛋。”

“是。”听到这样的话，夏御使的眼里也有忍不住的激动，“只要能扳倒太师，还天下一个清静乾坤，在下死又何惜。”

“什么话！”青王嗤笑了一声，仿佛对于年轻御使这样的激愤感到有些可笑，摸着胡子，拍了拍侄女婿的肩膀，调侃，“你死了，我侄女可要守空房了——等扳倒了那巨蠹，到时候夫荣妻贵，才不枉当年青璃不顾反对下嫁你一介白丁的眼光和勇气。”

“是。”年轻御使的脸色微微一变，只是低下头回应。

“还有，刘侍郎的事还请贤侄多多考虑，年轻人，做事可不能太刻板啊。”青王坐入了软轿，和蔼地笑着叮嘱。轿夫抬起了轿子，随行的青衣侍卫跟着转身，片刻不离。

“王爷教训的是，在下会酌情考虑。”略一迟疑，夏御使应承下来，然而脸色已经微微有些苍白。

“贤侄果然是个聪明人，也不枉本王看重你。”青王笑了起来，摸着颔下胡子连连点头，夸奖面前的年轻人，“你比以前长进多了，朝中一些老臣都对你赞不绝口呢。”

章台御使宠辱不惊，只是淡淡道：“还多亏青王一手提拔。”

“对了，”轿子已经抬起，忽然间，青王喝令停轿，从帘子里探出头来，叮嘱了一句，“小心曹训行那心狠手辣的老狐狸下黑手啊……语冰，你最近要好好注意安全。”

“是。”夏语冰点头，迟疑了一下，也有些奇怪，“但是宅中一直平静，并不见有异动。”

“哦，那最好。”青王拈须点头，然而眼神却是若有所思的，口中轻笑，“千万要小心行事，不要被人暗中做了手脚——不然青璃年纪轻轻就要守寡了呢。”

“是。”对于位高权重的长辈，年轻的御使只有再度点头，但是脸色苍白起来。

软轿终于沿着僻静的小巷远去，两名轿夫显然都身怀技艺，脚程飞快，旁边青衣侍卫跟着轿子走着，默不作声。

一直到走出了十丈，青衣侍卫才低下头，弯腰对着轿子里的人轻轻禀告："王爷，方才你和御使大人密谈的时候，似乎已经有杀手来过了。"

"哦，又被那个神秘人解决了吗？"似乎毫不觉得意外，青王掀起轿子侧面的帘子，看着得力的手下，"寒刹，你还是没看清楚那个一直暗中保护着夏御使的人的来历？"

青衣侍卫眼神冷洌，沉吟了一下，默然摇头。许久，才道："这一次似乎来的杀手不止一个，然而只有'虎'被格杀——另一个人没有出手，躲在黑夜里，我几乎感觉不到他的存在。所以不敢贸然追出去。"

"哦？看不出，夏语冰那小子还留了一手嘛，装作没事人一样，谁知道背地里早就请好了厉害保镖。"青王摸着胡子，冷笑起来，"在我面前还装出一副束手待毙状，长进到懂得耍心机了吗？"

夏语冰有些出神，一直到看不见那一顶轿子，才合上偏门，微微叹了口气。

"守寡？叔父不知道，虽然现在丈夫好好的，我却和守活寡没多大区别呢！"刚关上门，回头却听见了这样的话。夏语冰脸色终于苍白起来，看着出来送客到廊下的妻子。

青璃还是当小姐时候的脾气，即使在家也是盛装打扮。方才在来访的青王面前，她没有流露出丝毫反常，一副举案齐眉、和和美美的样子。然而此刻叔父刚走，她柔白纤细的眉目间，却露出了讥讽。

"晚上我到你房里去歇着。"夏语冰不看她，转过脸去，淡淡道。

"呵，不用你施舍。知道你很忙、很忙。"贵族出身的夫人冷笑着，"我那忧国忧民的夫君，妾身怎么好让你从国家大事上分出神来施舍给我一个晚上呢？"

"抱歉。"听出了妻子语气里的讥讽，但是年轻的御使没有争辩，只是低下头去说了两个字，擦身而过，沿着长廊走向书房。

"夏语冰！"终于忍不住，贵族出身的青璃也失去了结婚多年来平静淡漠的气度，在廊下跺脚，“如果是慕湮呢？如果换了慕湮，你还会这样吗？”

“莫做无意义的猜测。”听到那样的话，年轻的章台御使忽然顿住了脚步，却没有回头，只是淡淡回答，“我守住了诺言，自从迎娶了你以后，五年来没有再见她一面——夫人多虑了，请早点回去歇息吧。我要去书房里看奏折和文书了。”

再也不多说，夏语冰沿着长廊往前走去，头也不回。

然而，虽然一路上尽力去回想最近呈上来的各地折子，但是或许是被青璃方才那歇斯底里的大叫唤醒了昔日遥远的回忆，脑子里居然跳出那极力去遗忘了五年的名字：慕湮。

阿湮……阿湮。

他还有什么面目去念及这两个字。

帝都的夜色漆黑如墨，冷寂如铁。只有极远处的后宫里，还隐约飘来丝竹的声音，伴随着女子柔婉细腻的歌声，断断续续，依稀有醉生梦死的浮华意味。

那是一曲《东风破》。可如今这个沉寂如铁的帝都里，弥漫着腐朽的气息，哪里有一丝的东风流动，去破开这令人窒息的长夜。

为什么他就不能放纵自己沉醉在这歌舞升平里……如果他对于曹太师的一手遮天可以闭上眼睛，当作看不见的话；如果他可以不那样冷醒，而陶醉于这纸醉金迷的盛世假象的话，如今，他也该和慕湮好好地生活在一起，在不知哪个地方并辔浪迹，执手笑看，或许……连孩子都有了吧？

想到这里，他立刻用力摇头，把这样不切合实际的臆想从脑中驱逐出去。

已经五年没有见到慕湮了，如今连她在天涯何处都不知道了，还做这样的梦干吗？当年在他身陷囹圄，却拒绝从天牢里跟劫狱的她逃走的时候，在对着她说出“我等的人是青璃”那句话的刹那——他们脚下的土地已经被割裂开来，判若云泥。

从廊下走过的时候，忽然间依稀闻到一线幽香，清冷冲淡，在黑夜的雨中缥缈而来。年轻有为的御使终于忍不住停下了脚步，微微循着香味的方向侧头看去——

墙角的暗影里，有一株晚开的腊梅开得正盛，将香味穿透厚重如铁的夜，送到风里。

又是一年梅花开。

阿湮，阿湮……五年前你拔剑割发，掉头远去，转眼便过去了那么长的日子。多年未见，天下茫茫，你又在何处，与何人相伴？

第二章

疏影

一墙之隔的外街上，慕湮正低下头，将刺客的尸体从地上拖起，雨水顺着她的发脚流下来，纵横在苍白没有血色的脸上。冰冷的雨水如针尖一般刺着她滚烫的脸。

“哎，我帮你。”黑衣的尊渊伸出手去，摆出大师兄的架子，“死沉的，你拖不动。”

“我能行。”慕湮没有买这个第一次相见的师兄的面子，自顾自拖起尸体。

“你都没这个死猪重，怎么拉得动？”尊渊撇撇嘴，带着一贯的怜香惜玉姿态，再度伸手，替她拖起地上那具尸体，“我来我来。”

“我说过了我能行！”慕湮忽然就叫了起来，柳眉倒竖，眼神愤怒倔强，“不用你管！”

“有这样和师兄说话的吗？”尊渊愣了一下，揉揉鼻子，把风帽重新戴上，悻悻地道，“一定是师父把你宠坏了——你说你也是好大的人了，还一言不发就从江湖中失踪，五年来毫无消息，害得师父担心得要命。他死前还把我从大漠里找回来，再三再四交代我要把你找回来好好照顾，才肯闭眼。”

暗夜里，听到远处打更声走近，慕湮努力把尸体拖起，准备迅速离开御使府第附近。然而听到大师兄这样的话，手一颤，手上沉重的尸体砸落到青石路面上，发出沉闷的钝响。

“师父……师父他……他……故去了？”女子抬起头来，看着尊渊，眼神忽然间有些恍惚。

“是啊，死了。”说起师尊的亡故，作为大弟子的尊渊却是没有丝毫哀伤的意味，看到小师妹那样悲哀恍惚的眼神，反而拍拍她肩膀，安慰，“有什么稀奇，剑圣也会死的。师尊已经快九十岁啦，这一辈子也活够了。”

沉默许久，雨点默不作声地从浓重的夜色里洒下来，尊渊正在奇怪慕湮忽然间的沉默，听到巡夜打更的人正在往这边走过来，忍不住要催促师妹赶快离开。然而，还没有说出口，陡然耳边就听到了一声爆发的哭泣。

“唉……女人真是麻烦，就是哭哭啼啼也要看地方啊！”看到慕湮捂住脸弯腰痛哭，尊渊再度尴尬地揉了揉鼻子，听着巡夜人的脚步声，喃喃说了一句，一手捞起地上刺客的尸体，另外一手拉住慕湮，点足飞掠：“快走！换个地方再哭……我有好多事要问你。”

打更巡夜的老人周伯多喝了几两黄汤，冒着雨踉踉跄跄地转过街角，看到黑夜里隐约有什么东西一掠而过，飞上了墙头。

“哎呀呀……什么鬼怪？”周伯揉了揉眼睛，然而转瞬那个影子就消失了，帝都的夜还是那样浓黑如墨，没有一丝光亮。冷雨中，老人哆嗦了一下，喃喃：“真是的……如今这个世道，不魑魅横行才怪。”

他唠叨着，醉醺醺继续巡夜。才走了几步，刚到御使府第的门外，忽然觉得腹中翻滚，看看四周无人，便到围墙外的柳树下准备解个手。然而，不知道是不是再度出现错觉，他觉得柳树动了起来，一根树枝忽然扭曲起来，对着他伸了出来。

“见鬼……怎么回事？”周伯嘟哝着抬头，忽然间居然看到面前一根干枯的树枝上，长了一双碧绿色的眼睛。

老人大惊失声，然而惊呼还未出口，忽然间感觉心里便是一空。

暗夜的冷雨还在继续下，然而落到地上已经变成了殷红色。竹梆子落到了地上，老人的眼睛大大地睁着，浑浊的眼球仿佛要从眼眶里凸出来，心口上破了一个血窟窿。尸体边上的血水宛如一条条小蛇蠕动着，蔓延开来，爬向无边无际的黑夜。

“啧啧，人老了，心也硬得像石头。”御使府第门口的树上，那双碧绿色眼睛的主人噗的一声把嘴里嚼着的血肉吐了出来，擦了擦嘴角的血迹，宛如蛇般无声无息滑落。

在初春寒冷的雨夜里，来人居然只穿了一条破烂的短裤，裸露在外的身子干枯如竹篙，手脚细长，皮肤浅褐而干裂，接近于树皮——方才攀在御使门前干枯的柳树上，便活脱儿如同一根树干，令人真假难辨。

“还以为能吃上一顿夜宵，看来还得饿着肚子开工。”碧绿色眼睛的来人喃喃自语，伸出红艳的细长舌头舔了舔开裂的上唇，形如鬼魅地掠上了墙头，身子仿佛没有骨头一般，贴着起伏的墙头，四顾。

看着御使府第中，书房灯下那个伏案疾书的人影，他忽地冷笑：人还好好活着？果然“虎”也被干掉了——也难怪，那个影守居然是剑圣的弟子！龙象狮虎运气可真差，看来还是得让他这个负责望风的“蛇”来捡个便宜。

御使府第花园的树木无声无息地分开，经冬不凋的玉带草中仿佛有什么东西在蜿蜒前进，朝着还亮着灯的书房潜去——府第里一片安静，紧闭的木格窗上映出了年轻御使清癯的身影，披衣执卷，沉静淡定。侧脸线条利落英俊，在昏黄的灯火中宛如雕塑。

这个章台御使，在承光帝治下糜烂腐败的梦华王朝里，就如同污浊水里开出的一朵莲花，简直是个异数——也因为夏御使的存在，那些被权贵欺压、申诉无门的卑微百姓才看到了一线希望，用各种方式递上的折子状纸不计其数，因此每日都要深夜才能批阅完。

看着那个清俊却孤独的身影，杀手蛇忽然间感觉到了某种不可侵犯的力量，有些微的迟疑——年轻御使窗里深宵不熄的灯火，点破这帝都黑沉如铁的夜幕，而他只要抬抬手，这帝都里最后的光亮便会被扑灭吧？

拿到章台御使夏语冰的人头，便能从太师府那边换到十万白银和美女……想到这里，杀手蛇再度伸出细长的红色舌头，舔了舔嘴角，碧绿的眼睛冒出了光——天赐良机！如今那个影守不在，要杀这个不会武功的书生根本不费吹灰之力。

再也不迟疑，杀手趴在草地上，身子如同没有骨头的蛇般蜿蜒，悄无声息地朝着光亮爬行而去。转瞬爬到了书房外的檐下，他在青石散水上慢慢将身体贴着外墙升起，从窗缝里看着室内。

书房里一灯如豆，年轻的御使肩上披着一件长衣，正将冻僵了的毛笔呵融，披阅案头堆积如山的文书。仿佛又看到了什么为难的案子，夏语冰放下笔长长叹息了一声，揉着眉心，神色沉重。迟疑了许久，终于落笔，在文卷上只加了一笔——然而那一笔却似乎有千斤重，让御使双眉纠结在一起，有某种苦痛的表情。

杀手的手抬起，手中薄薄的利刃插入窗缝，悄无声息地将窗闩切成两半。

刀子微微一滞，杀手蛇的脸色一变——好像……好像切断了窗闩后，刀锋又碰到了什么东西。一股料峭的冷风带着雨，卷入廊下，仿佛什么被牵动，檐下的铁马忽然发出了叮当的刺耳声响，窗内的人霍然抬头。

杀手蛇来不及多想，在对方惊觉而未反应之前，猛然推开窗子，拔刀跃入室内，向那个不会武功的文弱书生逼了过去。眼角撇到之处，发现窗闩底下不过牵着几根细丝，另一头通向檐角的铁马——外人若一推开窗子，便会发出声响。

那显然是匆促间布置的简单机关……看来，这个书呆子还是有点头脑的。

“青王提醒得不错，不过随手布置了一下以防万一，果然马上就来了吗？”披衣阅卷的夏语冰抬起头来，看到了前来的杀手，眉头微蹙。不等杀手逼近来，他双肩一震，抖落披着的长衫，放下了手中的笔，长身站起，手探入一边的古琴下。

“十万白银……”看到那个读书人近在咫尺，杀手蛇再度伸出细长的舌尖舔了舔上唇，碧绿眼里放着光，形如鬼魅般掠了过去，一刀砍向那文弱书生。

帝都伽蓝的西郊，荒凉而寂静，时有野狗的吠声。

慕湮俯下身，用指甲弹下一点红色的粉末在刺客尸体的伤口处，哧然一声响，白烟冒起，尸体仿佛活了一样地扭曲着，不停颤动，然而却慢慢化为一摊黄水。她用剑掘了一片土，翻过来掩住——登时，一个活人便从这个世间毫无踪影地消失了。

尊渊在一边看着小师妹熟极而流地处理着尸体，打了个喷嚏，眼神却是复杂的——他们两人虽然同样出自剑圣云隐门下，然而他却比慕湮年长整整十岁。慕湮拜在剑圣门下时他早已出师，在云荒北方的沙漠游荡，所以也没有见过这个师父的关门女弟子。

“小湮可是个小鹿般单纯漂亮的女孩呢！咳咳……幸亏你这家伙早早出师了，不然我非要防着你打她主意不可。”一年前，师父病入膏肓的时候，对着万里迢迢奔回去的他说起另一个女弟子，眼神慈爱而担忧，“四年前她跟我说要嫁人了，要跟着丈夫回来拜访，可把我高兴坏了……但那之后她忽然就消失了，一点消息都没有。

“我担心她落到歹人手里，想去救她……可是我的身子……我的身子也吃不消了，不然……”病榻上，一生叱咤风云的剑圣剧烈地咳嗽着，艰难地交代没有了结的心愿，抓住了大弟子的手，“渊儿，师父一生只收了你们两个弟子……我去了以后你们……你们要相互照顾，你一定要……”

然而一口气提不上来，老人的语音衰竭了。

“我一定把小师妹找回来，好好照顾她。”拍着师父苍老松弛的手，一生不羁的大弟子尊渊低下头去，替剑圣补完了那句话，许下诺言。但是一安葬完师父，他就有些后悔了——天下那么大，谁知道那个小丫头失踪那么久，如今去了哪里？万一她已经死在什么角落里了，他岂不是要浪费一辈子？他尊渊一生浪迹，从未被任何事拘束，如今居然自己把头套进了枷锁里。

可后悔归后悔，他说出口的话，还从未食言。

幸亏不过一年多，他就从一个黑道上相识的杀手嘴里，听说帝都出了一件怪事：当朝当权的曹太师视章台御使夏语冰为眼中刺，重金悬赏御使人头，引得黑道中人前赴后继地赶去。然而奇怪的是，那个手无缚鸡之力的书生身边，似乎有某个神秘人暗中守护，让一拨拨杀手有去无回，几年来黑道上已经有数十名有名有姓的人物丧生。

说完了，那个杀手随口报了几个死去同伴的名字。

听到那样的话，他心里微微一动，知道那几个杀手的技艺在游侠里已少有敌手。能将几十名杀手一一无声无息地解决，那个神秘人的武功岂不是……

就是在那一刹那，他心里对于御使身边神秘的守护者有了好奇，一路赶到了帝都，悉心潜访——果然在暗夜的刺杀中，看到了师门的“分光”一剑。

剑圣门下弟子，居然会屈身做一个御使的影守……侧头看着慕湮处理尸体，尊渊嘴角扯了扯，露出一个不以为然的笑容——这五年来她应该杀了很多人吧？眼神和动作都变得那般凌厉，那种见神杀神的气质，完全不像师父口中那个娇怯怯需要人照顾的女孩儿呢。

不过这样也好，现在知道小师妹过得好好的，他也算完成了当年对师父的嘱托吧？可以继续去过自己浪迹逍遥的生活了……

剑圣的大弟子耸耸肩，左右顾盼，看到旁边一个破落的亭子，便扯着一身湿淋淋的衣服跳了进去躲雨。

“师父什么时候去世的？”刚坐下，忽然听得她问，声音发颤。

“死了一年多了……找不到你，所以我自己给他办了后事。”转头过去，看见站在雨里的慕湮低着头，他随口回答，“枉师父疼你一场，你居然躲着连发丧都不回来。”

慕湮站在雨里，没有回答，苍白秀气的脸上沾满了雨水，皮肤白皙得竟似透明，鼻尖上凝聚了冷雨，一滴滴落下来。半晌，才细若游丝地回了一句：“我……没法子抽身。”

“呵，是为了保护那个被当作靶子的夏御使吧？”听得师妹这样的回答，尊渊忍不住笑了一下，不屑，“连师父都不要了——那个请你的人给了你多少好处啊？难不成你是看人家夏御使长得俊俏想要倒贴——”

没遮拦的调侃话音未落，忽然间感觉眼前一闪，六道剑芒直逼过来。

“干吗？干吗？”没料到师妹脸翻得如此迅速，他措手不及，连拔剑时间都没有，只好仰身贴着剑芒飞出去，半空中一连变了三次身形，才感觉那凌厉的剑气离开了咽喉。已经是竭尽全力，提着的一口气一松，他身形重重落到了地面，不想脚下正好是一摊污水，一下子溅了个满身，狼狈不堪。

“你疯了？”这口气无论如何也忍不下，即使向来怜香惜玉的尊渊也沉下了脸，“身手好得很嘛，师父看来是白担心你会被人欺负了。”

慕湮只是苍白着脸提剑看着他，眼神锋利雪亮，胸口微微起伏——这种荒漠里受伤母狼般的眼神，哪里像师父嘴里那只“单纯漂亮的小鹿”？尊渊苦笑起来，再也不想理睬这个神经质的小师妹，转身离去。

“我……我一定是疯了……”眼看着刚见面的同门师兄扬长离去，慕湮松开手，长剑叮的一声落到地上，她抬起手来用力捂住火热的脸颊，魂不守舍地喃喃自语，“如果不是疯了……怎么……怎么能在那个人身边……做五年的影守？看着他和妻子举案齐眉？”

“什么？”尊渊的背影已经快要没入荒郊的黑夜里，然而听得此话猛然顿住了脚步，诧然回首，“那个章台御使……那个夏语冰，难道就是你五年前打算要嫁的那个家伙？”

慕湮没有回答，只是弯下腰去捡起方才脱手落地的剑，静静抿着嘴角，神色僵硬。

“当年你说要回去一起拜见师父的未婚夫就是夏语冰？”尊渊恍然明白过来了，眼睛里绽出诧异的光，不可理解地看着面前娇小的师妹，恍然大悟，“后来他负了你是不是？娶了青王侄女——这种负心薄幸的男人，一剑杀了是干脆！”

“不……不关你的事。”穿着黑色夜行衣的女子咬着牙，将剑握在手里，慢慢回答，冷雨从她秀丽苍白的脸上直划而下，然而她的脸和身体却烫得仿佛要融化，“不关你的事。”

“女人就是心软……”尊渊摇头，无可奈何，愤愤不平地斥道，“但你好歹也要有点志气，就当被野狗咬了一口，一脚踹开就是——干吗还缠着放不下？五年啊！你就是这样当着那家伙身边见不得天日的影守？”

“我高兴。”脸色愈发苍白起来，然而慕湮扬起下巴冷冷道。忽然间想起了什么，神色紧张起来，脱口道：“糟了！扔下他一个人在那里，万一太师那边又……”

她来不及多想，点足飞掠。然而觉得身体越来越热，头痛得似乎要裂开来，脚下轻飘飘的。这次没有背着尸首，平地走着，她脚下就又是一软。

“啧啧，发着烧还要奔波来去地杀人救人？你看这身体都已经撑不下去了。”不等她委顿倒下，尊渊的手伸了过来，将她从泥泞的地上提了起来，叹气，“很长时间没有休息了吧？别管那个负心小子了，回去把身体养好是正经的。”

“不……得赶快回去……”慕湮挣扎着，发出微弱的声音，极力想站起来。然而数日来被用内力压着的病，经过方才那一次交手后完全失去了控制。她终于努力站了起来，可已经虚弱到脚下打战，她咬着牙，脸色苍白：“他树敌太多……没有人护着，是不行的……”

“哎，这种世道里要当好官，本来就该有必死的觉悟。”尊渊冷笑，但是虽然鄙薄那个负心汉，却不得不承认章台御使的确是个清廉的好官，“要女人舍命保护，还算男人吗？”

“他什么也不知道！”慕湮脸色苍白，苦笑着抓紧师兄的手臂，为他辩护，“不知道从五年前，就有多少杀手想杀他；也不知道有人暗中替他挡住了那些刺杀……我做得很小心，一点痕迹都没有留下。”

“为什么？”尊渊感觉到小师妹的身体火一样的烫，想起她五年来在那负心人身边暗无天日的影守生活，忍不住地心痛，“他怎么值得你如此？他明明为了附庸权贵，娶了别的女子，你何必如此！”

“师兄，你不知道他有多么不容易……我最初遇上语冰，敬他爱他，便是因为他虽然不会武功，却是比任何习武之人都有侠气。”慕湮苦笑着，几度想努力提起一口气飞奔回去，然而身体却软得像一张打湿了的纸，“语冰他虽然负了我，却始终不曾……不曾背弃他的梦想……五年来，我在暗，他在明，我清清楚楚看到他在朝野上，背负着多大的压力——以个人之力和太师作对，那是多么危险的事情。如果不是太师顾忌青王……”

“所以他当年娶了青王的侄女？”陡然明白了，尊渊眼神一敛，追问。

“嗯。”慕湮脸色苍白得几乎透明，雨水落在她脸上，她低下头轻轻道，“那时他还不过是个小小郡守，因为在一件案子上得罪了太师的干儿子，被罗织罪名下到天牢里。多亏了青璃小姐多方奔走为他开脱，要不然……”

“嘿，师妹你堂堂剑圣弟子，一身本事，劫狱救他出来便是！何必要承那个千金的情？”尊渊皱眉冷笑，不解。

慕湮摇摇头，看着前方无边无际的黑暗，眼神也暗淡下去：“我的确去劫狱了……但是语冰不肯跟我逃走，他不肯当逃犯——他说：他等的是青璃小姐，不是我。我帮不了他。”

“不知好歹的臭小子。”尊渊眼神雪亮起来，低声骂。

“别骂他……他很辛苦的。”慕湮的脸在夜色中苍白如鬼魅，然而漆黑的瞳孔里面却有幽暗的火焰燃烧，倔强地不肯熄灭，“在青璃小姐周旋下语冰被放了出来，还升了官——出来后不久他们就成亲了……那时候我就和他告别，跟他说再也不要见他。”

“可你还悄悄地当起了他的影守？”尊渊摇头苦笑，“不明白你们女人都怎么想的。”

慕湮望着雨帘，脸色苍白：“我也想离开的！但是刺客一拨一拨地来，一开始就停不下，我怎么可以看着他死！那奸臣和语冰之间争斗得越来越激烈，转眼就是五年……”

说到这里，女子苍白清丽的脸上又泛起急切之色，挣扎着：“我得回去了！不能扔下他一个人……你不知道五年来，那老贼怎样算计语冰！简直无孔不入，片刻不得安息啊。”

便是看着他在你面前全家笑语，你……也要这样护着他，哪怕遍地的烽火狼烟？

“傻丫头啊……”尊渊看着师妹扶着他手臂站起，感觉到她纤细的手指在不停地颤抖，忽然叹了口气，把她送回那个破败的亭子里，拍拍她的脑袋：“好吧，你给我好好待着养病，我去替你看看——天亮后再来带你回去。”

第三章

人间别久不成悲

刺客薄而锋利的刀切开了书房内的空气，斩向御使的颈部，带着势在必得的凌厉。

灯火被刀气逼着，摇摇欲灭，灯火将暗淡的阴影投上他清俊的脸。年轻的御使看着刀锋划破空气，神色不动，手从琴下的暗格里抽出。

刀已经斩到了目标咽喉三尺处，然而杀手蛇的手陡然停滞了，碧绿的眼睛凸出来。

“太师给了你多少钱？”御使的手里，赫然是厚厚一叠银票。夏语冰一手握着大把银票，看着杀手，眼色冷静：“无论他给你多少，我可以给你双倍。”

杀手蛇几乎不相信自己的眼睛——御使府内外清苦简朴，这个书房里除了四壁书卷之外，便只有一张琴一张几，孤灯破裘，毫无长物——但是，这个清廉的御使只是一抬手，便从暗格里拿出了大卷崭新的银票！

“十……十万……”看到那一沓银票，杀手眼里的火苗燃起，感觉无法对着那样多的银子挥刀，咽喉耸动，有些艰难地回答。

“我给你二十万。”想也不想，夏语冰又从暗格里拿出一封未曾拆开的书简，当面拆开信，抽出另外一沓银票，加在原先那一沓银票上，放到案头。崭新的银票，显然从未被使用过——那刚拆开的信封上，赫然写着“桃源郡守姚士桢敬上”的字样。而古琴下的暗格里，不知道还有多少这样下面官员敬上来的礼金。

虽然是刀头舔血的杀手，看惯了生死起落，但是杀手蛇依旧被眼前的转变惊得一愣——

章台御使……那个天下百姓口中清廉正直的夏语冰御使，居然……居然也是这样敛财的贪官？外表看起来如此刚正廉洁，背地里却收受了这样多的贿赂黑金？

残灯明灭，杀手蛇迟疑着拿起那一沓银票，放到手里看了看——果然是十足的真银票，云荒大地上任何银庄都可以兑换。他伸出细长的舌头舔了舔开裂的上唇，忍不住得意地笑了起来，顺手收入怀里，看向面前的章台御使。

灯下，夏语冰的神色凛冽如冰雪，面对着杀神居然眉头都不动，沉静淡漠。

“伪君子……”杀手蛇反而怔了怔，忽然忍不住恶笑起来——居然连自己都被骗了。他居然和那些普通百姓一样，认为这个年轻的章台御使是个难得的清官！

“你的钱，我收；但太师那十万，我也要拿！”恶笑声中，杀手的刀肆无忌惮地再度斩向御使，迫近，“反正都是赃钱，老子不介意多拿一点！”

刀锋直逼手无寸铁的夏语冰，案头的文卷被刀气吹动，唰唰翻页，在书房里漫天散开。

一介书生似是被杀手的反复无常吓呆了，居然怔怔坐在案边，毫不躲闪，一任杀手逼近他的身侧，枯瘦的手臂拉住他的衣襟，把刀架上他瘦颀的颈。

杀手蛇冷笑，用细长红艳的舌头舔着上唇，一手摸到对方颈骨的关节，扬起了刀，眼睛瞟着一边暗格里一沓银票，闪过狂喜的神色。这一票干下来可赚翻了……

刚想到这里，忽然间他碧绿色的眼睛凸了出来，面目因为剧痛而扭曲。

雪亮的短剑闪电般刺穿杀手的小腹，御使的手指被喷出的鲜血染红。然而夏语冰毫不犹豫地握紧剑柄，用力一绞。看着被开膛破肚、不停痛呼挣扎的杀手，夏语冰脸色苍白凛冽。

“你……你随身带着剑……你……会武功？”不可思议地看着文弱的书生，杀手嘶声问，声音却渐渐衰弱，枯槁的手足不停地抽搐，血流满地，染红了那纷乱散落的书卷。

“只会那一剑而已……”夏语冰擦了擦剑上的血，低下头去淡淡道，扬眉，似是失落地喃喃，“虽然我根本不是学武的料，但毕竟阿湮教了我那么久。”

“阿湮？”杀手蛇嘴角抽搐了一下，咧嘴笑了起来，做着垂死前的喘息，身体蜷缩成一团，“就是……就是那个一直暗中当着你影守的人吗？如果不是那个剑圣的弟子，你……你早就被……”

“你说什么？！”一直泰山崩于前而色不改的御使，听得那样的话终于色变，脱口道，“你说……是剑圣的弟子在做守卫？阿湮一直在我身边？我怎么不知道？我怎么不知道！”

淡定的御使再也控制不了面色的变化，冲上前一把拉起奄奄一息的杀手，急问。

“你看，窗外……窗外不就是——”肚破肠流，杀手蛇的身体宛如蛇一般地翻滚扭曲，呻吟着，断断续续回答。

夏语冰果然想也不想，抬起头看向打开的窗子。

就在那一刹那，骗开了对方的视线，杀手蛇的嘴里忽然吐出了一线细细的红，直射御使的咽喉——那不是他细长的舌头，而是藏在舌下的暗针。

就是失手，也要带着对方的人头上黄泉！

年轻的御使看着窗外，眼睛停滞，丝毫没有觉察。然而，就在刹那间，一声细细的“叮”，一道白色的光掠入，将那枚毒针切成两截，顺势把尚自抽搐的杀手蛇钉死在地上。

谁……是谁？

在杀手蛇一生的最后一瞥中，暗夜里敞开的窗外，冒雨掠下了一名黑衣人。

“阿湮？”夏语冰的目光停留在贯穿杀手胸口的那把银白色长剑上，显然是认出了这种样式的剑，嘴角动了一下，脱口低呼，又惊又喜地看向窗外。

“好险，恰恰赶上了。”黑衣人悄无声息掠入室内，拨下风帽，抬手拔起尸体上钉着的长剑，转过剑柄，给对方看上面刻着的“渊”字，回答，“我是剑圣门下大弟子尊渊，慕湮的师兄。”

“尊渊？”御使的眼睛落在来人的脸上，打量——显然是历练颇多的男子，眉间浸润过风霜和生死，每一根线条都有如刀刻。他隐约记起了这个名字曾在某处宗卷里出现过——叫这个名字的人，似乎是云荒大地上最负盛名的剑客之一。

然而失望还是抑制不住地从御使眉间流露出来。年轻的御使收起了怀剑，看着对方，半晌才低声问："原来，你才是我的影守吗？我居然一直都没有发觉——是阿湮她……她托你来的？"

尊渊愣了一下，不知道如何回答。慕湮定然不希望对方知道自己五年来一直和他朝夕不离，为保护他竭尽了全力。她已然不愿打扰他目前的生活。

"那么，她现在还好吗？"对方没有回答，但他迟疑着，终于忍不住还是问了这样的话，试探地，"她现在……和你在一起？"

"呃？"尊渊含糊应了一声，揉揉鼻子，"她还好，还好。不用你担心！"

"这样啊……"夏语冰无言地笑了笑，那如同水墨画般清俊的眉目间有说不出的寥落，淡淡道，"那……那便好，我也放心了。"

人间别久不成悲啊。那样长久的时光，仿佛将当初心底里那一点撕心裂肺的痛都冲淡了，淡漠到只余下依稀可见的绯红色。

"原来你还有点良心。"尊渊冷笑一声，但不知道为何看到对方的神色，他却是无法愤怒起来，只是道，"既然念着阿湮，为何当初要背弃她？为何不跟她逃离天牢，浪迹江湖，却要去攀结权贵？"

"跟她逃？逃出去做一个通缉犯，一辈子在云荒上流亡？我不会武功，难道要靠一个女人保护逃一辈子？"显然这个结在心底纠缠已久，却是第一次有机会对人剖白，年轻的御使扬眉冷笑起来，不知道是自厌还是自负，"不，我有我要做的事……我不服输，我还要跟曹太师那老贼斗下去！如果我不是堂堂正正从牢里走出去，这一辈子就只能是个见不得光的逃犯！我一个人能力不足以对抗那老贼，必须要借助青王的力量！"

"可你现在还不是靠着她保护才能活下来！"再也忍不住，尊渊一声厉喝，目光凌厉，几乎带了杀气，"和太师府作对——你以为你有几个人头？"

夏语冰怔了一下，喃喃："果然……是阿湮拜托你当我的影守的吗？"

窗大开着，冷雨寒风卷了进来，年轻的御使忽然间微笑起来，不知道是什么样的表情。他微微咳嗽着，眉间有说不出的倦意：“和曹太师那种巨蠹斗，我当然有必死的觉悟……只是没想到，这么多年的平安，原来并非侥幸——我本来……本来以为，这条路一直只有我一个人在走的。”

“吃了很多苦头了吧？你不曾后悔吗？”看着御使清瘦的脸，尊渊忍不住问了一句。

夏语冰扬眉，笑了笑，单薄的身子挺得笔直，看向外面无边无际的黑夜：“自从第一次冒死弹劾曹训行起，我就知道这条路必须走到底……你也许没有看过那些堆积如山的冤狱，那些被太师府草菅的人命——可我天天在看。如何能闭上眼睛当作看不见？”

尊渊忽然间沉默了。连他也不得不承认，眼前这个人并不是他想象中那种负心薄幸的小白脸——这个手无缚鸡之力的文弱书生身上，透着一种说不出的感觉——那是技艺出众的游侠儿们都未必能有的“侠”和“力”。

从六年前考中功名、走上宦途起，这个地位低微的年轻人就开始和朝廷里一手遮天的曹训行太师对抗，几度身陷牢狱，被拷问、被罗织罪名，却始终不曾低头半分。而平日，他秉公执法，不畏权贵，凡是经手的案子，无不为百姓申冤做主……章台御使夏语冰的名字，在天下百姓的心里，便是这黑暗混乱的王朝里唯一的曙光。

慕湮那个丫头……当年爱上的，的确是个人物呢。

然而，偏偏是这样的人，决绝地背弃了她和他们的爱情。

尊渊默默看了夏语冰许久，终究不发一言，忽然低头抓起刺客的尸体，点足掠出了窗外。

风卷了进来，房间内散落的文卷飞了漫天。

夏语冰没有出声，只是静静低下头来弯腰捡起那些文书，放回案头。

昏暗的灯火下，他一眼看到文卷上方才他改过的一个字，忽然间眉头便是一蹙，仿佛有什么剧烈的苦痛袭上心头——“侍郎公子刘良材酒后用刀杀人。”

那一句中的“用”，被他方才添了一笔，改成了“甩”。

“刘侍郎可是我们这边的人，大家正合计着对付曹训行那老狐狸呢，贤侄可要手下留情，不要伤了自家人情面。”——青王临走时的交代犹在耳侧。

仕途上走了这些年，大起大落，他已非当年初出道时的青涩刚烈、不识时务。深知朝廷上错综复杂的斗争和微妙的人事关系，御使蹙眉沉吟，将冻僵了的笔尖在灯上灼烤着，然而只觉心里撕裂般地痛，仿佛灼烤着的是自己的心肺。

终于，那支千斤重的笔落了下去，他看到自己的笔尖在纸上唰唰移动，写下批示："甩刀杀人，无心之错，误杀。判流刑三百里。"

那样轻轻一笔，就将杀死卖唱女的贵家公子开脱了出去。

"夏语冰……你到底算是个什么东西。"章台御使放下笔，注视着批好的文卷，有些自厌地蹙眉，喃喃自语。

暗格敞开着，一沓沓送上来的银票未曾拆封，好好地放在那里——那些，都是各处应酬时被硬塞过来的礼金。章台御使也算位高权重，各方心里有鬼的官员们都是不敢怠慢的。虽然他推却了不少，但是那些青王一党的人的面子，却是不好驳回。

"若是这些小意思都不肯收下，那么便是把我们当外人了。"

在暗地里结党，准备扳倒曹太师的秘密商榷中，刘侍郎、姚太守他们一致劝道。青王的手伸过来，拍了拍他的肩，看着他："收下吧，自己人不必见外——都是一起对付太师府的，大家以后要相互照顾提携才好。"

年轻的御使想了想，默不作声地如数收下。

以他个人之力，是无论如何也无法扳倒曹训行那巨蠹的——那么，唯一的方法，就是加入另一方的势力内，合众人之力斩断那遮天的巨手。而那样的斡旋和争斗中，以自己目前的地位，要做到那样的事，又怎么可能不弄脏自己的手？

冷风吹来，地上散落的二十万银票随风而起，在以清廉正直著称的年轻御使身侧沙沙舞动。

抄起杀手蛇枯槁的尸体，刚掠出窗外，跳上墙头，尊渊忍不住就是一愣。

"你怎么来了？"看着站在墙上的女子，他脱口低声问。

"嗯。"雨还在下，冰冷潮湿，慕湮的脸色是苍白近乎透明的，摇摇欲坠，"麻烦师兄了……接着我来吧，我要守在这里，直到他上朝。"

"不行，你身子怎么撑得住！"尊渊低声喝止，"这里有我，你回去休息。"

雨水从风帽和发梢上滴落，慕湮抬起头看着多年来第一次见面的大师兄，眼神忽然间有些恍惚——多少年了……自从离开师父身边，在黑暗中跟随着语冰追逐尽头的一线光亮，她已然独自跋涉了多少年，日夜担忧，丝毫不敢懈怠。

一直紧张到没有时间关心自己的身体，是不是真的已经到了极限，不能再撑下去。

“我……我没事的……”有些倔强地，她睁着快要坠下来的眼皮，喃喃道。然而拖着脚步踉跄返回御使府的她，再也不能抵抗身体里的虚弱和疲惫，话未说完，只觉脚下一软，从墙头直直栽了下去。

第四章 夜开

好舒服……一定是又在做梦了。只有梦里，才会觉得这样的舒展和自在吧？慕湮觉得自己的身体仿佛失去了重量，在半空中飘荡，舒适得让她简直不想睁开眼睛。

眼前有什么在绽放，殷红殷红的一点点，到处都是。

桃花……是桃花吗？是云隐山庄后院里那一株桃树吧？依稀间，透过那一簇簇的桃花，她看见了须发花白的师父的脸，在树下慈祥地微笑着，看着爬到树上的束发小女："别淘气啦，小湮，快下来！"

"师父，我要吃桃子！"在满树桃花间晃着，她觉得喉咙干渴，忍不住娇嗔。

"才初春，哪里有桃子啊？"虽然身为剑圣，对于这个要求，云隐老人也无可奈何，拈须苦笑，伸手招呼，"乖乖的，小湮，该练剑了！"

"我要吃桃子嘛……"她不依，在花树间闹着，踢下漫天粉红花瓣，一下子跳下来，蹭到师父怀里，拉住他花白的胡子，"小湮渴了，就要吃桃子！"

"呀，别拉，别拉！很痛的……"痛呼着拨开慕湮的手，他无可奈何地回答着，"我去找桃子就是，你快点放手。"

"啊……师父真好。"喃喃说着话，昏迷中的女子嘴角露出欢喜的笑，终于放开了扯着尊渊发梢的手，将脸偎过来蹭了蹭，满足地继续睡去。

“真是的，一睡了就变成孩子一样。”尊渊有点哭笑不得地看着静静睡去的小师妹。慕湮苍白到透明的脸上有一种难得一见的安详满足，长长的睫毛在白玉般的脸上投下淡淡的影子，眼睛下面有长年缺乏睡眠形成的青黛色。

这丫头……已经很多年没有这样好好休息过了吧？一直过着暗无天日的影守生活，只怕夜行衣便是唯一的服饰，昼伏夜出的，难怪脸色都变得这么差。

仿佛梦里又遇到了什么，慕湮微微蹙起了眉，咬着小手指，睫毛微微颤动。那样恬静单纯的脸，仿佛会发出柔光来——师父说的果然没错呢，“像小鹿一样”。

掖紧慕湮身侧散开的被角，尊渊笑了笑，拍拍她尚自湿漉漉的头发，站起。

“师父！师父……”忽然间，静静沉睡的人仿佛魇住了，惊叫起来——梦里的桃花还在如红雨般纷乱落下，然而慈爱的师父却转瞬在花树下化为白骨支离。仿佛有人告诉她：师父死了……师父死了！陡然间天地都荒芜起来，她站在那里，空茫和孤独铺天盖地席卷而来。天空变得黑沉如铁幕，将她所有前路包围。她终于觉得胆怯，嘶声大哭起来：“不要死！”

“小湮、小湮！”青白伶仃的手从锦被中伸出来，在空中一气乱抓，尊渊忙忙地抓住她的手，晃着她，想将她从梦魇中唤醒。

“师父，师父！”慕湮大叫，然而被梦魇住了，声音微弱，哭哑了喉咙，“不要死……别……别留下我一个人……”

“好的，好的。”尊渊叹了口气，将她乱抓的手放回被子里，“不留下你一个人。”

“啊……”慕湮长长舒了一口气，尚自不放心地紧紧抓着对方的手，翻了一个身，继续睡去，忽然间睫毛颤了颤，一大滴透明的泪珠从睫毛上滑落，轻轻叫着一个人的名字，“语冰、语冰……”

尊渊低下眼睛，看着拉着他的手沉沉睡去的小师妹，忽然间经风历霜的眼里就有了痛惜的表情。不忍心抽出手，他伸出另一只手轻轻抚摩着慕湮漆黑的发丝，看着她沉睡中才显得稚气柔弱的脸，忽然间低低叹息了一声：“夏语冰，你怎么忍心啊……”

在空桑剑圣大弟子喃喃说出这句话的时候，那个叫这个名字的年轻御使，正在帝都的权力中枢里，卷入了又一波险恶的狂风急流。

这一次上朝中，王座底下风云突变。

早朝中，先是大司命出列，启奏承光帝，说他昨夜在伽蓝白塔顶上的观星台上，通过玑衡观测到太一星光芒暗淡，附耳星大盛，显示目前空桑王气衰竭，奸佞作乱；而同时归邪现于帝都伽蓝上空，预示必当有贵人归国。

仿佛是印证大司命的观测结果，青王适时出列，出其不意地禀告承光帝，皇帝早年在北方砂之国与当地平民女子所生的私生子已经找到。那个叫真岚的十三岁少年聪慧英武，相者无不称赞其骨骼清秀，血缘高贵。

趁此机会，不等震惊的曹太师一党发动反驳，以礼部尚书和章台御使为首的十名官员联合上书，恳请承光帝早日册立皇太子，结束储君之位悬空二十年的尴尬局面，以安定天下。

承光帝年老而无子，太子之位长期空置，导致历代兼任太子太傅的大司命无法掌握实际的权力，而让太师曹训行趁机结党把持了朝政，十年来一手遮天，气焰熏人。

多年来，在是否北上迎庶出的私生皇子归来的问题上，朝臣分歧极大，曹训行更是以真岚之母不过为砂之国一介平民，若册立为太子则有污帝王之血为理由，极力反对。其实，是因为东宫白莲皇后去世多年，曹训行之妹曹贵妃以西宫之位凌驾后宫，非常希望能生下帝国的继承人。曹太师一边不停派出杀手刺杀那位庶民皇子，同时不断献上绝色女子以充承光帝后宫，期待生下皇子，然后让曹贵妃收为己出，能长久掌控这个天下。

失势的大司命无奈之下，只能暗中向青王一党求援，希望能早日迎回真岚、立为太子。而青王之妹嫁为白王继室，二王在某种程度上结成了联盟，对抗黑王赤王那些倒向太师府的藩王。历代出皇后的白之一族期盼早日结束太子之位悬空的尴尬情况，让白王的女儿可以早定太子妃名分，延续共掌天下的局面。

围绕着太子的册立，朝廷上分成了两派，斗争错综复杂，矛盾越来越尖锐。然而，被推在风口浪尖上的，始终还是曹太师和他多年的宿敌章台御使夏语冰。双方唇枪舌剑，在是否迎归真岚的问题上纷争激烈。

承光帝在美人的簇拥下，似醒非醒地听完了底下大臣的禀告。慢慢低下头，看着自己右手上那只代表着空桑帝王身份的“皇天”戒指——那只传说有灵性的银白色戒指发出璀璨的光，映着帝王那张因为享乐过度而过早衰老的脸。

戒指上蓝宝石的冷光刺入眼里，仿佛引起了承光帝早年的回忆，肥胖昏庸的帝王忽然抬起头来，扫视着丹阶下争论不休的群臣，用从未有过的冷醒的语气颁布旨意："先将那孩子从北方找回来，再让'皇天'来判断他是否有资格继承帝王之血——如果他能戴上这只戒指，朕便承认他的地位，将王位传给他。"

从来未曾听到皇帝用这样的语气颁布命令，所有朝臣一时间默然，片刻后才反应过来，齐齐伏地领命。年轻御使嘴角露出惊喜的笑意——果然……皇上并不是昏庸到了不分黑白的地步，在关键问题上，他始终不曾被曹训行那老狐狸所左右。

列队退朝的时候，他看见青王对着他微微点头。然后，在回府途中，他的轿子便空了，章台御使出现在皇城外一间极其机密的房间里——那里，有青王一党的十数名官员早已分别秘密到达，个个因为今日里帝君的旨意而兴奋不已。

夏语冰看在眼里，不禁微微从鼻子里冷笑了一声：眼前这群人之所以感到兴奋难耐，大约是想到了太师这株大树如果一旦连根倒了，他们能分到多少新地盘吧？

那个瞬间，年轻的御使忽然有些恍惚——如果曹太师倒了，青王会执掌朝政吧？那样老谋深算、决绝不容情的青王，和眼前一群面目都因为权势的诱惑而扭曲了的同党，如果他们把持了朝政……真的能比如今曹训行当权更好一些吗？

他到底在做些什么……这么多年的艰苦跋涉，他所做的，究竟有没有意义？

"夏贤侄，今日事起，箭已离弦。"不自禁的恍惚中，肩膀忽然被重重拍了拍，青王的声音从耳边传来，"倒曹之势即刻发动，明日日出前成败便有个分晓了。"

青王的眼神是看不到底的，带着孤注一掷的冷笑，吩咐自己的侄女婿："语冰，你明日早朝，便再度上书弹劾……这应该是最后一次弹劾了。"

"是。小侄一定全力而为。"来不及多想什么，被多年来跋涉后看到的曙光所笼罩，夏语冰的手暗自握紧，一字字回答。

"必须全力而为。太师府那边只怕也一夕不得安睡。"青王点头，然而眼睛一冷，看向所有人，"语冰明日弹劾曹训行，不过是为了扰乱老贼的阵脚，让他分心——而我们真正需要全力以赴去做的事只有一件：就是无论如何要平安将真岚皇太子接到伽蓝城来。”

座中群臣悚然一惊，忽然间就安静了下去，不再说话。

虽然一路掩人耳目，日夜兼程赶来，真岚皇子目前还停留在叶城观望局势，未曾赶到帝都——以曹太师以往心狠手辣的作风，无论如何不能容许这个天大的祸患活着来到伽蓝城！

太师府座下高手如云，如果全力驱遣捕杀一个少年，更是易如反掌。

“当然，本王联合白王，已经尽派王府高手护卫皇太子。但是从北方一路护送来，已经在太师府的刺杀之下折损了大半。”青王负手，叹息，眼神复杂，“如果皇子无法平安到达帝都，那么这么多年来我们的筹划便要付诸东流……你们说，该如何才好？”

众人面面相觑，纷纷低声道：“自然是……属下们各出全力保护太子安全。”

“呵……”青王笑了起来，微微摇头，“太师府座下网罗云荒多位黑道顶尖高手，龙象狮虎蛇五位杀手不说，听说还有泽之国的‘鸟灵’相助，各位就算遣尽府中护院守卫，哪里能是人家对手。”

微微笑着，青王的眼光却停留在章台御使的脸上。

众目睽睽之下，忽然对着夏语冰便是深深一礼，慌得他连忙俯身阻止。

“夏御使，请借你身边那位守卫一用。”猝不及防地亮出握有的秘密消息，青王的目光停留在对方脸上，仿佛想捕捉他每一丝神色变化，一字字清晰地让密室中所有官员听见，“听说御使身边有一位绝世高手——事关皇太子生死，还请暂且割爱，让那位高手出面保驾。”

青王的话语传到密室中每一个官员耳中，因为利益相关而休戚与共的所有人都把眼光投到了年轻的章台御使脸上，每一道目光都带着压迫力。

夏语冰的手臂格挡着下拜的青王，然而忽然间就语塞了，不知道如何回答，面色苍白。

“真岚太子若有什么不测，政局便要倾覆，”看出了御使眼中的犹豫，青王的语气却不急不缓，一句句分析轻重利弊，不容反驳，“贤侄，多年来你看到曹老贼作威作福，鱼肉百姓，草菅人命，难道甘心？利剑在手，当为天下人而……”

“此事我不能做主。”忽然间觉得密室里令人窒息，夏语冰深深吸了口气，终于开口应承下来，眼神坚定，“但是，我尽力吧。”

是的，是的——目前不能再有什么犹豫和迟疑，路已经走到了这里，必须坚定不移地朝着目标前进。任何动摇都是软弱的表现，足可以毁掉多年来辛苦的经营。

就算怀疑曹太师倒台后，是否能出现更好的政局，但是，那毕竟是怀疑而已——而目前的腐朽黑暗局面，却是真真实实存在的。

一个人，如何能因为不确定天亮后是否有晴空，就容许黑夜永远笼罩下去?

相比眼前黑沉冰冷的天下，明天总是在手中，可以掌握一二的，他相信他会让流着脓液的梦华王朝稍微愈合一些。所以，他必须先要剜掉今日朝廷上这个巨大的毒瘤。

不可以怀疑自己已经走过的路，因为已经无路可退。

第五章

扬州十年一梦

不知道多久没有这样安心地睡过好觉了……五年？十年？

这么多年来，隐身于黑夜里，每一天她都在极度紧张戒备中度过。一方面时刻准备斩杀任何接近御使的危险人群，一方面，却要小心翼翼地提防被他察觉。过着昼夜颠倒的生活，那一身夜行衣，她居然一穿就是数年，从未脱下来过。

而且，还要看着年轻的御使夫妇在她面前相敬如宾，举案齐眉。

那是什么样的生活……她居然默不作声地咬牙忍受了五年，凝视着面前完全的黑。

那样看不见光亮的路走到后来，从单纯地因为对语冰的眷恋而不肯离去，慢慢变成了相信他所相信的、追随他所追逐的——既然无法以“妻子”的身份留在他身边，那么，她愿意成为一把剑，默默守护他和他的信仰，让黑夜里那一星烛光，不被任何腥风血雨吹灭。

曹训行一手遮天，权势逼人，然而这个天下总要有人为百姓说话，去坚持那一点公理和正气。师父说过，学剑有成，最多不过为百人之敌，而语冰在朝堂上如果能将太师一党连根锄去，却是救天下苍生于水火！

她决定不让语冰孤身一人走这条路——至少，她要化为那一把出鞘的利剑，为他斩杀一切黑暗中逼近的魑魅魍魉，让黑夜里奔走的勇士不至于孤立无援。

于是她成了一个影守，默默无声地守望着年轻御使窗下通宵不熄的灯火，守护着她心底所信仰和追逐的“侠”和“义”，五年来片刻不曾懈怠。

那样窒息的生活，甚至让她忘记了一切。甚至在短促的小憩里，她再也没有做过梦。

等到慕湮醒来的时候，尊渊觉得自己的手都快要被压得僵硬了。

“你——”慕湮一睁开眼睛，就看见师兄的手从自己的被子里唰地抽了出去，她脱口惊叫，下意识便伸手去抓自己的佩剑。然而一摸之下却发现剑已经解下，放到了枕边，而她身上也已经换了新的干净的衣服。

慕湮愣了愣，又羞又恼之下，苍白的脸腾地红了，眼里腾起了杀气。

“喂喂，小师妹你别误会——”看到慕湮俯身便从枕边抓起剑，唰地抽出来，尊渊吓了一跳，立刻揉着发酸的手往后跳开，忙不迭分辩，“我可什么都没做，是你自己拉着我的手不放的！”

“胡说！”慕湮急斥，眼圈都红了，咬着牙就要拔剑砍了这个乘人之危的大师兄，然而一掀被子，发现自己只穿着贴身小衣，立刻不敢动了，拥着被子，只气得全身微微发颤，“你……你……那我的衣服……”

“你发着高烧，衣服又全湿了，总要换一套干净的吧？”尊渊揉着酸痛的右手，解释。

“我杀了你！”慕湮再也忍不住，手里的剑脱手掷出。

“醒来就这样凶！”尊渊右手麻到无法拔剑，只好往旁边避开。病重之下手臂也没有力道，长剑投出几尺便斜斜落地，慕湮咬着牙，拼命不让眼泪落下来，狠狠看着他。

“呀！”看到那样的眼神，尊渊终于明白过来问题何在了，拍着自己脑袋，连忙开口，“不是我……不是我帮你脱……”

“客官，你要的东西到了。”话音未落，门外有女子妖娆的声音传来，轻叩门扇，“可以进来吗？”

尊渊长长舒了口气，仿佛见到了救星一般开门出去：“老板娘你来得正好！”开了门，将花枝招展的老板娘让进屋子，他指了指连忙拥着被子躺回床上的慕湮，苦笑，“你帮她将新衣服也换上，我就先出去了！”

然后，不等老板娘答应，他避之不迭般地躲了出去。

“哎，客官——”看到尊渊脚底抹油，老板娘急了，扯着嗓子大喊，“你要的桃子买来了，只找到了五个冰洞里存着的……人家非要五十两不可，你要不要买？”

“买，当然买！”尊渊的声音从楼梯上传来，一锭银子隔着窗子扔进来，人却已下去了。

慕湮听得发怔，却见老板娘喜滋滋地放下几个干瘪的桃子，拿起那一套簇新的衣服来，笑：“姑娘快来把这个也穿上！你哥哥可真疼你啊，姑娘寒冬腊月要吃桃子，也一口答应了。”

“哥哥？”慕湮愣愣地重复了一遍，任由老板娘将新衣套上她的身子，“我……我说要吃桃子吗？”

“是啊，姑娘发着烧，拉着你哥的手口口声声说要吃桃子，可把他为难坏了。”老板娘口快，麻利地帮因为重病而浑身无力的女子穿上新衣，一边不住口地夸，“外头天气那么冷，又下着雨，他把你抱到这里来的时候都急坏了。”

桃子……桃子。她的目光游移着，看到了桌子上那几个干瘪的桃子。

终于有了些微的记忆。她不再说话，闭了闭眼睛，眼前出现了梦里的漫天桃花。啊，原来在那个时候，跟她说话的不是师父，而是大师兄吗？

她仿佛安心般地叹了口气，手指绞着褥子，忽然间怔怔掉下眼泪来。

“姑娘，你看你穿起来多漂亮……”老板娘帮慕湮穿好了衣服，正在惊叹对方的美貌，却见她哭了起来，不由吃了一惊。准备殷切相询，外边却传来了一阵哭天抢地的号啕声，惊动整个店，依稀是一个老者嘶哑含糊的哭声，一迭声地唤：“我苦命的女儿啊……天杀的狗贼，还我彩珠命来……”

周围房子里有房客探头，七嘴八舌的劝说声，湮没那个老人的哭声。其间，赫然听到尊渊的声音，在询问老人究竟遭遇到了什么不幸。

“唉，赵老倌又在哭他的女儿彩珠了。”老板娘浓妆艳抹的脸上也有黯然的神色，“姑娘别吓着——那个赵老倌自从卖唱的女儿被刘侍郎儿子奸杀后，整个人就疯疯癫癫的，每到天亮就要哭号一番……也是作孽啊，彩珠才十三岁。都什么世道！”

听得外头那哭声，慕湮只觉刺心地疼——师父说她心嫩，自小就听不得别人的哭声。她只好侧过头去，低声问：“为什么不去告官？”

“告官？”老板娘从嘴角嗤出一声冷笑，替她将衣服上的带子系好，“官官相护，天下乌鸦一般黑，上哪里去告？”

“夏御使那里……一定行的。”好容易挣出了那个名字，慕湮肯定地回答。

老板娘的眼睛也亮了亮，手指伶俐地穿过最后一根带子，笑了起来：“是啊！我们也劝赵老倌去御使那里拦轿告状——想来想去，也就剩了那点指望了。”

“一定能行的。”慕湮低了头，坚定地回答，有些羞涩，有些骄傲，“他是个好官。”

“嗯，姑娘说得没错！”老板娘用力点头，显然说起这个夏御使，每个人心里都怀着尊敬，“去年曹太师面前的红人秦总管督建逍遥台，克扣木材，结果造了一半塌了，压死上百个民夫，谁又敢说半句话？到最后是夏御使生生追查下去，把那躲在太师别墅的总管拉出来正法了。还有息风郡守从砂之国贩卖良家女子到帝都为妓的那案子，也是……”

老板娘自顾自如数家珍地说着民间众口相传的案子，螺黛细描的双眉飞舞着，没有注意到面前听着的女子眼神闪亮起来，苍白的双颊泛上了红晕，眸子里闪着又是骄傲又是欣慰的光芒。

“这个朝廷呀，是从里面烂出来了！统共也只剩下那么一个好官。”老板娘一口气说完了她所知的御使大人的事迹，叹了口气，打好最后一个结，“连我这个小民也受过他大恩呢——想来御使也真不容易，听说他天天要看宗卷看到二更……”

“不，都要看到三更呢。”下意识地，慕湮纠正了一句，猛然觉察失言，连忙转口问，“如今什么时候了？”

“快黄昏了吧？”老板娘随口答，“外头下雨呢，看不清天色——姑娘饿了吗？”

“糟糕！”慕湮跳了起来，然而发现身上软得没有半分力气，踉跄着走出去推开客房的门，“下朝时间到了吧？我得……我得去——”

“你要去干吗？”还没出门，忽然便被人拎了回去，尊渊刚在外头听完了赵老倌的事，满肚子恼火地大踏步进来，一见她要出去，不容分说把她推了回去，“我去替你接他，替你守着，你放心了吧？给我好好养病，不许乱走！”

慕湮没有力气，立足不稳地跌了回去，老板娘连忙扶她躺下，一边笑着劝：“哎呀，客官，你就是疼你妹子也不要这样，人家生着病，娇弱弱的身子哪里禁得起推啊……”

“我不是他妹子！”慕湮听得“娇弱弱”三字，陡然心头便是一阵愤怒，挣着坐起，“我才不要他管！”

“啊？”老板娘猛地一愣，脱口道，“难道……难道你们是一对……”

“才不是！”慕湮红了脸，啐了一口，发现尊渊已经走得没影儿了。

上朝回来后，已经是薄暮时分。夏语冰不去吃饭，径直将自己关进了书房，也不看那些堆满案头的文卷，只是一反平日的淡定从容，焦灼不安地在书房中踱步，神色凝重，不时抬头看着外面的花园，仿佛期待着什么人来。

他……要如何对尊渊开口，要其出手护卫皇太子返城？

他有何颜面，再向阿湮的师兄提出这样的要求。

阿湮、阿湮……五年来，那两个字是极力避开去想的，生怕一念及，便会动摇步步为营走到如今的路。

在天牢里对着前来劫狱的她说出“我在等的是青璃”之时，他便决心已定，取舍之间是毫不容情的决绝；慕湮对他告别的时候，他也没有挽留，只任她携剑远去，心下暗自做了永远的诀别；洞房花烛之夜，在应酬完一群高官显贵后，红烛下挑落青璃盖头之时，他的手也没有颤抖过分毫——那是他自己选定的路，又如何能退缩半分。

然而，五年后，在成败关头、急流席卷而来的时候，这个名字又出现在耳畔。

躲不过的……他仿佛听到了宿命的冷笑声。直到那一刻，他才恍然发现尽管多年竭力奔走，命运的利爪却一直死死地扣着他的咽喉，让他不能喘息。

有些茫然地，他在渐渐暗淡的暮色里点起蜡烛，看着案头那一沓沓的宗卷。然而一眼瞥过，又看到了最上面那件刘侍郎公子酒后奸杀卖唱女子的案子：那个“甩”字和自己那一行红笔批注赫然在目，似乎在滴出血来。

这不是第一次了——那之前，和青王一起结党对付曹太师的官员里，类似的龃龉事时有发生，为了不导致内部矛盾激化和决裂，他一一做了忍让，将事情压了下去，大事化小，小事化了。到后来，青王纠结的力量越来越庞大，他结交的“自己人”也越来越多，十件案子里，居然有三四件颇为难办。

他到底都做了些什么……结党营私？徇情枉法？贪污受贿？颠倒黑白？

不，不，那是以大局为重，是为了天下最终的正义伸张，而做出的暂时的隐忍。

何况，十件案子里面，至少有七件他还是秉公办理的。而那些被各种因素掣肘的案子，不过只是十之二三罢了，而且他也做了适当的调停妥协，让无辜者受到的损害降到了最低。

可是……对他而言的十之二三，反过来对那些无辜百姓来说，便是十足的冤狱！

虚伪，虚伪，虚伪！

他只觉得胸臆间充满了烦躁而绝望的怒啸，在体内四处奔腾，心里的血沸腾起来，仿佛一直要冲到脑里去，他再也不能忍受心里这样强烈辩论着的两个声音。

那个瞬间，久等不见丈夫来用晚膳，生怕上朝一日他回来饿坏身体，御使夫人青璃终于忍不住违反了丈夫平日的禁令，怯生生地推开了门，端着托盘进来——然而就在那一刹那，她看到了年轻的御使做出了一个可怕的举动：披衣阅览着文卷，却忽然伸手用力握紧案头正在燃烧着的蜡烛，让火焰在手心里生生熄灭！

“语冰！语冰！”丈夫眉间的沉郁和痛苦吓住了贵族出身的青璃，她扔了托盘，惊呼着冲了过去，用力将他的手从蜡烛上掰开。

“语冰，你在干什么啊……”青璃急急掰开丈夫的手，看到手心里焦煳的血肉，泪水扑簌簌地落了下来。

仿佛神志有点恍惚，夏语冰甚至没有听见妻子的惊叫，一直到手心里有什么冰冷的东西刺痛着，他才回过神来，看到青璃焦急的眼神和满脸的泪痕。他的妻子捧着他的手，正嘟起了嘴为他轻轻吹着烫伤的手心，泪水滴落在他手里。

刹那间，章台御使向来冷淡的眼睛里，第一次涌出难以言表的温柔和悲哀。

“别碰，很脏的。”他忽然将手从妻子手里抽出，看着掌心血肉焦黑的样子，冷笑着喃喃自语，“你看，已经脏了……已经把手弄脏了……我真恨不得把它烧成灰。”

“语冰……”青璃茫然地抬头，看着自己的丈夫，眼里噙着泪水——她不明白，这么多年来朝夕相处，同衾共枕，她却始终无法了解这个她所爱的人内心真正的想法。她不过是一个女子，对她来说丈夫便是她的天，她的所有不过就是他的喜怒哀乐。然而，他为何烦恼，为何痛苦，又为何绝望，这些他统统没有和她提起过一字一句。

她想，那便是上天的惩罚——是当年她为了得到一见倾心的英俊青年，使出手段让他身陷牢狱，然后出面相救最终得以如愿的惩罚。

她终于得以和他朝夕相处，却是相敬如宾，那以后他便对她关闭了内心。

纵使举案齐眉，到底意难平啊。

“我没事，吓着你了吗？”许久，室内寂静得听不见一丝声音，渐渐笼罩的暮色里，仿佛终于平静了内心激烈的狂流，夏语冰开口了，静静道，声音却是难得的温柔，“夫人，你先出去吧，我想一个人静一静。”

第六章

还记章台走马

暮色四起，书房内又剩下了他一个人，独对四壁的萧瑟和无边的黑夜。

在这样的铁幕里，他已然独自跋涉多年。

“嘿嘿，真是伉俪恩爱啊。”窗忽然开了，暗淡的室内忽然就多了一个人，高而瘦，负剑冷笑。尊渊刚从客栈赶来，在外面看到这样一幕，想起慕湮筋疲力尽睡去的孩子般的脸，心底忽然有压抑不住的愤怒泛起，便忍不住跳入了室内。

“都是涸辙之鲋，相濡以沫罢了。”夏语冰低着头，微微苦笑起来，淡淡回答。语气里，是掩不住的疲惫和萧瑟，如风般卷来，让外粗内细的尊渊怔了怔，不再说话。

“明日上朝，我要再次弹劾曹训行。”章台御使拢了拢案头的宗卷，忽然间凝重出声，“希望这是我最后一次弹劾那个老贼。”

“最后一击了吗？”尊渊的脸色也凝重起来，点头，“放心，我将在这里保护着你，一直到你上朝，不让曹太师有机会下手。”

然而，听得对方这样的承诺，夏语冰却没有丝毫如释重负的表情，只是摇了摇头：“太师府今夜未必会对我下手。”

尊渊听得他如此肯定的用语，忍不住一怔，询问地看向年轻的御使。

“他还不知我明日上朝就要全力弹劾他所有罪行，所以未必就急着要来下手——而且，这么多年来他知道我身边有你这样的守卫在，昨夜刚刚铩羽而归，太师府杀手今夜未必会立刻再次出动。”夏语冰慢慢分析着，有一种直面生死而不惊的淡定，最后加重了语气，“何况，今夜太师府那边一定通宵不得安睡，所有杀手都有更重要的事要办！”

“什么事？”虽然知道对方是要引他发问，尊渊还是忍不住顺着问了下去。

“曹太师要全力阻止真岚皇子返京继承皇太子之位，必然不能容他到达帝都。”一字一句地，对着一个朝廷之外的游侠说出了宫里目前最大的机密，章台御使的眼神熠熠生辉，“如果真岚皇子死了，那么倒曹一党便会失去最终的王牌，曹太师可以继续高枕无忧。”

“哦？”尊渊只是淡淡应了一声，揉揉鼻子，对于这种朝廷上党派之争毫无兴趣，然而多年来的历练和见识，让他很快明白到了皇子返京的重要性，“看来真的很严重嘛。”

“是。可以说成败在此一举。”夏语冰眼神凝聚起来，看着剑圣大弟子的脸，“所以，我的生死并不重要。重要的是，真岚皇子明日一定要平安到达帝都！”

一语未落，年轻的章台御使忽然间一拂袖，就对着剑圣弟子拜了下去：“因此，求阁下无论如何出手相助，保护皇子从叶城连夜返回！”

“喂，喂，你这是干吗？！”被夏语冰的大礼吓了一跳，尊渊慌忙拉起他。

云荒著名剑客的眼睛里，闪动着锋利而冷醒的光。虽然游荡于天下，不问政局纷争，但是他并不是不知道章台御使这次慎重托付的事情的重要：今夜那个叫作真岚的皇子能否平安抵达帝都，可能将关系到整个梦华王朝命运的走向。

而且，将无可避免地，影响到天下百姓将来的生活。

虽然凭他的能力，可以不像平常百姓那样和政局息息相关，但这个世上，没有人能真正脱离政治而游离在体制之外吧？

“剑技无界限，但是剑客却应该有各自的立场和信念，明白将为什么而拔剑”——在出师之时，剑圣云隐的话语响起在他耳畔。

如果今夜非要他从曹太师和章台御使之间做出一个选择的话，那么……

“御使请起，”尊渊的眼睛里，陡然有山岳般的凝重，承诺道，“我今夜就去叶城，天明必然护送真岚皇子返京。”

暮色笼罩云锦客栈的时候，刚给慕湮端上药和晚膳的老板娘，陡然听到了外头的吵闹声。

“哎呀，一定是赵老倌从御使台衙门回来了！”老板娘连忙放下托盘，站起身来拉开门，笑吟吟地迎上去，“怎么样？判书下来了吧？我说老倌你不要哭，你女儿不会白死，夏御使他一定会让凶手抵罪的！”

听得“夏御使”三个字，慕湮苍白的脸色便微微红了一下，眼睛亮了起来，视线跟着老板娘的身形出去，看向那几个陪同赵老倌从衙门返回的闲客，希望从那些受苦的人脸上看见沉冤得雪的喜悦。

然而，很快她的笑容就被嘶哑的哭号和痛骂凝结了——

“什么狗屁夏御使！黑心御使！

“居然说那畜生是失手误杀了彩珠，只判了流放三百里……怎么可能是失手？看看彩珠被那畜生糟蹋成什么样子，瞎子都知道那不会是误杀！我杀了那个狗官！我拼了老命不要，我要杀了那个颠倒黑白的狗官！”

老人的号啕声响起在客栈里，所有人都怔住了，屏息无语。老板娘美艳的脸也仿佛被霜打过，颓然低下头去，用涂了红色丹寇的手指抹着眼角，震惊地喃喃：“不会的，一定是误会……一定是误会……夏御使不是那样的人。”

渐渐地，有议论声低低响起在人群里，大家叹息着，上来扶起瘫倒在地的赵老倌。

“看来还是官官相护啊……这个世道还让不让人活了。”

“连夏御使都这样？真是想不到……我还以为他总能替咱们百姓说句公道话呢。”

“唉……半年前，我就听姚太守府里的小厮说了，夏御使收了他们的银子，贩卖私盐那个案子才被压了下去。那时我还不信，现在看来那是真的了——”

压低了声音，有个盐贩子模样的人更加爆出了惊人内幕，众人啧啧摇头叹息。

“不是真的！不是真的！说谎，你们说谎！”陡然间，一个女子的声音响了起来，不顾一切地压过所有不屑的议论声，“闭嘴，不许诋毁夏御使！”

老板娘惊讶地回头，看见刚喝下药在静养的慕湮忽然涨红了脸，从房间里冲出来，对着楼底下那一群人嘶声大喊：“不许诋毁语冰！你们说谎，一个个都该抓起来！”

“呀，这里有人为狗官说话呢！”人群诧然片刻，终于哄笑起来，其中有个尖瘦脸的中年人说得尤其刻薄：“语冰？叫得好亲热啊！难不成那狗官在外头包养了这么漂亮的女人啊？胆子真大——听说他老婆是青王的侄女儿，靠着裙带关系才爬到那么高，居然还敢在外面拈花惹草？”

“闭嘴！”慕湮脸色苍白得可怕，眼睛里忽然闪出了杀气。

不等老板娘惊叫，女子手里流出雪亮的光，宛如闪电般跃下楼去，一剑将那个讲得最起劲的男人的舌头割了下来！所有人都发出了惊骇的叫声，纷纷退开，看着这个女杀神。

“谁敢诋毁夏御使？”慕湮的手指紧紧抓着长剑，眉目间杀气纵横，逼视着一干闲人，愤怒得全身颤抖，“谁敢再在这里诋毁夏御使！”

看到女子手里滴血的长剑，客栈里所有人噤若寒蝉。

“狗官！他就是个狗官！不得好死……我要杀了他！”在所有人都不敢开口的刹那，赵老倌苍老嘶哑的声音还是响了起来，不顾一切，“不得好死，生个儿子没屁眼，生个女儿当娼妓！老子我要杀了他！”

“唰”的一声，长剑指住老汉的咽喉，慕湮眼里冷光四射。

“哎呀，姑娘！千万别！”楼上老板娘看得真切，脱口惊呼，急急下楼来。

赵老倌忽然“呵呵”地笑了起来，一下子扒开胸前破烂的衣服，露出搓衣板似的胸口，把舌头伸了出来：“杀呀！割了我舌头呀！我要看看你有多大本事，还能将天下人都杀了，天下的舌头都割了？”

慕湮看着老人飘萧的白发和近乎癫狂的笑容，身子一颤，忽然间手腕剧烈发抖，几乎握不住手里的长剑——她居然对着这样一个手无寸铁的老人拔剑！身为云荒剑圣的弟子，从小便被师父用侠义教导，而她……她今天居然对着这样的老人拔剑威吓！

她……她究竟在做什么？还是天下人都疯了？

“姑娘，姑娘，快别这样！”老板娘眼看客栈里要出人命，连忙跌跌撞撞跑下来，拉住慕湮，“老倌是死了女儿急痛攻心，别和他计较，我也不信夏御使会是这种人……”

“好，我带你去当面问个清楚！”慕湮深深吸了口气，忽然收剑，舒手一下子就提起了干瘦的老人，点足飞掠，瞬间消失在暮色里。

第七章

一夕玉壶冰裂

“我在书房外面的庭院里用盆景假山石布下了一个阵，虽然潦草，但多少能阻拦一些刺客杀手——天亮上朝前，你千万不要随便走出这个庭院。”再三交代夏语冰后，看看天色已经暗了下来，尊渊再也不敢迟疑，拉上风帽，便往城外方向掠了过去。

尊渊从来没有想过，自己居然要答应下这样重大的事情——虽然身为剑圣的大弟子，但是他生性放荡不羁，出师后的十几年中，自顾自携剑逍遥游历天下，从未以什么救国救民的侠客自居。

然而此刻，在家国变乱摆到面前，他的力量一旦加入就能影响到最终国家命运的时候，揉揉鼻子，仿佛带着一丝无可奈何，他最终还是答应了。

剑客的承诺，从来都是言出如山。

伽蓝城在镜湖中心，与叶城之间有水底甬道相连，而入夜宵禁之后，为了帝都的安全，甬道便将关闭，所以要出城去迎回皇子，必须趁着天黑前出发。云荒剑客的身影很快就没入了暮色里，如一道黑色闪电般消失不见。

雨已经停止了，然而初春的天气还是寒冷入骨的，墙角的腊梅开到了末季，正在挣扎着吐露最后一缕芬芳，散入渐起的薄暮。

案头写好的弹劾书，密密麻麻地罗列着太师府这十年来犯下的滔天罪行——这一次不同于以往刻意示弱的“查无实据”，条条都可以举出物证人证。明日奏折一递上去，就算曹太师那边有三头六臂，一时间也无法全部脱了干系，惊动大理寺干预势在必行。如果在这个时候，真岚皇子可以返京，册立为太子，那么太师那一党作恶多端的人，就到了恶贯满盈的死期了。

夜色沉沉笼罩下来，漆黑冷硬，有如铁幕——宛如这么多年来帝都的每一夜。

然而，在这样令人窒息的黑暗里，春的脚步隐约在耳，仿佛有风儿轻轻吹来，空气流动起来，带来墙角梅花清冷的香气——是东风吹进来了吗？破开了这沉寂如铁的黑夜？

燃起的风灯飘飘荡荡，窗下，夏语冰低下头看着写好的奏折，眉间有难得一见的笑意。

在这条路上跋涉多年，含垢忍辱，终于看到了尽头出口处那一点微弱的光亮。

“夏御使！夏御使——”正在沉吟，耳边忽然听到了低低的唤声，带着说不出的阿谀猥琐腔调。夏语冰的神思陡然被拉了回来，回到目前尚自黑沉沉的现实里。循声看去，居然看到庭院门外站着两个下人，正手足无措地看着庭中纵横布置的盆景山石。

“是谁？”御使的眉头蹙起，推开窗子，淡淡问来人。

“御使大人，你看这都是怎么回事啊？哪个下人弄得乱七八糟的？”御使府的管家看着满庭看似散乱布置的石头，试了几次，居然无法跨过短短几丈的庭院，不知道主人做了什么手脚，只好站在院外，陪着来客，弯腰禀告：“是刘侍郎府上的管家来访。”

“刘侍郎？”陡然想起了刚被自己改过的案卷，夏语冰便觉胸口一阵窒息，挥手令管家退下，看着庭外的来人，冷冷道，“刘府来人有何贵干？”

“禀御使大人——”那个山羊胡子的来人连忙躬身作揖，谄媚地笑，“今儿案子判下来了，我家公子多承照顾，因此老爷特意令小的送几瓮海鲜过来，好好地谢谢御使大人。”

“不必了。”夏语冰淡淡道，手指用力抓紧窗棂，忍住嫌恶，“请回吧。”

刘府管家愣了一下，心里嗤笑一声：果然是外头做清官做惯了的，架子还是端着放不下来呢。他一边点头哈腰地唯唯诺诺，一边喝令跟来的小厮把挑着的四小瓮海鲜放下："这海鲜，是老爷答谢御使大人的，请大人过目。"

刘府管家弯下腰去，揭开小瓮的盖子。瞬间，在暗淡的暮色里，陡然闪烁起夺目的宝光！四个瓮里，一瓮瓮满满的都是夜明珠！

连夏语冰都愣了一下，皱眉，脱口道："这都是什么'海鲜'？！"

"是海里的夜明珠——也叫鲛人泪。"刘府管家谄笑着，弯腰解释，"都是上好的海鲜。我家老爷说了，些微薄礼不成敬意，还请御使大人再高抬贵手，免了我家公子那三百里的流刑吧！统共只这么一个儿子，老夫人实在舍不得我家公子远游。"

听得那样的话，章台御使冷笑起来——一条人命，不过换了流刑三百里，居然还来得寸进尺地讨价还价！

"在下不喜欢吃海鲜，还请回吧。"蹙眉，嫌恶地挥手，夏语冰冷冷道。

刘府管家怔了一下，没想到这个章台御使居然如此不识好歹——果然出门前老爷交代得没错，这个人是外头装清廉惯了，回头在家里私下收受贿赂，还如此忸忸怩怩。

"老爷说了，投桃报李，如果御使不喜欢吃海鲜也罢了，但明日朝堂上……"虽然不明白明日朝堂上将会发生什么，但是刘府管家还是按照出门前刘侍郎的吩咐，压着嗓子复述这段话。果然，风灯下御使的眼神变了。

"都是自己人，何必那么客气。"年轻的御使忽然改了口吻，回答，手指用力握着窗棂，用力到指节发白，但是声音却是平稳的，"请回去转告刘大人，说海鲜就不必了，但令公子的事，在下心里会有分寸的。"

刘府管家大喜，摸着山羊胡子深深一礼："如此，多谢御——"

话音未落，忽然间只听嗑啦啦一声响，什么东西轰然滚落。庭内房中进行着见不得光的交易的两个人，陡然吃了一惊，同时抬头循声看去。

浓重的暮色笼罩了一切，然而依稀还是看得出耳房屋顶上不知何时居然站了一个人，在冰冷的寒风中孑然而立——似乎是听得有些出神，手一松，手里提着的重物便砸落到了屋面上，滚落下来。

"呀？"刘府管家抬头看去，暮色中虽然看不真切，然而那人手上一点冷光映入眼里，冰冷尖锐——那是……那是剑?

他陡然吓得脱口大叫:“有刺客！有刺客！来人哪！”

“砰”的一声闷响，来人手里提着的什物沿着屋檐滚下来，砸落到庭院里，然而那物居然立了起来，嘴里喃喃有声，显然是认出了害死自己女儿的帮凶，赵老倌丝毫不顾身上的疼痛，掏出刀子，便直扑刘管家而去:“畜生，还我女儿来！”

然而庭院中散放的山石盆景，阻挡着老人奔出院子扑向仇人的脚步。赵老倌跌跌撞撞，然而走不出几步便被绊倒。趁着这个机会，刘府管家一声大叫往外便跑，狂呼:“有刺客！有刺客！快来人啊！有——”

“嚓”，还不等他反身逃出，一道白光忽然贯穿了他的头颅，从他张大的嘴里透出。

有刺客！同一时间里，章台御使悚然一惊，迅速关上窗子——太师府的刺客居然今夜又来了，而尊渊却不在！目前情势危急，内外无援，看来只能盼那个庭中布下的阵法，能阻拦住太师府派来的刺客吧。

然而，心下才想到这里，只见窗下人影一闪——那刺客居然顷刻间就突破了尊渊布下的阵，来到了书房外!

章台御使急退，握紧了袖中暗藏的剑，盯着窗外那个影影绰绰的人影。

他不能死，绝对不能死在今夜……无论如何，他明日定要亲手扳倒曹训行那个巨蠹!

“太师府给了你多少钱？”再度打开暗格，他的声音一丝不惊，带着沉定和诱惑的意味，对着窗外那个迫近的杀手，开价，“十万？二十万？无论他给你多少，我都可以给你双倍。”

窗纸上那个影子动了动，却没有回答，只是在那里沉默。府里下人们听到刘府管家临死前的呼救声后慌乱赶来，却被庭院里的花木乱石挡住，在院中进退不得。赵老倌在破口嘶哑大骂，听不清在骂些什么。

然而外面一切都到不了他心头半分，章台御使只是盯着一窗之隔的影子杀手，眼神变了一下——对方那样的不置可否，反而让他感到极大的压迫力。如果此人如杀手蛇一样，能为巨款所动，无论如何，他还有一击搏杀对方的机会。

但是，这次太师府派来的刺客，居然丝毫不为金钱所动?

“两百万！如何？”迅速翻着暗格里的银票，大致点清了数目，他想也不想，将所有银票堆到了桌上，“太师府不可能给你这么高的价格吧？我可以给你两百万！你看，都在这里，随你拿去。”

隔着窗子，外面的刺客还是没有出声。夏语冰紧紧盯着窗上映着的迫近身边刺客的影子，陡然看到来人身子微微一倾，一口血吐出，窗纸便飞溅上了一片殷红。

怎么回事？那个刺客受伤了吗？

来不及多想，趁着那个绝好的时机，他迅速靠近窗子，握紧了暗藏的短剑，对着那个影子迅速一剑刺出！无论如何，他不能死，今夜绝对不能死……他要看到明天破晓的光亮，他要看到曹训行那个巨蠹倒下！

刺客的影子一动不动地映在窗纸上，居然来不及移开。那一剑刺破窗纸，没入血肉中。他用尽全力刺出，一直到没柄。

又一片血溅到窗纸上。

得手了！章台御使立刻后退，离开那扇窗子，避开刺客的濒死反击。

“喀嚓”一声轻响，窗子被推开了一条缝。

还没有死吗？他那样竭尽全力的一剑，居然还没有斩杀那个前来的刺客？章台御使看着慢慢推开的窗子，脸色有些微的苍白——这一次，他又要如何对付眼前的危机？

来不及多想，生死关头，他的手握紧了剑，挡在案前，将弹劾奏章和那些如山的铁证急速收起，放入暗格，重重锁好——他可以死去，但无论如何，他绝不能让太师府的来人毁掉这些东西！有证据在，即使他死在今夜，同党还是可以继续倒曹的行动。

然而，不等他将这些都做完，窗子缓缓打开，一双清冷的眼睛看见了他——书房内银票堆积如山，零落散了满地，而脸色苍白的章台御使正在急急忙忙地掩藏着什么。

站在窗外的女子没有说一句话，似是不敢相信地看着室内的情景，忽然间身子一颤，又一口血从喉头冲出，飞溅在半开的窗上。

夜色狰狞，张牙舞爪地吞没一切，如泼墨般大片洒下。

沉沉的黑夜里，窗外站着的女子单薄得宛如一张剪纸，抬手捂着贯穿胸口的伤。血从指间喷涌而出，然而却似丝毫察觉不到痛楚，只是这样怔怔地看着室内的情形，黑白分明的眸子里空空荡荡。

“原来都是真的……这么些年来，你居然在做这种事……”半晌，失去血色的嘴唇翕动着，吐出一句话。

“阿湮？！”手中的文卷飘然落下，飞散满地，章台御使夏语冰脱口惊呼，看着窗外那个提剑前来的白衣女子。

他颓然放开了手，仿佛不知道该做什么、说什么，只是下意识地抬手挡住了脸。

那个瞬间，他真希望脚下的大地突然裂开，将他永远、永远地吞没。

第八章

心事已成非

夜幕里人影绰绰，仿佛鬼魅般忽远忽近。叶城外驿道上，黑影纠结一团，厮杀声是低得几乎听不见的，闷哼和短促的惨叫，交织在泼墨般浓厚的夜幕里。

暗淡的星月光芒下，刀兵的冷芒宛如微弱的鬼火，一闪即没。

尊渊在夜幕中穿过那些尸体，四处寻觅着目标，陡然间觉得非常恼火——他终于赶到了章台御使交代的叶城的那个秘密地点，然而发现太师府的人已经抢先赶到了，和青王府的护卫正斗得惨烈。

让他恼火的，是他居然没有料到自己会认不出哪个是真岚皇子。

夏语冰做事缜密，出来之前倒是没有忘了对他描述真岚皇子的外貌特征，然而尊渊没有料到自己一赶到，便遇到如今这样乱哄哄的厮杀状况：黑灯瞎火，一伙人拿着刀剑毫不留情地相互对砍，根本分辨不清是敌是友。

以他之能，自然也不会被这些黑暗中的乱刀冷箭所伤，尊渊点足在驿道上飞掠，心急如焚，无法从这黑夜乱糟糟的局面中准确地找到自己此行需要寻找的人。

时间多拖得一刻，那个少年皇子就岌岌可危一分。

尊渊掠向人群最密集的地方，夜色中，看到了那一辆华丽的马车，璎珞流苏坠满，黄金络马头，白玉做马鞍，不知嵌了什么宝石，居然在星月无光的暗夜里发出奇异的光彩。

这样触目的标记……是为了符合那个少年未来君临天下的身份吗？

才念及此，果然听到混乱的人群里传来低低的招呼声："找到了，在马车里！太师说了，拿到人头，重重有赏！大家快上！"

黑暗中，各方混战的人群忽然耸动，纷纷如同暗潮般拥向那一辆马车。

"妈的，真的在车上？那不是活靶子吗？"尊渊听到众人异动，暗自骂了一句，却是丝毫不敢耽搁地掠向那架正在月下慌乱地东突西撞的马车，听到马车里已经传来了惨号声，有断肢人头从里面飞出。

"嘿嘿，抓住了！"有人在里面低低冷笑，得意非凡。

"是我的！"大约是想起太师府的巨额悬赏，里面蓦然爆发出了短暂的动乱。

知道刻不容缓，尊渊在那一刹那已经掠了过去，剑光从斗篷里划出，切入挡在前面的人的咽喉，已经顾不了分辨是敌是友。隐约中，看到马车里银灯摇晃着，诸位杀手围住了一个华服高冠的少年，相互之间激烈地厮杀。

"呀！我不是皇子！我不是皇子！"扣住皇子的那个杀手显然被围攻得急了，便想先切下人头来，也好方便突围带回去领赏——然而刚把剑架到那个华服少年颈中，那个戴着玉冠的"皇子"便叫了起来，拼命挣扎："我是被逼着穿上衣服待在这里的！我不是真岚，我不是皇子！"

听得那番话，有一刹那，所有的杀手都愣了愣，停下了手。

"我不是皇子！"华服少年用力去扳开杀手扣住他咽喉的手。那个瞬间，所有杀手都留意到，那个装束华贵的"皇子"双手居然布满了伤痕和老茧，完全不符合外在的衣饰和身份——

"那真的皇子去了哪里？"扣住华服少年的杀手第一个反应过来，厉声喝道，同时卡住少年的脖子，狠狠逼问，"不说出来，老子立刻捏死了你！"

"我……我哪里……"华服少年本来想说不知道，但是杀手的力道瞬间增加，他几乎马上就不能呼吸。手足挣扎着，少年的眼睛在急切地逡巡，忽然间看到了乱战中一骑跑过去的人马，眼睛亮了一下，想也不想，他指着那个跑过去的士兵模样的少年，脱口大呼："就是他！就是他！他们想趁乱让皇子逃走！"

戴着玉冠的华服少年话音未落，忽然觉得身子一轻，卡着他咽喉的手猛然松开。失去了支撑的少年跌落在马车上，捂住咽喉剧烈地喘息，却发现一车子的人瞬间都没了踪影。

“咳咳，咳咳……”挣扎着爬起来，少年看着流满了鲜血的车厢，跌跌撞撞走下马车，抹去玉冠扯下外袍，拉住了一匹乱跑的无主骏马，翻身而上。

驿站上空只有一轮昏暗的冷月，静静俯视着下边大地上的混战和屠戮。

夜色漆黑如墨，吞没一切。

庭院里赵老倌嘶哑的骂声还在继续，却已经湮没在府里众人纷乱的惊呼声里。

御使府的管家将拜访的刘府来人领到御使庭前，刚刚走开没多久就听到了“有刺客”的惊呼。立刻返回，却看到了刘府管家已经倒毙在地。他立刻大声叫喊起来，惊动了全御使府上下，登时大家都涌到了御使书房所在的庭院。

然而庭院里一片凌乱，那些盆景和假山石都不知道被谁挪动了，散乱地摆在那儿，所有人只道随便就能绕过去，却不料越绕越糊涂，到最后居然不是困在里面出不来，就是绕了半天又回到了花园门口。

众人惶惶然之中，不知如何才好，有人大声呼喊御使的名字，想得知书房中的章台御使是否平安无恙——然而依稀还可见残灯明灭的书房里，却半晌没有任何回应的声音。

一时间众人忐忑不安，看着不过几丈大小的庭院，束手无策。

“语冰，语冰呢？”忽然间，一个女子的声音响了起来，人群被用力推搡开，大家纷纷踉跄让开——所有下人都诧异地看到向来讲究仪容的御使夫人仿佛疯了一样地过来，显然之前已经睡下了，只穿着单衣，披头散发地奔过来。

“御使……御使好像在里面……”管家低下头去，嗫嚅，“可我们过不去……”

“过不去？什么过不去！”青璃听得“有刺客”的惊呼，心里有不祥的预感，疯了一样大喊，推开侍女的手，一头冲入庭院，一边大声喊着丈夫的名字，“语冰！语冰！”

然而她很快也被困在那里，眼前仿佛不经意散放的乱石盆景阻挡住她的脚步，青璃几次绕开，发现始终无法接近那个书房一步——“语冰！语冰！你没事吧？”她对着那残灯明灭的窗子大喊，却始终听不到回答。

贵族出身的柔弱女子眼里有不顾一切的光，不去想如何才能绕开那些障碍，反而自己动手，将挡在面前的盆栽和石头吃力地挪开。

管家愣了半天，陡然间回过神来，因为猝不及防的危机而有些僵住的脑子也活络了起来，看到御使夫人这样的举动，眼睛一亮，连忙招呼："大家快过来！别待在那里——和夫人一起把那些东西统统搬开！把庭院全部清空！"

庭外众人的呼声宛如狂风暴雨般传入书斋，然而里面的人仿佛聋了一样置若罔闻。

短短片刻的对视和沉默，仿佛过了千万年。

那样令人窒息的寂静中，只听到轻微的沙沙声，文卷在地上散乱地飘，忽然间一阵风卷来，将日间刚批下去处理完的宗卷吹了起来，拂过慕湮眼前。

"刘侍郎公子酒后持刀杀人案"——一眼瞥过，上面那个殷红如血的"误杀"两字赫然在目，宗卷迎面吹来，慕湮下意识地伸出沾满血的手抓住，低头看了看，忽然间嘴角就微微往上弯了起来，仿佛慢慢浮出了一个奇异的微笑："啊……真的，是你判的呀？"

"是。"看到那个苍白的笑，夏语冰忽然无话可说，只是木然应了一句。

"两百万……好有钱啊……"慕湮看着地上犹自散落的几张银票，微笑，"都是他们送来的吗？"

"是。"那样的目光下，章台御使无法抵赖，坦率地承认。

慕湮的手忽然微微一颤，抬起眼睛来——那眼睛还是五年前的样子，黑白分明，宛如白水银里养着的两汪黑水银。她看着他，有些茫然地问："我居然都不知道……五年来我天天看着，居然不知道……从什么时候开始的？"

听得那样的话，年轻御使麻木的身子陡然一震：五年来？难道说，这五年来自己身边的影守，并不是尊渊，而是……阿湮？

然而，如今再问这样的问题已经毫无意义。他根本没有勇气去问她什么，只是毫不隐瞒地下意识回答着对方的提问，仿佛自己是面对大理寺审判的罪人："三年前。桃源郡太守姚士桢贩卖私盐案开始。"

"三年前……三年前。"居然是从那么久开始，就已经变成这样了吗？

忽然间，慕湮抬手，将那份颠倒黑白的宗卷一扔，剑光纵横在斗室中，纸张四分五裂地散开。在漫天飞的白色纸屑中，女子陡然扬头笑了起来——

五年来，她舍弃了一切正常人的欢乐，过着这样暗无天日的生活，以为自己是在守护黑夜中唯一不曾熄灭的光——却不料，就在她的守护之下，书窗下那个人已经悄然地蜕变，再也不是她曾认识的那个夏语冰。

她五年来豁出性命保护的，居然是这样一个草菅人命、徇私枉法的贪官！

这么多年来，通通看错了、通通指望错了——这叫她如何能不恨，如何能不恨！

“好，好个章台御使夏大人！”慕湮大笑起来，忽然反手拔剑，剑尖直指对方的咽喉，血从胸口那道剑伤上喷涌而出，染红她的白衣，“原来夏语冰早在三年前就死了！”

在身体里的力气消失前，云荒剑圣的女弟子拔剑而起，指向多年来深心里的恋人。

那个瞬间，仿佛忘了明日早朝就要弹劾曹训行、忘了多年来跋涉便要看见的最终结果，章台御使在那一刹居然不想躲闪，只是站在那里，有些茫然地看着那一点冷冷的剑芒。他想说夏语冰其实是没有死去的……然而这数年来的朋党纠葛、明争暗斗，当真是千头万绪，片刻间，又如何能说清。

何况最隐秘的深心里，长途跋涉和冰火交煎的折磨，已经让他疲惫到不想再说任何辩词。他怎么敢说自己无罪……那些冤狱、那些贿赂，难道不都是他一手造成的？

五年来，深恩负尽，满手肮脏。

夫复何言。

“住手！住手！”就在那一刹那，忽然间有人直冲进书房来，扑向慕湮握剑的手。

慕湮一惊，下意识避开。然而重伤之下，行动已经不如平日那样灵活，这一避居然没有完全避开。来人没有抓住她的手，踉跄着跪倒，却死死拉住了她的衣襟。青璃终于奔到了书房，不顾一切地拉住了刺客，对丈夫大喊：“语冰，快走！快走！”

章台御使怔住，愣愣地看着平素一直雍容华贵的妻子，就这样蓬头散发地闯进来，不管不顾，径直扑向闪着冷光的利剑。

慕湮仿佛也愣住了，看着这个不顾生死冲进来的青璃，不敢相信眼前这个近乎疯狂的女人，就是五年前记忆里那个优雅雍容得近乎造作的贵族少女——那个看似文雅羞涩，眼神深处却是闪着不达目的不罢休光芒的青族王室。

“语冰！语冰！快走啊！”一把死死拉住刺客，青璃不敢松手回头，只是大喊，“快逃……快逃！有刺客啊！”

“夫人……”仿佛游离的魂魄这才返回了一些，夏语冰脱口喃喃。

慕湮苍白了脸，忽然间回剑割裂被青璃抓住的衣襟，捂着伤口往后退了一步。然而看到这个在多年前从自己身边夺走语冰的女子，她的手却不自禁地发起抖来——多年来，心里一直是看不起这个藩王侄女的，认为她不过是凭着身份地位夺得了丈夫而已……但看到现在青璃的样子，她忽然间就有些微的释然。

手上死死拉住的衣襟忽然断裂，青璃跌倒在地上，下意识地捂住小腹，抬头之间，才看清了刺客的脸——那个瞬间，御使夫人美丽的脸上，陡然便是苍白。

“慕姑娘！是你！”她惊呼起来，认出了五年前的情敌，仿佛明白了什么，她挣扎着爬起来，“你……你不要杀语冰，不要杀语冰！不关他的事，是我……是我不对！

“那时候我不该让叔父帮忙，用计让语冰身陷牢狱，逼他……是我的错，不关他的事！”看到五年前那个被辜负的女子，在暗夜中提着利剑出现在丈夫的书房里，御使夫人显然会错了意。再也顾不得别的，一把拦住慕湮，她语无伦次地承认：“他……他那么多年来，一直都心心念念记着你，他没有负心，是我要诡计——求你不要杀他！”

“夫人！”那样的话仿佛惊雷，同时击中房内的两个人，夏语冰晃了一下，脱口惊呼。

慕湮听得愣了。多年前本来已经结痂的伤疤，原来并不曾真正愈合，随着真相的猛然揭露，鲜血汹涌而出。她踉跄了一下，仿佛有刀子在心里绞，嘴巴张了张，想说出什么话来，最终一开口，却只是吐出了一口鲜血。

“慕姑娘，求求你不要杀语冰……”青璃捂住小腹，从地上挣扎着起来，哀求，“他……他就要当父亲了……求你不要让我的孩子没有父亲。”

再一道惊雷劈下，让房中两个人都惊得呆了。

趁着这个机会，青璃再度伸手，想去拉住慕湮执剑的手。慕湮一手捂胸，一手执剑，踉跄后退，重重靠到了墙上，鲜血不停地从伤口涌出，带走她身体里的温度和力量。

外面已经一片喧嚣，府里的下人穿过了庭院，将书房围得水泄不通，叫嚷着抓刺客。

“够了……够了！”仿佛脑子再也不能承受片刻间如此剧烈的变故，慕湮抬起手捂住头，仿佛崩溃般地嘶声大喊，“不要再说了！不要再说了！都给我闭嘴！”

就在那一刹那，看到刺客乱了心神，青璃不顾一切地扑了上去，一把抱住她执剑的手，扭头大喊：“来人！快来人！抓刺客！”

房外已经围得水泄不通的家丁和仆役轰然涌入，将重伤的刺客重重围住。

慕湮咳嗽着，想拔剑突围，然而右手被青璃死死抱住。她又迟疑着，不敢真正发力，去硬生生震开这个毫无武功、怀有身孕的女子。

“够了，已经够了……都给我住手！”在新一拨的争斗起来之前，一直没有出声的章台御使终于仿佛恢复了平日的冷定。拨开众人，似乎丝毫不畏惧被刺杀的可能，他径直走过去，将妻子从刺客身边一把拉回到了身后。

“我没事，大家不必惊慌。”章台御使淡淡吩咐，看着庭院中被绑起来的赵老倌，“把他放了，没有他什么事。”

“语冰！”好容易摆脱了危机，听得丈夫这样的吩咐，青璃不放心，拉住他的手。

仿佛被烫了一下，夏语冰下意识地甩开了妻子的手。青璃脸色唰地苍白，知道自己那番坦白必然会引起丈夫的嫌恶，眼里流露出了哀怜的情绪，看着章台御使走向靠墙站立的慕湮，低下头去，对她附耳轻轻说了一句什么。

慕湮抬头看他，眼神冷淡，捂住伤口咳着血，忽然间对着夏语冰微微一笑。那一笑宛如高岭上经冬不化的皑皑初雪，清亮刺眼，却是空茫的一片。那黑白分明的眸子里，蓦然滑落清澈的泪水，却转瞬不见。

“好。”终于，女刺客低着头，吐出一个字的回答，眼里带着杀气。

没有看周围人们诧异的眼神，章台御使亲手拉开了窗子。那个女刺客跳入夜幕，头也不回地离开。

第九章

淮南皓月冷千山

“语冰……最后你和她说了什么？”府上所有人惊魂方定，侍女扶着御使夫人在内堂坐定，青璃喝了盏茶压惊，看着送她回来的丈夫，最终忍不住问。

仿佛依然有巨大的洪流在胸臆中呼啸，章台御使许久没有回答，最终只是开口，有些微情绪起伏地问：“你有了身孕，为何不告诉我？莫非是当时情切，随口扯的谎？”

“不，没有说谎！”刚坦白了自己婚前的欺骗，再度涉及类似的问题时，青璃忍不住叫了起来，急切地分辩，“是真的，已经两个月了……我……我不说，是怕你不高兴。”

“不高兴？”章台御使愣了一下，低头看妻子蜡黄的脸——一夜惊乱，青璃蓬头散发，不施脂粉的脸上有一种平日严妆盛服时所没有的憔悴，然而在此刻，他感觉和他结缡多年的贵族夫人，却从未看上去有这一刻美丽。

“我怎么会不高兴……那是我的孩子。”年轻的御使喃喃道，忽然叹息着伸手拂去妻子额前散乱的头发，眼神温和，“这些年来真是苦了你了——我实在不是个好丈夫。”

青璃抓住丈夫袖子的手颤抖起来，陡然间不知道该说什么好。

夏语冰看着窗外即将过去的漫漫长夜，闭上眼睛，长长吸了一口气，脸上的表情又恢复到了青璃这么多年来一直看不懂的状态，低声道：“但是，总算，一切都要过去了。”

还要问丈夫什么，然而夏语冰已经转过了身，眉间隐隐有沉重的神色，看了看天色：“已经五更了，我要去准备朝服和奏折，你好好休息吧。”

将方才急切间拢起锁住的所有文卷都拿出来，重新一一核对，理出明日早朝需要呈交皇上和大理寺的奏章，花了将近一个时辰才全部整理完。

夜还是黑沉如铁，但东风微微流动，飘来梅花的清冷香气。

东方的天际已经有了微微的鱼肚白，新的一天即将开始。

年轻的章台御使看着案上足以扭转当今朝廷局面的弹劾奏章，仿佛气力用尽般，长长吐了一口气，有些筋疲力尽地低下头去，用手托着额头，手心里被烧焦的痕迹还在，血肉模糊，每翻动一页奏章就刺心地痛一次。

然而，这点痛，哪里及得上此刻他心中撕裂般的痛苦。

事隔多年，然而在那双黑白分明的眸子猝然出现，看到他最龌龊的一面时，天地陡然全部黑下来了，洪流呼啸着急卷而来，将他灭顶湮没。他宁可世上任何别人看到他在黑暗中的另外一面，哪怕是御使台、大理寺，甚至承光帝都无所谓——然而，偏偏看到的人是阿湮……

那比让他在天下人面前身败名裂更甚。

已经没有办法再忍受下去——这么多年来，明的暗的，干净的和肮脏的，他安之若素地承受了多少。游走于各方势力中，不露一丝破绽地扮演着白昼和黑夜两个完全不同的角色，会同青王将那些朝野间一切倒曹的力量慢慢凝聚在一起，形成新的暗流。

然而在看到尽头曙光的刹那间，他终于觉得自己再也无法忍受下去。

那一直在他心里激烈辩论的两个声音，让他快要崩溃。

何谓忠？何谓奸？何谓正邪？何谓黑白？这些，本都该是绝对的、山穷水尽都不能妥协半分的东西。可这样的生存，却无疑是孤立无援的。所以他放弃了这样的固守，想经由别的途径，达到同样的最终目的。

然而，沦丧便是他付出的代价，他再也没有一个纯白的灵魂。

为什么他在下定决心不择手段扳倒曹训行的时候，不把自己的心挖出来呢？

这么些年来，凝视着那些自己一手造成的冤狱，听着那些被自己亲手压制下去的、含冤忍辱的呼声，被百姓视为正义化身的铁面御使心里已经被撕扯得支离破碎。

在多年后再度看到那双黑白分明的眸子时，他终于再也不能忍受——

“且宽待一日让我处理些事情——明晚，我等你来，一并清算所有的账。”

那时候，他在那个人耳边，低声恳求般地说出了这一句话。

如果要了结一切，也希望由那一双手来吧？多少年前，他曾牵着那双柔软的手，并肩走过长亭短亭，看过潮来天地青，浪去江湖白。直到他松开那双手之后，多少年来，心里一直还是片刻不曾忘却——也许不能忘却的，并不是那年少的爱本身，而是他生命中唯一曾有过的清澈洁白的日子。

只可惜，一切都无法再回头。

但是，在此之前，他要亲手扳倒那个巨蠹。这些年的含垢忍辱，必须要有一个结果。

“御使大人，时辰到了，轿子候在门外——请大人启程进宫上朝。”外面，管家禀告。

已经更换好了大红蟒服，听着滴漏、静坐等待天明的年轻御使闻声而起，一手拿起案上厚厚的弹劾奏折，目光又恢复到了平日一贯的冷定从容——今日，无论如何在朝堂上，他要看到曹训行那只老狐狸因为惊惧而扭曲的脸。

或许这么多年来的隐忍、他生存的意义，就在于此刻。

出得书房来，有些诧异地，他看到妻子并没有按他的吩咐回去休息，而是已经打扮齐整，安安静静地在廊下等待，准备送他上朝——宛如五年来的每一日。

那一刹那，泪水无声地模糊了他一贯冷定的视线。

上愧对于天，下有惭于民，回顾以往有负阿湮，而今却又伤害青璃——到底，在他做过的所有事里，有多少是真正正确的？在那善的根由里，如何结出这样的恶果？

或许，一切的答案，就在于今日。

青璃心中忐忑，一宵不得安睡，早早地起了，在廊下送丈夫上早朝。

一反平日，青璃感觉到今日丈夫的视线是难得的温和，甚至接近于温柔：“璃儿，你快些回去休息吧，要小心照顾我们的孩子。”

轿子沿着街道远去，消失在清晨的雾气里，然而御使夫人仿佛被那一句温柔的话说得呆了，半晌站在门边没有动，手指暗自隔着衣服按住了小腹，脸上泛起微微的笑容。从未有过的幸福，让她陡然间容光夺目。

软轿急急地沿街走着，往前一点转过弯，就到了入宫的朱雀大街上。

忽然间轿子停住了，然后传来轿夫的呵斥和嘶哑的喊冤声。

“怎么了？”轿子里，章台御使问，因为今日赶着事关重大的早朝，而有些微的不耐。

“禀大人，这里有个人拦住轿子喊冤。”显然跟随御使大人多年，已经看惯了这样的事情，轿夫随口回答，然后回答那个申冤的百姓：“大人赶着上朝呢，先让路吧。”

“冤枉啊……青天大人，冤枉啊！”轿子外，那个嘶哑的声音却是不肯退却。

那一句“青天”，让心里的裂痕陡然触动，夏语冰闭上眼睛叹了口气，喝令停轿，拂开轿帘，招呼那个申冤者过来：“把状纸留下来给我，然后去御使台等着，我一下朝便会看你的案子。”

听得御使吩咐，轿夫放开了那个被拦住的褴褛老人。老人佝偻着身子，手足并用地爬到轿前，托起一卷破烂的纸，一边嘶哑着嗓子喊着冤屈，一边展开状纸，递上去——“侍郎公子刘良材酒后奸杀爱女彩珠”。

那一行字跳入眼中的一刹那，章台御使只觉腹中一凉。他下意识地握住了袖中暗藏的短剑，想击杀刺客，然而一眼看到面前老人的苍苍白发，手便是一软，再也没有力气。

弹劾奏折从手中滑落，折子牵出长长的一条，血淅沥而下。

“啊嗬嗬嗬！狗官！我杀了你！我杀了你！”老人眼里有癫狂的笑容，不顾一切地拔出匕首，接连用力捅了几刀，一边狂笑，手舞足蹈，直到惊骇的随从反应过来，一拥而上地赶来，将他死死按到地上。

“有刺客！有刺客！御使大人遇刺！”

尖利的呼声响起在清晨里，划破帝都如铁幕般的静谧。

新的一天是晴天，阳光划破了黎明的薄雾。虽然天气依然寒冷，但立春已至，严冬终究就要过去。黎明的空气中已经有东风暗涌，毕竟时节将过，庭角的梅花快要凋谢了，无意与群芳苦苦争春，无声地散了满地，在悄然流动的东风里零落成泥。

黎明，通过了叶城和帝都之间漫长的水下通道，尊渊终于拎着那个少年出现在伽蓝城的城门下。即使是空桑剑圣的弟子，经过那一场惨烈的百人斩之后，也是满身是血、筋疲力尽地用剑支撑着自己的身子。顾不上手中提着的是抢来的空桑皇子、未来的帝君，只是如同拖着一只破麻袋一样拖着被封了穴道的少年，一路赶到伽蓝城。

自己答应过夏语冰，在早朝之前，一定将真岚皇子平安送抵帝都。如今天已经亮了……还来得及吗？

“干吗？干吗！放开我！”那个他突破重重阻拦才救出的皇子却在不停地挣扎，瞪着这个拖着自己走的男子，因为背臀的磕痛而大怒，“我说过我不是——”

“皇子”那两个字还没出口，为了避免引起别人的注意，尊渊一把捂住了少年的嘴，压低声音，不耐烦地说：“不用否认了，别怕，是夏御使让我来护送你回京的——你不是真岚皇子又是谁？”

“我……我是西京！”士兵模样的少年不停挣扎，终于模糊地漏出了一句话，“我……护送皇子的……前锋营……”

“呃？”尊渊吃了一惊，天色渐渐发白，第一丝天光透下来，照到了他手里拎着的那个“皇子”身上。尊渊这才诧然发现，眼前这个十多岁少年的模样，的确和出发之前夏语冰描述的并不一致——然而在那样昏暗混乱的杀戮之夜里，居然谁都来不及分辨！

“那么，真岚皇子呢？真岚皇子呢？”第一次有失手负约的震惊，他松开了捂住少年嘴巴的手，将那个叫“西京”的士兵拉起来，急问。

“就在那马车上呀！”西京大口地呼吸，等终于喘过气了，大笑起来，“那家伙好大的胆子！不肯躲起来也不肯换装，还说什么置之死地而后生，嘿嘿……结果到了最后，还不是要拿我顶缸？害得我差点被乱刀分尸了。”

尊渊怔住。不错，在一眼发现那个显然是王座的华丽马车时，他心里同样直觉皇子是不会在那样明显的目标里面的。因为抱着那样的疑虑，所以在听到扣住的华服少年争辩说他不是皇子时，他和大部分的杀手都立刻信了——金蝉脱壳，那也是常见的技巧了吧？

然而，没有想到正是这种疑虑，却被巧妙地利用了。

那个真正的皇子，就在所有杀手的眼皮底下安然逃过了一劫。

“那么真岚皇子如今在哪里？”尊渊依旧不放心，追问。

少年士兵笑了，似乎是从北方砂之国一路护送的旅途中，两个年龄相仿的少年之间产生了成年人难以理解的情谊。西京坦然回答：“我肯告诉你我不是皇子，当然是算准真岚已经到了平安地方了啊——我们约好，如果他抵达帝都，顺利和青王白王会合的话，就在角楼升起黄色的旗帜……”

尊渊忽地抬头，看向城头——黎明的光线里，果然看到角楼上黄旗猎猎。

“嘿嘿……”尊渊的一颗心，终于放回到了肚子里。然而想起自己居然无意中也被当作了局中一子，他不由得心中愤愤，给了西京一个爆栗子：“你是当替死鬼的吧？也不怕自己真的变成鬼了。”

“真岚是我兄弟，我当然要保他。”西京揉了揉鼻子，说着大言不惭的话，那个相似的动作让尊渊心里忍不住一笑。前锋营的少年士兵笑了起来，宛如此刻破云而出的日光，明朗爽利：“哎，我命好啊，不是遇上了大叔你吗？你好厉害呀！一个人就斩杀了他们一堆……”

看着少年士兵揉着鼻子说话，尊渊陡然间也忍不住笑了起来，俯下身去揉揉他的头发，把他拉起来：“怎么，想不想学啊？”

“想啊——”西京眼里放出了光，脱口回答。

尊渊正待回答，脸色忽然变了。因为他看到城南某个街区里开始传出骚动，然后看到老百姓们奔走相告，城中街头巷尾如风般传着一个惊天的消息——

“夏御使遇刺！御使大人被刺客刺杀了！”

剑从剑客的掌中铮然坠地，少年士兵吃惊地看着那个长夜连斩百人眼都不眨一下的杀神颓然扶住了墙，仿佛不相信似的张大了嘴巴。

天刚蒙蒙亮，云锦客栈的老板娘照旧一早起来，梳洗完了，一路将尚在睡觉的小二骂起，自顾自先去楼下开了门，准备新一天的生意。一开门，便看到了东方微红的晨曦。

看着积雪刚融的街道，老板娘看到天晴，忽然感觉心情都好了很多——这几天来看到赵老倌父女的惨状，心里总是沉沉的不能呼吸。这个世道啊……

然而，刚把门打开，老板娘的眼睛就惊讶地睁大了：客栈的廊下，居然蜷伏着一个穿着白衣的女子。老板娘连忙俯下身去翻过那个昏迷的人，一眼看到对方雪白的衣襟上有一处剑伤，血流了满襟。老板娘惊叫着松开手，认出了那个女子，居然便是昨日里带着赵老倌去御使府对质的慕湮。

“怎么会弄成这样……赵老倌呢？怎么不见回来？”老板娘有些惊惧地喃喃着，终究还是将昏迷的女子扶了起来，也不敢惊动小二，自己跌跌撞撞扶上楼去。

慕湮醒来的时候，一眼便看见了枕边散放着的桃子。

“哎，姑娘你可醒了！”老板娘的声音在耳边传来，然后一只手伸过来，拿着一方汗巾，为她擦去额头上的虚汗，“我在这里守着你，可半步不敢离开——姑娘昏迷了大半天，不停咳血，可吓死我了！”

“我？啊……”慕湮的眼神起初是游离恍惚的，然而很快神志回到了她的身体里，昨夜看到的所有情形又烙铁般地刻在心里，她陡然坐起来。

“哎呀，姑娘，快别乱动，小心伤口又破了。”老板娘连忙按住她，然而胸口绑扎的绷带已经渗出血来，“啧啧，怎么回事……哪个人对姑娘下了这样的毒手？要不要报官？”

“报官？”喃喃重复了一遍，慕湮忽然间将脸埋在手掌里，低声笑起来。

要她怎么说……要她对百姓说，是那个万民景仰的、铁面无私的章台御使，在被自己识破贪赃枉法的真面目后，痛下杀手，想要杀人灭口？

报官……她忽然间笑得越发深了，牵动胸口上的剑伤，痛彻心扉。

“姑娘，你……要不要吃桃子？”看到慕湮这样莫名其妙地笑起来，老板娘吓了一跳，拿起枕上散放的桃子，想岔开话题，“你昏过去的时候，还口口声声喃喃要吃桃子——可怜你哥哥没回来，我只好把那几个桃子让你拿着，你才不叫了。”

“哥哥？”一直到听得那两个字，慕湮才猛然怔了一下，止住了笑声。想起了好久没见的师兄，脱口道，“对了，他……他去哪里了？昨夜，不见他在御使府啊……”

“姑娘昨夜真的去了御使府？”老板娘倒是吃了一惊，看着女子身上的伤，“莫非你……怎么……怎么不见赵老倌回来？”

“赵……”昨夜看见夏语冰起，她心神就完全顾不了别的，此刻被老板娘提醒才蓦然想起那个她带去的老人，心里咯噔了一下，变了脸色，“他还没有回来吗？难道御使府把他当刺客扣住了？我……我就去把他带回来。”

“姑娘……姑娘莫着急……”看到慕湮就要挣扎着起来，老板娘连忙按住她。

“我带赵大伯去御使府对质，却没有照顾好他……如果……如果他被那边……咳咳……”慕湮一动，就感觉痛彻肺腑，剧烈咳嗽起来，然而对赵老倌的愧疚让她不管不顾地挣扎着站了起来，披上衣服，拿剑，“我……我错了，我对不起他，因为——”

仿佛烈火灼烤着心肺，慕湮的脸色更加苍白，顿了顿，忽然回头看着老板娘，悲哀地一笑，低声道：“因为……的确是那个夏御使贪赃枉法，包庇了彩珠的人命案子……”

“啊？”老板娘也呆住了，浓妆的脸上有诧异的神色，喃喃摇头，“不，不可能的！夏御使不会是那种人，绝对不是那种人！”

“是真的……我亲眼看见，亲耳听见！”慕湮咬着牙，冷冷道，“他是个贪官污吏！”

“不！不是的……不许你诋毁夏御使！”老板娘忽然间沉下了脸，美艳的脸上居然有震怒的神情，“他是好官！如果不是夏御使为我做主，十年前这家客栈就被我舅舅仗势夺了去，我也被逼着上吊了！哪里还有今天，哪里还能在这里救你的命！”

慕湮愣了愣，忽然间呆住，说不出话来。

“我不明白你们为什么要诋毁夏御使，他是多好的人啊……这个朝廷里，只有他是为民做主的好官了。”看到对方语塞，老板娘越发愤愤，用涂着丹寇的手指抹着眼角，“这么多年来，他为国为民做了多少好事，平反了多少冤狱，为什么还要冤枉他、血口喷人？”

慕湮低下头去，不知道是悲哀还是喜悦，身子微微发抖。听着老板娘不住口地为章台御使辩护，说出一桩桩他曾做过的事迹，她忽然间闭上眼睛，长长叹了口气。

“我去找赵老倌回来……”她低低说了一声，便再也不说什么。

老板娘怔了一下，想起自己日前亲眼见到的冤狱，忽然间滔滔不绝的气势也低了下去，只是喃喃：“一定是弄错了，一定是赵老倌弄错了……他错怪了夏御使。”

慕湮苍白着脸，说不出一句话，只是勉力挣扎下地，打开门走出去。

外面的阳光射到她的脸上，带来寒冬即将过去的温暖预兆，然而就在这样的光线里，慕湮忽然间觉得天旋地转地恍惚，一头靠到了门边上，用力抓着门框不让身子瘫倒下去——门一开，刚走到街上，就听到街头巷尾上哄传着一个惊天消息：

“知道不？夏御使遇刺了！就在今天上早朝的路上，被刺客刺杀了！”

“不过刺客当场被拿住了，大理寺一拷问，就什么都招了。”

“听说御使大人今天早上准备弹劾曹太师，所以太师府才派刺客下了杀手！”

“天哪，曹太师真的心狠手辣！”

“我们快去御使府看看吧……他可是个好官啊。”

“这世道，好人不长命哪。”

她踉跄走在街上，听到街边的百姓议论着传闻。她有些不信地抬头看去，看见每个百姓的脸上都是震惊和惋惜的神色，一片都是对于那个人生平的盛赞，带着出自于内心的愤慨和悲痛议论着。有许多人自发转过身，一起朝着御使府方向走去。

语冰？语冰！那个瞬间，仿佛内心什么东西“喀嚓”一下碎裂了，发出清脆的断响。

她本来以为自己可以坚定地爱、坚定地恨，然而就在这一刹那，她心中几十年黑白分明的信仰，却轰然倒塌。她已经不知道什么是对、什么是错，而对那个人，自己究竟该去爱，还是恨。

慕湮不管不顾，忽然间捂着脸在街上大哭起来。所有从她身边经过的行人都诧异地看着她，然而每个人都行色匆匆，各自奔着各自的前路而去，没有为一个在街心失声痛哭的女子停留一下脚步，更没有人问她为何哭泣。

“阿湮。”不知道过了多久，忽然耳边有人低唤，“阿湮。”

她抬起头，看见的是尊渊的眼睛，她的大师兄低头看着她，眼睛里带着深深的悲悯和怜惜，将手轻轻按上她的肩头，平定她浑身的战栗：“快跟我来——他想见你，不快些就来不及了。”

第十章 冥冥归去无人管

御使府内外一片混乱。成群的百姓跪在门前，口口声声要进去给御使大人磕头，求神保佑他平安，无论府里的人怎么劝说驱赶都不肯离去。而府内，御使夫人在听说丈夫遇刺后几度昏厥，根本无法主持府里上下，幸亏青王及时带着大内御医赶到，主持内外局面。

“呵呵，语冰果然是深负民望啊，你看，外面那么多百姓跪着为他祈福。”青王从外面进到书房来，一边啧啧称赞，一边对旁边的刘侍郎道。

刘侍郎拈须微笑起来，得意地道：“他越得民心，那么曹太师激起的民愤越大——到时候只怕千刀万剐都不足以谢天下了。”

“是啊，居然敢派出刺客来刺杀这样清廉正直的御使。”青王抚手低笑，忽地询问，“那老儿，侍郎令刑部好生看着了吧？可莫要乱说话才好。”

“王爷放心，那刺客原来天生是个哑巴。”刘侍郎也是笑得得意，顺着青王的语气，“老天这次要曹训行那个老狐狸垮台啊。”

“唉，恶贯满盈，天理昭昭啊。”青王摇头叹息，然而眼里却是冷醒的，吩咐心腹属下寒刹，“给我吩咐御医好生看着御使大人——他伤重糊涂了，可莫要乱说什么出去。”

“是。”寒刹领命退了下去，然而半路又被叫住。青王沉吟着，眼里有冷光闪动：“派个人去，给我好好把御使府管家封口——夏御使平生的清白，可不容人玷污分毫。”

“是。”寒刹眼睛也不闪地领命，轻如灵猫地退了出去。

“哎呀，夏御使真有福气，王爷是要给他立碑吧？”刘侍郎笑了起来，眼里有说不出的讽刺，想起自己刚被开脱出来的公子。

“本王不但要给御使立碑，还要给他建祠堂，等夫人生下遗腹子，本王就视同己出地收养……”青王笑了笑，负手看着庭院，那里的一株老梅已经凋落了大半，只剩铁骨伶仃，“夏御使为国为民，舍命除奸，他的后人本王应该好好体恤才是。”

“王爷英明！”听到那样的话，刘侍郎连忙称颂，同时喃喃，“夏御使当然清廉正直，一心为公——只是可惜了我昨晚送去的四瓮‘海鲜’哪……”

“侍郎这般小气。”青王忍不住笑，在书房里左右看看，翻开一堆奏章，发现了暗格，啪的一声弹开了，里面整整齐齐地堆着银票，“青璃说得没错，果然都放在这里——那小子也算是硬气，居然是一分也没花。”

青王看也不看，抓起一沓银票扔给刘侍郎：“侍郎放心，令公子那点事算什么？”

“嘿，嘿。”刘侍郎有些腼颜地接过，看了一眼暗格，忍不住咋舌，“好小子，居然收了那么多！黑，真是黑啊。”

“他手是黑了，可心不黑。”青王将银票全数拿出，收起，冷笑着弹弹案上堆积如山的奏折文卷，“你看看，他一天要披阅多少公文？章台御使的清名不是骗来的……那小子有本事，有手段——只可惜那糊涂老儿一刀刺死了他，不然留到将来可了不得呢。”

刘侍郎打了个寒战，连忙低下头去，唯唯称是。

“回头看看我青璃侄女儿去。”青王在书房里走了一圈，发现没有别的需要料理，回头往后庭走了过去，“她也哭得够了——这小子其实对她不好。女人真是奇怪啊。”

当年胞兄的女儿青璃托他帮忙设局，费尽了心思嫁了夏语冰，却落了把柄在叔叔手里。他趁机要挟，让青璃以夫人的身份帮他监视着章台御使，将丈夫的一举一动偷偷禀告——可惜夏语冰五年来对她颇为冷淡，因此她也说不出多少秘密来。

就算是少女时曾迷恋过英俊的青年，但做了几年那样的夫妻，心也该冷了吧？青璃那个傻丫头，为什么看到丈夫被刺，还哭得那样伤心欲绝？

无法理解这样的执迷，青王摇摇头，来到后院，想去看垂死的侄女婿。

然而刚进到后院，就发现那里一片混乱。

“怎么了？怎么了？”青王一惊，连忙退了出来，问旁边从内院退出的一名家丁。那个家丁脸色惊恐：“禀王爷，方才后院忽然来了两个人说要见夏御使，被下人拦住，结果他们居然硬要闯入，还拔出剑来……”

“怎么回事……是刺客吗？”青王失惊，脸色一白。

此刻青衣侍卫寒刹已经返回，手中长剑沾上了血，显然是已经完成了刚才主人吩咐的任务，看到后院混乱，立刻掠了回来护主。

“替我进去看看，到底来的是什么人？”青王招回寒刹，吩咐，然而眼里却有暗淡的冷光，压低了声音，“如果是来杀御使的，也不必拦着——只是，千万不能伤了我侄女。”

“是。”寒刹毫无表情地低下头去，领命，迅速反身掠入后院。

“啧啧，寒刹真是能干。”看到青衣侍卫利落的身手，刘侍郎及时夸奖，“王爷有这样的手下，足当大任啊。”

青王微微笑，却不答，许久才道：“云荒上最强的应该是历代剑圣——听说这一代的剑圣云隐虽然去世了，却有弟子留下，可惜无缘一见。”

“呵呵，王爷将来叱咤天下，要收罗一个剑客还不容易？”刘侍郎谄媚地回答。

然而话音未落，却被急退回来的人打断。寒刹脸色苍白，手中长剑折断，踉跄着从后院返回，单膝跪倒在青王面前，嘴角沁出血来：“王爷，来人很强，属下无法对付……请王爷降罪！”

“寒刹？”还是第一次看到属下失手，青王诧异地脱口道，“怎么会？连你也不是对手？”

“来的似乎……似乎是剑圣门下。”寒刹回忆对方的剑法，断断续续回答，“恕属下无能。”

“剑圣门下？”青王愣了一下，失惊，然而毕竟精明，脑子一下子转了过来，“难怪！原来夏御使身边的守卫，就是剑圣门下——难怪太师府这么多年都奈何不得他！”

他回头，让受伤的寒刹站起身来，问：“那么，他们为何而来？应该不是要杀御使吧？”

“不是。”寒刹摇头，禀告，“他们身上没有杀气——口口声声只是要见御使一面，特别是那个女的，一直在哭。”

“哦……”沉吟着，青王问，“没人能拦住他们吧？进去了没？”

“没有。被拦住了。”寒刹顿了顿，眼里有一种奇怪的光，回禀，“青璃夫人站在门口，用匕首指住了自己的咽喉，死也不让他们进去。”

“什么？”连青王那样的枭雄都一惊，脱口道，“璃儿疯了吗？见一面又如何，反正那小子已经快死了。”

“夫人拿匕首抵住自己咽喉，厉声说对方如果敢进去一步，她就自刭，一尸两命……那种眼神……”寒刹不知该如何形容娇弱贵族女子身上那种可怕的气质，顿了顿，继续道，“来人仿佛被吓住了，不敢逼近，就在那里僵持着。”

青王沉默了，仿佛在回想着多年来关于章台御使的各种资料，一一对上目前混乱的情况。半晌，终于缓缓道：“本王明白了……想不到那个慕湮姑娘，居然是剑圣传人。”

“应该是。”寒刹低头，回禀，“好像御使在房里唤着一个名字，便是阿湮……”

“这样啊。”青王轻轻击掌，却仿佛对目前混乱的情况无可奈何，叹了口气，“转来转去，又回到起点……都这么些年过去了，真是不明白，女人怎么都这么奇怪。”

僵持中，院子里初春尚自凛冽的空气仿佛结了冰。

看到贵夫人这样疯狂的神态，尊渊打了个寒战，然而却也是无可奈何——青璃的刀子抵着咽喉，只要稍稍一用力便会穿透血管。连他都不敢造次，生怕酿成一尸两命的惨剧。

“阿湮……阿湮。”然而，尽管外面的御使夫人激烈捍卫自己应有的，里面弥留中的丈夫还是唤着另一个女子的名字，奄奄一息，却不肯放弃。

那样的呼声仿佛利刃，绞动在两个女子的心里。

“求你让我进去……”慕湮脱口喃喃道，然而连日那样剧烈的变故让她心力交瘁，一开口就是一口血冲出，眼前一黑，尊渊连忙扶住她。

“不可以！”青璃却是决绝的，几乎是疯狂般地冷笑，仿佛第一次有了这样的报复机会，恶狠狠地说，“你这一辈子，再也不要想见到他！再也不要想！你的夏语冰，几年前就死了！”

仿佛是为了斩断慕湮的念头，御使夫人冷笑着，开口：“你还以为他是五年前那个夏语冰吧？你知道什么！他早不是你心里的那个夏语冰了——他贪赃枉法，收受贿赂，结党营私，草菅人命……他做了多少坏事，你知道吗？”

听着御使夫人将丈夫多年来所做的肮脏事滔滔不绝地揭发出来，慕湮脸色苍白，说不出一句话。

“哈哈哈……那样的夏语冰，你憎恶了吗？嫌弃了吗？那天你识破他真面目后，想杀他是不是？”青璃大笑起来，得意地看着慕湮，忽然间不笑了，微微摇头，“你的那个夏语冰，早已经死了。他是我的……我绝对不让你再见他！”

御使夫人的声音渐渐低下去，带着几近执迷的坚定。虽然贵为前代青王子女，但她一生倥偬，用尽全力伸手去抓，手心最终却空无一物——她如何能不怨眼前的女子？

慕湮看了青璃很久，仿佛第一次从这个贵族女子脸上看到了令她惊诧的东西。

她发现对方说得居然没有错……五年来，自己丝毫没有长大。自从做了不见天日的影守，她根本没有多余时间去看看外面的世界、看看语冰的变化——她依旧停留在十八岁那个相信绝对黑和白的时候，无法理解黑和白之间，还有各种不同的混合色。

或许，青璃说得对，她的夏语冰，早在三年前就死去了吧？何苦再作纠缠。

昨日一切，譬如昨日死。

她终于不再哀求那个为了守住丈夫发了疯一样的女子，挣开了师兄的手，径自回过了身，再也不去听房间里那个人弥留中的呼唤。

或许，此刻垂死之人心中念及的最后一个名字，那个慕湮，也已经不是如今的她。

“阿湮？”看到师妹居然不再坚持见那人最后一面，就要离去，尊渊忍不住脱口说道。然而女子纤弱的背影，却是不再迟疑地离去。

慕湮一转头，就对上了满院的护卫和如林刀枪。

青王迎了上来，堆着满面恭谦的笑：“小王有礼，还请两位大侠暂时留步。”

得势的藩王伸出手来，想要留住这两位当今天下纵横无敌的剑客，收为己用。然而慕湮根本没有看到屈尊作揖的王者，只是漠然地穿过那些拿着刀兵的护卫，如同一只在风林雪雨中掠过的清拔孤鹤。

转身的瞬间，她想起了许多年前的往事，遥远的歌还在心中低低吟起，却已是绝唱。

多少春风中的折柳，多少溪流边的濯足，多少银灯下的添香、读书后的泼茶，在这一转身后便成为色彩暗淡的陌路往事。那一页岁月轻轻翻过，悄无声息。

多年之后，他不再是他，她也不再是当初那个纯白清澈的少女。

而此刻，房内的太医紧握着榻上垂危病人的手，探着他越来越微弱的脉搏，看到伤者在那样长时间的呓语后，还是无法等到自己要见的人，终于吐出了最后一口气。仿佛血堵住了咽喉，咳嗽着，咳嗽着，气息渐渐微弱，终于无声。

太医松开伤者的手，发现在伤者垂死的挣扎里，自己手腕被握得红肿一片。他咳嗽了几声，清清喉咙，按例宣布：“龙朔十二年一月三十日午时一刻，御使大人亡故了！”

内外忽然一片安静。御使夫人第一个松开手，仿佛解除了戒备般全身瘫软，双膝跪倒，掩面痛哭。哭声由内而外地传出，引起门外百姓的轰然号啕，回荡在天地间。

就在那一刹那，太医回过头，陡然发现章台御使的眼睛，居然至死未曾闭合。

那双黑白分明的清俊眸子，一直看着窗外，带着说不出的神色，仿佛欢喜，却又仿佛绝望——太医曾在伽蓝白塔的神殿里看到过一幅描绘三界的壁画，而此刻年轻御使的眼睛，却正像极了壁画上那个堕入无间地狱不得超生的鬼魂……

那是在地狱里仰望天堂的眼睛。然而却没有一丝的阴暗，居然明澈如高岭上的冰雪。

窗外，一株梅花正无声地凋落了最后一片花瓣，在悄然流动的东风中零落成泥。

龙朔十二年的春天，整个帝都伽蓝，甚至整个梦华王朝治下的百姓，都感到了“变”的力量。仿佛有东风破开了长年累月凝滞的空气，带来了新的改变。

首先是皇太子的册立。那名从北方砂之国民间被迎回的少年真岚，终于在伽蓝白塔顶上的神庙里，当着所有王室和大臣的面，跪倒在历代先王面前，戴上了那只代表着空桑帝王血脉象征的“皇天”戒指。承光帝当即承认了他的身份，迎入禁城，并改年号为“延佑”。梦华王朝悬空了几十年的皇太子的位置终于有了主人——也让天下人松了一口气。

皇太子的册立，同时也标志着以曹训行为首的太师一党垮台的开始。自从真岚以皇太子身份进入东宫开始，大司命重新担任了太子太傅的职位，影响日隆。而朝廷上，青王和白王结成了联盟，以章台御使最后递上的那份弹劾为导火线，在朝野对曹太师一党发起了猛烈的攻击。而在民间，由于章台御使遇刺身亡让百姓群情汹涌，大理寺门外每日都有百姓自发跪在那里喊冤，请求朝廷对御使遇害一案彻查到底。

倒曹的风暴从朝野间席卷而起，撼动了整个梦华王朝上上下下。

大理寺和御使台已经按承光帝的旨意，介入了对曹太师一党的清算和追查，第一个定下的罪名，便是派遣刺客杀死章台御使夏语冰。

那名刺杀夏御使的刺客当场被抓，刑求之下招出幕后指使者是太师府，便被判了凌迟，准备在夏御使出殡同一日在西市街口上当众行刑，以平民愤。

行刑那一日，整个西市人山人海，连集市上的商贾小贩都不做生意了，个个挤着过去看那个刺杀御使的凶手伏法，每个人脸上都有激愤和兴奋的神色。然而看到那个被押上来的瘦小的老人时，大家都微微愣了一下——这样佝偻着身子的老人，实在和百姓心中那个狠辣杀手的样子相去甚远。

那个刺客显然在狱中已经遭到了残酷的刑求，满身的肌肤片片脱落，被铁索拖上来时已经奄奄一息，只睁着一双看不清眼白的浑浊老眼，看着底下人头攒动的看客。仿佛忽然间被那些仇恨的眼神烙痛，刺客张大嘴巴想要说什么，可喉咙里只发出了嗬嗬的含糊声。

“杀了他！杀了他！”底下不知是谁先带头大喊，很快赢得一片应和。

愤怒的人群中，只有一个人没有说话。云锦客栈的老板娘远远站在街角，看着被拖上行刑台的老人，认出了是赵老倌，忽然间全身仿佛被雷电击中一样微微颤抖。她张了张嘴，又似乎不知道说什么好，抬起涂了丹寇的手指掩着嘴巴——怎么会这样……怎么会变成这样……赵老倌杀了夏御使吗？可他……他本身也是被冤枉的啊……

“杀了他！为御使报仇！千刀万剐啊！”看到那个刺客竟然不认罪地四顾，底下叫嚣更是响亮，愤怒的人们纷纷将手中杂物投掷出去，打到刺客身上。

“不！不！”老板娘终于忍不住脱口惊呼，想要拨开人群冲过去，“他是冤枉的！他是冤枉的！夏御使——”

然而这边语声未落，那边刚要开始行刑的人群中，陡然爆发出了一阵混乱，发出一声大喊，潮水般地往外退去。

“劫法场！有人劫法场！”惊慌而愤怒的喊声，在围观者中传递着。

人潮在惊呼中退却。两个人宛如鹰隼般从天而降，落到行刑台上，一剑抹了监押的官兵，从台上扶起了遍体鳞伤的赵老倌。其中一个白衣女子劈开了枷锁，黑衣男子便俯下身，将奄奄一息的老人背了起来。两人转身联手合剑，直冲出人群。

老板娘惊得目瞪口呆——是他们！是他们！那曾经住在她客栈里的姑娘和男子。

一个月后，当梦华王朝对剑圣两位弟子的通缉遍布云荒大地时，九嶷山下云隐山庄里的桃花已经开了，璀璨鲜艳，仿佛与破开寒冬的春风相对嫣然微笑。

满树的繁花下，有人击节而歌，歌声老迈嘶哑，调子却婉转，竟是一曲《东风破》。

曹太师已经垮了，青王白王联袂掌权，大司命重新成为太子太傅，承光帝下令白之一族尽快遴选出嫡系贵族少女，以定太子妃之位……外面的一个月，天翻地覆，然而云隐山庄里面却只有桃花悄然绽放。

慕湮在花下睡了一觉，照旧梦见童年时在师父身边嬉戏的无忧岁月。睁开眼睛，就看到师兄带着新收的徒弟端着药过来，正俯下身，盖了一件斗篷在她身上。

她不由抬头粲然一笑。

就算什么都相同，但是，人的心却已经不同了。她再也不能回到无忧的童年。

被他们救回的赵老倌神志一直有些糊涂，又不能说话，只是在远处咿咿喔喔地不知唱着什么，仔细听来，却是一曲从大内传出、如今流行在坊间的曲子《东风破》——想来，大约也是他卖唱的女儿彩珠生前喜唱的曲子。

可能是因为伤口没好就勉强使力，力克寒刹后又劫了法场的缘故，慕湮胸口一直隐隐作痛，稍一运气就痛得全身发冷，连剑都不能使了。

“快来喝药。”尊渊从西京手里拿过药盏，递给师妹。

慕湮接过，喝了一口，秀丽的长眉都蹙在了一起：“苦死了！”

“哎哎，快趁热喝，喝完了我这里有杏仁露备着。”尊渊笑着低下头来，劝师妹听话，看到她苍白秀丽的脸上已经满是病容，眼底有疼惜的光，“你要赶快好起来。”

慕湮屏住呼吸一口气将药喝了，然而神色却是怔怔的，抬头看着满树桃花，忽然轻轻梦呓般道：“我怕我永远都不能好了，永远都不能好了……怎么办啊，哥哥。”最后那个称呼，是不自禁地脱口而出的，听得尊渊微微一震。

语冰被刺的那天，她心里的世界就轰然坍塌了。

那个人的一生里，明明做过那么多的错事和脏事，于公于私，都有愧于人。然而为什么还有那么多百姓这样深切地爱戴着他？难道他欺骗了天下人？他出殡那一天，飘下了残冬的最后一次雪。那雪大得惊人，漫天漫地一片洁白。人们都说，那是上天在为夏御使的死悲痛。然而，只有她心里暗自猜想：不知道语冰死后，是堕入地狱，还是升入天界？

也许，在年轻御使短暂的一生里，一切就像那被皑皑白雪覆盖的大地，一片纯白晶莹，却看不到底下的任何龌龊黑暗。朝廷体恤，青王看顾，章台御使在死后被供上了神台，立碑建祠，极尽哀荣——然而，即使盖棺了，就真的能定论吗?

慕湮的手指绞着尊渊的衣角，有些依赖般地茫然抬头看着师兄，喃喃:“你说语冰，他到底是什么样的人呢?如果再遇上一个夏语冰，我……该怎么办?我真的不明白……头很痛啊！我现在什么都不能想，什么都不知道……”

“傻丫头……”尊渊叹了口气，蹲下去扶正师妹的双肩，直视着她暗淡无光的眸子，“世上的事纷繁复杂，的确不是黑白就可以分明的——我也无法评判夏语冰的为人，但是……”顿了顿，尊渊的声音沉定如铁，慢慢道，“但是，你要记住有一件事是永远正确的：那就是你的剑，必须维护受苦的百姓。”

慕湮悚然一惊，目光不自禁地投向了在远处疯疯癫癫、咿咿而歌的白发老人。世上还有多少这样被侮辱、被伤害的人……

为他们而拔剑！这是多么简单而又明了的道理，在刚一入门，师父便是这样教导她。而在世事里打滚了一番，她居然迷失了最初的本心。

“啊……是的，是的！”慕湮深深叹了口气，点头，拉着尊渊的手站起，顺势将头靠在师兄肩上，清瘦的脸上终于有了如释重负的笑容，“谢谢你。”

尽管沧海横流，世事翻覆，假如那一点本心如明灯不灭，就可以让她的眼睛穿透那些黑白纠缠的混乱纷扰。

“西京，你也要记住了。”尊渊收起空了的药盏，站起身，对跟在身后的新收弟子道，“空桑历代剑圣传人，一生都必须牢记这一点。”

少年慎重地点头，抬起头看着师父，黑白分明的眼睛里有坚定的光。

风里偶尔卷落一片残花，远处老者的歌声嘶哑，渐沉。东风破开了严冬的死寂冰冷，在花树下回旋，依稀扯动被撕裂的情感。爱恨如潮，一番家国梦破，只剩江湖寥落，无处招归舟。而明日天涯路远，空负绝技的剑圣两位弟子，以后只能相依为命吧。

何谓正?何谓邪?何谓忠奸，何谓黑白?堪令英雄儿女，心中冰炭摧折。

【东风破·完】

沧月于2003.9.22—2003.10.2

图书在版编目（CIP）数据

破军 / 沧月著. -- 北京 : 北京联合出版公司,
2016.5
（镜）
ISBN 978-7-5502-7637-6
Ⅰ. ①破… Ⅱ. ①沧… Ⅲ. ①长篇小说—中国—
当代 Ⅳ. ①I247.5
中国版本图书馆CIP数据核字(2016)第083135号

镜·破军
作者：沧月
责任编辑：刘京华　夏应鹏
选题策划：读客图书　021-33608311
特约编辑：周汝琦　曾文静
封面设计：80零·小贾
版式设计：黄巧玲
责任校对：绳刚　张新元　曹振民

北京联合出版公司出版
（北京市西城区德外大街83号楼9层　100088）
北京华联印刷有限公司印刷　新华书店经销
2016年5月第1版　2016年5月第1次印刷
字数221千字　680毫米×990毫米　1/16　18.25印张
ISBN 978-7-5502-7637-6
定价：39.80元
